루시아

하늘가리기 장편소설

fio
ret

루시아 1

초판 1쇄 인쇄 2018년 1월 24일
초판 4쇄 발행 2020년 11월 30일

지은이 하늘가리기
발행인 오영배
기획 박성인
책임편집 김수현
디자인 기갈
제작 조하늬

펴낸곳 (주)삼양출판사 · 피오렛
주소 서울시 강북구 도봉로 173
대표 전화 02-980-2112 **팩스** / 02-983-0660
편집부 전화 02-980-2116 **팩스** / 02-983-8201
블로그 blog.naver.com/dan_gul
출판등록 1999년 3월 11일 제9-00046호

ISBN 979-11-283-9350-1 (04810) / 979-11-283-9349-5 (세트)

fioret 은 (주)삼양출판사의 로맨스 판타지 문학 브랜드입니다.

루시아 I

하늘가리기
장편소설

fioret

목차

1.
프롤로그

열두 살이 되던 해 여름 어느 날.

루시아의 세상이 뒤집어졌다. 기점은 그녀가 어머니를 여의고 왕궁에 들어온 첫날이었다.

'꿈을 꾸었나. 아니면 지금이 꿈인가……'

침대에 앉아 루시아는 넋을 놓고 중얼거렸다. 긴 꿈을 꾸었다. 과거로 되돌아온 것인지 예지몽을 꾼 것인지 알 수 없다. 루시아는 꿈속에서 삶을 경험했다. 평온한 인생은 아니었다. 대부분 고통과 눈물로 얼룩졌다. 그래도 가끔은 행복도 기쁨도 있었다. 그 자그마한 희망에 기대 근근이 살아갔다.

'어머니……'

몰랐다. 어머니는 귀족이었다. 어머니는 살아생전 그것을 알려

주지 않았다. 꿈속에서 스물 중반 나이 무렵 우연히 어머니의 오라
버니, 즉 외삼촌을 만나서 알게 된 사실이었다.

어머니 아만다는 바덴 백작의 막내딸이었다. 바덴 가문은 한때
제법 세력을 떨친 변경백이었으나 지금은 가진 땅 한 뼘도 없이 간
신히 이름만 유지하는 몰락 가문이었다. 나름 유서 깊은 가문이지
만, 대부분 사람의 기억에서 지워지고 언제까지 작위를 유지할 수
있을지조차 장담하지 못하는 신세였다.

아무것도 없는 변방의 고리타분한 집구석과 가난이 지긋지긋했
던 아만다는 그나마 유일하게 돈 될 만한, 집안 대대로 내려오는 펜
던트 목걸이 하나 챙겨서 수도로 야반도주했다.

아만다가 사라진 즉시 사람을 풀어 잡아왔어야 했다고, 외삼촌
은 쓸쓸히 말했다. 그것이 누이를 보는 마지막이 될 거라고는 예상
치 못했다고 했다. 어리석은 혈기로 뛰쳐나갔지만, 금방 들어오겠
지 생각한 것이 오산이었다. 한 달여가 지난 후 찾으려 했을 때는
이미 찾을 길이 막막했다고 말했다.

외삼촌이 어머니를 찾지 못한 것은 당연했다. 살던 지역 근방만
뒤졌으니 수도로 올라온 아만다를 당연히 찾지 못할 수밖에. 수도
로 올라온 아만다가 그 후 어찌 지냈는지 루시아로서는 자세한 사
정은 알 수 없다.

다만, 미혼의 몸으로 왕의 사생아인 루시아를 낳은 사실만으로
도 얼마나 우여곡절이 있었을까 짐작만 할 수 있었다. 그리고 루시
아를 낳았을 때 그 사실을 왕실에 알려야 했지만, 아만다는 누구도
하지 않는 선택을 했다. 귀족 신분을 감추고 평민들과 섞여 살며 홀

로 루시아를 낳아 키웠다.

루시아는 어머니가 귀족이고, 바덴 백작 가문이 외가이며 자신이 왕가의 혈통이라는 사실을 모르고 오직 아만다의 딸 루시아로서 어린 시절을 보냈다. 아름다운 어머니, 인심 좋은 마을 사람들, 또래 친구들과 개울가며 숲이며 뛰놀던 나날들. 마치 어제와 같은, 또는 아득히 먼 옛날과 같은 기억을 떠올리며 루시아는 눈물을 흘렸다. 그녀 인생에 가장 행복한 순간들은 모두 그때 있었다.

불행은 느닷없이 찾아왔다. 수도를 휩쓸고 간 유행병이 루시아가 사는 마을을 덮쳤고, 아만다 또한 피해자가 되었다. 루시아가 기억하는 어머니는 힘 좋은 마을 여자들과 다르게 체구가 작고 가늘었다. 몰락 귀족이라 한들 귀족 아가씨로 자라며 그리 험한 일은 해본 적 없었을 것이고, 루시아를 키우느라 억척스레 일하며 몸은 점점 망가졌을 것이다.

어머니는 자기 죽음을 예감했던 것 같다. 루시아는 어머니가 세상을 뜨기 며칠 전에 편지 심부름을 했다. 아마 왕실로 보내는 편지였을 것이다.

루시아는 어머니가 내린 결정을 이해했다. 어머니는 마지막까지 딸을 위해 최선을 다했다. 고아가 된 어린 여자아이의 인생은 대개 나락으로 굴러떨어진다. 루시아가 왕궁에 들어가지 않았다면 창기가 되어 몸을 팔았을지도 모른다.

아만다가 죽고 며칠 안 되어 왕실 근위대가 들이닥쳐 루시아를 왕궁으로 데려갔다. 왕가의 보물 중에는 직계 혈통 관계를 증명하는 특수한 감별 마도구가 있었다. 왕실 재산이지만, 귀족들 또한 상응하는 대가를 지급하며 종종 이용하곤 했다. 사생아가 넘쳐나도 별다른 혈통 분쟁이 일어나지 않는 것은 감별 마도구 덕분이었다.

왕은 감별 마도구가 인정하는 자기 딸의 얼굴만 확인하고 이름을 내렸다. 그것이 태어나 처음이자 마지막으로 아버지라는 사람과의 만남이었다.

비비안 헤세.

그건 루시아의 새 이름이 되었다. 아무도 그녀에게 원래 이름이 무엇이었느냐 묻지 않았다. 모든 것이 일방적이었다. 엄마를 잃고 느닷없이 왕궁에 끌려온 어린 소녀에게 인심 쓰듯 낡은 별궁 하나를 처소로 던져주었다. 밤새 울다가 새벽에 깨어난 그녀는 모든 것이 달라졌다는 사실을 실감했다. 그녀 자신도, 그녀를 둘러싼 환경도. 그녀는 무릎을 모아 턱을 괴고 앉아서 앞으로 펼쳐질 자신의 미래를 차분하게 그려 보았다.

공주로 인정받았다고 루시아의 인생이 하루아침에 뒤바뀌지는 않았다. 방탕한 왕은 이곳저곳 가릴 것 없이 자신의 씨를 뿌렸다. 어느 날 불쑥 왕의 자식이라며 새로운 왕자, 혹은 공주가 등장하는 일은 호사가들 뒷담화의 대상조차 되지 못했다.

루시아는 무려 열여섯 번째 공주였다. 루시아는 자신이 열여섯 번째라는 사실도 먼 훗날 알게 된다. 왕의 사후, 자식들의 수를 집계하면서 계산해 보니까 열여섯 번째였다. 신분이 불분명한 모친과 왕 사이의 하루 야합으로 태어나 어려서 평민들과 어울려 자란 무늬만 왕족이었다.

'미래를 안다고 해봤자…….'

루시아는 한숨을 내쉬었다. 루시아가 아는 건 오직 자신의 인생이 앞으로 어찌 흘러가는가, 뿐이었다. 가장자리에서 시작한 루시아의 인생은 마지막까지 가장자리만 맴돌다 끝났다. 귀족들의 주류 사회에 편입하지 못했기에 미래를 알아봤자 중요한 내용은 하나도 없었다.

궁에 들어온 이후 루시아의 인생은 전혀 특별하지 않았다. 그냥 이 별궁에서 굶어 죽을 걱정은 없이 그럭저럭 조용히 살아간다. 아무도 관심을 주지 않았지만, 그랬기에 아무도 괴롭히지 않았다. 어제가 오늘 같고 오늘이 내일 같았던 삶은 루시아가 열아홉 살 때 변화기를 맞이했다.

열아홉 살에 루시아의 친부이자 이 나라 국왕 혜세 8세가 죽는다. 딱 한 번만 얼굴을 보았던 부친의 죽음을 알았을 때 아무 감흥이 없었다. 친부의 죽음은 그녀의 인생에 아무런 영향이 없을 줄 알았다. 하지만 뒤를 이어 왕이 된 혜세 9세는 왕궁 예산을 잡아먹는, 부왕의 방탕한 결과물들을 정리하기로 마음먹었다. 혜세 9세는 이복형제를 모두 궁 밖으로 내보내는 프로젝트를 시작했다.

루시아가 스무 살이 되었을 무렵 여전히 왕궁에 남아있는 선왕의 자식들은 공주만 여섯 명이었다. 루시아는 외가가 없었다. 별궁에 틀어박혀 지내서 아는 사람도 없었다. 그녀를 거두어줄 사람은 아무도 없었다. 왕의 딸도 아닌 수많은 왕의 누이 중 하나에 불과한 루시아는 정략결혼으로 이용할 가치 있는 미인도 아니었다.

혜세 9세는 짐스러운 루시아를 결혼 시장에 내놓았다. 스물한 살의 나이에 루시아는 가장 많은 지참금을 낸 남자에게 팔려가듯 결혼해서 왕궁을 떠나게 되었다. 루시아의 남편이 된 메튼 백작은 그녀보다 무려 스무 살이나 나이가 많고 두 번의 이혼 경력이 있었다. 아들만 셋이었는데 큰아들이 루시아와 동갑이었다.

백작과의 결혼 생활 5년이 그녀의 인생에서 가장 끔찍한 기간이었다. 별궁에서 지낼 때보다 물질적으로는 조금 더 여유로웠을지 모르나 정신은 피폐해졌다. 백작은 나이 많고 뚱뚱한 데다가 변태에 성불구자였다. 자신이 해소하지 못하는 성적 욕망을 루시아를 학대하면서 풀었다.

'싫어!!'

루시아는 부르르 몸을 떨었다. 한 번 겪었던, 혹은 겪게 될 일에 몸서리를 쳤다. 죽어도 그놈하고 다시 결혼하기는 싫었다.

'내 미래를 바꿔야 해. 반드시 바꾸고 말 거야!!'

이미 꿈에서 본 미래는 달라졌다. 원래 루시아는 왕궁에 들어와 근 몇 개월 자폐증 증상을 보였다. 어머니의 죽음, 갑자기 알게 된 신분, 누구 하나 애정 한 톨 보이지 않는 낯선 환경은 어린 소녀가 감당할 수 없는 거대한 폭력이었다.

외부 세상과 단절하고 정신을 놓은 루시아를 보듬어주는 이는 아무도 없었다. 형식적으로 의사가 몇 번 다녀가고 굶어 죽지는 않게 챙겨주는 의무적인 시녀들의 보살핌만으로 방치되었다.

오히려 그런 지독한 무관심이 방어기제를 작동시켰다. 스스로 자폐증 증상에서 깨어나 조금씩 달라진 환경을 받아들이기 시작했다. 그러나 이번에는 아니었다. 루시아는 자폐증 증상을 겪지 않을 것이다. 더구나 그녀에게는 수십 년 삶을 살며 쌓은 경험과 지혜가 있었다. 거창하게 세상을 바꾸려는 짓 따위는 엄두도 내지 않는다. 그녀가 원하는 건 오직 그녀 자신의 인생이었다.

'할 수 있어. 바꿀 수 있어.'

방법은 모르겠다. 아무것도 갖지 못한 열두 살 공주가 할 수 있는 일은 아무것도 없었다. 그러나 그녀는 절망하지 않았다.

'시간은 아직 많으니까.'

그러나 시간은 무정하게 흘러갔다. 어느새 루시아는 열여덟 살이 되었다.

2.
열여덟 살

아침에 눈 뜨는 기분은 최악이었다.

'아……. 또 망할 두통. 이런 미래까지 똑같을 필요는 없잖아.'

루시아는 쑤시는 머리를 부여잡고 일어났다. 꿈속에서와 똑같이 초경을 시작한 열다섯 살 무렵 편두통이 발병했다. 드물면 한 달에 한 번, 잦을 때는 서너 번 정도로 중병은 아니지만, 평생 달고 가야 하는 고질병이었다.

열여덟 살이 되는 새해 첫 아침을 맞이하던 날, 루시아는 세상을 얕보았다는 사실을 인정했다. 그녀는 분명히 열심히 노력했다. 꿈 속에서 봤던 미래와 확실히 많은 것이 달라졌다.

그러나 노력만으로 바꿀 수 없는 미래도 존재한다는 사실을 깨 달았다. 가령 열세 살 여름에 전례 없는 폭우로 별궁 1층 바닥이 찰

랑거릴 정도로 침수되었다. 그해 겨울은 한파가 불어닥쳤는데 여름의 폭우 때문에 저장해 둔 땔감이 부족해서 오들오들 떨며 겨울을 보내야 했다.

열다섯 살에는 초경을 시작했고 편두통을 앓기 시작했다. 이렇듯 루시아가 감당할 수 없는 힘이 작용하는 미래는 아무리 알고 있다고 해도 결코 바꿀 수 없었다.

열아홉 살이 되면 왕이 죽을 것이고, 루시아는 탐욕스런 메튼 백작에게 팔려갈 것이다. 이건 루시아가 바꿀 수 있는 미래가 아니었다. 그걸 깨닫고 절망했다. 차라리 보여주지 말 것이지, 왜 내 운명에 이런 장난질을 하느냐 하늘을 원망했다.

좌절에 빠져 며칠 두문불출했지만, 며칠 만에 털어냈다. '여기서 굶어 죽어도 한참 만에 발견되겠지.' 하고 생각하니까 맥이 풀려서 방구석에 처박혀있을 마음이 사라졌다.

루시아는 창문을 활짝 열었다. 차가운 아침 공기가 바람처럼 안으로 쏟아져 들어왔다. 창틀에 기대어 살갗을 파고드는 찬바람을 온몸으로 맞이했다. 마치 자신이 처한 운명에 순응하는 것처럼.

겨우 고개를 내밀 수 있었던 창틀에 이제는 손을 딛고 기댈 수 있을 만큼 루시아는 훌쩍 자랐다. 어머니를 닮아서 그녀는 체격이 가늘었다. 약간 붉은 기운이 감도는 갈색 머리카락은 당장 거리를 나가면 여기저기 눈에 띌 만큼 흔했지만, 금빛으로 보이는 호박색 눈동자는 상당히 독특했다. 하지만 그것 외에 그녀의 외모는 평범한 편이었다.

그렇다고 그녀가 매력적이지 않은 것은 아니었다. 피부가 맑고 하얘서 꾸며놓으면 청초하거나 매혹적일 수도 있는 팔색조의 미모가 잠재되어 있었다. 코르셋이 필요 없을 정도로 가는 허리의 가냘픈 몸매는 남성들의 보호본능을 자극할 만했다. 그러나 그녀의 장점은 그녀가 고귀한 아가씨로 사교계에서 활동해야 빛날 수 있었다.

"어디 보자. 장작이 다 떨어졌고, 감자와 달걀도 얼마 안 남았고."

그녀는 현재 삐걱대는 낡은 테이블에 앉아 바닥을 보이는 생필품을 확인해야 하는 처지였다. 등을 덮는 풍성한 머리카락은 하나로 대충 묶었고, 입고 있는 밋밋한 무늬의 포플린 드레스는 시녀의 의상에 가까웠다. 누구도 지금 루시아를 보고 그녀가 공주라고 생각할 수 없을 것이었다.

"오늘은 물품 신청을 해야겠네."

공주인 루시아가 직접 할 일이 아니지만, 몇 년 전부터 자연스러운 일상이었다. 현재 별궁에는 상주하는 시녀가 한 명도 없었다. 다행히 혼자 관리하기 벅차지는 않았다. 2층짜리 낡은 별궁은 관리상 이유로 처음 들어왔을 때부터 2층을 폐쇄한 상태였다. 현재는 1층 일부까지 폐쇄하여 루시아에게 주어진 공간은 침실을 제외하면 방 몇 개뿐이었다.

처음 궁에 들어왔을 때는 루시아를 전담하는 시녀 다섯 명이 있었다. 그러나 전부 여관조차 되지 못한 시녀들이었다.

시녀에도 급이 있다. 왕족 곁에 붙어 다니며 말벗을 하는 팔자 좋은 수석 시녀는 대개 귀족 영애들로 '시녀'라는 호칭이 붙어있기는 하지만 애초에 격이 달랐다.

직접 일을 하는 시녀는 관리로 인정받는 '여관'과 잡일 담당의 고용 노동자 '시녀'가 있다. 원칙대로면 왕족인 루시아 곁에는 수석 시녀와 여관, 노동 시녀, 세 유형의 시중인들이 있어야 했다.

문제는 궁에 왕족이 너무 많고, 루시아는 그중에서 가장 격이 떨어지는 공주라는 것이었다. 곁에 있어봤자 득 볼 기대를 전혀 할 수 없는 루시아의 수석 시녀를 자원할 사람이 있을 리 없고, 부가 수입조차 얻을 가능성이 없으니 여관들도 기피했다. 적당히 나이 들면 그만두는 고용 시녀들이 하나씩 출궁하자 어느덧 루시아 곁에는 한 명의 시녀도 남지 않게 되었다.

당연히 그만두는 만큼 시녀가 보충되어야 한다. 그러나 추가 소득을 한 푼도 기대할 수 없는 이곳을 기피하는 건 여관이나 시녀나 마찬가지였다. 그나마 여관은 왕실에서 지급하는 봉급으로 생활에 부족함이 없지만, 고용 시녀는 봉급만으로는 생활 유지가 힘들었다.

루시아에게 배정되는 시녀는 며칠 일하다 그만두거나 뒷돈으로 다른 곳을 배정받았다. 언제부터인가는 며칠 일하는 시녀조차도 오지 않았다. 명부에 이름만 올려 일은 하러 오지 않고 관리처에서 돈만 받아갔다.

루시아가 항의하면 어긋난 일은 제자리를 잡았을 것이다. 아무리 가진 것 없어도 그녀는 공주였으니까. 꿈속에서는 직접 여관장을 찾아가 문제를 제기했다. 이번에도 문제를 제기하려고 여관장을 찾아갔다. 그런데 가는 길에 마침 지나가던 여관이 루시아를 시녀로 착각해서 간단한 심부름을 시키는 사소한 사건이 있었다.

루시아는 좋은 생각이 떠올라서 두말없이 심부름했다. 여관장을 찾아가려던 발길을 돌려 별궁으로 돌아오면서 곰곰이 생각하니까 시녀 행세를 하면 자연스럽게 궁 밖으로 나갈 수 있을 것 같았다.

열다섯 살에는 마지막으로 남았던 시녀마저 그만두었고 루시아는 시녀와 공주라는 두 가지의 신분을 넘나들기 시작했다. 시녀 행세를 하며 생필품을 신청하고 일을 해야 했지만, 외출의 자유를 얻었다.

루시아는 벌써 이곳에서 3년 가까이 혼자 생활 중이었다. 아마 서류에는 여전히 별궁에 다섯 명의 시녀가 일하고 있다고 나와있을 것이다.

문서와 실질의 일치 여부를 확인하지 않은 건 명백한 행정 처리 공백이었다. 그러나 수십이 넘는 왕의 자식들은 단지 왕족이라는 이유만으로 많은 것을 요구해 늘 궁내 재정 관리처를 골치 아프게 했다. 어떤 요구도 하지 않는 루시아까지 신경 쓸 겨를이 없었다.

루시아는 물품을 신청하면서 언제나와 마찬가지로 적당한 수고비를 쥐어주고 물건들을 별궁 앞뜰까지 가져다 달라고 부탁했다. 궁이건 더러운 뒷골목이건 사람 사는 곳은 어디나 비슷했다. 적당한 돈은 사람이 살아가는 윤활유였다.

시녀가 출궁하는 문은 따로 있었다. 궁을 나가기 위해 길게 늘어선 줄 뒤에 섰다. 조금씩 줄이 짧아져 마침내 루시아 차례가 되었다. 루시아는 품에서 외출패를 꺼내 경비병에게 보였다. 공주 비비안 이름으로 발급한 외출패였다. 하지만 외출패를 내보이지 않아도 어차피 경비병은 루시아의 얼굴을 기억하고 있었다. 눈으로 대충 패를 확인한 경비병은 눈인사를 하며 아는 척했다.

"가지고 나가는 물건은?"

루시아의 손에 아무것도 없다는 걸 눈으로 보면서도 경비병은 재차 확인했다.

"없어요."

경비병은 고개를 끄덕이며 나가는 것을 허용했다.

루시아는 궁을 빠져나오자마자 숨이 트이는 것처럼 크게 호흡했다. 흘끗 시선을 돌리자 거대한 장벽처럼 성벽이 높게 솟아있었다.

저 안은 안전했다. 어디를 가도 루시아 나이의 어린 여자가 아무 위험 없이 혼자 지내기는 힘들었다. 멍에로 여겼던 공주라는 신분은 사실 그녀에게 많은 혜택을 주었다. 꿈속에서와 달리 현재의 루시아는 그 사실을 인정했다.

하지만 여전히 궁은 그녀에게 숨이 막히는 공간이었다. 하루라도 빨리 저곳에서 벗어나고 싶다.

'오늘따라 이상하게 사람이 많은걸.'

거리에 사람이 그득그득했다. 인파를 헤치며 겨우 몇 걸음 걷다가 이리저리 휩쓸려 제자리만 맴돌기를 여러 번이었다. 간신히 목적했던 2층짜리 작은 집에 도착해 문을 두드리자 풍만한 중년 부인이 문을 열어주었다. 약간 부루퉁한 표정이 마치 화가 난 것처럼 보였지만, 중년 부인은 언제나 그런 표정이었다.

"어서 오시구려."

"안녕하세요, 필 부인. 마담 놀만은 안에 계시지요?"

"매일 집에만 박혀있는 인사인데 뭘. 어젯밤에는 밤새 술 퍼먹어서 아직도 늘어지게 잔다우. 잠시 기다리면 내 차 한잔 내오리다."

"감사합니다, 필 부인."

은은한 차향이 떠도는 아늑한 응접실에 앉아 차를 마시는 루시아의 표정이 평화로웠다. 간혹 주방 쪽에서 필 부인이 만드는 작은 소음이 들려왔지만, 그마저도 음악 같았다. 언제고 이런 아담한 자신만의 집을 마련하는 것이 루시아의 꿈이었다. 일하는 사람 한두 명 고용해서 자질구레한 집안일을 맡겨두고 자신은 느긋하게 차를 마시며 산책을 하거나 책을 읽고 고요한 삶을 즐길 것이다. 언제 이루어질지 모르겠지만.

루시아의 얼굴에 살포시 웃음이 떠올랐다. 2층 계단을 타고 깡마른 여자가 비틀거리면서 내려오고 있었다. 그녀는 간신히 몸을 가누는 듯 위태위태하게 계단을 내려오며 주방을 향해 갈라진 목소리로 소리쳤다.

"필 부인, 나 물!"

놀만은 루시아 앞자리 소파에 몸을 던져 앉으며 반쯤 늘어졌다. 마른 체구만큼 마른 얼굴 때문인지 그녀의 인상은 강퍅해 보였다. 나이는 서른이 훨씬 넘어 보이지만, 실제는 그보다 어렸다. 놀만은 필 부인이 가져다주는 물 한 잔을 단번에 다 들이켜고 죽겠다는 신음을 질렀다.

"아아아아, 속 아파."

"거 적당히 좀 퍼마시지, 쯧쯧."

필 부인이 특유의 불퉁한 표정으로 투덜거리며 주방으로 사라졌다. 말과 태도는 퉁명스럽지만, 놀만의 숙취를 해소하기 위한 해장 음식을 만들러 가는 필 부인의 친절함을 루시아는 알고 있었다.

"뭘 그리 많이 마셨어요."

"술이라도 한 잔 마시면 한 줄이라도 써질까 해서 마시다가 주체를 못 하겠더라고. 미안해. 내가 이 꼴이라 손님 대접을 제대로 못하겠네. 여기까지 오는 수고 했는데."

"손님은 무슨. 수고 아니에요. 이 일 아니었어도 어차피 바람 쐬러 나왔을 테니까요."

"그 앞에 테이블 서랍 있잖아. 거기 열어봐. 이번에 나온 책 있어."

마담 놀만은 작가였다. 그것도 유명한 로맨스 소설 작가. 놀만의 작품은 사랑 이야기를 다루어도 내용이 고급스럽다는 평을 받았다.

지적 허영심과 재미, 두 마리 토끼를 잡은 놀만의 책은 선풍적인 인기를 누렸다. 근 몇 년간 낸 작품 덕에 놀만은 수십 년은 족히 놀고먹을 재물을 벌었다.

서랍 안에 든 책을 꺼내며 루시아가 환호성을 질렀다.

"드디어 나왔군요! 진짜 많이 기다렸어요."

루시아는 얼른 책의 맨 뒷장부터 펴보았다.

"끝? 왜요? 이 시리즈 인기 많잖아요."

"더 늘어지면 재미없고 그 정도가 깔끔하게 딱 좋아. 안 그래도 편집자가 두세 권 더 늘리자고 방방 뛰더라. 크크큭."

"그래도 아쉽네요. 편집자 말대로 두세 권 더 나와도 괜찮았을 것 같은데."

"책 안에도 봐."

루시아는 페이지를 넘기다가 중간에 꽂힌 봉투를 찾아냈다. 봉투 안을 열자 입금 확인증이 들어있었다. 거금을 확인한 루시아 눈이 휘둥그레졌다.

"놀만, 이건 너무……."

"받아. 그 정도 받아도 돼."

"하지만 그동안에도 적지 않게……."

"완결 기념이야. 뭐하면 아이디어값으로 쳐. 이번 작품 아이디어를 준 건 너니까."

놀만은 과거에는 이처럼 잘나가던 작가가 아니었다. 끼니를 걱정해야 하는 가난한 작가였다. 놀만이 쓰던 이야기는 주로 가난한 평민 여성과 귀족 남자의 로맨스였다. 현실에서는 불가능해서 더 꿈꾸게 되는 전형적인 환상소설.

그러나 독자가 원하는 여주인공은 가난한 평민이 아니라 우아한 귀부인이었다. 평민은 책을 통해서 귀족의 화려한 생활을 엿보기를 원하고 귀족은 귀부인이 주인공이 아닌 소설은 관심이 없었다. 그럼에도 놀만이 여주인공을 귀족으로 할 수 없었던 이유는 귀족의 생활을 전혀 모르기 때문이었다.

사교 파티라고는 구경도 해보지 못한 가난한 평민 출신 놀만이 귀족 생활을 알기 위해서는 간접 체험밖에 방법이 없었다. 결국 다른 작가의 작품을 다독하거나 귀족 세계를 잘 아는 하녀나 시녀 출신을 수소문해서 고용해야 했다. 그러나 돈이 없으니 무엇도 할 수 없었다.

　책이 팔리지 않아서 방세조차 낼 돈이 없고, 가진 것이라고는 글 쓰는 재주뿐인 자기 인생에 돌파구가 보이지 않았다. 광장 공터에 멍하게 앉아 있는 놀만에게 루시아가 빵 하나 건네주면서 인사를 텄다. 놀만은 루시아와의 만남이 자신의 인생을 바꾸는 계기가 되었다고 생각했다.

　놀만은 몰랐지만, 루시아는 그전부터 놀만을 유심히 보고 있었다. 거지 같지는 않은데 굶주린 표정으로 하릴없이 앉아 있으면서 사람들에게 구걸도 하지 않는 놀만이 자주 눈에 띄자 어느 날은 일부러 말을 걸었다.

　그게 두 사람 인연의 시작이었다.

　"내가 지금까지 올 수 있었던 건 다 루시아, 네 덕분이야."

　루시아는 놀만에게 사교계를 알려주었다. 루시아는 꿈속에서 직접 귀부인으로 파티에 참석했다. 심부름꾼에 불과한 하녀나 시녀의 경험은 비할 것이 못 되었다. 루시아가 말해 주는 화려하되 추악한 사교계 이야기를 기반으로 놀만은 생생한 귀부인의 삶을 소설 속에서 그려낼 수 있었다.

　"놀만의 작품이 훌륭하기 때문이에요."

　"네가 아니었으면 한 줄도 쓰지 못했을 테니까 네 덕 맞아. 난 앞으로도 더 벌 수 있어."

　루시아는 일주일에 한 번 놀만을 방문했다. 몇 시간 이야기를 나누는 대가로 놀만은 꽤 많은 수고비를 주었다. 물론 초반에는 오히려 루시아가 빵을 가져가 나누어야 했지만, 책이 팔리기 시작하자 놀만은 상당한 돈으로 감사를 표시했다.

이제는 상황이 역전되었다. 이야깃거리는 화수분이 아니다. 이제 슬슬 바닥을 보이기 시작했고 놀만은 이제 루시아가 없어도 얼마든지 정보를 얻을 수 있었다. 그러나 놀만은 어려울 때 얻은 은혜를 잊을 배은망덕한 인간이 아니었다.

놀만은 지금 당장 주는 거금에 더해서 앞으로도 쭉 루시아를 지원해 주다가 결혼까지도 시켜주고 싶었다. 그녀는 루시아와 단지 돈으로만 이어지는 관계가 아니었다. 놀만은 루시아를 여동생처럼 여겼다.

"고마워요, 놀만. 놀만을 만난 건 내 인생 최고의 행운이었어요."

"내가 할 말이야."

금액을 확인하는 루시아의 눈동자가 흔들렸다. 지금까지 모은 돈과 이 돈이면 지금이라도 도망쳐 기반을 잡고 살아가기에 충분했다.

'아니야. 위험부담이 커.'

아무리 관심을 받지 못한다고 해도 루시아는 공주였다. 사라지면 당연히 병사들을 총동원해 자취를 쫓을 것이다. 루시아를 걱정해서가 아니라 왕실의 위신 문제였다. 그러면 루시아의 행적은 놀만으로 이어질 테고 죄 없는 놀만이 무슨 곤욕을 치를지 알 수 없다.

무사히 도망칠 수 있으리란 보장도 없었다. 도망치려면 아예 수도를 떠나 멀리 가야 할 텐데 어린 여자가 홀몸으로 먼 길을 가다가는 십중팔구는 사고가 날 것이다. 호위를 고용한다고 해도 믿을 만한 호위인지 알 수 없었다. 오히려 가던 중 호위에게 뒤통수 맞고 가진 돈을 모두 빼앗기지 않으면 다행이다.

도망을 치려면 차라리 메튼 백작과 결혼 후에 하는 것이 낫다. 결혼해서 왕실 일원에서 빠져나갔으니 실종되어도 이전보다 관심이 덜할 테고 1년 정도만 백작부인 노릇을 하며 믿을 만한 측근을 두고 철저하게 준비해 숨으면 누구도 찾지 못할 것이다.

'하지만…… 싫어, 그자는…….'

그자의 얼굴은 떠올리는 것만으로도 끔찍했다. 정말 방법이 없는 걸까. 그자에게서 벗어날 수 없는 걸까.

"루시아, 너 남자는 없니?"

"네…… 네?"

"뭘 그리 놀라. 만나는 남자 없느냐고. 없으면 내가 아주 좋은 사람 알아서 말이야. 소개해 주려고 하는데."

"내 나이가 몇인데요. 아우, 됐어요."

"열여덟 살이면 뭐. 당장 결혼하는 것도 아니고 지금부터 여러 남자 알아봐야 적당히 스물두세 살쯤에 그중에서 골라 결혼하는 거지. 시녀로 일한 아가씨들 인기 좋다? 조신할 거라고 생각하거든. 농사나 바깥 노동하는 여자들과 달리 피부도 하얗고. 말 나온 김에 말해 봐. 어떤 남자 타입이 좋아? 나이 많고 듬직한 사람? 어리고 귀여운 남자? 원하는 대로 내가 골라올 수 있다니까."

"그러는 놀만이야말로 왜 혼자인 건데요?"

눈을 반짝이던 놀만은 화제가 자신에게 돌아오자 지루함을 표현했다.

"난 뭐. 이젠 나이도 많고."

"나이가 무슨 상관이에요. 놀만이 그럴 생각이 없는 거지. 놀만은 독자들을 기만하고 있다고요. 사랑을 믿지 않으면서 로맨스 소설을 쓰다니."

"어허, 기만이라니. 현실에 존재하지 않는 영원한 사랑을 소설로 이루어 주잖아. 내 소설을 보며 독자들은 꿈을 꾸며 살아가는 거라고."

"그러면서 왜 나보고는 결혼하래요?"

"영원한 사랑 같은 건 없어도 부부가 서로 마음이 맞으면 아주 좋은 친구가 될 수 있다고는 생각하거든. 난 네가 혼자니까 평생 함께할 친구가 있었으면 좋겠어."

"내가 왜 혼자예요. 놀만이 있잖아요. 놀만은 내 친구이고 가족인걸요."

감동한 눈으로 루시아를 바라보던 놀만이 두 팔을 그녀를 향해 쫙 벌렸다. 어서 와서 이 언니 품에 안기렴. 그렇게 눈을 반짝거리는 놀만을 보며 루시아는 웃음을 터뜨렸다.

"술 냄새 나서 싫어요."

"엥, 지금 이 감동의 순간에 그렇게 초 치기야?"

"가 볼게요. 놀만은 더 자요. 지금 금방이라도 죽을 것 같은 얼굴이라고요."

놀만의 얼굴은 눈 밑이 꺼멓게 죽어 반은 시체 같았다.

"아후, 정말 나는 더 자야겠어. 누가 내 내장을 쥐어짜는 것 같아. 급한 거 아니면 넌 좀 더 여기서 노닥거리다가 천천히 들어가. 어차피 지금 나가 봐야 사람들에게 치이기만 할걸."

"그러고 보니 오늘 무슨 일 있어요? 오다 보니 사람이 무척 많던데요."

"무슨 일이냐니. 집에만 틀어박혀 있는 나보다 어째 더 몰라. 오늘 기사단이 모두 수도 귀환해서 사열식을 하잖아."

"아……."

그게 오늘이었구나. 보기 드문 장관을 구경하기 위해 사람들이 하던 일 제쳐놓고 모두 거리로 쏟아져 나온 것이다.

'꿈속에서 나는 아마 이때 이런 일이 있는 줄은 전혀 모르고 별궁에만 있었지.'

현재의 루시아가 가장 크게 바꾼 것은 이것이었다. 루시아는 시녀 행세를 하며 외출하고 사람을 만나며 제법 세상 돌아가는 일을 알아가고 있었다. 놀만 덕분에 돈도 꽤 모았다.

'전쟁이 끝났구나…….'

루시아가 별궁이라는 좁은 한정적 공간에서 굴곡 없이 살아갔던 것과 별개로 바깥세상은 상당히 시끄러웠다.

루시아의 나이 여덟 살부터 시작된 전쟁은 처음엔 소국끼리의 국지전이었다. 그러나 시간이 흐를수록 점점 규모를 더해서 세상이 둘로 갈라져 싸웠다.

훗날 이 전쟁은 1차 대륙 전쟁으로 불렸다.

루시아가 열한 살 무렵에 그녀의 조국, 제논이 참전을 결정해 북동 연합국의 주축이 되었다. 이후 5년은 전쟁의 절정기였다.

북동 연합국이 승기를 잡기 시작하면서 점차 소강상태가 길어지고 그렇게 2년 정도 대치만 하다가 그녀가 열여덟 살 되던 해에 휴전에 가까운 종전협상이 끝났다. 그 전쟁에서 제논은 승전국의 위치에 있었다.

사람들 북적이는 건 질색인 데다가 몸도 안 좋은 놀만은 모처럼의 구경거리를 포기했고 루시아는 궁으로 돌아가는 길에 구경꾼들 틈에 끼어들었다. 다시 할 수 없는 구경을 놓치기 아까웠다.

"와아!!"

갑옷을 멋들어지게 차려입은 기사단의 행진을 보며 사람들이 질러대는 함성과 휘파람 소리에 귀가 먹먹했다. 제논은 참전국이었으나 영토가 직접 전쟁터로 이용된 것은 아니라서 전쟁 중에도 백성이 전쟁을 피부로 느끼지는 못했다.

그래도 전쟁은 사람의 마음을 불안하게 한다. 승전의 기쁨과 전쟁이 끝났다는 해방감이 뒤섞여 사람들 얼굴에는 웃음이 가득했다. 사람들이 뿜어내는 기운에 동화된 것인지 루시아도 조금씩 들뜨기 시작했다.

기사들의 갑옷은 속한 가문에 따라 그 형태가 달랐고, 가슴이나 등에 그려진 문양에도 차이가 있었다. 어떤 기사단은 굉장히 화려한 갑옷에 붉은 망토까지 걸쳤지만, 어떤 기사단은 투박한 갑옷만 입었다. 그것만 봐도 대충 그 가문이 지닌 작위와 권력을 가늠할 수 있었다.

"우와아!! 타란!!"

지금까지와 비교되지 않을 정도의 함성이 터졌다. 남자들은 발을 구르며 환호하고 여자들은 비명을 지르며 "타란, 타란!" 구호를 외쳤다. 그 어마어마한 함성을 가르며 한 무리의 기사단이 당당하게 행진했다.

기사들은 모두 갑주의 가슴 한복판에 포효하는 흑사자 문양을 새겨 넣었다. 귀족이 아닌 일반 백성이 귀족 가문의 문양을 아는 경우는 거의 없었지만, 제논의 백성치고 흑사자 문양을 사용하는 가문이 어디인지 모르는 사람은 없었다.

'타란…….'

루시아의 귀에서 시끄러운 함성이 멀어지고 배경이 흐릿해지며 오직 하나만 눈에 들어왔다. 기사단 맨 앞에서 백마를 타고 새카만 갑옷을 입은 선두의 한 사람. 루시아는 투구로 감추어진 그의 외모를 눈에 그릴 수 있었다. 그가 누구인지 안다. 휴고 타란. 왕족 혈통이 아닌데도 왕족 대우를 받으며 형식적이지만 왕위 계승권도 지닌 유일한 공작 가문. 타란 공작가의 젊은 공작이었다.

전쟁의 흑사자.

그는 무력과 지략 모두 타의 추종을 불허하는 무장이었다. 이번 전쟁에서 북동 연합국이 얻은 승리는 그의 활약 덕분이라는 설이 지배적이었다.

제논은 늦게 참전했음에도 마지막 종전협상을 주도했다. 가장 적게 잃고 가장 많은 것을 가져갔다. 정확히 말하면 타란 공작이 이끈 군대는 항상 승리했고 그건 북동 연합국이 승리하는 데 가장 큰 밑거름이 되었다.

사실 원래의 그녀라면 타란이 공작가인지, 공작의 이름이 뭔지, 그가 전쟁에서 뭘 했는지 전혀 알지 못했을 시기였다. 그녀의 지금 지식은 모두 꿈을 기반으로 했다.

그녀가 결혼했던 메튼 백작은 제법 교활한 인물이었다. 어느 쪽에도 치우치지 않고 이곳저곳에 모두 발을 담가 언제든 빠져나갈 구석을 만들어 두었다. 덕분에 전쟁 후 승승장구한, 태자를 지지하는 파벌에 빌붙어 재미를 보았다.

그래서 루시아는 상당히 많은 파티에 참석해야 했다. 남편과 부부동반으로든, 혼자로든. 마치 업무처럼 꼬박꼬박 파티에 참석하다 보니 타란 공작을 보게 될 일이 꽤 많았다. 그의 주변에는 늘 사람들이 득시글거렸다. 마치 고기에 몰려든 하이에나 떼 같았다.

메튼 백작이 어떻게 해서든 타란 공작에게 줄을 대려고 발버둥치는 것이 빤히 보였는데 잘되지 않았다. 그때만 해도 타란 공작에 대해 잘 몰랐다. 그저 대단한 기사라니까 그런가 보다 했다. 실제 그에 대해 쓸데없는 것까지 꽤 자세히 알게 된 건 그 후로 무척 많은 시간이 흐른 후였다.

루시아가 결혼하고 약 2년 후, 타란 공작이 결혼했다. 그의 결혼은 사교계를 발칵 뒤집어 놓았다.

공작의 결혼 상대는 가문도 재력도 모두 보잘것없는 가문의 아가씨로 그저 발랄해 보이는 귀여운 여인이었다. 딱 봐도 미인은 아니라서 모두 대체 왜 공작이 그녀와 결혼했는지, 궁금해서 건디지 못했다. 딱히 타란 공작이 어떤 의문에도 답하지 않았기 때문에 수많은 소문이 양산되었다.

그중 가장 신빙성 있게 나돌던 설은 타란 공작이 그녀를 너무나도 열렬히 사랑했기 때문이라는 것이었지만, 다들 '설마, 저 타란 공작이……'라고 고개를 내저으며 믿고 싶지 않아 했다.

그가 왜 그녀와 결혼했는지 루시아는 아주 오랜 후에 알게 되었다. 정보 통로는 사교계 뒷소문이었지만, 꽤 신빙성이 있었다. 뒷소문에 의하면 결혼의 이유는 타란 공작이 그녀를 열렬히 사랑해서가 아니었다. 공작부인의 친정이 대단히 부유해서도, 두 가문 사이에 뭔가 대단한 거래가 있었기 때문도 아니었다. 이유가 있다면 공작부인이 권력도 재력도 없는 별거 아닌 가문의 아가씨였기 때문이었다.

타란 공작은 공작가에 아무런 영향을 줄 수 없는 이름뿐인 아내가 필요했고 그래서 그녀와 결혼했다는 소문이 사교계를 강타했다. 타란 공작이 침묵하자 소문은 사실로 굳어졌다.

「**그럼 그렇지.**」
「**아니면 타란 공작이 왜 그런 결혼을 했겠어요.**」

귀부인들은 천 년 묵은 체증이라도 내려가는 것처럼 즐거워했다. 별 볼 일 없는 가문 출신 주제에 남편을 등에 업고 사교계의 중심에 있는 공작부인에게서 느꼈던 박탈감이 해소된 것이다. 하지만 루시아는 겉모습만 우아한 그들의 천박한 웃음을 들으며 생각했다.

'그게 어때서. 당신들도 다 그런 결혼을 한 거 아닌가.'

남자는 지참금으로 후계를 낳아줄 혈통 좋은 여자와 여자의 배경을 사 오고, 여자는 후계를 낳아주고 어떻게 해서든 결혼 생활 동안 남자로부터 재물을 얻으려 한다. 철저한 정략혼에 기초한 귀족의 결혼은 가문의 결합이며 계약이었다.

조금 형태가 달라도 타란 공작 부부의 결혼 역시 보통의 귀족과 다를 바 없었다. 더구나 어쨌든 공작부인이었다. 이름뿐인 아내건 뭐건 대외적으로 그녀는 공작가 안주인이었다.

타란 공작은 첩을 들이지 않았고 애인도 만들지 않았다. 누구도 모르는 숨겨둔 애인이 있을지는 몰라도 소문에는 없었다. 적어도 타란 공작은 루시아의 남편이었던 메튼 백작보다 개새끼는 아니었을 것이다.

멍하게 생각에 빠진 동안에 타란의 기사단은 모두 지나가고 다른 가문의 기사단이 뒤를 이었다. 점점 멀어져가는 타란의 기사단을 보며 루시아는 아프도록 뭔가를 꽉 쥐고 있던 손을 보았다. 놀만이 준 소설책이었다.

'계약결혼이었지……'

이번에 대박을 친 놀만의 시리즈 소설 모티브는 계약결혼이었다. 그건 루시아가 별생각 없이 제안한 아이디어였다. 아마 무의식 중에 타란 공작의 결혼 비사를 떠올렸던 것 같다.

'계약결혼……'

루시아의 눈동자에 빛이 돌기 시작했다.

'이름뿐인 아내.'

갈구하던 진리를 발견한 학자처럼 몸이 부르르 떨렸다. 온몸의 피가 다 빠져나가 싸늘하게 체온이 식어가는 느낌이었다.

'공작가 안주인……'

루시아는 입술을 잘근잘근 깨물었다. 그녀의 머릿속을 후려치는 생각 하나가 어쩌면 지금까지 고민하던 모든 것을 해결해 줄 열쇠인지 모른다.

'……해볼까?'

우선 타란 공작을 만나야 한다. 하지만 어떻게? 그는 만나자고 해서 만날 수 있는 사람이 아니다. 왕조차도 마구 오라 가라 할 수 없는 거물이었다.

'그래……. 파티! 오늘 밤부터 승전 기념 파티가 열리겠지.'

적어도 3일에서 5일은 계속될 것이다. 타란 공작이라면 최소한 그중 하루 이상은 참석할 테고 그건 첫날인 오늘일 가능성이 컸다. 기념, 혹은 축하를 위해 여는 무도회는 규모가 크고 가능한 많은 사람의 참석을 유도하기 위해서 참석자의 신분 확인에 너그러웠다. 공주라서 다행이었다. 신분만큼은 확실하니 참석에 아무 제한이 없을 것이다.

오늘 밤 파티에 나가려면 준비할 것이 많았다. 우선은 드레스. 드디어 계좌에 모아둔 상당한 돈을 유용하게 이용할 순간이 왔다. 당장 해야 할 일이 떠올랐다. 다음은 움직일 차례였다.

"……없다……고요?"

의상실 여주인은 미안한 표정으로 고개를 내저었다. 루시아는 그대로 풀썩 주저앉았다. 쉴 새 없이 발품을 팔아가며 도달한 마지막 희망마저 절망을 안겨 주었다.

루시아가 감당할 수 있을 가격, 그리고 왕궁에서 열리는 파티의 격을 욕보이지 않는 품질. 두 가지 조건을 모두 갖춘 드레스를 제작하는 의상실은 그리 많지 않았다. 평소라면 재고가 남아돌겠지만, 오늘은 특별했다.

오랜만에 대대적으로 열리는 무도회였다. 수도의 모든 귀족 아가씨는 물론이고 지방에서 올라오는 마차가 줄을 이었다. 귀족이라도 돈이 많은 쪽보다는 그렇지 않은 쪽이 훨씬 많다. 루시아가 원하는 드레스는 치열한 경쟁 대상이었다.

당장 오늘 밤에 입을 드레스를 그날 오후에 찾아다니는 루시아가 어리석었다. 한 달 전에는 주문했어야 했다. 적어도 일주일 전이라면 취소되거나 제작이 좀 잘못된 것이라도 건질 수 있었을 것이다.

'파티에 참석하겠다고 생각한 것이 오늘인데 어쩔 수 없잖아!'

"그…… 한 벌이 있긴 한데……."

절망으로 허우적대는 루시아가 몹시 안돼 보였는지 여주인이 조심스럽게 말을 꺼냈다. 루시아는 구세주라도 만난 것처럼 고개를 번쩍 들었다.

"있어요?"

"음. 근데 몇 년 된 것이라 스타일이 좀……. 뭐, 조금 수선하면 입을 만은 하겠지만……."

"괜찮아요! 살게요. 무조건 사요!"

"아니, 근데 이게 좀 작아요."

"작아요?"

"아가씨 체구 정도면 맞긴 하겠지만, 아가씨가 입을 건 아니잖수?"

"제가!"

루시아는 얼른 말을 고쳤다.

"아니, 입을 분이 저랑 똑같아요. 저랑 아주 똑같은 치수니까 그건 문제없어요."

"그래요? 그럼 와서 한 번 입어봐요. 수선이 필요한지 봐줄 테니까."

여주인은 창고 깊이 걸어둔 드레스를 가지고 나왔다. 루시아의 안색이 환해졌다. 연한 푸른색 드레스는 예상보다 훨씬 색이나 스타일이 무난해 보였다. 기본 스타일이라 유행을 크게 타지 않아서 몇 년 전 것이라도 촌스러워 보이지 않았다.

드레스를 갈아입고 거울 앞에 섰다. 코르셋이나 파니에(치마를 부풀리기 위해 안에 몇 겹으로 겹쳐 입는 속치마)를 갖추어 입지 않아 영 볼품이 없었다. 화장은 물론 머리도 대충 묶어서 따로 놀았다. 그런 건 아무래도 좋았다. 몸에 맞는지 확인만 하면 족했다. 여주인이 뒤에서 돌면서 이곳저곳 만졌다.

"어쩜 아가씨. 허리가 이렇게 가늘대. 맞는 코르셋도 없겠네. 드레스도 허리를 좀 줄여야겠는걸. 기장은 좀 짧은데……. 아무래도 밑에 좀 덧대야 할 것 같고. 레이스가 망가진 부분이 있어서 뜯어내고 새로 붙여야겠고……. 좀 수선할 곳이 있겠는데요."

"여기서 수선할 수 있겠죠?"

"음…… 좀 손이 많이 갈 것 같아서……. 곤란해요. 당장 수선할 것이 밀려 있거든요."

"수선 안 하고 그냥 입으면……."

여주인이 단호하게 고개를 저었다.

"절대 그건 안 돼요. 망신만 당할 거예요."

산 넘어 산이라더니. 루시아가 끙끙거리자 여주인이 다시 그녀를 구원해 주었다.

"우리 어머니가 지금은 은퇴하셨는데…… 꽤 오래 수선 일을 하셨거든요. 그래도 괜찮으면……."

"괜찮고말고요!"

*　　　*　　　*

투구를 벗자 새카만 머리카락이 후드득 어깨로 떨어졌다. 하인들이 사방에 달라붙어 가죽 매듭 끈을 풀어서 주인의 가슴과 양팔, 양다리에서 갑옷을 벗겨냈다. 그는 전쟁터에서조차 이렇게 꽁꽁 싸매는 무장을 하지 않는다.

골머리를 쑤시는 비명 같은 환호성을 받으며 광대처럼 길거리를 행진하고, 왕의 사병이라도 된 것처럼 줄을 맞추어 사열식을 한 것까지는 간신히 참을 만했다.

"여기저기 그림 같은 것 좀 걸어놓지 그러냐? 너무 삭막하잖아."

그의 신경을 더 거슬리게 하는 존재는 따로 있었다. 초대하지 않은 손님이 그의 개인 공간까지 멋대로 들어와 평가질이었다. 옷을 갈아입고 있다는 걸 빤히 보면서도 뻔뻔한 손님은 휘휘 고개를 돌리며 구경에 여념이 없었다.

"여긴 제 침실입니다."

"엄밀히 침실은 아니지. 침실에 딸린 응접실이지. 손님을 맞기에 적절한 장소라네."

"손님을 맞는 응접실은 1층입니다."

"내가 오늘이 아니면 언제 공의 저(邸)에 와보겠어. 너무 인색하게 굴지 말게나. 내게 좋은 그림이 있지. 몇 점 보내주겠네."

그는 부글거리는 속을 꾹꾹 눌렀다. 실제로 그의 표정만으로는 그의 속내를 전혀 짐작조차 할 수 없었다. 차가운 가면을 쓴 것처럼 그의 붉은 눈동자는 가라앉아 있었다.

표정 없는 얼굴로 그는 하인들의 시중을 받으며 연미복을 차려입었다. 저녁부터 시작될 승전 기념 파티에 참석하기 위해서였다.

원래 좀 쉬다가 저녁 느지막이 가려 했다. 함께 가자고 쳐들어온 불청객만 아니었으면.

"참석은 오늘만입니다."

그는 소매의 커프스를 접으며 버튼을 채웠다.

"알았다니까. 근데 파티가 3일이 아니라 5일이라는데……."

"딴소리하실 겁니까?"

"알았다고. 이봐, 공. 대체 파티가 왜 싫어? 맛있는 술에 요리에, 아름다운 미녀들까지. 즐겨보지 그러나."

"술은 와인 장에 충분합니다. 딱히 요리를 찾아 즐기는 미식가는 아니고, 여자는 파티에 굳이 가지 않아도 많습니다."

"거 참. 꼭 그런 이유만이 아니잖아. 공은 날 도와줘야 한다고. 그러기로 했지 않나."

"정확히는 왕이 되시면 돕기로 했지요."

"허어, 대체 나 말고 누가 왕이 될 거라고 그러나?"

태자 퀘이즈의 자신만만한 어조에도 그는 어깨를 으쓱했다.

"왕 되시고 다시 이야기하지요."

세상일은 모르는 거 아닙니까? 말하는 것 같은 그의 태도에도 퀘이즈는 그다지 불쾌해하지 않고 그저 탄식만 했다.

"공은 정말 새침한 아가씨보다 꾀기 힘들군."

"집착하는 남자는 인기 없습니다."

"음? 어? 공, 그거 농인가? 농이지?"

퀘이즈는 반색했으나 그는 심드렁하게 대꾸했다.

"출발하시죠."

그는 한시라도 빨리 이 불청객을 그의 휴식처에서 내보내고 싶었다.

구원자나 다름없었던 의상실 여주인은 결국 어쩔 수 없는 장사치였다. 루시아는 드레스와 수선비까지 평소 시세의 무려 두 배나 지급했다. 여주인 말에 따르면 그 가격이 '오늘'의 평소 시세였다. 어울리는 구두와 코르셋, 파니에 등등 필요한 것들 모두 일체로 살 수 있어서 수고는 던 것을 위안으로 삼았다. 입고 갈 드레스는 구했지만, 화장과 머리를 도와줄 미용사를 섭외하는 일은 결국 실패했다.

다행히 루시아는 대충 화장을 하고 머리를 만질 줄 알았다. 그래도 아마 전문 미용사가 그녀를 봤다면 대체 누가 이 꼴로 해놨느냐 혀를 찼을 것이다.

루시아는 연회장에 들어설 때부터 이미 지쳐있었다. 몇 시간을 정신없이 돌아다녀 다리가 아팠고, 조마조마한 심정으로 화장이나 머리를 몇 번이나 고쳤더니 진이 다 빠졌다.

'이 모든 수고가 수포로 돌아가지 말아야 할 텐데……'

꿈이 아닌 현실에서 사교 파티에 처음 참석하는 것인데 설렘보다는 걱정이 앞섰다.

'아아……. 많다. 사람에 치이겠네.'

시장통에 몰린 것처럼 와글와글 떠들고 있는 사람들이 제일 먼저 눈에 들어왔다. 아무리 놀기 좋아하는 귀족들이라도 나름대로 전쟁 중에는 자제했던 터라, 무척 오랜만에 열린 화려한 궁중 파티에 잔뜩 들떠있었다. 수도의 모든 귀족이 여기 있을 거라 해도 과언이 아니었다.

격이 있는 파티일수록 초대장으로 입장객을 제한했다. 귀족들은 자기들끼리도 급을 매겨 끼리끼리 어울린다. 오늘 같은 자리가 아니면 낮은 급의 귀족이 고위 귀족 얼굴을 구경할 기회도 거의 없었다. 그러니 인맥이 필요한 귀족일수록 오늘 기를 쓰고 참석했을 것이다. 어떻게 해서라도 안면을 터서 그럴듯한 파티 초대장을 얻을 수 있으면 거기서 또 새로운 인맥을 쌓을 기회의 시작이었다.

반짝이는 샹들리에, 넘쳐 쌓여있는 온갖 진미들, 눈부신 드레스와 보석으로 치장한 여인들과 그들을 맴도는 화려한 연미복의 남자들, 끊어지지 않고 이어지는 선율. 누구나 한 번쯤 그려보는 환락의 밤이 여기 있었다.

예상보다 사람이 너무 많았기에 혹시라도 그를 찾지 못할까 봐 걱정했으나 그건 기우였다. 사람들의 술렁거림과 몰리는 시선을 좇다 보니 자연스럽게 그를 발견할 수 있었다.

'아……. 그다…….'

휴고 타란.

가슴이 쿵쿵 뛰기 시작했다. 그는 꿈에서 본 기억보다 훨씬 더 환상적이었다. 전쟁의 흑사자라는 위명만 들어오던 사람들이 실제 타란 공작을 직접 보면 열이면 열 모두 놀랐다. 우락부락하고 거친 무인은 없었다. 그는 대단히 준수한, 아니, 그 이상으로 매력적으로 잘생긴 남자였다.

새카만 흑발과 핏빛의 붉은 눈동자의 선명한 대조에 처음 시선을 빼앗기고 나면 그다음으로 수려한 조각 같은 얼굴이 감탄을 자아냈다. 깊이 음영이 지고 높은 콧대가 서늘한 기운을 품고 있는 긴 눈매 가운데에서 기가 막히게 균형을 잡아주었다.

차갑게 다문 입술을 벌려 말을 하면 주변의 모든 사람이 귀를 기울였다. 강인한 턱 선으로 이어지는 적당히 도드라진 목울대는 그의 남성성을 드러냈다.

루시아는 잠시 입을 벌려 넋 놓고 보다가 재빨리 입을 다물고 주변을 살폈다. 다행히 그녀의 추한 모습을 관심 있게 본 사람은 없었다.

'계약결혼……?'

루시아는 꿀꺽 침을 삼켰다.

'과연…… 할 수 있을까……?'

너무 수준이 높았다. 감히 네가 눈독을 들일 남자가 아니야. 그녀의 양심 비스름한 것이 속삭였다.

퀘이즈는 신나게 휴고를 여기저기 끌고 다녔다. 엄청난 보물이라도 되는 것처럼 과시하고 싶어했다. 퀘이즈의 입장에서 보면 타란 공작은 보물이 맞았다. 손에 넣고 싶어 아주 공을 들이는 중이었다.

둘 중 누구도 우리가 손을 잡았다고 대놓고 이야기하지 않았다. 다만 두 사람이 함께 있다는 사실만으로 사람들의 풍부한 상상력을 자극했다. 퀘이즈는 그걸 이용했고, 휴고는 묵인했다.

휴고는 지루한 시간이 어서 지나가기만 기다렸다. 퀘이즈가 왕이 되면 이런 자리에 지속해서 참석해야겠지만 그때는 그때고, 아직은 태자를 위해 그렇게까지 최선을 다할 생각은 없었다.

'뭐지……?'

그는 아까부터 끈질기게 자신을 주시하는 누군가의 시선을 느꼈다. 그는 대단히 예민한 사냥꾼이었다. 누군가에게 겨냥당하는 일에 민감했다. 악의는 느껴지지 않았지만, 누군가를 목표로 삼는 것이 아니라 목표의 대상이 되는 것이 찜찜했다. 그는 티 내지 않고 시선의 주인을 찾았다.

'여자……?'

시선의 주인은 의외로 여자였다. 아무런 특징 없는 갈색 머리카락에 푸른빛 드레스를 입은 여자는 성년은 지난 건가 싶을 정도로 앳되어 보였다. 휴고의 시선이 향하면 여자는 안 보는 척 눈을 돌렸지만, 이미 그는 그녀가 계속 자신을 보고 있음을 알아차렸다.

그는 여자들이 자신을 뜨겁게 바라보는 시선에 익숙했다. 하지만 갈색 머리 여자의 시선은 그런 종류가 아니었다. 뭔가 할 말이 가득한 표정으로, 초조함이 언뜻 묻어나면서 때로는 간절함을 담은 눈을 하고 있었다.

'할 말이 있으면 오겠지.'

그는 관심을 거뒀다. 그러나 여자의 집요한 시선은 자꾸 그의 신경을 건드렸다. 이제는 그가 잠깐잠깐 여자가 뭘 하는지 살피기 시작했다. 그녀는 누구와도 대화를 나누지 않고, 춤을 추지도 않고 오직 그만 보고 있었다. 아주 잠깐. 짧은 순간이지만, 그가 혼자가 되었을 때 그녀가 한 걸음 내디디려 하는 것을 분명히 보았다.

하지만 그의 주변에 누군가 다가오자 그녀는 이내 다시 물러섰다. 그는 저도 모르게 인상을 찌푸렸다. 결국, 파티가 끝날 때까지 끝내 여자는 가까이 오지 않았다.

'도무지…… 가까이 갈 수가 없어.'

그는 마치 오늘의 주인공 같았다. 사람들은 절대 그를 혼자 두지 않았다. 같이 있는 사람 중에 평범한 사람은 하나도 없었다. 미래의 헤세 9세, 태자 퀘이즈는 줄곧 그의 주변을 떠나지 않았다.

'내 끔찍한 결혼의 원흉이 저기 있군.'

배다른 오라비를 보며 루시아는 짧게 감흥을 표현했다. 딱히 태자를 원망하는 마음은 없었다. 비록 반은 같은 피가 흐른다 해도 태자가 루시아를 챙겨줄 의리는 없었다. 배다른 형제 같은 건 원래 남보다 못했다.

결국, 파티가 끝날 때까지 루시아는 말 한마디는커녕 근처에도 가 보지 못했다.

'하아……. 어쩌지. 그가 내일도 참석할까?'

그를 과연 내일도 볼 수 있을지 확신할 수 없으나 이번 파티는 그와 대화를 나눌 기회를 엿볼 수 있는 유일한 희망이었다. 루시아는 다음 날도 참석하기로 마음먹었다.

5일째. 마지막 날이었다. 5일 연속 이어진 파티에도 사람들은 지치지 않는지 홀에 가득했다. 아마 이 파티가 끝나면 체력이 방전되어 한동안 몸져누울 사람들이 한둘이 아닐 것이다. 한동안은 사교계가 꽤 한가해질 것이다.

하지만 첫 하루, 이틀에 비하면 사람이 꽤 줄었다. 오늘까지 참석하는 사람들은 대부분 파티광이었다. 혹은 어두운 복도나 눈에 안 띄는 정원에서 함께 즐길 상대를 물색하는 이들이거나.

모든 사람이 파티를 즐기지는 않았다. 식욕을 자극하는 성찬들도, 새로운 인연을 트는 일도, 이성과 어울려 은밀한 신체 접촉을 나누는 일도 관심 없이 음울한 표정을 짓고 있는 사람이 있었다. 다른 사람들의 진로를 방해하지 않으려고 벽 가까이 붙어 무알코올 샴페인을 홀짝이는 쓸쓸한 외톨이는 루시아였다.

5일간 저녁부터 밤까지 서 있었더니 다리는 저리고 구두 속 발바닥에서 불이 났다. 바짝 조이지 않았는데도 코르셋은 등과 가슴을 앞뒤로 압박해 숨쉬기가 힘들었다. 코르셋 때문에 배는 고파도 음식은 그저 조금 맛보는 수준이었다.

저렇게 많은 요리들이 먹음직한 냄새를 풍겨도 장식품이나 마찬가지였다. 화장실을 다녀오는 일이 번거로워서 지금 한 잔의 샴페인을 들고 입술만 축이며 몇 시간을 버티는 중이었다.

확실히 배가 고프면 우울해지는 건 맞는 것 같다. 루시아는 지금 몹시 우울했다. 하지만 그 이유가 뱃가죽이 달라붙을 정도로 배가 고프기 때문인지, 5일간 타란 공작에게 말을 붙이기는커녕 근처에도 못 갔기 때문인지 확실하지 않았다. 어쨌든 두 가지가 거의 동등한 비중으로 그녀를 우울하게 했다.

루시아는 멀찍이 서 있는 검은 연미복의 남자를 응시했다. 그의 신체 조건은 사람들 속에서 압도적으로 우월했다. 큰 키와 넓은 어깨, 날렵함이 느껴지는 허리까지, 그의 몸은 완벽한 비율과 균형을 드러냈다. 어느 정도 밀착되는 스타일의 연미복 안에 감추어진 그의 몸이 무척 단단할 것 같다고 생각하는 사람은 자신만이 아닐 것이다.

이제 시간이 얼마 남지 않았다. 그와 결국 인사 한마디 나누지 못하고 파티는 끝날 것이다. 언제 또 그와의 만남을 시도해 볼 기회를 잡을 수 있을지 암담했다.

'그의 얼굴 구경만큼은 원 없이 했구나.'

엄밀하게 말하면 그녀는 5일 내내 그를 스토킹하고 있었다. 루시아는 자신도 모르게 이 짓에 빠져들었음을 인정했다. 그를 시선으로 좇는 일은 조금도 지루하지 않았다. 그는 눈을 즐겁게 해주는 근사한 남자였다. 그에게 몰려드는 사람들을 구경하는 일도 재미있었다. 특히 여자들이 가슴을 들이밀며 노골적인 유혹을 하는 모습은 참…….

그는 실로 아름다운 피조물이었지만, 자신의 외모적 매력을 이용하는 편이 아니었다. 그의 표정은 언제나 차갑고 희로애락의 감정이 없었다. 살짝 미간을 찌푸리거나, 눈썹을 올리거나, 시니컬하게 웃거나 입술로만 미소 지었다. 그 정도만으로도 사람들은 심기를 살피려고 전전긍긍했다.

그는 존재감으로 사람들을 압도했다. 자연스럽게 주변을 눌러내는 기세를 뿜어냈다. 그건 지배자의 위엄이었고 강자의 여유였다. 그를 멀찍이 보며 감히 다가가지 못하는 사람들은 타란 공작 외모만 보며 의외라고 고개를 갸웃하지만, 오히려 가까이 대화를 나눈 이들은 공작이 왜 전쟁의 흑사자라 불리는지 이해했다.

강한 수컷 앞에서 주눅이 드는 동종의 수컷과 달리 강한 수컷을 본능적으로 갈구하는 암컷들은 끊임없이 그의 주변을 맴돌았다.

루시아는 계속 접근을 시도하는 많은 여자들의 심정을 이해했다. 그는 신분과 재력, 외모와 젊음, 그야말로 모든 것을 갖추었다. 미혼인 데다가 아직 특정한 상대도 없다. 눈을 씻고 찾아봐도 그 정도의 남자는 없었다. 그는 특등품 중에서도 특특등품이었다. 아마자신이 조금만 더 자격을 갖추었다면 저 많은 여자들 틈에 끼어들었을 것이다.

'최소한 가슴만 컸어도 말이지.'

"하아아아아."

다양한 의미가 담긴 깊은 한숨이었다. 저 멀리 있는 타란 공작과의 간격을 좁힐 가능성이 도저히 없었다.

루시아만큼 지금 이 자리를 힘들어하는, 그 이상으로 지긋지긋해서 미칠 것 같은 사람이 하나 있었다. 자신을 둘러싸고 있는 떨거지들이 대체 언제 입을 닥치고 꺼져줄지 그는 인내심의 한계를 시험당하고 있었다.

그는 진심으로 전쟁터가 그리워졌다. 거기라면 얼마든지 다시는 떠들지 못하도록 조용하게 만들어줄 수 있었다. 그에게 악마라 지껄여대던 적장 목을 날려버리는 일에는 소소한 재미가 있었다. 당장 근처에 검이 없어서 다행이었다. 그는 대체로 자신의 인내심을 믿었지만 완벽히는 아니었다.

휴고의 붉은 눈동자가 한순간 흘깃 한구석을 스쳐 지나갔다. 아주 잠깐이었기에 그가 어떤 여인을 확인하려 한 것을 누구도 알아차리지 못했다.

'여전하군.'

붉은빛이 감도는 갈색 머리카락을 가진 자그마한 체구의 여자는 아까부터 한자리에서 똑같은 잔을 들고 서 있었다. 지난 4일 내내 봤던 연하늘색 드레스는 오늘도 바뀌지 않았다.

그는 사교 파티에 능통하지는 않아도 여인들이 한 번 입은 드레스를 다음 날 연속으로 입지 않는다는 것쯤은 알고 있었다. 이번처럼 5일 연속 파티라면 최소한 세 벌의 드레스를 마련해서 돌려 입는다. 세 벌의 드레스조차 마련하지 못할 정도로 지독히 가난하다면 오히려 이런 자리에 오지 않는 편이 나았다. 그녀는 남들의 비웃음을 살 정도의 관심조차 받지 못하고 있었다. 그녀가 누군가와 대화하는 모습을 단 한 번도 보지 못했다.

'돈인가?'

그녀가 그에게 원하는 것이 돈이라면 그냥 와서 달라고 하기를 바랐다. 이유 불문하고 내줄 용의가 있었다. 저 끈질긴 근성에 감탄해서라도.

그는 첫 하루만 참석하려던 원래 계획과 달리 그다음 날도 참석했다. 여자가 또 나타날까 호기심이 들었기 때문이었다. 여자는 전날과 똑같은 드레스를 입고 똑같이 한구석에 서서 계속 그를 바라보았다. 매번 똑같은 드레스를 입은 것이 그의 인상에 남기 위한 작전이라면 성공했다고 말해주고 싶었다.

여자는 두 번째 날에도 결국 다가오지 않았다. 그가 먼저 다가가 말을 붙일 수 있었지만 그러지 않았다. 그녀가 먼저 다가오기를 기다렸다. 승부가 걸린 놀이처럼 느껴졌다.

결국, 그는 5일 연속 파티에 참석하는 기록을 세웠다. 퀘이즈는 몹시 흡족해했지만 태자의 기분을 맞추려고 한 짓이 아니었다. 주변에는 잡인만 들끓고 정작 용건이 궁금한 여자는 그에게 오지 못하고 언제나처럼 멀리 거리를 유지했다.

'아무래도 이 떨거지들 때문이겠지.'

그의 주변에 둘러서서 열심히 떠들고 있는 자들은 나름대로 타란 공작의 기억에 남았다고 기뻐하고 있겠지만, 실상 휴고가 등 돌리면 그의 머릿속에서 까맣게 지워질 자들이었다.

'아무도 없으면 올 것 같은데……. 사람들 눈 닿지 않는 곳으로 피해볼까.'

5일이나 계속 참석한 덕에 그에 대한 폭발적 관심은 그래도 조금은 누그러졌다. 그렇게 옆에서 떨어지지 않고 붙어있던 퀘이즈도 오늘은 어디 갔는지 보이지 않았다.

"잠시 실례하겠소."

휴고가 양해를 구하고 무리에서 떨어져 나가자 사람들은 아쉬운 얼굴로 멀어져가는 그의 뒷모습을 바라보았다. 잠시 볼일을 보러 가는 것이려니, 그들은 다시 돌아올 공작을 기다리며 자기들끼리 말을 나누기 시작했다.

'어라?'

이제는 습관적으로 그를 보고 있던 루시아는 돌발 상황에 당황했다. 그는 이리저리 이동하는 편이 아니었다. 가만히 있어도 사람들은 몰려들었다. 그가 갑자기 혼자 어디론가 가는 것은 처음이었다. 루시아는 잠시 망설이다가 그가 간 방향을 가늠하며 뒤를 따랐다. 어쩌면 처음이자 마지막 기회일지도 모른다고 생각했다.

휴고는 느긋하게 걸었다. 이미 기척으로 뒤를 누군가 따르는 것을 알고 있었다.

'지금 내가 뭐 하는 짓인지.'

피식 웃음이 나왔다. 여자의 말 한마디 듣자고 굳이 자신이 이러는 모양새가 꽤 우스웠다. 그는 쓸데없는 호기심에 시간을 낭비하는 편이 아니었다. 이번 경우도 그냥 무시하면 그만이었다.

침대로 데려가고 싶은 그런 종류의 관심은 아니었다. 그에게 여자는 두 부류였다. 침대로 데려가고 싶거나, 그렇지 않거나. 그렇지 않은 여자에게 호기심이 든 건 처음이었다.

'요즘 좀 무료하긴 했지.'

팽팽한 긴장감, 광기에 휩싸인 병사들의 함성, 뜨겁고 진득한 피의 느낌. 그런 것들이 그리웠다. 잠시 전쟁터를 떠올린 그가 다시 현실로 돌아왔다. 어쨌든 지금 그는 여자의 목적이 무엇인지 몹시 궁금했다.

그는 동쪽의 정원으로 나왔다. 달이 가장 밝게 비치지만 그래서 밀회는 즐기기에 적당하지 않았다. 그나마 숨어서 운우지락을 즐기는 이들이 가장 없을 만한 곳이었다.

아직 물을 채우지 않은 분수대 근처에 자리를 잡았다. 사방 어느 정도 주변이 트인 곳이었다. 사람이 없으나 으슥하지 않았다. 그는 장소 선택에 만족했다. 바스락, 마른 잎을 밟는 소리에 그는 몸을 돌렸다. 나타난 여자를 확인하자마자, 아주 조금 품었던 즐거움이 날아가 버렸다.

"휴고……."

풍성한 금발이 달빛을 받아 보석처럼 빛을 발했다. 미모만큼이나 매혹적인 몸매를 지닌 미녀의 등장에 그는 표정을 굳혔다.

"이름을 허락한 건 과거의 일이오, 레이디 로렌스."

미녀는 큰 충격으로 눈동자가 흔들렸다. 정중하고 차가운 말투로 그는 선을 그었다. 그의 이름을 부를 자격을 빼앗고 전처럼 그녀의 이름을 불러주지도 않았다. 금방이라도 울 것처럼 젖은 눈으로 그를 응시하다가 소피아는 붉은 입술을 깨물었다.

"……무례하였습니다, 전하."

"내가 산책을 방해하였소?"

"아닙니다. 제가…… 전하께서 이쪽으로 오시기에……."

"자리를 비켜주면 고맙겠소."

"잠시면…… 잠시면 됩니다. 전하. 제발……."

그가 낮게 한숨을 흘렸다.

"우리가 나눌 말이 남았던가?"

"……매정하십니다. 어찌 그리 차갑게 자르십니까. 한때는 그래도 마음을 나누었다 믿었습니다."

울먹이는 미녀의 호소에 그는 냉랭하게 대꾸했다.

"레이디 로렌스. 난 누구와도 마음 같은 건 나누지 않소. 침대는 나누지만."

자신이 들은 말을 믿을 수 없다는 듯 소피아의 눈에 눈물이 차올랐다. 손수건으로 흐르는 눈물을 닦아내며 어깨를 들썩였다.

휴고는 위로는커녕 차가운 눈으로 뒷짐 지고 보기만 했다. 짜증이 나기 시작했다. 바로 이런 이유 때문에 그는 밤놀이 대상에서 미혼 아가씨들을 제외하기 시작했다. 번번이 룰을 위반한다. 더 이상 보는 것도 곤욕스러워 등을 돌렸다.

"이야기가 길어져 서로에게 도움될 건 없소."

소피아는 벽을 세우며 등을 보이는 그를 원망스럽게 바라보았다. 그의 차가움이 믿기지 않았다. 하염없이 그의 등을 바라보다가 점점 원망은 사라지고 뜨거운 감정이 솟았다. 소피아는 달려가 등 뒤에서 그를 끌어안았다.

그의 단단한 허리를 두 팔로 감고 너른 등에 고개를 묻었다. 오랜만에 접하는 그의 온기에 가슴이 벅찼다. 그와 보낸 격정적인 밤이 미련으로 달라붙었다. 터질 듯 풍만한 그녀의 가슴이 부드럽게 등을 눌렀으나 그는 앞을 감고 있는 그녀의 손을 잡아 무심하게 떼어냈다. 몸을 돌려 한 걸음 간격을 유지하는 그를 보며 소피아는 비참함에 몸을 떨었다. 그는 아주 완벽하게 여지조차 주지 않았다.

"제가 무얼 그리 잘못하였습니까? 정인께 연모의 정을 고백하였을 뿐입니다. 그 보답이 이별을 선언하는 장미꽃이라니 잔인하십니다."

"여인이란 참."

그가 혀를 찼다. 어찌 그리 어리석은가, 말을 하는 것처럼.

"내가 분명히 처음부터 이르지 않았던가. 그대 마음을 잘 간직하라 하였지. 그대는 내게 그러겠다 약조했고. 모른다 할 참이오?"

소피아는 말을 잇지 못했다. 그에게 사랑한다 말을 꺼내면 버려진다는 걸 소피아도 알고 있었다. 소피아 이전에 많은 여자들이 그리되었으니까. 하지만 차가운 저 남자가 다정히 이름을 불러주고 뜨겁게 안아주면 그런 건 다 잊고 말았다.

나는 달라. 나는 그의 인연이야. 나는 특별해.

다른 여자들이 범하는 어리석은 실수를 결국 소피아 역시 답습했다. 소피아는 그의 '전(前) 여자들'의 하나로 전락했다.

"다시…… 시작할 수는 없을까요? 전하. 다시는 마음을 보이지 않겠습니다. 다른 여인을 취하셔도 좋습니다. 곁에 있게 해주세요."

"그대는 아름다운 꽃이었소. 레이디 로렌스. 나는 정원에서 그 꽃을 꺾어 화병에 꽂아두었지. 하지만 화병의 꽃은 언젠가 시드는 법이라오."

시들어 버려진 꽃이 되어버린 소피아의 꼭 다문 입술이 바르르 떨렸다. 그의 말 한 마디 한 마디는 그녀의 가슴을 난도질했다.

그와 연인이 되었을 때 세상을 다 가진 것 같았다. 그는 다정하고 격정적인 연인이었다. 값비싼 선물들을 안겨 주는 데 인색하지 않았다. 침대에서 슬쩍 뭐가 예뻐요, 말하기만 하면 다음 날 그녀의 것이 되었다. 그가 준 목걸이나 귀걸이를 보란 듯 자랑하며 온갖 파티에서 과시하고, 은근히 그와의 관계를 드러내도 그는 뭐라고 하는 적 없었다.

어느 날, 어느 무도회에서 아마도 과거에 그의 여자였을 것이 분명한 여인이 소피아에게 경고했다.

「그의 곁에 하루라도 더 오래 있고 싶다면, 다가가지 마요. 언젠가 장미꽃을 받을 그날까지 즐기세요. 레이디 로렌스.」

당시에는 질투하는 여자의 헛소리로 들어 넘겼다. 그 말의 진정한 의미를 깨달았을 때는 이미 늦었다. 소피아는 그에게 너무 깊이 빠져버렸고, 그는 이별을 선언했다. 노란 장미 꽃다발과 함께.

"팔콘 백작부인은 딴 사내가 꺾어 이미 시든 꽃이 아닙니까?"

그에게 이별 선언을 들은 것은 이미 오래전 일이었다. 그런데 이제 와 그에게 달려온 이유는 그가 근래 가까이한다는 여자에 대한 소문 때문이었다. 팔콘 백작부인은 결혼한 남편 셋이 모두 죽은 사실로 유명한 여자였다. 자신을 버리고 선택한 여자가 그런 여자라는 사실을 도무지 납득할 수 없었다.

이야기가 길어질수록 휴고는 슬슬 불쾌해졌다. 그의 시선이 흘끗 풀숲을 향했다. 누군가 아까부터 두 사람 대화를 숨어 듣고 있었다. 휴고는 원래 그가 만나려고 했던 여자일 것이라고 확신했다. 그의 애초 목적은 옛 여자의 미련 섞인 투정을 듣는 일이 아니었다. 숨어있는 저 여자가 무슨 말을 할지 궁금했는데 그 약간의 호기심도 이제는 성가셨다.

"내 침실의 일은 그대가 관여할 바가 아니오. 정도를 넘지 마시오."

"불길한 여인입니다, 전하. 단지 전하의 존체에 해가 미칠까 염려되어 드리는 말씀이어요."

소피아를 침대로 데려갈 때 그는 꽤 공을 들였다. 여자의 접근에 응한 것이 아니라, 그가 먼저 다가가 춤을 청하고 침대로 유혹한 여자는 처음이었다. 그가 그전까지 즐기던 여자들과 스타일이 다른 미녀였다. 더 아름다웠고 덜 속물다웠다. 이후에는 그 반대되는 여자를 찾을 생각이었다.

"레이디 로렌스."

그의 목소리가 유독 차가워서 소피아는 흠칫했다.

"난 감정 소모를 싫어하는 사람이오. 그래서 화를 내지 않지. 화를 내는 일은 상당히 불쾌한 감정 소모거든. 나를 화나게 하면 반드시 대가를 치러야 한다오. 지금껏 그 대가는 목숨으로 받았지."

소피아의 얼굴이 하얗게 질리기 시작했다.

"날 화나게 하지 마시오."

소피아는 입술을 바르르 떨며 창백한 안색으로 그를 보더니 그대로 몸을 돌려 뛸 듯이 빠른 걸음으로 멀어졌다. 그 모습을 차가운 눈으로 보던 그가 정확히 시선을 한곳에 고정하며 말했다.

"나오시오. 고양이처럼 숨어 엿듣는 건 이제 끝이오."

처음부터 엿들으려던 의도는 없었다. 바쁘게 그의 뒤를 쫓다가 그가 대충 어디쯤 가는지 알면서 걸음을 늦추었다.

'도대체…… 어떤 식으로 말을 꺼내야 하지?'

암담해서 머릿속이 캄캄했다. 그를 만나겠다는 맹렬한 목적에 눈이 멀어 그 너머를 대비하는 데 소홀했다. 그래도 발은 그를 향해 움직이고 있었다. 서 있는 그를 발견했을 때 루시아는 다시 한 번 망설였다. 그리고 다른 여자에게 기회를 빼앗기고 말았다.

못 본 척 돌아서기에는 이미 너무 가까이 갔다. 움직이면 눈에 띌 것 같아서 그대로 풀숲 뒤에 쪼그리고 앉았다. 생생하게 들려오는 두 사람 대화는 듣고 싶지 않아도 귀에 쏙쏙 들어왔다.

'레이디 로렌스……? 설마…… 소피아 로렌스……?'

소피아는 루시아의 꿈속에 등장한 유명인 중 하나였다. 친분 있는 관계는 아니었지만 몇 번 본 적은 있었다. 사교계에 미인은 많지만 그녀는 그중에서도 단연 압도적이었다. 자연의 먹이 사슬로 비교하면 최고의 포식자였다.

'소피아 로렌스가…… 그의 옛 연인이었단 말이야?'

그에게는 애인이 많았고 수시로 바뀌었다. 그가 데리고 다니는 여자는 하나같이 가슴은 수박만 하고 허리는 개미만 한 화려한 미녀들이었다. 공통점을 찾자면 성격 나빠 보이는 백치 미인들이었다. 거의 일관된 스타일이라 그의 취향인 줄 알았다.

소피아 로렌스는 전혀 달랐다. 소피아는 한 떨기 백합 같은 미인이었다. 화려한 미인과 나란히 세워도 전혀 눌리지 않는 우아한 아름다움을 지녔다. 부친인 로렌스 남작이 여식 교육에 관심이 많아 음전하고 교양 있는 숙녀라고 들었지만.

'음전한 건 아니었구먼. 좀 노셨어.'

소피아 로렌스는 그녀의 미모에 반한 후작의 구혼을 받아들여 루시아가 결혼해서 사교계 활동을 시작할 당시에 이미 후작부인이었다. 상처(喪妻)한 후작의 재취로 들어간 것이지만, 남작의 여식으로 그 정도면 분에 넘치는 결혼이었다. 그리고 먼 훗날. 아이를 사산하고 죽었다는 소식을 들었다. 루시아는 어쩐지 기분이 묘했다.

'정말 처절하게 매달리는구나.'

소피아 정도의 미녀가 자존심 다 내버리고 저러는 것을 듣고 있자니 참 안타까웠다. 세상에 남자가 저거 하나가 아니랍니다. 말해 주고 싶었다. 물론 세상에 '휴고 타란'이란 남자는 하나뿐이지 않느냐, 말하면 할 말은 없겠다.

이런 식으로 적나라하게 그의 연애사를 목격할 줄은 몰랐다. 그것도 가장 최악의 순간을.

'하아……. 아무리 그래도 그렇지. 옛 연인한테 죽고 싶으냐 협박하는 남자라니…….'

자신이 만약 소피아의 입장이라면 그 말을 듣자마자 그 자리에서 쓰러져 죽을 것 같았다.

'이건 정말…… 예측을 벗어난 건데…….'

루시아는 그에 대해 많은 것들을 알지만, 모두 주변에서 들은 소문뿐이었다. 개인적인 휴고 타란 공작은 전혀 알지 못했다. 꿈속에서는 그와 단 한 번의 인사조차 나눠본 적 없었다. 늘 멀찍이 보기만 했던 것이다. 사람들에게 둘러싸인 그를 보며 나름 머릿속으로 그리던 그에 대한 이미지가 있었는데, 그게 다 와장창 깨져버렸다. 그는 그녀의 예상을 훨씬 뒤엎을 정도로 무자비했고, 동정심이 없었다.

'계약결혼……? 그 말 꺼냈다가는 가당치 않은 소리 한다고 화낼지도 몰라.'

그리고 그가 화가 나면, 대가는 목숨이었다.

'어쩌지? 어쩌지? 어쩌지?'

갈피를 잡지 못하고 괴로워하고 있을 때 고맙게도 그가 종지부를 찍어주었다.

"나오시오. 고양이처럼 숨어 엿듣는 건 이제 끝이오."

루시아는 소스라치게 놀랐다. 아주 잠시 더 숨을 죽였지만 아무래도 자신을 칭하는 것이 분명했다. 도망은 글렀다고 생각하고 천천히 웅크린 몸을 펴고 일어났다. 역시 그는 루시아가 있던 방향을 똑바로 바라보고 있었다.

"송구…… 합니다, 전하. 엿들으려던 것이 아니라……."

"대화를 나누기에는 좀 멀지 않나?"

루시아는 쭈뼛쭈뼛 풀숲에서 걸어 나와 그와 몇 걸음 거리 정도까지 다가갔다.

"다시…… 한 번 죄송합니다. 정말 엿들으려던 것은 아니었어요. 의도치 않게 그러고 말았지만…… 절대 여기서 들은 것은 누구에게도 말하지 않겠습니다. 약속드릴게요."

"그건 됐고. 할 말이 뭐요?"

"……예?"

"내게 할 말이 있어서 며칠 내내 날 쫓아다닌 것 아니었나?"

그는 대충 여자의 목적이나 듣고 그만 집으로 돌아가고 싶었다. 조금 전까지의 흥미는 이미 다 식어버렸다.

'헉.'

알고 있었어? 계속 스토커 짓한 것을 알고 있었단 말이야? 루시아는 당황해서, 아니, 창피해서, 둘 중 어떤 감정이 우선하는지 알 수 없어서 눈동자만 데굴데굴 굴렸다. 식은땀이 나려는지 등에 한기가 들었다.

밀랍 인형처럼 굳어서 쩔쩔매는 여자를 보며 휴고는 기분이 좀 나아졌다. 멀찍이 봤을 때와는 좀 느낌이 달랐다. 차분한 목소리는 맑아서 듣기가 좋았고, 표정은 훨씬 생동감이 있었다. 축 처져있던 모습은 아무래도 피곤해서 그랬던 모양이었다. 미인은 아니지만 뭐

랄까.

'귀엽군.'

마치 작은 초식동물 같은. 다람쥐나 토끼 같은? 그는 다람쥐나 토끼 따위를 귀엽다고 생각한 적이 한 번도 없었다. 그건 사냥할 가치조차 없는 하찮은 생물이었다. 하지만 그는 자신의 모순에는 대단히 관대한 남자였다.

"할 말. 같은 말 여러 번 하게 하지 마시오."

화내는 건가? 안 돼!

"저기 저는. 그러니까. 계약…… 계약을 말씀드리려고."

"계약?"

휴고는 좀 실망했다. 기대와 달리 매우 재미없는 용건이었다.

"예. 계약입니다. 인생을 바꾸는 계약이요."

내 인생을. 루시아는 속으로 덧붙였다.

"인생을 바꾸는 계약이라."

그건 좀 흥미롭군. 그는 흐음, 중얼거렸다.

"자신이 누구인지 소개하는 것이 너무 늦지 않았소?"

"아, 예. 물론 지당하신 말씀입니다. 그런데 말씀드렸듯이 중요한 계약이라……."

루시아는 열심히 머리를 굴렸다. 지금은 이 자리를 벗어나고 나중 일을 생각하고 싶었다.

"이 자리에서 말씀드리기가 적절하지 않습니다. 제가 누구인지, 계약 내용이 무엇인지 전부 다요."

무슨 수작인가 미심쩍어 그녀를 보다가 일단은 호응해 주기로 했다. 그의 기감으로 주변에 그들 외에 사람은 없었지만, 정말 그렇게 중요한 내용이라면 안전을 기하는 것은 나쁘지 않았다. 그는 자신에게 이득이 될 계약이라면 언제든 환영이었다.

"어쩌자는 거요?"

"제가 공작저로 찾아뵈어도 되겠습니까?"

그는 잠시 생각했다.

"좋소. 언제?"

"훗날 연락드리겠습니다."

지금껏 그는 수많은 계약을 맺었고, 맺을 것이지만 늘 그는 갑이었고, 앞으로도 갑일 것이다. 그는 갑이 아닌 계약 따위는 맺지 않는다. 그녀가 말하는 계약 역시 먼저 제시한 사람은 그녀이니 이번에도 그가 갑이었다. 그런데 여자는 마치 입장이 뒤바뀐 것처럼 행동했다. 둘 중 하나였다. 뭘 몰라 겁을 상실했거나, 정말 고단수이거나.

"지금 나보고, 언제 올지 모르는 연락을 기다리라는 건가?"

루시아는 삐질 등 뒤에 식은땀이 솟았다. 하지만 겉으로는 의연하게 되받아쳤다.

"그 정도는 감수하셔야지요. 인생을 바꾸는 계약이니까요."

그는 흥미롭다는 눈으로 루시아를 주시했다. 지금껏 그에게 이런 되지도 않는 짓거리를 하는 사람은 없었다. 겉모습만으로 사람을 판단할 수는 없지만 아무리 봐도 이 여자는 그에게 사기를 칠 만큼 간이 커 보이지 않았다. 하지만 겁 많아 보이는 커다란 눈을 해서 그의 시선을 똑바로 마주치는 짓이 제법 앙큼했다.

"그 말 그대로이길 바라겠소. 내가 그렇게 관대하기만 한 사람은 아니거든."

루시아는 관대한 '적'이 없는 거라고 그의 말을 정정해 주고 싶었다. 협박이 생활인 남자였다. 어쩌면 자신은 타란 공작이라는 사람에 대해 처음부터 잘못 생각하고 있었는지도 모른다. 그래도 하나는 알겠다. 이 남자는 절대 신사가 아니었다.

"……예. 명심하겠습니다."

3.
결혼할까요

　루시아는 상담이 필요했다. 누군가와 이 고민을 나누고 싶었다. 그녀 주변에 적절한 사람이라고는 놀만뿐이었다. 놀만은 루시아보다 나이도 많고 ―꿈속 기억까지 따지면 루시아가 훨씬 더 많겠지만― 다양한 소설을 쓸 수 있을 정도로 삶의 경험과 상상력이 풍부했다. 도움이 될 것이다.

　놀만에게 모든 사실을 다 털어놓을 수는 없었다. 놀만은 루시아를 시녀로 알고 있었다. '제가 사실은 공주이고, 타란 공작을 상대로 계약결혼을 시도하려 하는데 과연 성공할 수 있을까요?' 하고 말할 수 있을 리 없었다.

　"놀만. 내 인생에서 중요한 선택을 해야 하는데요."

　루시아는 최대한 추상적으로 표현했다.

"가령 내 인생 앞에 두 가지 길이 있어요. 가만히 두면 왼쪽 길로 갈 것이 분명해요. 어떻게 될지 뻔해요. 죽도록 고통스럽고 힘들 거고요. 그런데 오른쪽 길로 가도록 시도는 할 수 있어요. 그런데 이 시도가 성공할지 실패할지 알 수 없고, 성공하면 오른쪽 길이 어떤 길인지는 전혀 몰라요. 왼쪽 길보다 나을 수도 있지만 더 최악일 수도 있겠죠. 놀만이라면 어떤 선택을 하겠어요?"

"나라면 오른쪽으로 가 보려고 시도할래."

"……망설이지도 않네요."

"왼쪽으로 가면 어떻게 될지 뻔히 안다며. 그것도 행복한 것도 아니라 괴로울 것이라는 사실을. 그럴 거면 질러놓고 보는 거지. 만약 오른쪽 길이 더 괴롭다 해도 내가 선택한 거니까 미련은 없을 거야."

"미련……."

"그리고 앞으로 어찌 될지 안다면 얼마나 재미없니? 인생은 원래 예측할 수 없어야 살 만한 거야. 지금 괴로워도 내일은 어쩌면, 이런 희망이 있어야 살 수 있는 거지."

"우와. 놀만. 마치…… 현자 같아요."

"푸하핫. 현자는 무슨. 내가 원래 내일 같은 거 모르고 사는 사람이잖아. 인생은 도박이야. 한 방이라고. 위험을 무릅쓰지 않고 뭔가를 얻을 수는 없어."

놀만 말대로 이건 도박이었다. 자신의 인생을 건 도박이다. 만약 이 도박이 성공해서 공작부인이 된다면 그녀의 인생은 완전히 달라진다. 이혼을 해서 전(前) 공작부인이 된다고 해도 최소한의 품위 유지는 보장받을 것이다. 꿈꿔온 아늑한 이층집이 더는 꿈만이 아닐 것이다. 꿈속에서 펼쳐진 그녀의 인생은 너무 고달팠다. 아무 고민 없이 평온하게 살고 싶었다.

'그래. 지르는 거야. 인생은 한 방.'

애써 낸 용기가 사라지기 전에 루시아는 놀만의 집을 나와 곧바로 타란 공작저로 향했다. 길 가던 아무나를 붙들고 물어도 알고 있는 공작저는, 쉽게 찾을 수 있었다. 거기까지만 순조로웠다. 굳게 닫힌 거대한 철창문 앞에 서자 숨이 턱 막혔다. 부푼 용기 주머니가 다시 쪼그라들었다.

'왜 아무도 없지?'

대체 어찌 된 일인지 공작저 대문 앞에 근위 병사 하나 없었다.

'여기까지 와서 그냥 돌아가야 해?'

근위 병사가 누구냐고 위압적으로 물으면 어물거리다 오히려 도망쳤을지도 모르면서 막상 아무도 없자 괜히 억울했다. 분풀이처럼 철창문을 확 밀었는데 스윽 문이 열린다.

'헉…… 열려있네.'

열린 문 안쪽을 몇 번 고개를 들이밀며 망설이다가 조심스럽게 안으로 들어갔다. 명색이 공작저인데 들어가면 곧 누군가 보이겠지, 기대했다. 그러나 제법 한참을 걸어도 사람 그림자조차 보이지 않았다.

'왜 이렇게 허술하지? 여기 공작저가 맞기는 한 거야?'

"누구쇼?"

두리번거리며 조심조심 걸어가는 루시아 앞에 불쑥 한 남자가 나타났다. 루시아는 놀라 헉, 숨을 삼키며 손으로 가슴을 눌렀다. 남자는 루시아를 놀라게 한 짓을 미안해하기는커녕 오히려 고개를 들이밀며 이리저리 그녀를 살폈다.

"보아하니 여기서 일하는 사람 같지는 않은데 여기서 뭐 해?"

건들거리는 태도에 무례한 말투. 막돼먹은 붉은 머리 남자는 겉보기에 그럴듯한 기사의 갑옷을 입고 있었다. 가슴에 흑사자 문양이 선명했다. 루시아는 꼿꼿하게 허리를 세웠다.

"그대는 공작가 기사인가?"

남자는 얼씨구, 이건 뭐야. 중얼거리며 루시아를 아래위로 훑어보았다.

"그렇소만?"

"전하께서는 안에 계시는가?"

"글쎄올시다. 전하는 왜 찾으시오?"

"비록 무례하게 이렇게 갑자기 방문했으나 전하께 말을 전해줄 수 있겠는가? 휴고 타란 공작을 뵙기를 청하오."

"그래서. 댁은 뉘시오?"

"나…… 나는 전하께 중요한 말씀을 드릴 것이 있소. 전승 파티에서 계약을 제안했던 사람이라 전하면 분명히 만나주실 것이오."

"난 그런 건 모르겠고. 댁은 누구냐. 누군지도 모르는 사람을 주군께 데려갈 수는 없잖아. 귀족은 아닌 것 같고. 상인인가?"

루시아는 귀가 화끈거렸다. 도무지 지금 차림새로는 공주는커녕 귀족 아가씨라고 주장하기도 힘들었다. 곤욕을 당하고 끌려 내쳐져도 할 말 없었다. 차라리 심부름꾼이라고 말을 전해달라고 할 것을 그랬다. 하지만 이미 내친걸음이었다.

"비록 이런 차림이지만 전하를 뵙기에 부족할 것 없는 고귀한 신분이오."

가만히 루시아를 바라보던 남자가 휙 몸을 돌렸다.

"따라오슈."

쾅쾅, 주먹으로 내리치는 소리에 뒤이어 답변을 하지 않았음에도 '나, 들어가요.' 하며 벌컥 문을 열고 적발의 사내가 고개를 들이밀었다. 집무실 안쪽 널찍한 책상 앞에 암흑처럼 새카만 머리카락의 사내가 곧은 자세로 앉아 있었다. 그는 어슬렁거리며 다가오는 녀석을 확인하며 시선을 다시 내려서 서류에 서명했다.

"제롬은."

그의 충직한 집사가 있었다면 저 녀석이 이런 만행을 저지르도록 두고 보지 않았을 것이다.

"잠시 나간다던데. 이유를 듣긴 했는데 잊어버렸소."

어지간히 급한 용무였던 모양이다. 그렇지 않고서야 이 녀석만 남겨두고 자리를 비웠을 리가 없다. 아마 장시간 자리를 비울 것은 아니라서 방해가 될까 봐 그에게 보고도 하지 않은 것 같다.

"너랑 놀아줄 시간 없다. 혼자 놀아."

"……참, 나. 맨날 철없는 꼬마 취급이라니까."

그래 봤자 나보다 몇 살 많지도 않으면서. 적발 사내는 구시렁거렸다.

"철없는 꼬마면 혼내기라도 하지."

"……우와. 대련을 빙자해서 그렇게 두들겨 패고도 그 말이 나오시오?"

"그건 귀여워해 준 거고."

"아우 씨!!"

씩씩대며 울분을 터뜨리는 반응을 즐거워하며, 휴고의 입가에 살짝 미소가 지어졌다 사라졌다. 감정 표현에 인색한 그를 그나마 웃게 하는 유일한 녀석이었다.

"손님 왔소."

"오늘 일정에 그런 거 없다."

그를 만나려고 안달복달하는 사람들을 줄을 세우면 끝이 보이지 않을 것이다. 그런 자들을 일일이 다 만나 주었다가는 밤을 새워도 부족했다.

예의는 차린답시고 대개 편지를 보내왔지만, 막무가내로 찾아오고 보는 자들도 적지 않았다. 안 된다는 근위병의 경고는 예사로 무시했다. 무조건 응접실을 차지하고 앉아서 근위병에게 고지하고 들어왔으니 반허락은 받은 것이라 주장하는 뻔뻔한 자들이 한둘이 아니었다.

결국, 아예 대문의 병사를 치웠다. 대문을 넘어오면 무조건 무단 침입으로 간주했다. 그렇게 들이닥친 귀족 몇의 목에 검을 겨누어 주었다. 목의 살갗이 살짝 베여 흐르는 피에 혼비백산 달아나더니 그 후에는 누구도 감히 들어올 생각을 하지 못했다. 대신 그에 대한 악명은 더 높아져 하늘을 찔렀다.

"되게 재밌는 손님인데. 만나보시죠?"

"아는 사람이냐?"

"그건 아닙니다만 겉으로 보기에는 영 아닌데 본인이 귀한 분이라고 주장합디다."

적발 사내는 킬킬대며 웃었다.

"그런 것치고는 차림새도 그렇고 수행원이고 뭐고 없이 혼자인데 되게 당당하오. 재밌지 않소? 대체 뭔 용무로 주군을 보러 왔는지 몹시 궁금하단 말이오."

눈을 반짝이는 적발 사내, 로이를 보며 휴고는 혀를 찼다. 일하는 중에 난입해 제 호기심을 채우기 위해 손님을 만나보라 떼쓰는 꼴이라니. 집사 제롬이 알았다가는 길길이 뛸 일이었다. 제롬이 돌아와 이 사실을 알면 족히 두 시간은 꼼짝없이 붙들려 퍼붓는 비난을 들어야 할 것이 뻔한데 곧 있을 일보다는 당장 재미가 중요한 로이다웠다.

안 그래도 심심해 죽겠다고 노래를 부르던 녀석이었다. 안 된다고 하면 그를 무척 성가시게 할 것이다. 마침 그도 끝이 보이지 않는 서류 작업이 지루해지던 참이었다. 잠깐 머리를 식히는 것도 나쁘지 않겠다.

"다른 말은 전혀 없고?"

"그……. 뭐더라. 일단은 여자요."

당연히 남자일 줄 알고 가볍게 생각했던 휴고가 사납게 눈썹을 추켜세웠다. 로이는 데인 것처럼 움찔하며 재빨리 말을 덧붙였다.

"전승 파티? 거기서 계약 어쩌고 하던데요. 주군께서 꼭 만나줄 거라고."

휴고의 눈동자가 흔들렸다. 파티 이후 열흘 넘도록 무소식이라 그는 슬슬 그 여자의 의도를 의심하던 중이었다.

"손님은 어디로 모셨지?"

"응접실이요. 아, 혼자 두진 않았소. 하녀에게 차를 갖다 주라고 했지. 내가 그쯤은 아오."

으스대는 꼴이 퍽 한심해 보였다.

루시아의 맞은편에 두 남자가 앉아 있었다. 루시아는 차를 마시는 척하며 계속 그를 곁눈질했다. 정말 그와 이렇게 마주앉아 있다는 사실이 믿기지 않았다. 그저 신기했다.

'진짜…… 타란 공작이야…….'

흑발과 피처럼 붉은 눈. 강렬한 색상의 대조에 처음 보는 순간 섬뜩함을 느끼게 하는 남자. 그는 한 번이라도 보면 절대 잊을 수 없는 강한 인상을 지녔다. 지난 전승 파티 때 그와 대화한 것이 처음이고, 이렇게 밝은 곳에서 그와 가까이 마주 앉은 것 역시 처음이다.

"내가 집에 있는 줄 알고 온 건가?"

"아…… 아닙니다. 안 계시면 말씀만 전하려 했습니다."

그는 목소리마저도 지독하게 외모와 닮았다. 무겁고 낮으면서도 어딘지 모르게 날카롭고 그러면서도 귀에 쏙 들어오게 선명했다. 이 남자는 목소리까지도 근사하구나, 그날 풀숲에 쪼그리고 앉아 그런 생각을 했다.

'난…… 외모며 목소리며. 이런 것들에 정말 쉽게 흔들리는구나.'

꿈속에서도 그래서 호되게 당했으면서 정신을 못 차린다. 겉만 멀쩡한 남자한테 홀딱 빠져 모아둔 재산을 홀랑 날렸었지. 아무리 쓴 대가를 치러도 사람 본성이란 그리 쉽게 변하는 게 아니었다.

'메튼 백작. 그자 때문인지도 몰라.'

남자라고는 모르고 궁에 갇혀 살다가 남편이라고 처음 접한 남자가 나이 많고, 뚱뚱하고, 짤막한 키와 못난 외모, 거친 목소리를 가졌다. 이후에는 정반대의 남자에 마음이 갈 수밖에 없었다.

'미남이라고 좋은 남자는 아니지만……'

눈앞의 남자가 증거였다. 이 남자는 나쁜 남자다. 여자 마음을 아주 우습게 가지고 놀았다. 다 알면서도 루시아는 자신이 소피아처럼 되지 않을 거라고 자신을 할 수가 없었다. 저 얼굴로, 저 목소리로 달콤한 말을 해주면 과연 흔들리지 않을 수 있을까. 정신 차리자. 넌 할 수 있어. 루시아는 제 마음을 단단히 잡았다.

"사전 약속도 없이 방문한 결례를 저질렀습니다. 뒤늦은 인사를 용서하십시오. 저는 국왕 폐하의 열여섯 번째 공주, 비비안 헤세입니다. 고명하신 분을 다시 뵙게 되어 영광입니다."

"큭."

루시아가 '열여섯 번째 공주'라는 말을 할 때 웃음이 터졌다. 루시아를 안내해 저택 안으로 데려온 적발의 남자였다. 남자의 웃음이 불쾌하지는 않으나 공작가 기사치고는 참 경망스럽다고 생각했다. 문득 적발 남자가 누군지 기억해 냈다.

'로이…… 크로틴'

타란 공작의 충성스러운 수하. 그리고 사람들이 적발의 사내를 칭하는 또 다른 호칭이 있었다. 광견 크로틴. 그가 저지른 만행들은 부풀려진 것이겠지만, 그중 반만 사실이어도 미친개라고 불릴 자격이 충분히 있었다.

"전하의 귀한 시간을 아끼기 위해 본론만 말씀드리겠습니다. 저는…… 전하께 청혼을 드리러 왔습니다."

루시아는 말을 끝내자마자 숨을 죽였다. 잠시의 정적에 심장이 터질 것 같았다. 이미 물은 엎질렀다. 되돌릴 수 없다 생각하니 한편으로 후련했다. 루시아는 계속 그의 안색을 살피고 있었다. 잠깐 그의 눈썹이 꿈틀했을 뿐 그는 놀랍도록 냉정함을 유지했다. 격렬한 반응은 옆에서 터졌다.

"푸하하하하하!!"

로이가 죽어라 웃기 시작했다. 흡사 미친 것 같은 폭소는 타란 공작이 그를 싸늘하게 노려봐도 그칠 기미를 보이지 않았다. 그리고 결국 공작이 그의 뒤통수를 퍽 소리 나도록 내리치고 나서야 비명 소리와 함께 웃음이 끝났다.

"아우욱. 죽일 작정이오?"

뒤통수를 움켜잡고 눈물을 찔끔 달며 로이는 공작에게 사납게 대들었다. 지켜보는 루시아가 겁이 날 정도였다. 저래서 미친개인가?

"시끄럽고. 너 나가."

"에? 왜요? 조용히 입 닫고 있을게요. 진짜로."

입을 합 다무는 로이를 향해 쯧, 혀를 찬 휴고는 시선을 앞으로 돌렸다.

'공주라고?'

휴고는 자신을 공주라고 주장하는 여자를 살펴보았다. 그래도 지난 파티 때는 귀족 아가씨처럼 보였지만, 지금 하고 있는 꼴은 거리 나가면 마주치는 평민 여자와 다를 것이 없었다. 그러면서 공주?

왕실 족보 따위는 관심 없었다. 아마 왕도 자식들 얼굴을 다 모를 것이다. 한둘이어야 말이지. 그래도 진짜 공주는 맞을 것이라고 전제했다. 거짓으로 꾸며대기에는 터무니없는 신분이었다. 열여섯 번째 공주라는, 이상하게 구체적이기도 하고.

그는 여자를 좋아하지만 나름의 원칙이 있었다. 건드려 껄끄러울 대상은 근처에도 가지 않는다. 그에게 필요한 하룻밤 침대를 덥힐 여자는 내키면 취했다가 버릴 수 있어야 했다. 공주는 그가 건드리지 말아야 할 첫 순위에 속했다. 애초에 접점조차 만들지 않는다. 그녀가 공주라는 사실을 알았다면 만나지 않았을 것이다.

그는 무표정한 얼굴로 맹렬하게 두뇌를 회전시켰다. 도무지 여자의 의도를 파악할 수 없었다. 파티에서 5일이나 쫓아다니며 계약을 하자더니 갑자기 불쑥 나타나 이제는 제가 공주란다. 그러면서 결혼을 하자는 건 또 무슨 속셈인가. 갈피를 잡을 수 없이 이리저리 튀는 이 여자의 생각을 도무지 모르겠다. 상대의 의도를 전혀 감조차 잡지 못한 건 처음이었다.

"누굽니까?"

"······네?"

"공주님을 이곳에 보낸 사람. 대화를 나누려면 결정권을 가진 사람과 나눠야지요."

"제가 공주라고 믿어주시는 건가요?"

루시아는 그가 사람을 기만했다고 화를 낼 것을 각오했다. 온갖 모욕을 받아도 참으리라 마음을 먹었다. 그런데 그의 반응은 지나치게 평온했다.

"거짓말이었습니까?"

"아닙니다. 거짓말은 절대 아닙니다. 저는…… 화내실 줄 알았어요."

"거짓말이라면 화날 겁니다."

그녀는 지난 파티에서 엿들은 그의 말이 떠올랐다. 등에 쭉 소름이 돋았다. 화날 거라는 단순한 말로 이처럼 공포를 안겨 주는 사람은 없을 것이다.

"거짓말 아닙니다. 말씀드리지 못하는 건 있어도…… 거짓말은 하지 않습니다. 그리고 배후는 없습니다. 결정권은 제가 가지고 있어요."

"공주님이 여기 오신 것을 아는 사람은?"

"아무도 없어요. 비비안 공주가 궁을 나왔다는 것은 누구도 모릅니다."

거짓말은 아니었다. 그녀는 분명히 공주 비비안의 시녀 자격으로 출궁했다. 공주 비비안은 지금 얌전히 별궁에 있는 것으로 되어 있었다.

"어떻게 가능한 일인지는 나중에 확인하겠습니다. 지난번에는 계약을 제안하고 싶다고 하지 않았습니까? 오늘은 전혀 엉뚱한 말씀을 하시는군요."

"엉뚱한 이야기가 아닙니다. 전 계약을 제안하는 겁니다. 결혼이라는 인생을 바꾸는 계약을요. 그른 말씀을 드린 적 없습니다."

너무 어이가 없어서 그는 화낼 타이밍을 잊고 있었다. 이제 슬슬 부글부글 배 속이 거북해지기 시작했다. 시간 낭비, 헛소리. 그녀는 그가 싫어하는 짓을 골라 하고 있었다. 그는 차갑게 조소했다.

"지금 나와 말장난하자는 겁니까?"

"제가 얼마나 터무니없는 말씀을 드리는지 압니다. 갑자기 이런 말을 듣는 전하의 불쾌하신 심정도 이해합니다. 저는 다만 전하께서 저와 결혼해서 얻는 이점을 제시하려고 합니다. 듣고 나서 거절하셔도 괜찮아요. 많은 시간을 빼앗지 않겠습니다. 다시는 귀찮게 해드리는 일도 없을 겁니다."

순한 토끼 같은 인상의 자그마한 여자는 긴장한 기색이 역력하나 차분하게 말을 이었다. 진지한 눈동자는 똑바로 그를 바라보고 있었다. 승전 파티에서 봤던 간절한 눈이었다. 뭔가를 바라는데 탐욕은 없는 신기한 눈빛이었다. 그래서 승전 파티에서도 내내 신경이 쓰였다.

그가 말도 안 되는 소리를 들어가며 상대해 주는 이유도 저 눈 때문이었다. 그는 조금 더 시간 낭비를 해보기로 했다.

"좋습니다. 들어보지요."

"저……. 그전에. 옆에 계신 분은 자리를 피해 주셨으면 합니다."

"아니 왜요!"

초롱초롱한 눈으로 앉아 있던 로이가 버럭 소리쳤다. 모처럼 재밌는 구경거리를 놓치게 생긴 로이는 거세게 반발했다.

"솔직히 공주님이 여기서 주군이랑 앉아 있을 수 있는 것도 순 내 덕이라는 거 아쇼. 이런 식으로 뒤통수치면 안 되는 거란 말이요!"

"음, 감사해요. 그리고 죄송하고요. 하지만 지금부터 드릴 말씀엔 제 개인적인 내용이 들어있어요. 어쩌면 제게 치명적인 내용일 수도 있거든요. 못 믿어서가 아니라 그 정도쯤은 이해해 주실 수 있을 거라 믿어요."

"내가 어디 가서 떠들고 다닐 것도 아닌데……. 근데, 혹시 날 알아요?"

"아? 아……. 음……. 유…… 유명하신 분이니까."

"내가? 내가 그렇게 유명했나……."

턱을 쓰다듬으며 고개를 갸웃하는 로이를 보며 루시아는 식은땀이 났다. 먼 훗날 그가 유명한 건 분명히 사실이었지만, 어쩌면 지금은 아닐 수도 있었다.

'잘 다루는군.'

휴고는 픽 웃었다. 로이는 귀한 아가씨가 상대하기 결코 편한 쪽이 아니었다. 적발에 커다란 체구, 머리에 떠오른 생각을 걸러 말할 줄 모르는 무례함에, 큰 목소리는 마치 윽박지르는 것 같다. 하지만 알고 보면 녀석보다 단순한 생명체는 없었다. 고집 센 대형견이라고나 할까. 날뛸 것 같던 로이를 조곤조곤한 목소리로 단번에 얌전하게 만드는 솜씨가 제법이었다. 재미있는 여자였다.

"나가 있어라."

"……쳇."

로이는 다소 구시렁거리기는 했지만 순순히 나갔다. 막상 둘만

남게 되자 루시아는 살짝 긴장했다. 그녀는 마지막으로 머릿속의 시나리오를 정리했다. 이건 도박이었다. 그녀는 주사위를 던졌다.

"저는…… 전하께 후계로 삼은 아들이 있음을 알고 있습니다."

그가 이름뿐인 아내가 필요했던 가장 큰 이유. 그에게는 혼외 아들이 있었다. 어지간한 귀족에게 혼외 자식 한둘은 발에 채는 돌처럼 흔했지만, 그는 혼외 아들을 작위를 물려줄 후계로 삼았다는 점에서 특별했다.

제논은 사생아에 관대했다. 혼외자라도 입적하면 적자와 동일하게 취급해 주었다. 다만 혼적에 입적하기 위해서는 반드시 부인의 동의를 요했다. 루시아가 알기로 꿈속에서 공작과 공작부인 사이에는 아이가 없었다. 갖지 못한 것인지 갖지 않기로 약속한 것인지는 알 수 없지만 아마 후자일 것이다.

"절대 전하께 세작을 심은 것이 아닙니다."

휴고는 다급한 그녀의 변명이 가소로웠다. 세작? 고작 열여섯 번째 공주 따위가? 정말 그런 일이 일어났다면 공작가의 보안을 담당하는 자들은 당장 모두 내일 목을 내놓아야 할 것이다.

"세작을 심었다 해도 관계없습니다. 계속하세요."

어찌 알았냐고 다그치면 어쩌나 불안했던 루시아의 예상과 달리 그는 차분하게 응대했다. 오히려 재미있어 하는 것 같았다. 지난번에 만났던 그와 어쩐지 느낌이 달라 의아했다. 생각보다 그는 인내심이 강하고 온화했다. 역시 사람은 한 번만 봐서는 알 수 없는 법인가 보다. 이야기가 잘 통할지도 모른다는 기대가 생겼다.

"아……. 네. 그래서…… 후계에게 작위를 물리시려면 전하께서 결혼은 하셔야 할 테니까요."

"그래서. 그 결혼을 공주님과 하자는 겁니까?"

"……네."

그가 피식 웃었다.

"내게 후계가 있음은 비밀이 아닙니다. 알아내려고만 하면 얼마든지 알아낼 수 있는 형식비라 할 수 있겠군요. 그 사실을 빌미로 삼으려는 것이라면."

"아니에요! 전하를 협박하려는 것이 아닙니다. 그럴 생각은 감히 안 해요. 말씀드렸다시피 전 제안을 드리려고 왔습니다. 이 결혼으로 전하께서 얻을 이득을요."

물끄러미 루시아를 바라보던 그가 입을 열었다.

"뭡니까? 공주님과 결혼해서 내가 얻을 이득이."

그의 말투는 건조하고 사무적이었다.

"저는 외가가 없습니다. 결코 전하께서 제 외가에 신경 쓸 일이 없어요. 그리고 전 열여섯 번째 공주라 왕실 내에서의 위치도 보잘 것없으니 왕실에 지급할 지참금도 별로 들지 않을 겁니다. 하지만 어쨌든 공주이긴 하니까 겉보기에 아주 별 볼 일 없는 가문과 혼인하는 것보다는 대외적으로 그럴 듯하다고 생각합니다. 사실 이 점은 전하께서 별로 개의치 않을 부분일 것 같지만. 그리고 저는 전하 사생활에 전혀 관여하지 않겠습니다. 마음껏 노셔도, 아니, 그러니까 아마 결혼을 하기 전의 생활과 차이가 없으실 거예요. 원하시면 중간에 이혼해도 괜찮습니다."

가만히 듣고 있던 그의 표정이 아주 이상해졌다.

"아, 그리고 마지막으로. 공작가 후계에 제가 걸림돌이 되지는 않을 겁니다. 저는 아이를 낳을 수 없어요."

그는 길게 한숨을 내쉬었다. 그리고 대단히 불편한 표정으로 미간을 꾹 눌렀다. 루시아가 지금껏 봤던 중에 가장 많은 감정을 표현하고 있었다.

"도대체가."

그의 표정이 다시 차갑게 돌아왔다.

"공주님 머리통에 대체 무슨 생각이 들어있는지 열어보고 싶군요. 정말……. 아니, 다 집어치우고. 정말 공주님은 말씀하신 것들이 제가 이 결혼으로 얻을 이득이라 생각하십니까?"

"……예?"

"하나씩 따져봅시다. 공주님 외가, 결혼하면 아내의 친정이 되겠군요. 타란은 안주인 가문 하나 건사하지 못할 정도로 가난하지 않습니다. 가문의 인척과 친척은 관리처가 따로 있고 제가 신경 쓸 일은 없을 겁니다. 반역이라도 저지르면 모를까. 뭐, 설마 그렇다 해도 처리 못 할 건 없겠군요. 지참금은……. 말했지만 타란은 가난하지 않습니다. 지참금 아끼는 짓 따위 안 합니다. 처가의 가문이 이름이 있건 별 볼 일 없건 그 또한 상관없고. 타란 가문 전통에 이혼은 없습니다. 꼭 가문에서 벗어나고 싶으면 죽어야. 아니, 죽어도 안 되려나. 아무튼, 그렇습니다. 그리고 사생활 이야기는."

그는 다시 골치 아픈 표정을 지었다.

"무슨 뜻으로 그런 말씀 하셨는지 대충 짐작은 가는데. 저를 결혼하고 나서 이 여자 저 여자 여기저기 애인이며 첩이며 두고 난잡하게 노는 바닥으로 취급하시는 겁니까?"

"……예?"

루시아의 머릿속이 새하얗게 비었다.

"하…… 하지만 지난번에 제가 들은……."

"현재 저는 미혼입니다. 미혼 남자가 어떤 연애를 하든 누구도 간섭할 바가 못 됩니다."

그의 말은 지극히 타당했다.

"그런 단편적인 일로 누군가를 파악하는 일은 어리석다고 말씀 드리고 싶군요."

그의 비꼬는 것 같지 않은 비꼼은 루시아 심기를 건드렸다.

"그렇다면 전하께서는 결혼하면 오직 아내에게만 충실해서 평생 다른 여자는 쳐다보지도 않을 거라고 다짐하신다는 건가요?"

그는 잠시 말문이 막혔다. 물론 그건 아니었다. 그는 그런 다짐 따위는 안 한다. 가끔 놀 수도 있지. 그런데 그는 왜 이런 변명을 스스로 하고 있는지 이해할 수 없었다.

"그건 공주님이 상관할 자격은 없습니다."

"네, 물론이죠. 그래도 아니라고는 안 하시네요."

"기건 아니건. 그건 공주님이 따질 일이 아닙니다."

"압니다. 누가 뭐래요?"

옥신각신하던 두 사람 사이에 갑자기 정적이 찾아왔다. 루시아는 잠시 흥분해서 저만치 날아간 제정신을 얼른 챙기고 조신하게 입을 다물었고, 그는 괜한 헛기침을 했다. 루시아는 흥분이 가라앉자 시무룩해졌다. 그가 자신과 결혼해서 얻을 이익이 없다면 이 계약결혼이 이루어질 리가 없었다.

"그럼…… 후계 문제는요? 제가 아이를 못 낳는 건 전혀 전하께 도움이 안 되나요?"

여자가 아이를 못 낳는 건 굉장히 심각한 문제가 아닌가? 마치 의상실에서 이 색은 별로인데 저 색은 어때요? 묻는 것처럼 말하는 그녀의 태도에 그는 혼란을 느꼈다.

"내가 후계로 삼은 아들이 있는 건 사실이고. 결혼해서 아내가 아들을 낳는다면 조금 골치 아프겠지만……. 그 일까지는 설명할 필요 없겠군요. 아무튼, 그 문제도 상관없습니다. 그리고 아이를 낳을 수 없다는 건 증명할 수 있는 겁니까?"

"……아뇨."

의사는 진단해도 확언은 해주지 않을 것이다. 만에 하나 임신하면 거짓 진단을 내린 의사는 목을 걸어야 하는데 그런 위험을 누가 감수할까.

"증명할 수 없다면 어차피 조건으로 삼을 수 없습니다."

"하아……."

루시아는 무겁게 한숨을 내쉬었다. 이러면 그녀가 준비한 것은 모두 바닥이 났다. 그럼 꿈속에서 그는 무슨 이유로 그 여자와 결혼했을까. 그래도 무슨 조건이 맞았으니 한 것 아닌가. 어쩌면 계약결혼을 했다는 사교계 소문은 사실무근이고 사실은 그 여자와 열렬히 사랑한 건 아닐까? 절망하던 루시아는 번뜩 한 가지 생각이 떠올라 고개를 들었다.

"그러면. 이건 어떤가요? 전하를 사랑하지 않겠습니다."

“……뭐요?”

“절대로 전하를 사랑하지 않겠어요. 제 마음은 제가 가지고 있을 게요.”

그가 갑자기 큰 소리로 웃음을 터뜨렸다. 루시아는 멍하게 그를 보았다. 이렇게 유쾌하게 소리 내어 웃을 수도 있는 사람이었다. 제대로 웃어본 적은 있을까 궁금해했던 자신이 바보 같다는 생각이 들었다.

“공주님이 제안한 조건 중에 가장 마음에 드는군요.”

재밌다. 이 여자는 정말 재미있었다.

“좋습니다. 그걸 이득으로 치면. 그럼 공주님은 남편이 애인을 둬도 괜찮고 언제든 이혼해도 괜찮은 결혼을 해서 대체 뭘 얻으려는 겁니까?”

“전 그냥……. 공작부인이라는 이름을 얻는 걸로 충분해요.”

“공작부인이라고 터무니없는 사치를 허용할 생각 없고, 가문을 이용한 정치 놀음이나 권력 싸움 같은 건 어림없습니다.”

“그런 것은 바라지 않아요. 저는 다만……. 말씀드렸지만 전 열여섯 번째 공주예요. 폐하께서는 제 존재조차도 아마 잊으셨을 거예요.”

그는 ‘그렇지 않을 거다.’ 등의 입에 발린 위로조차 건네지 않았지만 오히려 그다워서 웃음이 나왔다.

“공주는 왕실의 이익을 위해 언제든 팔려나갈 준비가 되어있지요. 적당한 지참금만 받으면 왕실에서는 절 아무 곳에든 시집보낼 겁니다. 나이가 얼마나 많든, 몇 번의 결혼 경력이 있든, 얼마나 최악의 평판을 가진 사람이든. 전하께서는 최소한 나이도 젊고 미혼이시잖아요. 팔려나가기 전에…… 제가 절 팔고 싶었어요. 그럼 최소한 제가 선택한 것이니까. 무슨 일이 일어난다 해도 덜 억울할 것 같거든요."

그녀의 눈은 서럽게 우는 것 같았다. 그는 쉽게 타인을 동정하는 사람이 아니었다. 그녀의 사정이 어찌되었든 그가 마음 쓸 일이 아니다. 그녀의 제안은 두서없고 터무니없으며 신뢰할 근거도 없었다. 그럼에도 그는 지금껏 살아오며 이 정도 재미를 느낀 대상은 처음이었다.

"그럼 이만. 실례가 많았습니다. 많은 무례를 끼쳤어요. 용서하셨으면 합니다."

루시아는 일어나 그를 향해 꾸벅 고개를 숙였다. 고개를 드는 그녀의 표정은 개운했다. 최선을 다해 부딪쳐 보았다. 일의 성사는 하늘에 달린 것이다. 이 정도면 되었다.

"생각해 보겠습니다."

루시아의 눈이 휘둥그레졌다.

"지금 확답은 못하겠군요. 공주님 말씀대로 이건 인생을 바꾸는 계약이니까요."

그는 그 표현이 재미있는지 말 끝에 웃음을 흘렸다.

"아……."

그녀는 귀를 의심했다. 믿기지 않았다.

"생각해 본다고 했습니다. 한다고 하지 않았습니다."

"아……. 알아들었어요."

"일이 성사된 것 같다는 표정이기에, 확인해 본 겁니다."

루시아는 인상을 살짝 찡그리며 입술을 삐죽였다. 약을 올리는 건지, 괜히 속을 긁는 건지. 정말 이 남자는 뒤집어쓴 껍데기 외에는 마음에 드는 구석이 없었다.

"그럼 일단."

그가 일어나서 자신을 향해 손을 뻗을 때 루시아는 멀뚱히 그를 보며 가만히 서 있었다. 그의 커다란 손이 그녀의 턱을 틀어쥐고 그대로 입술이 부딪쳐 왔을 때까지도 루시아는 상황을 파악하지 못했다. 뜨거운 살덩이가 입안을 가르고 들어와 목 안 깊은 곳을 건드리자 그녀는 눈을 질끈 감았다. 꼭 쥔 주먹이 바르르 떨렸다.

갑자기 시작된 진한 키스는 그리 오래 이어지지 않았다. 그의 혀가 입안을 가볍게 훑고 지나가며 그의 입술이 떨어졌다. 그는 새빨갛게 달아오른 얼굴의 그녀를 보며 웃었다.

"확인입니다."

"뭘……요……?"

"부부가 되려면 최소한. 살이 닿아 혐오감은 없어야 할 테니까요. 다행히 그렇진 않은 것 같군요."

"아……. 그……."

"잠시 있으세요. 궁 앞까지 모셔다 드릴 마차를 준비하라 하겠습니다."

그가 몸을 돌려 나가고 루시아는 그대로 소파에 털썩 주저앉았다. 얼굴이 화끈거려서 두 손으로 얼굴을 감쌌다. 당연히 결혼해서 부부가 되면 이런저런 일도 다 하는 거고, 조금 전의 접촉 같은 건 당연한 건데. 루시아는 두 손으로 주먹을 쥐고 제 머리를 마구 두드렸다.

"이 멍청아. 넌 정말 말도 안 되는 멍청이야."

정말 말도 안 되는 소리겠지만, 루시아는 '결혼' 그 자체 외에는 생각을 안 했다. 결혼과 수반하는 부부 사이의 일에는 정말 아무 생각이 없었다. 그냥 막연하게 '결혼해도 그는 애인이 있을 테니까 서로 얼굴 몇 번이나 보겠어.' 이런 식으로 생각했다. 그와 같은 침대에서 자는 일은 정말 상상도 하지 않았다.

"……이건 어디 가서 상담도 못 해."

그녀는 자신의 어리석음에 대한 오그라드는 수치심으로 몸부림쳤다.

모처럼만에 꽤 시간을 두고 그를 고민하게 하는 문제가 발생했다.

"결혼…… 이라."

그의 나이 스물다섯 살. 이미 결혼 적령기였다. 하지만 그는 당장 결혼 생각이 없었다. 안 그래도 할 일이 산더미다. 아내라는 거추장스러운 존재에 신경 쓰고 싶지 않았다. 생각 같아서는 아예 결혼 따위는 하고 싶지도 않았다. 여자가 부족한 적은 없다.

그러나 녀석을 후계로 삼아 작위를 물려주려면 결혼을 해야 한다. 혼적에 올라간 적자만 작위를 계승할 수 있기 때문이다. 결혼을 해야만 혼적을 작성할 수 있다. 사별하건 이혼하건 결혼은 해야 후계자를 인지할 수 있었다. 제논의 법은 독신남의 양자 입적을 허용하지 않았다.

아직 녀석은 어렸다. 결혼이 당장 급하지 않았다. 그러나 아마 언제고 하기는 해야 한다. 녀석을 혼적에 입적할 것을 동의하며, 후계로 작위를 물려줄 것까지 이해할 여자를 찾아서. 그런 점에서 오늘 찾아왔던 공주님은 꽤 구미가 당겼다.

"사생활의 자유라. 그 점도 좋지."

그는 큭 웃음을 터뜨렸다. 날 뭐로 보느냐 공주에게는 정색했지만, 사실 상당히 매력적인 조건이었다. 문득 반은 놀릴 의도로 키스한 후 새빨갛게 익은 얼굴을 떠올리자 다시금 피식 웃음이 나왔다. 귀엽긴 했다. 좀 신선하기도 했고.

하지만 석연치 않은 점이 너무 많았다. 공주가 맞는지부터 확인해야 할 것이다. 배후에 누가 있는지도 알아 봐야겠다. 대체 뭘 노리고 이런 일을 꾸미는지도. 그는 오늘 그녀에게서 들은 모든 말들은 거짓이라고 전제했다. 의심스러울 때는 최악을 가정한다. 그의 좌우명이었다.

"전하, 제롬입니다."

'들어와.'라 답하자 문이 열리고 그의 충직한 집사가 들어왔다.

"드릴 말씀이 없습니다, 전하. 오늘과 같은 일이 추후 다시는 없도록 하겠습니다."

"네 잘못이 아니다. 그렇다고 온종일 녀석을 감시할 수도 없는 거고."

"이제부터는 그럴 생각입니다."

잠깐 자리 비운 새에 그런 사고를 칠 줄은 예상 못 했다. 누군지도 모르는 낯선 손님을 데리고 들어와 전하와 단둘이 두다니! 전하께 누를 끼치는 일 없도록 늘 살얼음 밟는 심정으로 수도 생활을 영위하고 있는 제롬은 아주 거하게 뒤통수를 얻어맞은 것처럼 얼얼하다가 미친 듯이 화가 치밀었다. 로이를 향해 제롬은 북북 이를 갈았다.

"파비안 들어오는 대로 나한테 오라고 해."

"예, 전하."

휴고는 그 공주에 대해 샅샅이 조사해 보기로 결정했다.

＊　　＊　　＊

밤이 이슥한 시간, 제롬은 공작저를 방문한 파비안을 맞이했다. 타란 공작의 보좌관인 파비안은 비록 일에 치여 눈코 뜰 새 없이 바쁘더라도 최선을 다해 시간 외 근무는 기피했다. 어지간히 급한 일이 아니라면 파비안은 이 시간에 공작을 만나러 오지 않았다.

"무슨 일이야?"

파비안은 심각하게 얼굴을 굳히는 형제, 제롬의 어깨를 두드렸다. 둘은 한배에서 한날 태어난 쌍둥이 형제이지만, 암청색 눈동자 외에는 닮은 구석이 없었다. 그들이 형제라는 것을 알게 되는 사람이 도리어 깜짝 놀라곤 했다.

"별일 아니니 얼굴 펴. 그냥 좀 전하께서 많이 궁금해하시던 일이라. 어차피 내일은 쉴 거라서 그냥 오늘 보고드리려고. 아직 안 주무시지?"

"안 계신다."

"뭐야. 밤 나들이 가신 거야? 도착하니 파장이라더니, 그 꼴이네. 어쩔 수 없지. 아, 전하께는 내가 왔었단 말 드리지 마. 내일 쉴 거니까 불려 나오고 싶지 않아."

파비안은 성실한 수하의 자세에서 늘 반걸음 물러나 뺀질거렸다. 제롬은 혀를 찼지만 정말 중요한 일이면 그러지 않을 거라는 것을 알기에 뭐라 하지는 않았다. 미련 없이 몸을 돌리려던 파비안이 멈칫했다.

"어디로 가셨어?"

제롬은 잠시 주저했다.

"팔콘 백작부인."

"팔콘…… 팔콘이 누구……. 뭐? 그 여자를 아직 찾으신단 말이야?"

"목소리 낮춰. 다들 잔다."

"지금 그게 문제냐! 넌 뭐 했어!"

"……하긴 뭘 해. 주인이 누굴 침실로 부르시건 상관할 일이 아니야."

"상관을 안 하기는! 그 여자는 남편을 셋이나 잡아먹었다고! 무슨 저주가 걸린 여자인지 모른단 말이다!"

"……네가 애냐? 저주라니. 그런 게 어디 있어."

"로렌스 남작 영애는 어떻게 된 거야?"

"전하 명으로 장미꽃을 보냈지."

"왜 나한테 말 안 했어? 내가 알았으면."

"알았으면 뭐. 전하 침실에 여자 넣으려고? 주제넘은 짓 하다가는 전하께 죽는다. 넌 목이 몇 개라도 되냐?"

"아, 진짜."

파비안은 온몸으로 짜증을 내며 머리를 북북 긁었다.

"그 여자 이름만 나오면 왜 그렇게 예민해?"

"말했잖아. 그 여자는 마녀라고. 그런 불길한 여자가 전하 근처에 있어선 안 돼. 전하께서도 벌써 1년 넘도록 그 여자랑 관계를 유지하고 계시잖아. 그 여자 말고 딴 여자는 이런 적 없었어. 틀림없어. 전하는 이미 그 여자한테 홀리셨다고!"

"……장담하건대 전하 앞에서 그 말 했다간 넌 진짜 죽어."

"알아! 그러니까 닥치고 있잖아!"

이 녀석의 주인에 대한 충성심은 좀 이상한 쪽으로 변질되었다고 제롬은 생각했다. 파비안이 질색하는 것만큼은 아니지만 제롬 역시 공작이 팔콘 백작부인을 가까이하는 일이 썩 유쾌하지는 않았다. 그녀와 결혼한 남편 셋이 모두 결혼 후 1년도 안 되어 비명횡사했다. 아무 병 없이 건강하다가 사고, 급사 등으로 덜컥 죽어버려서 팔콘 백작부인에게 저주가 걸렸다는 소문은 이미 사교계에 널리 퍼져 있었다.

그리고 공작과 팔콘 백작부인과의 관계는 다른 여자들과 좀 달랐다. 공작은 다른 여자들과 교제하는 중에도 간혹 백작부인과 밤을 보냈다. 다른 여자들에게 하는 것처럼 값비싼 선물을 보내는 것도 아니었다. 그럼에도 끊어지지 않고 두 사람 사이는 이어졌다. 그게 1년이 훌쩍 넘었다.

그리고 3개월 전, 로렌스 남작 영애와 끝난 이후 다른 새로운 여자와 교제 없이 계속 백작부인하고만 시간을 보내고 있었다. 이 말을 했다가는 파비안이 더 길길이 날뛸 것이라서 제롬은 그냥 혼자만 알고 있기로 했다.

"나 간다."

"어쩌려고."

제롬은 파비안을 붙잡았다. 아무래도 분위기가 얌전히 집에 가겠다는 소리가 아닌 것 같았다.

"주인이 계신 곳으로 보고드리러 가야지."

기어코 방해하겠다는 말이었다. 파비안은 한 달 전 공주 한 명에 대한 조사를 명받았다. 조사를 하는 내내 왜 이 공주의 인적 사항이 필요한지 이해하지 못했지만 어쨌든 여자다. 그 마녀에 대항하는 수단으로 파비안은 자신이 들고 있는 보고서를 이용할 생각이었다.

공작은 일을 시키면 결과를 가져올 때까지 별말을 하지 않는데 이번에는 중간에 두 번이나 어찌 되어 가느냐고 물었다. 상당히 관심이 있다는 뜻이었다.

"여기 있어. 내가 다녀오지."

"……네가?"

"가서 네가 중요하게 보고드릴 것이 있어 기다리고 있다고 말씀드릴게. 귀가하신다면 모시고 오고, 나중에 듣겠다고 하시면 너도 그냥 얌전히 집으로 가는 거야. 어쩔래?"

"……좋아. 몇 번 재촉하신 일이라고 꼭 전하게 말씀드려."

"알았어."

심중팔구 공작은 귀가를 택할 것이다. 만약 공작이 나중에 듣겠다는 선택지를 택한다면 그때는 제롬도 팔콘 백작부인에 대해 좀 더 심각하게 생각해 보겠지만, 그럴 가능성은 별로 없을 것이다. 파비안의 말대로 공작과 백작부인의 관계는 상당히 오래 이어졌고, 지금껏 백작부인 외에 어떤 여자도 이런 예는 없었다. 하지만 단지 그것만으로 공작이 백작부인에게 마음이 있다고 생각되지는 않았다.

공작은 차갑고 무정한 사람이었다. 공작이 백작부인을 자주 찾는 데에는 분명히 어떤 이유가 있겠지만 감정적인 이유는 아닐 거라고 확신했다. 그것이 바로 제롬이 파비안과 달리 백작부인에 대해 걱정하지 않는 이유였다.

＊　　＊　　＊

널찍한 침대 위에 한 사내가 등에 커다란 쿠션을 받쳐 상체를 약간 들어 올린 상태로 기대 누워서 서류를 들추고 있었다. 사내 위를 타고 오른 나신의 여인이 두 손으로 그의 널찍한 가슴을 짚고 요염하게 허리를 돌리며 헐떡였다.

"하아…… 으응…… 어…… 어때요?"

단단히 곧추선 남성을 안으로 품은 여자는 교성을 흘리며 요분질을 했지만, 서류를 넘기는 남자의 표정은 무심했다.

"쓸 만하군."

"웃……. 웅. 너무……한데요. 두 달……이나 걸려…… 작성한
건데……."

아니타는 냉정한 평가를 내리는 남자에게 눈을 흘겼으나 그가
'쓰레기'라고 말하지 않은 것만으로 상당한 호평을 해준 것을 알고
있었다. 아니타는 고개를 뒤로 젖히면서 엉덩이를 위에서 아래로
내리찧었다. 단단한 것이 안을 깊이 찌를 때마다 그녀는 새된 비명
을 질렀다.

"어…… 어때요?"

"쓸 만하다니까."

"그거…… 말고요."

서류를 옆으로 떨구면서 그는 픽 웃었다. 그가 상체를 일으키며
커다란 두 손으로 그녀의 엉덩이를 움켜잡자 그의 것을 물고 있는
여자의 안이 죄어들었다.

"이쪽도 쓸 만해."

"웅……. 앗……. 당신은… 점수에 너무 인색해요. 나는 뭐……
당신 점수 매길 줄 몰라 안 하나……."

"내 점수는 어떤데?"

"쓸 만…… 해요. 당신도."

"흐음."

그는 씩 웃더니 그대로 여자의 허벅지를 잡으며 몸을 일으켰다.
여자는 순식간에 눕혀지고 그는 그 위를 타고 올랐다. 그는 강하게
허리를 움직이며 그녀 안으로 돌진했다. 살이 맞부딪치며 퍽퍽 소
리가 나도록 강한 힘에 여자가 자지러지는 비명을 질렀다.

"하읏! 아아! 아악!!"

부드러운 여체가 그에게 매달렸다. 비명처럼 교성을 질러대는 여자의 안으로 들어가며 사정없이 몰아붙였다. 여자 입에서 죽겠다고 애원하는 소리가 나올 때까지 그는 멈추지 않았다. 언제나와 마찬가지로 먼저 항복하는 건 늘 여자 쪽이었다.

한바탕 정사가 휩쓸고 지나간 침실은 덥힌 공기가 아직 식지 않았다. 아니타는 넓은 사내의 가슴을 파고들며 만족스럽게 갸르릉거렸다.

탄탄한 근육 아래 손으로 쓰다듬으면 아주 미세하게 느껴지는 흉터의 흔적들이 있었다. 눈을 뗄 수 없을 정도로 매력적인 외모, 몸을 달아오르게 하는 숙련된 키스와 애무, 그리고 밤을 새울 정도로 대단한 정력에 격정적인 정사까지. 이 남자의 무엇 하나 만족스럽지 않은 것이 없었다. 지금까지 수없이 많은 남자를 만나봤지만 이런 남자는 유일했다.

처음에는 그의 배경에 혹했다. 북부의 지배자로 불리는 타란 가문의 공작이라니. 평생 이런 남자와 언제 자볼 수 있겠나, 이런 호기심이었다. 하지만 이제 와서는 그의 신분 같은 건 하나도 중요하지 않았다. 오히려 그가 그렇게 대단한 남자라는 사실이 사무치게 안타깝다.

아니타는 그가 소피아 로렌스와 끝냈다는 사실을 알았다. 파티에서 우연히 마주친 소피아가 흡사 원수라도 보는 것처럼 노려보기에 짐작했다. 아니타는 소피아에게 유감은 없었다. 오히려 소피아 역시 그의 과거 여자가 되었다는 사실이 좀 안타까웠다. 소피아 로렌스라면 어쩌면. 그의 마음을 잡을지도 모른다고 기대했는데. 그가 여자에게 잡히기를 원하지 않으면서도 원하는 이중적인 마음이 있었다.

타란 공작은 사교계에서 그리 이름 높은 바람둥이가 아니었다. 의외로 사람들은 그의 여성 편력에 대해 잘 몰랐다. 그는 사교계에서 영향력 있는 여성들과 관계를 갖는 일이 거의 없었다. 그나마 소피아 로렌스가 알음알음 알려져 있었다.

소피아는 유명한 미녀이긴 하지만 영향력은 그리 크지 않았다. 로렌스 남작가는 그리 권세를 지닌 가문이 아니었다. 다시 말해서 그가 얼마간 데리고 놀다 버려도 뒤탈이 없다는 의미였다. 아니타는 그가 그런 점까지 계산했을 거라고 생각했다.

그와 한때 교제했던 여자들은 평탄한 결혼 생활을 보내지 못했다. 아니타는 그 이유를 알 것 같았다. 그는 정말 섹스를 잘했다. 하룻밤에 셀 수 없이 여자를 천국으로 보낸다. 그 맛을 본 이후에 어떤 남자가 만족스러울 수 있을까.

처음에는 그의 권력이나 재력에 혹했다가도 시간이 지날수록 이 남자 자체에 빠져버린다. 그래서 여자들은 그에게 매달리며 집착하고, 결국은 그에게 버림받았다.

그는 차가운 불같았다. 몸은 줘도 마음은 단 한 조각도 주지 않았다. 언제부터였을까. 몸으로만 즐기자 생각했던 아니타는 자신도 모르는 사이에 그에게 마음마저 주어버렸다. 하지만 그것을 드러내면 이 남자는 그녀를 버릴 것이다. 지금까지 다른 여자들에게 한 것처럼.

그래서 아니타는 자신의 마음을 절대 드러내지 않았다. 오히려 물질적으로 그가 필요한 것처럼, 서로 이득을 주고받는 관계처럼 행동했다. 다음에 언제 만나느냐 묻지 않고, 오래 연락이 없어도 절대 먼저 소식을 전하지 않았다. 그렇게 1년 넘도록 그와의 끈을 놓지 않을 수 있었다.

"그래서 투자해 줄 거죠?"

아니타는 상단을 하나 운영 중이었다. 그동안 간간이 그에게 얻은 조언으로 투자를 해서 제법 재미를 보았다. 이젠 상단 규모가 꽤 커져서 그에게 투자하라며 기획안을 보여주었다. 그녀는 자신의 상단을 위해 그를 필요로 하는 것처럼 행동했다. 실제로 그의 덕을 볼 생각도 얼마간 있었다.

"검토해 보지."

"뭐예요. 내 상단의 핵심 기밀까지 다 봐놓고 이럴 거예요? 나 더 봉사해야 하는 건가요?"

아니타는 손을 아래로 내려 그의 허벅지를 쓰다듬으며 그의 중심을 부드럽게 손에 쥐었다.

"봉사는 내가 하고 있는 것 아니었나?"

"어머. 어쩜 이렇게 자신만만하실까."

아니타가 조몰락거리는 손에서 그의 것이 힘을 더해 부피를 키워갔다. 그녀는 고개를 그의 가슴에 묻고 작게 도드라진 그의 유두를 빨아들였다. 혀로 유륜 주변을 돌려 핥으면서 그녀는 손으로는 단단해진 그의 것을 쥐었다가 놓으며 자극을 가했다.

"나 뒤로 넣어줘요, 응?"

그가 몸을 일으키자 아니타는 재빨리 엎드려 엉덩이를 세웠다. 그의 손이 등을 누르면서 뒤에서부터 거대하게 일어난 그가 은밀한 길을 타고 깊이 들어왔다.

"하아……. 으응……."

강하게 밀고 들어왔다 빠져나갈 그의 움직임을 예상하며 혀로 입술을 축이는데 침실 문을 두드리는 소리가 들려왔다.

"마님, 긴히 드릴 말씀이 있습니다."

주저하는 목소리는 조금 떨리고 있었다. 아니타는 이를 아득 갈았다. 감히 그와의 시간을 방해하다니. 저년은 당장 내일 채찍질해서 내쫓아버릴 것이다.

"절대 방해하지 말라 이르지 않았더냐! 물러가라!"

"귀인을 찾는 손님입니다. 고할 일이 있다고 뵙기를 청한다고 하십니다."

그를 찾아온 손님이라고? 아니타는 화들짝 놀라며 고개를 들어 그를 살폈다. 그가 거절하기를 바랐으나 그는 짧게 생각을 마치고 그녀 안을 채우고 있던 자신을 빼냈다. 묵직한 감각에 아니타는 짧게 신음했다.

"들어오라고 해."

아니타는 실망을 감추고 바깥을 향해 말했다.

"모시고 오너라."

얼마 후 침실 문이 열리고 남자가 들어왔다. 제롬은 속이 다 비치는 슬립 차림의 여자가 가슴골이 다 보이도록 비스듬히 누워있고, 그 뒤쪽에 상반신을 다 드러낸 채 주인이 앉아 있는 것을 보면서도 눈 하나 깜짝하지 않고 고개를 숙였다.

"휴식을 방해드려 송구합니다, 전하."

"무슨 일이야."

"파비안이 전하께 고할 중요한 일이 있다며 저택에서 기다리고 있습니다. 전하께서 여러 번 재촉하신 일이라기에 전하의 뜻을 여쭙고자 합니다."

"알겠다. 나갈 테니 기다려."

제롬이 물러가고 몸을 일으키는 휴고를 보는 아니타 얼굴이 창백했다.

"가시…… 려고요?"

"내 옷 어딨지?"

가슴이 미어진다. 잡고 싶었다. 가지 말라고 하고 싶다. 무슨 일인지는 몰라도 오늘 밤이 아니라 내일 듣는다고 하늘이 무너지겠는가. 망설임 없이 돌아갈 준비를 하는 그가 야속했다. 하지만 잡을 수 없었다. 매달리면 그는 매정히 뿌리치고 다시는 여기 오지 않을 것이다. 요즘 그가 그녀를 자주 찾아서 자신도 모르게 기대하는 마음이 생긴 것 같다.

갖고 싶다. 이 남자가 너무 갖고 싶다. 절대 이루어질 수 없는 소망이겠지만, 너무너무 원해서 피가 마를 것 같았다.

"절 이렇게 달아오르게 하고 그냥 가실 거예요?"

부드럽고 풍만한 가슴을 바싹 밀착했다. 교태 어린 그녀의 유혹에도 그의 눈빛은 흔들리지 않았다. 가볍게 미소 지으며 그녀의 입술에 살짝 입을 맞출 뿐이었다.

"내 옷. 가져오라고 해."

아니타는 붉은 입술을 삐죽였다. 하지만 바로 하녀를 불러 잘 보관해 둔 그의 옷을 가져오게 했다. 아니타는 직접 그가 옷을 입는데 시중을 들었다. 일부러 그에게 밀착하고 애무하듯 스킨십을 했다.

"정도껏 하지."

그의 한마디에 아니타는 흠칫했다. 그의 눈은 시릴 정도로 감정 없이 자신을 내려다보고 있었다. 대개 남자들은 그녀가 이렇게 유혹하면 열이면 열 뿌리치지 못하고 다 입었던 옷도 벗어던지며 달려들었다. 그런데 어떻게 이 남자는 조금 전이 마치 거짓인 것처럼 이렇게 식어버릴 수 있을까. 아니타는 쓴웃음을 지으며 깔끔하게 물러났다. 두 번 다시 이 남자를 보지 못하는 것은 원하지 않으니까.

"다 됐어요."

아니타는 두어 걸음 물러나서 황홀하게 남자를 감상했다. 장신의 키에 균형 잡힌 몸매는 옷맵시를 돋보이게 했다. 아니타는 그의 몸만큼이나 그의 얼굴도 좋아했다. 그를 보는 것만으로도 기분이 좋았다.

"열흘 정도 집을 비울 거예요."

아니타는 도도하게 말했다. 이런 남자는 붙잡으려 하면 더 빠져나간다. 가끔은 먼저 간격을 벌려야 한다. 가버리는 남자에 대한 약간의 심술도 들어있었다. 하지만 얄팍한 수를 부린 것을 금방 후회했다. 그는 마치 속이 빤히 들여다보인다는 것처럼 웃음으로 대답했다.

아니타는 늘 그런 것처럼 그를 침실 안에서 배웅했다. 절대 그를 쫓아나가 배웅하지 않고, 그가 올 때도 나가서 맞이하지 않았다. 어쩌면 그걸로 자존심을 지킨다는, 자기 위안을 하는지도 모르겠다.

그가 나가고 한동안 우두커니 서 있던 아니타가 천천히 걸어 발코니로 나갔다. 그를 태운 마차가 저 멀리 달려가고 있었다. 마차가 사라지고 나서도 꽤 한참 동안 아니타는 미동도 없이 서 있었다.

"고작 이거라는 건가?"

휴고는 얄따란 몇 장 보고서를 대충 넘기며 파비안을 추궁했다. 맹랑한 공주에 대한 조사를 파비안에게 명한 지 한 달. 지금껏 누구에 대한 조사도 이렇게 시간이 걸린 적 없었다. 오밤중에 그를 집으로 오는 수고까지 하게 만들었으면서 내놓은 결과가 실망스러웠다.

"조사할 내용이 너무 없어 신중을 기하느라 그리했습니다. 기대에 미치지 못하여 송구합니다, 전하."

파비안은 처음으로 자신의 능력에 한계를 실감했다. 사람 뒷조사를 한두 번 하는 건 아니었지만 이렇게 캐도 아무것도 나오지 않는 사람은 처음이었다. 궁 안에 틀어박혀 있는 사람이라 접근이 쉬운 것도 아닌데다가 비비안이라는 공주를 아는 사람을 찾을 수 없어서 정보를 얻을 길이 없었다.

휴고는 더 이상 파비안을 나무라지 않았다. 파비안의 능력은 잘 알고 있다. 제대로 일을 하지 않고 변명을 늘어놓는 수하는 아니었다.

평민으로 자라다가 열두 살에 입궁한 공주 비비안. 표면적으로는 별궁 밖으로 한 발자국도 나오지 않고 사교계 데뷔조차 하지 않았다. 그러나 일주일에 한 번씩 공주가 아닌 척 출궁하고 있었다. 파비안이 한 달을 감시하며 알아낸 결과였다.

'사교계 데뷔도 한 적 없으면서 사교 파티에서 그렇게 자연스러웠다고?'

그녀가 파티에서 눈에 띄게 활동한 것은 아니었지만, 아무것도 모르는 상태에서 감당할 수 있을 만큼 사교 파티는 그리 만만치 않았다. 그녀는 사람들 눈에 띄지 않았지만 그건 어설픈 실수를 저지르지 않았다는 뜻이었다.

"제가 쓴 외출패를 들고 직접 외출을 한다? 궁 출입이 언제부터 그렇게 허술했지?"

"근위병들이 시녀로 알고 있었습니다. 궁에 워낙 왕족이 많아서 매일 드나드는 시녀나 시종들 수가 파악하기 힘들 정도라 합니다. 반입 반출하는 물건만 검사하고 그 외에는 철저하지 않은 것 같습니다."

그렇게 매주 열심히 외출해서 뭘 하는가 했더니 가는 곳은 매번 같았다. 제법 이름난 여류 작가의 집이었다. 여류 작가 또한 만만치 않게 사람들과 교류가 적어서 두 사람이 만나는 사실을 아는 사람은 여류 작가 집에 고용된 중년 부인뿐이었다.

"녀석의 정보는 이 작가에게서 얻은 걸로 추측된다……?"

그의 아들 데미안에 대한 정보는 극비는 아니지만 아무 기반 없이 궁에 갇혀 사는 공주가 알아내기에는 고급 정보였다. 휴고는 어떻게 공주가 그걸 알고 있는지 의문을 가졌고 그걸 알아보라고 지시했다.

"유명한 작가입니다. 사교계 이면을 대단히 사실적으로 쓰고 있다고 합니다. 아마 꽤 사교계 소문에 정통한 정보꾼과 끈이 닿아있는 것 같습니다만 한 달 동안 정보꾼으로 추측되는 자와 접촉한 적은 없었습니다. 누구인지 확실히 알아보기 원하시면 사람을 계속 붙여 두겠습니다."

"됐다. 중요한 건 아니니까. 결론적으로, 정확한 정보는 공주라는 신분뿐이로군."

대부분이 추측성 정보였다. 아무것도 아닌 공주인데 아무것도 정확하지가 않다. 그는 순식간에 다 읽은 얇은 보고서를 다시 훑어보았다.

"상주하는 시녀가 없다는 건 뭐지?"

"공주님 처소에서 일했다는 시녀는 대단히 많으나…… 대부분 며칠 이상을 넘기지 못하고 명부에 이름이 바뀌었습니다."

"어디에도 끈이 닿지 않은 건 확실하고?"

"틀림없습니다. 샅샅이 살폈지만 어떤 파벌과도 연결된 흔적은 없었습니다."

더 확인할 정보가 없었다. 휴고는 생각에 잠겼다. 그리고 결정을 내리기까지는 그리 오래 걸리지 않았다. 보통의 업무를 처리할 때와 다름없는 속도였다.

"매주 같은 날에 출궁한다니 다음 외출 예정일은 내일이겠군. 데

러와."

"예……? 내일……."

내일은 쉬는 날이다.

"문제 있나?"

"……아닙니다. 전하."

심술을 부린 대가는 결국 휴일의 반납으로 돌아왔다. 파비안은
역시 그 마녀의 저주가 틀림없다고 이를 갈았다.

*　　*　　*

"그 일 어떻게 됐어?"

놀만은 슬그머니 루시아의 눈치를 살피며 물었다.

"뭐가요?"

"지난번 나한테 물었던 두 가지 갈림길 말이야. 네 얘기였잖아.
자세한 사정은 모르겠지만 나한테 털어놓기는 힘든 일이지?"

"……네, 미안해요."

"아냐. 사람은 누구에게나 비밀이 있어. 때로는 사랑하는 사람이
나 가족이라도 공유할 수 없지. 그냥 나는 네가 고민하는 것 같아
서……. 잘되고 있는지 정도는 물어도 될까 해서 말이야."

사람의 심리를 미묘하게 분석하는 글을 많이 썼기 때문일까. 놀
만은 눈치가 빠르고 사람 마음을 꿰뚫어 보는 데 탁월했다. 놀만은
항상 뚱한 필 부인의 기분을 기가 막히게 파악하곤 했는데 루시아
는 아무리 봐도 알 수가 없었다.

"지난번 놀만이 해준 이야기는 많은 도움이 되었어요. 질렀어요. 그리고 결과를 기다리는 중이에요."

"그렇구나. 좋은 결과 나오면 말해 줘야 해."

"네, 꼭 그럴게요. 근데요 놀만. 요즘 내 마음이 내 마음 같지 않을 때가 있어요. 나와 관련 있는 사람……. 이건 그냥 말할게요. 내 아버지란 사람."

열두 살에 궁에 들어왔을 때, 꿈과 현실을 합쳐 총 두 번 얼굴만 봤던, 이제는 기억에도 가물가물한 그녀의 친부.

"내 아버지는 나를 방치했어요. 굶어 죽지는 않게 해주었으니 버렸다고 하긴 그렇지만. 열두 살에 딱 한 번 얼굴 본 것이 전부거든요. 그전까지는 아무렇지 않았어요. 생물학적 아버지 같은 건 있으나 없으나 상관없다고 생각했거든요."

1년. 이제 1년 남짓 남았다. 1년이면 왕이 죽는다.

"여전히 그 사람은 나와 상관없다고 생각하지만. 요즘은 자꾸 불쑥 그 사람에 대한 증오……. 그런 비슷한 감정이 들곤 해요."

내궁 깊은 곳에 들어앉아 있는 왕의 면전에 대고 당신은 이제 곧 죽어, 라고 뇌까려주고 싶었다. 흉하게 일그러질 그 면상을 보고 싶다는 잔혹한 충동이 들곤 했다.

많은 자식 중 하나라지만. 사랑해서 품은 여자가 낳은 자식이 아니라지만. 왕이 최소한의 관심만 보여줬어도 그렇게 팔려가는 결혼은 하지 않았을 것이다.

"그 사람이 죽으면 굉장히 통쾌할 것 같아요. 그래도 아버지인데…… 그러면 안 되는 거죠?"

"무슨 소리야. 그런 게 무슨 아버지야."

놀만은 담담한 표정의 루시아를 짠하게 바라보았다.

"미워해도 돼. 아예 물 한 잔 떠놓고 저주를 해. 그래서 네 마음이 풀린다면 얼마든지 그래도 돼. 그 미움이 네 마음을 잡아먹지 않는다면 마음껏 싫어하고 미워해."

루시아의 눈시울이 붉어졌다. 전부 놀만 때문이었다. 피 한 방울 섞이지 않은 생판 남인데 챙겨주고 보듬어주는 사심 없는 애정이 철저한 무관심을 보인 아버지와 비교가 되었다. 놀만의 우정과 사랑이 루시아의 마음속에 아버지에 대한 미움을 싹 틔웠다. 어느새 옆으로 다가온 놀만이 두 팔을 벌려 루시아를 끌어안았다.

"루시아. 넌 나이에 비해 너무 어른스러워. 인생은 짧단다. 하고 싶은 것만 하고 살아도 다 못 해. 다른 사람을 해치는 일만 아니면 무엇도 참지 마. 인생 선배의 조언이야."

루시아는 아하하 웃음을 터뜨렸다. 어쩌면 오히려 루시아가 놀만의 인생 선배일 수 있었다. 루시아도 두 팔을 벌려 놀만을 마주 안았다. 마른 체형의 놀만의 품은 생각했던 것보다 포근했다. 이번 삶은 꿈속보다 더 행복한 것은 틀림없었다. 놀만을 알게 된 것만으로도 그녀의 재생(再生)은 성공했다.

궁으로 돌아가는 길이었다. 한 남자가 자연스럽게 앞을 가로막았다. 흑갈색 재킷을 입은 젊은 남자는 꾸벅 루시아에게 고개를 숙이고 하얀 봉투 하나를 내밀었다.

루시아는 잠시 망설이다가 받아서 열었다. 안에는 아무것도 없었지만 봉투를 열어 바로 보이는 면에 포효하는 흑사자 문양이 있었다.

그러면 지금쯤 아마 그녀에 대해 모두 조사했을 것이다. 루시아의 정기적인 외출을 알고 기다리고 있는 것 정도는 놀랍지 않았다.

"모시러 왔습니다."

차가워 보이는 암청색 눈동자를 지닌 남자를 루시아는 꿈 덕분에 기억하고 있었다.

'파비안.'

그는 타란 공작의 보좌관이었다. 타란 공작은 권력의 중심에 있던 것치고는 교류하는 귀족들이 많지 않았고, 측근들도 제한적이었으며 곁에 둔 자는 중간에 잘라내는 일이 없었다. 파비안은 타란 공작의 사람 중에서 로이 크로틴 다음으로 유명했다.

타란 공작의 모든 일정을 관리하는 최측근 비서이자 보좌관으로, 타란 공작이 어느 파티에 참석할지 초대장을 걸러내는 일은 모두 파비안의 손에 달렸다는 소문이 파다했다. 그래서 귀족도 아닌 파비안 앞에서 콧대 높은 귀족들이 설설 기었다.

"지금…… 말인가요?"

"주인님께서 일전의 제안에 대해 말씀을 나누고자 하십니다. 거절하시면 그냥 돌아가겠습니다."

루시아는 흘끔 시선을 돌려 두 사람을 기다리고 있는 마차를 확인했다. 마차는 창문조차 없었고, 공작가 소속을 나타내는 표시는 어디에도 없었다. 이 마차를 타고 루시아가 어디론가 사라져 버려도 그 일이 타란 공작가와 관련되었다는 흔적은 전혀 남지 않을 것이다.

'철저하구나. 어째 좀 무서운데.'

루시아는 두말없이 마차에 올라탔다. 루시아를 태운 마차가 출발해서 그리 오래 달리지 않고 멈추었다. 바깥에서 문이 열렸다. 밖으로 나온 루시아는 이곳이 타란 공작저라는 것을 알 수 있었다. 지난번 한 번 왔을 뿐이지만 부분부분 눈에 익었다.

"이쪽으로 오십시오."

파비안과 똑 닮은 암청색 눈동자를 지닌 남자의 안내를 따라 루시아는 순순히 저택 안으로 들어갔다.

루시아가 응접실에서 기다리는 동안 파비안은 주인의 집무실 문을 두드렸다.

"모셔왔습니다."

"혼자인가?"

"예."

"순순히 와?"

"예."

휴고는 픽 웃었다. 하여간 재미있다니까. 애초에 혼자 공작저를 찾아왔을 때부터도 범상치는 않았지만 오늘 그녀가 타란 공작저에 오는 사실을 누구도 모를 터였다. 무슨 일을 당할 줄 알고 겁도 없이.

턱을 괸 휴고의 손가락이 책상을 두드렸다. 그녀와의 결혼에 흥미가 가긴 했지만 그는 지금 결혼에 급하지 않았다. 그녀에 대한 철저한 조사에도 불구하고 여러 가지 의문이 아직 남았다. 대단히 의심스럽지는 않아도 신뢰할 수는 없었다. 그 점이 큰 문제는 아니었다. 어차피 그는 아무도 절대적으로 믿지 않는다.

언젠가 해야 할 결혼, 지금 하나 나중에 하나 누구와 하나 마찬가지이긴 했다. 그래서 휴고는 동전 던지기를 해보았다. 마차를 보내 그녀가 그걸 타고 오면 앞면이고, 오지 않으면 뒷면이다. 그는 동전의 앞면을 좋아했다. 자신의 인생 중대사를 그렇게 단순히 결정했다.

응접실에서 기다리고 있던 루시아는 그녀를 응접실까지 안내한 남자가 내어주는 차와 과자를 맛보고 있었다. 차는 더할 수 없이 향긋했고 과자는 대단히 맛있었다. 루시아는 이 두 가지만으로도 타란 공작가에서 평생을 살 수 있을 것 같았다.

"솜씨가 좋으시네요. 지금껏 먹어본 것 중에서 최고예요."

남자는 루시아의 찬사에 잠시의 침묵 후에 답했다.

"입맛에 맞으신다니 다행입니다."

내어준 과자를 벌써 반이나 비우며 즐거워하는 루시아를 보며 집사 제롬은 특이한 아가씨라고 판단했다. 제법 많은 손님을 이곳에서 맞이해 봤지만 이렇게 긴장감 없는 사람은 처음이었다. 대부분 타란 공작을 만나기에 앞서서 찻잔에도 거의 손대지 못할 정도로 얼어있었다. 루시아가 공작저를 방문한 목적과 그녀의 신분을 알았다면 더 크게 놀랐을 것이다.

응접실 문이 열리자 루시아는 과자를 입에 가득 문 채 굳어버렸다. 안으로 들어오는 타란 공작을 확인하며 벌떡 일어났다. 그는 여전히 무심한 표정으로 루시아를 짧게 살피고는 그녀 앞에 마주앉았다. 그가 손짓하자 제롬이 꾸벅 고개를 숙이고 물러갔다. 넓은 응접실에는 두 사람만 남았다.

"앉아요."

루시아는 화들짝 놀라며 털썩 앉았다. 그녀 입안에는 볼이 부풀도록 과자가 가득했다. 뱉을 수는 없고 재빨리 부지런히 씹어 넘겼다. 목이 막혀서 차를 들이켰다. 그가 아무 말 없이 기다려주는 것이 더 창피해서 그녀 얼굴은 발갛게 물들었다.

과자를 다 삼킬 때쯤 그가 커다란 봉투를 테이블에 올려 그녀 쪽으로 밀었다. 열어보라는 듯 고개를 까딱한다. 루시아는 봉투를 열어 안에 든 문서를 꺼냈다. 부끄러워 안절부절못하던 그녀는 순식간에 표정을 가라앉히고 진지하게 읽기 시작했다.

'열여덟 살이라 했던가.'

그녀는 나이에 맞게 어리게 보이다가도 때로는 놀랍도록 차분했다. 본디 왕족이나 귀족은 나이보다 조숙하지만 그녀는 그런 조숙함과는 뭔가 달랐다.

휴고는 처음으로 마주 앉은 여자를 살피기 시작했다. 이전에는 단지 사람을 구별하기 위한 특징을 잡기 위해 머리카락 색깔, 대강의 생김새와 분위기에 포인트를 잡았다면 이번에는 그야말로 여자로서 그녀의 모습을 찬찬히 분석했다.

못난 외모는 아니지만 그의 심미안에는 한참 못 미치는 외모의 여자. 그나마 눈동자 색이 상당히 독특했다. 얼핏 보면 금색으로 보이지만 그보다는 투명한 것이, 마치 호박 같았다. 하지만 그뿐이었다. 외모도 몸매도 그를 전혀 자극하는 타입은 아니었다. 그래서 오히려 아내감으로는 적격인지도 모르겠다.

봉투 안에 든 것은 두 장의 서류였다. 친권 포기서, 입적 동의서. 여자 일생에 가장 큰 영향을 미치는 서류들이다. 여자들은 대개 법에 무지하지만 이것에 대해서는 자라면서 철저하게 교육받았다. 이혼 합의서까지 포함해서 절대로 함부로 서명하지 말아야 할 세 가지. 가장 강력하고, 거의 유일한 여자들의 힘이었다.

"공주님과 결혼하는 조건은 그 두 장의 서류에 서명하는 것입니다."

"……그게 다인가요? 제가 지난번 말씀드린 건…….."

"그중 문서화할 수 있는 조건은 하나도 없습니다."

"정말요? 사생활의 자유가 필요 없으세요? 제가 전하께 사랑한다고 매달려도 괜찮아요?"

눈을 동그랗게 뜨고 뭘 모르는 아이처럼 묻는 그녀를 보며 그는 몹시 피로함을 느꼈다. 그는 말장난이나 말꼬리 잡고 늘어지는 건 아주 질색이었다. 속을 떠보는 짓도 아주 싫어한다. 그는 얕은수에 넘어갈 생각이 전혀 없었다.

"그럼 그 두 가지도 추가하지요. 문서화하지 않는 조건으로."

그의 기대와 달리 그녀는 전혀 당황하지 않았다. 진지하게 고개를 끄덕이며 서류에 서명하려고 펜을 들자 오히려 그가 당황했다.

"잠시만. 지금 뭐 하는 겁니까?"

"서명하라고 하시기에…….."

"그전에, 제 조건을 말씀드렸으니 공주님도 바라는 것이 있을 것 아닙니까?"

"저도 조건을 걸어도 되는 거예요?"

"당연합니다. 일방에만 유리한 계약은 애초에 성립할 수 없습니다."

그는 계약을 하려는 것이지 사기를 치려는 것이 아니었다. 루시아는 고민에 빠졌다. 전혀 생각해 보지 않았다. 그냥 루시아의 목적은 그와 결혼하는 것 자체였다. 근데 준다고 하는데 필요 없다고 하기에는 뭔가 아까웠다.

"시간이 필요합니까? 참고로, 오늘이 아니면 계약은 없습니다."

"왜요?"

"파생되는 결과가 불확실하고 변수가 많습니다."

다시 날 잡아 공주를 데려오고, 그의 일정을 조정해야 하고. 한마디로 말해서 귀찮았다. 그녀와 결혼하기로 한 결정은 작은 변덕이었다. 내일은 마음이 어떻게 바뀔지 알 수 없다.

"하나 여쭈어도 될까요? 여자의 사랑이 왜 싫으세요?"

그가 빤히 쳐다보자 루시아는 혹시 그의 상처라도 건드렸나 싶어서 그의 눈치를 살폈다.

"제가…… 답변할 수 없는 질문을 드린 건가요?"

"그런 걸 묻는 여자는 처음이라 좀 신기했을 뿐입니다. 싫어하지 않습니다. 다만, 여자의 사랑은 반드시 보답받기를 원하더군요. 난 답해 줄 수 없으니 줄 생각도 하지 말라는 겁니다."

상처는 무슨. 그냥 이 남자는 뼛속부터 이기적이었다. 즉 보답을 바라지 않는다면 일방적으로 사랑만 주는 건 사양하지 않겠다는 말 아닌가. 본인이 사랑으로 피눈물을 흘려봐야 할 텐데 말이지.

유감스럽게도 그럴 가능성은 그다지 없을 것 같다. 그의 사고방식이 바뀔 가능성도 없는 것 같고. 그는 지나치게 많은 것을 가져서 아쉬운 것이 없는 남자였다.

"생각났어요."

"봉투 안에 즉시 작성이 가능한 계약서도 함께 들어 있습니다."

"아니에요. 전 문서는 필요 없어요. 전하께서 공작가의 명예를 걸고 구두로 약속해 주시는 걸로 충분해요."

그가 헛웃음을 터뜨렸다.

"공작가 명예라. 문서보다 더 무섭군요. 뭡니까?"

"두 가지예요. 첫째, 신체적, 언어적으로 제게 폭력은 없을 거라고 약속해 주세요. 절대 전하를 모욕하려는 의도는 아닙니다."

꿈속의 기억 때문인지 루시아는 아주 최소한의 안전장치를 만들어두고 싶었다.

말없이 루시아를 바라보는 그의 기세가 자못 사나워졌다. 이 여자는 자신을 여자에 대한 욕이나 폭행을 할 수 있는 남자로 취급하고 있었다. 좀 언짢기는 하지만 모욕할 의도는 아니라는 그녀의 말을 믿어보기로 했다. 계약 조건으로 치기에는 대단히 간단하기 때문이었다.

"둘째는?"

"둘째는……. 전 최선을 다할 거예요. 하지만 사람 마음은 의지로 되는 것이 아니잖아요. 전하께서는 될 거라고 생각하실지 모르겠지만. 제가 제 마음을 지키지 못하면 제게 장미꽃을 보내주세요."

도무지…… 이 여자가 무슨 생각을 하고 있는지 모르겠다. 휴고는 지난번에 그녀에게 말했듯이 정말 저 머리통을 열어보고 싶었다. 그녀가 다른 사람과 계약을 해본 사실이 없다는 것만큼은 확실히 알겠다.

이건 엄연히 서로의 이득을 교환하는 계약이었다. 그는 이 자리에 앉기 전까지 자신에게 유리한 계약을 맺을 자신이 있었다. 지금까지 늘 그래왔듯. 그리고 이건 그에게 유리한 계약이었다. 그러나 그의 교섭 능력 덕분이 아니라 순전히 상대방의 어리석음 때문이었다.

계약 내용을 파악 못 해서 불리한 계약을 맺는 건 순전히 본인 탓이었다. 상대방은 조언해 줄 필요 없고, 하지 않아도 도의적 책임만 있을 뿐이었다. 도의적 책임 따위는 책임이 아니다. 그는 지금까지 그렇게 생각했다.

그래도 그에게 양심이라는 것이 밑바닥 어딘가 조금은 남아있었나 보다. 그는 이 어리석은 계약자를 위한 조언을 해주기로 했다.

"좀 더 현실적인 조건을 말씀하시는 편이 좋을 겁니다. 공주님이 서명할 그 서류들의 가치를 잘 모르시는군요."

남자가 아내에게 입적 동의서나 친권 포기서를 받으려면 어마어마한 재물을 대가로 지급해야 했다.

"알아요. 그건 엄청나게 비싸다는 말씀이시지요?"

"……그렇습니다."

"어차피 공작부인으로 있는 동안 의식주 걱정은 없잖아요. 그 외에 따로 재물은 필요하지 않아요."

의식주라는 단어가 공주 입에서 나왔다는 사실은 신선한 충격이었다.

"처음 조건은…… 그렇다 칩시다. 두 번째 조건이 대체 무슨 의미가 있습니까?"

"저한테는 의미가 있어요. 살다보면요. 눈에 보이는 것보다 그렇지 않은 것이 훨씬 중요할 때가 많아요. 그렇다고 제가 물질적인, 그러니까 돈을 우습게 보는 건 아니에요. 돈, 중요해요. 필요하죠. 없으면 아주 비참하거든요. 근데 어느 정도만 있으면 조금 더 많은 것과 별 차이 없어요."

그가 헛웃음을 흘렸다.

"인생 다 살아본 사람 같은 말이로군요. 공주님 나이와 경험으로 추측건대 그럴 리는 없으니 어디서 개똥철학을 주워들으신 겁니까?"

루시아는 '인생 다 살아본 사람'이라는 말에 순간적으로 뜨끔했다.

"개똥철학이라 하셔도 좋아요. 아무튼, 제 조건은 말씀드렸어요. 무리한 요구를 하지는 않았다고 생각합니다."

무리한 조건은커녕 너무 터무니없이 간단했다. 아무리 생각해도 이건 압도적으로 그에게 유리한 계약이었다.

"……좋습니다. 공주님의 조건 이해했고, 받아들이겠습니다."

긴장하며 숨죽이고 있던 루시아가 후우 길게 숨을 내쉬었다. 그리고 눈앞의 서류 두 장에 즉시 서명하고 그에게 되돌려 주었다. 그는 서류를 간단히 확인하고 챙겼다.

"이걸로 약혼은 된 겁니다. 공증이 필요하면……."

"아니요. 필요 없어요. 음, 네. 약혼된 것으로 알겠습니다."

'약혼'이라고 말하니 뭔가 굉장히 거창했다. 루시아는 좀 기분이 이상했다.

'그러니까…… 난 이제…… 휴고 타란 공작의 약혼녀가 된 거구나.'

아직 결혼한 것은 아니지만 그가 이 약혼을 깨뜨릴 것 같지 않았다. 굉장히 희박한 확률을 뚫고 그녀의 도박은 성공했다. 그녀의 감격은 표정으로 드러났다. 그걸 보며 휴고는 '명예에 집착하는 타입인가.'라고 생각했다.

"해가 지기 전에 돌아가야겠군. 외박 허가를 받아 외출한 건 아니었지?"

기분 탓인가? 왜 그의 말투가…….

"외출패를 들고 시녀인 척 외출이라. 그런 깜찍한 짓은 오늘 이후론 다시는 하지 마."

……기분 탓이 아니었다.

"왜 갑자기……."

'반말이세요?' 너무 직설적인가. 그럼 '무례하시죠?' 할 말을 고르고 있는데 그는 그녀의 불만이 뭔지 빤히 안다는 듯 소파에 등을 기대며 말했다.

"난 내 여자한테 이렇습니다, 저렇습니다. 안 해."

루시아 얼굴이 발갛게 달아올랐다.

"……제가 언제부터 전하의 여…… 자가 되었나요?"

"약혼이 성사된 순간부터."

"결혼한 건 아니잖아요! 결혼할지 안 할지도 아직 모르는 거고!"

"약혼의 뜻이 뭔지 모르나? 타란의 전통에 이혼은 없고, 약혼 파기도 없어."

가신들이 들었다면 타란 공작가에 언제부터 그런 전통이 있었느냐 오히려 되물을 것이다. 그가 말을 한 지금부터 이제 타란의 전통이었다.

"그…… 그렇다 쳐도. 약혼녀한테 이렇습니다, 저렇습니다, 왜 못하는데요? 그것도 타란의 전통인가요?"

"나는 안 해."

"……."

정말 도무지 이 남자를 모르겠다. 처음에는 무서운 사람이라고 생각했다. 사람 마음을 갖고 노는 한량인 줄 알았다. 그다음에 만났을 때는 상대에 대한 기본적 예의는 아는 사람이라고 생각했다. 처음의 편견과 달리 뜻밖에 건실할지 모른다고도 생각했다. 오늘은 계약에 관한 이야기를 나누며 굉장히 합리적이고 감정보다는 이성으로 작동하는 사람이라고 생각했다. 그런데 지금은…… 모르겠다.

"외출패 들고 외출 금지. 대답 안 하나?"

"……그래도 나가겠다면. 어쩌실 건데요?"

"궁금하면 해보든지."

"……."

그래. 최소한 첫인상만큼은 틀리지 않았다. 협박이 생활이다. 이 남자 뭘 믿고 결혼 같은 걸 생각했지? 조금 전의 감격은 이제 불안으로 바뀌었다. 대박을 친 건지, 쪽박을 찬 건지 아직 도박 결과가 감이 안 잡혔다.

"……그렇게 갑자기는…… 한 사람만 한 번만 만나면 안 될까요?"

그의 경고를 무시하는 것보다는 허락을 구하는 편이 현명하다고 루시아는 판단했다.

"만나면. 뭐라고 할 생각이지? 그 여류 작가는 당신이 공주라는 사실을 알지도 못하는 것 같은데."

루시아는 두 번 놀랐다. 이미 그가 놀만의 존재를 알고 있다는 사실과 그의 입에서 너무 자연스럽게 나온 '당신'이라는 호칭 때문에.

"그래도…… 마지막 인사는 하고 싶어요."

"평생 보지 말라는 소리가 아니야. 약혼은 비공개 사항이고, 나는 혹시 모를 구설수를 우려하고 싶지 않아."

"그럼 나중에 결혼하고 나서는 괜찮다는 말씀이세요?"

루시아가 눈을 반짝이며 반색하자 그가 움찔했다.

"……그래. 나중에는. 하지만 그때도 오늘 계약에 대해 말을 흘려서는 안 돼."

"저도 당연히 그럴 생각은 없어요. 전하께서는 생각보다 이해심이 많으시군요."

"……지난번에는 난잡한 놈을 만들더니 이번에는 이해심인가?

도대체 당신 머릿속 나는 얼마나 형편없지?"

"……죄송해요. 그럴 의도는 아니었는데."

휴고는 우물쭈물하는 루시아를 묘한 눈으로 바라보았다. 그녀를 보며 줄곧 느껴온 위화감이 뭔지 알 것 같다. 대부분 사람은 그를 무서워하거나 움츠러든다. 여자들이라고 다르지 않았다. 교제했던 여자들도 겉으로는 교태를 부리며 웃어도 이면에 항상 그의 눈치를 살피고 있었다. 그런데 그녀는 그를 상당히 편하게 대했다.

아직은 모르는 일이었다. 아직 그를 모르기 때문일 수 있으니까. 아마 그녀는 그에 대한 소문을 제대로 들어보지 못한 것 같다. 떠도는 소문 일부만 알아도 당장 그를 보는 시선이 바뀔 것이다. 사람들은 그를 괴물이라고 했다. 그리고 그는 그 소문을 부정할 생각이 전혀 없었다.

*　　*　　*

궁으로 돌아와 닷새 정도 지났을 때 루시아는 엄청난 사실을 깨달았다.

'결혼이 반년 후에 있을지 1년 후에 있을지 모르잖아. 그럼 그동안 놀만과 연락이 완전히 끊기면…… 걱정 많이 할 텐데.'

그러다 생각난 해결책이 편지였다.

'그에게 말해서 편지를 보낼 수 있도록 해야겠어. 내용을 다 확인해도 좋다고 하면 그도 허락해 줄지 몰라.'

— 놀만, 이렇게 서신으로 작별 인사를 하게 되어 미안해요. 부디 날 걱정하지 마요. 나는 아주 건강하게 잘 지내고 있답니다. 중요한 일로 잠시 연락할 수 없겠지만 날 찾지 말고 기다려줘요. 반드시 다시 만나게 될 거예요. 그리 오래지 않을 것이라고 약속해요. 우리는 평생을 함께할 우정을 나누었고, 그건 앞으로도 영원할 거예요.

밤낮이 바뀐 생활로 글을 쓰는 놀만의 건강이 걱정되는군요. 조금은 건강에 조심하기를 바라요.

영원한 우정을 담아.

만에 하나 편지를 놀만이 아닌 다른 사람이 읽게 되더라도 어떤 정보도 얻을 수 없게 중요한 내용은 하나도 넣지 않았다. 놀만은 루시아의 필체를 알고 있으니까 이 편지를 받으면 서로 오래 연락이 되지 않아도 어느 정도는 안심할 것이다.

편지 작성을 마치고 문득 창밖으로 하늘을 보자 구름 한 점 없이 맑았다.

"빨래나 해야겠다."

루시아는 오전 내내 땀에 젖을 정도로 열심히 몸을 움직였다. 침대 시트를 싹 걷어내고 커튼도 모두 빼냈다. 별궁 앞뜰에 커다란 나무통 몇 개를 가져다 물을 채우고 비눗물을 넣어 빨랫감을 넣고 밟아댔다. 한참 노동에 빠졌더니 아무 생각이 안 들고 마음이 후련해졌다. 콧노래까지 흥얼거리며 루시아는 열심히 빨래를 밟았다.

"여기서 일하는 아이냐?"

낯선 여자의 목소리를 듣고 루시아는 고개를 돌렸다. 복식을 보니 여관이었다. 노동 시녀와 달리 여관은 급수에 따라 색깔의 차이가 있지만 기본적인 복식 형태가 통일되어 있었다.

'여관이 여긴 무슨 일이지.'

루시아가 말똥말똥 바라보기만 하자 여관이 엄한 목소리로 추궁했다.

"어찌 대답이 없느냐. 보아하니 여기서 일하는 아이 같은데 처음 보는구나. 공주님께서는 안에 들어 계시느냐?"

'날 찾아……? 왜? 그보다 이 상황에서 뭐라고 해.'

공주 비비안의 얼굴을 아는 사람은 거의 없다. 그런데 지금 이 꼴로는 공주라고 해도 믿어줄 사람이 없을 것이다.

"어허. 어서 답하지 못할까. 혹여 말을 하지 못하느냐? 공주님을 뵙고자 하는 귀빈을 모시고 왔다."

'귀빈? 날 찾아온 손님이라고?'

별궁에 손님이 찾아온 건 처음이었다.

"요즘 레이디 교양에 세탁일도 포함되는 줄은 몰랐습니다."

어디선가 들어본 것 같은 서늘한 저음. 들려올 리 없는 남자의 목소리에 루시아는 그대로 굳었다. 끼기기긱 소리가 날 것처럼 뻣뻣하게 고개를 돌리자 도무지 여기 있을 수 없는 사람이 서 있었다. 흑발에 붉은 눈. 그의 머리 색깔과 어울리는 푸른색 끝단을 덧댄 검은 코트를 걸친 그가 특유의 표정 없는 눈으로 그녀를 바라보고 있었다.

루시아는 멍하게 넋을 놓았다.

"시녀가 공주 얼굴도 모르다니 형편없군. 그런 괴상한 취미 활동을 하니까 그런 겁니다. 공주님."

상황을 파악한, 조금 전까지 호통을 치던 여관과 아마 함께 온 것으로 보이는 다른 여관들의 얼굴이 흑색으로 썩어 들어갔다. 그리고 그 얼굴이 바로 자신의 얼굴색일 거라고, 루시아는 생각했다.

"아…… 안녕하……. 어쩐…… 일이신지……?"

"우선 거기서 나오고 이야기합시다."

루시아는 화들짝 놀라 나무통 안에서 서둘러 나오려다가 발이 미끄러져 그대로 철퍼덕 주저앉고 말았다. 그렇게 볼썽사납게 넘어진 건 아니고 아프지도 않았지만 무지막지하게 창피했다.

얼굴이 화끈거리는 것을 느끼며 조심스레 시선을 들자 그는 팔짱을 끼고 그녀를 내려다보고 있었다. 그는 여전히 표정이 없었지만 루시아는 어쩐지 그가 무척 한심하게 자신을 보는 것 같았다.

그가 갑자기 성큼 다가오자 루시아는 그의 존재감에 압도되어 바싹 얼어버렸다. 나무통 옆으로 다가온 그가 손을 내밀었다. 그걸 멍하게 바라보다가 그를 올려다보았다. 목이 꺾이도록 고개를 들어야 그의 얼굴을 볼 수 있었다. 안 그래도 장신인 그가 더 거인처럼 느껴졌다. 큰 키에 체격을 가진 그가 전혀 둔해 보이지 않는다는 점이 신기했다.

얼른 안 잡고 뭐 하느냐고 호통치는 것처럼 그가 눈썹을 찌푸리자 루시아는 얼결에 냉큼 손을 내밀었다. 커다란 손이었다. 그의 손에 잡힌 제 손을 보자 마치 어른 손에 잡힌 아이 손 같았다. 그가 손을 잡아 힘을 주자 루시아는 단번에 휙 끌려 올라갔다.

나무통에서 나오는 루시아는 맨발이었다. 그걸 가만히 보고 있는 그의 시선에 루시아는 고개를 떨어뜨렸다. 정말 창피해서 귀가 화끈거렸다.

"으앗!"

휙 몸이 들리자 루시아는 깜짝 놀랐다.

"비눗물이 묻어요!"

그의 값비싼 코트를 더럽힐까 봐 두려워 소리쳤으나 그는 들은 척도 하지 않고 루시아를 안은 채 별궁 쪽으로 걸음을 옮겼다. 루시아는 버둥거리지 않고 얌전히 그에게 몸을 맡겼다. 하지만 울상을 지으며 시선은 못 드는 그녀를 보면서 휴고의 입술에 엷은 미소가 떠올랐다 사라졌다.

루시아는 그를 응접실에 두고 옷을 갈아입으러 침실로 들어왔다.

"공주님, 시녀들은 대체 어디 있습니까?"

"음, 그게……."

따라 들어온 여관들에게 어물어물 상황을 설명하자 다들 얼굴이 파랗게 질렸다. 시녀 관리의 1차 책임은 여관들이었다. 이 일로 닥칠 후폭풍이 두려운 것이겠지.

옷을 갈아입는데 시중을 들어주는 여관들 손길이 아주 정중했다. 계속 흘끔거리며 눈치를 살피는 모양새가 어떻게 해서든 책임을 가볍게 하기 위해 도움을 주기를 바라는 것 같았다.

루시아는 모르는 척했다. 이들이 제대로 일을 하지 않는 것은 틀림없는 사실이었다. 시녀가 일하러 오지 않은 정황을 부러 따질 생각은 없지만 나서서 항변해 줄 생각도 없었다.

여관들이 자신의 눈치를 살피는 이유는 잘못된 일을 걱정해서라 기보다는 오늘 그녀를 찾아온 손님이 지나치게 거물이기 때문일 것이다. 즉, 이들이 무서워하는 대상은 권력자를 뒷배로 둔 공주님이었다.

응접실 소파에서 그와 마주 앉은 루시아는 여관이 내온 차를 신기해서 바라보았다. 참 재주도 좋다. 별궁에는 이런 차가 없는데 어디서 이렇게 빨리 공수해 온 걸까. 시녀가 타주는 차를 맛보는 일이 얼마 만인지.

흘끗 시선을 돌리자 응접실 구석에 여관 둘이 대기해 서 있었다. 언제든 시중을 들 준비를 하는 것과 동시에 미혼인 공주를 남자와 단둘이 있도록 할 수 없으므로 행하는 당연한 절차였다.

"평안하셨습니까. 아까 보니 건강은 하신 것 같군요."

공작의 인사에 루시아는 붉어진 얼굴로 대답했다.

"예, 전하께서도 평안하셨습니까. 기별 없이 갑자기 오시어 놀랐습니다."

"피차 마찬가지입니다."

지난번 불쑥 그의 공작저를 찾아갔던 일을 그는 지적하고 있었다. 자신이 한 짓이 있어서 할 말은 없지만 이 남자 참 뒤끝 있다.

'다른 사람이 있을 때는…… 공대를 해주는구나.'

어쩌면 당연한 일인데도 대단한 호의를 입은 것만 같았다. 아마 지난번 그의 뒤바뀐 태도에 충격이 컸던 모양이다.

"중요하게 드릴 말씀이 있으니 저 여관들 말고 공주님 시녀들이 대신 자리를 지키라 하십시오. 믿을 만한 사람으로."

"예? 아……. 지금 시녀가 없어서……."

"자리를 비운 겁니까? 한 명도 남김없이?"

정확히 말하면 원래 아무도 없지만 루시아는 고개를 끄덕였다. 그는 잠시 생각하다가 일어났다.

"괜찮으면 잠깐 산책하지 않겠습니까?"

루시아는 몇 걸음 떨어져서 대기해 서 있는 여관들을 흘끔 보고 그의 제안에 응했다. 산책할 곳이라고 해봤자 별궁 주변의 비좁은 뜰이었으나 다소 멀찌감치 따라오는 여관들에게 두 사람 대화가 들리지 않는 정도의 공간을 잡기는 충분했다.

"왜 시녀들이 할 일을 직접 하지? 외출패 들고 출궁한다고 본인이 시녀라고 착각하는 건가?"

단둘이 되자 그는 바로 말을 놓았다. 보는 눈이 없으면 편한 대로 하는 그의 성격 일면을 알 것 같았다. 지난번에는 황당했지만 듣다 보니 친밀한 느낌이 나서 이것도 괜찮네, 생각이 들었다.

"……할 사람이 없는걸요."

"시녀들은 뭘 하고?"

"음……. 그게. 사실…… 여기서 저 혼자 지내요."

"……시녀가 없어?"

"네."

"이 별궁에서 혼자 지낸다는 건가?"

"네."

"식사는? 청소는? 그것도 다 직접?"

"……네. 그렇게 힘든 일은 아니에요. 남을 보살피는 것도 아니고 내 몸 내가 챙기는 건데……."

"지금 그걸 말이라고."

그가 억눌린 음성으로 말하다가 하, 헛웃음을 쳤다.

"언제부터?"

"……몇 년 되었어요."

"기가 막히는군."

상주하는 시녀가 없다는 파비안의 보고서 내용이 이런 뜻이었나. 성격이 유별나서 일하는 사람이 자주 바뀌는 정도로만 생각했다.

아무리 별다른 세력이 없는 공주라 해도 왕족이다. 왕족의 곁에 시중들 사람이 전혀 없다는 말이 믿기지 않았다. 단단히 잘못된 행정 착오였다. 궁중 행정을 이런 식으로 형편없이 관리하다니. 그의 수하가 만약 일을 이딴 식으로 했으면 두말없이 모가지였다.

"중요하게 하실 말씀이 뭔가요?"

"폐하께 결혼 허락을 받았어. 정확한 날짜는 정해지면 알려주지. 한 달을 넘기지는 않을 거야."

오전 내내 왕하고 주도권 싸움을 했더니 그는 좀 피곤했다. 평소 찾아보지도 않던 딸을 마치 세상 유일한 금지옥엽인 것처럼 구는 배 속 시커먼 왕을 상대로 팽팽한 신경전을 했다. 결국 그들은 피차 서로에게 원하는 것을 주고받기로 했다.

존재조차도 기억 못 할 것이라 했던 그녀 말처럼 왕은 그녀를 기억하지 못했다. 기억나는 척 수를 쓰는 것이 빤히 보였다. 휴고는 처음부터 폐하의 열여섯 번째 따님이라 칭하며 단 한 번도 이름을 언급하지 않았는데, 그 때문에 당황한 왕은 끝까지 '내 열여섯 번째 여식'이라 부르며 이름을 말하지 못했다.

아마 지금쯤 자신의 열여섯 번째 딸이 누군지 열심히 여기저기 뒤지고 있을 것이다. 발바닥에 땀나도록 뛰어다닐 이들은 왕이 아닌 아랫것들이겠지만.

왜인지 모르지만 휴고는 왕에게 짜증이 났다. 그전에는 왕을 좋아하진 않았어도 사감은 없었다. 하지만 아비가 되어 오죽이나 못났으면 어린 딸 홀로 남자 혼자 사는 집을 찾아가게 하는가. 지내는 궁에는 제대로 사람이 없어서 공주의 몸으로 직접 세탁하고, 청소하고. 그녀는 왕족이라는 신분에 형편없이 못 미치는 대우를 받고 있었다.

그녀의 비참했을 마음이 조금은 납득이 가면서 그 양반이 할 줄 아는 거라곤 자식 싸지르는 것밖에 없다고 독설을 퍼붓던 퀘이즈의 말에 동감이 갔다.

"……굉장히…… 일 처리가 빠르시군요."

그의 말을 루시아는 한참 만에 이해했다. 아무리 빨라도 반년은 걸릴 것으로 생각했다. 경악할 속도였다.

"시녀들에 대해서 내가 알아보도록 하지."

"그러지 마세요. 가만히 두어도 어차피 누군가 책임지게 될 거에요. 전하께서 나서면 더 엄한 벌을 받겠죠. 그러길 바라지 않아요."

"맡은 일을 제대로 하지 않았으면 벌을 받는 것이 당연해. 쓸데없는 관용을 베푸는군."

"그렇게 생각하실 수도 있겠지만 저는 혼자 지내서 좋았어요. 자유로웠거든요. 궁극적으로는 전하께도 잘된 일일 걸요."

"……내게 잘된 일이라?"

"이 결혼. 그런대로 만족하시잖아요. 그래서 이렇게 빠르게 처리하셨다고 생각해요. 제가 얌전히 궁에 갇혀 사는 공주였으면 전하께 결혼하자는 말은 꿈도 꾸지 못했을 거예요."

그녀는 참 씩씩했다. 자그마한 몸 어디에서 그런 기운이 나오는 걸까. 그런대로 안주인 노릇은 잘하겠다. 휴고는 어느 사이엔가 타란의 안주인이 된 그녀를 그려보고 있었다.

"결혼을 마치는 대로 북부로 출발하려고 해. 한동안 그곳에서 지내게 되겠지."

북부. 타란 공작가의 영지. 끊임없이 전쟁이 일어난다는 척박한 땅.

"결혼식은 약식으로 하려는데 당신 생각은 어떻지?"

약식은 증인 몇 세워두고 혼인 증서에 양 당사자가 나란히 앉아 서명하는 것이다. 아버지 손을 잡고 식장에 들어가고 싶지도 않고, 축하받기를 원하는 유일한 사람인 놀만은 어차피 신분 때문에 참석할 수 없었다. 루시아는 아무럼 어떠랴 싶었다.

"네, 괜찮아요."

여자의 평생 꿈인 결혼식을 형식적 서류 절차로 대체한다는 것은 누구라도 기겁할 일이지만, 그걸 뻔뻔히 제안하는 사람이나 대수롭지 않게 받아들이는 사람이나 둘 다 보통의 예는 아니었다.

"전하, 청이 하나 있는데요. 놀만……. 그러니까 전하도 알고 계시는 여류 작가한테 제가 써둔 간단한 편지 한 통만 전해도 될까요? 중요한 내용은 하나도 없고 직접 읽어 확인해 보셔도 돼요. 전하 말씀대로면 북부로 가느라 수도를 떠나면 생각보다 오래 연락을 못 할 테고. 절 많이 걱정할 것 같아서."

"알았어. 편지 주면 전해줄게."

어쩐지 조용해서 시선을 돌린 휴고의 눈썹이 꿈틀했다. 엄청난 감격과 환희에 찬 눈빛으로 루시아가 두 손을 모아 그를 바라보고 있었다. 그건 마치 여자에게 눈부신 보석 목걸이를 선물한 다음 만났을 때 그를 바라보던, 오히려 그보다 더 반짝이는 눈이었다.

"감사해요, 전하. 전하께서는 생각보…… 생각했던 대로 참 좋은 분인 것 같아요."

그녀는 확실히 그를 무서워하지는 않았다. 그런데 아무래도 그를 무슨 파렴치한 악당 정도로 생각하는 것 같았다. 그런 것치고는 악당에서 좋은 사람으로 변신하는 데 들여야 할 노력이 참 간단해 보였다.

그는 이 사실이 좋은 일인지 나쁜 일인지 아리송했다. 그건 대단히 이상한 기분이었다. 그런데 그리 불쾌해지는 않았다.

'돈은 많이 안 들겠군.'

그는 약간의 헛기침을 하며 말을 이었다.

"처소는 옮겨야 해. 여긴 너무 외져있고 보안이 허술해. 내가 여길 다녀갔다는 소식은 곧 누군가 귀에 들어가겠지. 날 목적으로 하는 자들은 관심을 둘 테고. 아마 손님이 많아질 거야."

"……그렇군요."

"사방팔방 떠들지 말고 얌전히 있어. 찾아오는 손님이라고 넙죽 아무나 만나지 말고."

어쩜 말을 이렇게 예쁘지 않게 할까. 생각 없는 여자 취급하며 수하 다루듯 명령이었다. 조금 전까지 그에 대해 부드럽게 부풀었던 루시아의 감정이 한순간 가라앉았다. 약간 쌓았던 점수는 다 깎아 내려 오히려 0점 아래로 파고들었다.

'이상하지……. 근데도 싫어지지는 않네…….'

이게 많은 여자들이 매달리는 그의 매력인가. 제멋대로인 그의 무례함이 불쾌하지 않은 점이 신기했다.

"네. 또 일러둘 말씀 있으신가요?"

그는 잠시 틈을 두고 아니, 라고 대답하면서 미소를 지었다.

확실히 그녀는 좀 특이했다. 하고 싶은 말은 다 하는 것 같으면서도 필요할 때는 순종적이고, 그러면서도 비굴하진 않았다. 그는 오기 부리며 꼿꼿이 고개를 드는 치들이 거슬리지만, 발이라도 핥을 것처럼 비굴한 자들 역시 경멸했다. 그 사이에서 균형을 잡기란 어려운 일이다. 그녀는 꽤 만족스러운 계약자였다.

*　　*　　*

공작저에 돌아와 집무실로 들어오는 휴고의 뒤를 제롬과 파비안이 따라 들어왔다. 휴고가 벗어 건네는 코트를 받아서 제롬이 물러가자 내내 할 말을 꾹 참는 표정을 짓고 있었던 파비안은 다다다 말을 쏟아냈다.

"대체 어디를 다녀오시는 겁니까. 혼자서 그렇게 언질 없이 훌쩍 다니시지 말라고 말씀드리지 않았습니까. 적어도 어디 가시는지만이라도 알려주시는 일이 그렇게 힘드십니까?"

파비안은 감히 휴고에게 잔소리를 쏟아내는 유일한 사람이었다. 머리가 허옇게 센 공작가의 충성스런 가신들도 하지 못하는 일이다. 휴고는 가끔 이 녀석 배를 갈라보면 간덩이만 그득하지 않을까 생각해 본 적이 있었다.

"오늘 쉰다고 하지 않았던가?"

파비안은 꼬박꼬박 출퇴근 시간 다 지키고 5일 일하면 하루씩 휴일도 다 찾아 먹었다. 공작을 보필하는 일만큼이나 제 가정을 지키는 것도 중요하다나. 파비안에게만 가능할 것 같은 뻔뻔함이었다.

그러면서 몇 달씩 처자식과 헤어져 전쟁터까지 두말없이 따라다니는 걸 보면 제 몸만 빼내는 미꾸라지는 아니었다. 꼭 해야 할 일은 절대 미루지 않지만 실속은 챙긴다. 그런 면에서는 휴고의 우직한 집사인 제롬과 형제이면서 아주 딴판이었다.

"어제까지만 해도 오늘 외출하신다는 말씀은 하지 않으셨습니다. 말씀하셨으면 제가 보필했을 겁니다."

"궁에 다녀왔다."

파비안은 한숨을 내쉬었다. 공작이라는 사람이 아무 수행원도 없이 휘적휘적 홀로 입궁이라니. 혹시 공작의 신변에 위험이 있을까 봐 걱정해서는 아니었다. 하늘 아래 공작을 무력으로 해할 존재가 있을 거라고는 생각지 않는다.

다만, 여기는 전쟁터가 아니었다. 사람을 해하는 데 검을 제외한 셀 수 없는 수단이 존재하는 곳이다. 아주 사소한 빌미가 어마어마한 눈덩이로 불어나는 중심지였다.

타란 가문은 원래 정치적 정적이 거의 없었다. 그러나 이번엔 다르다. 타란 가문 역사상 최초의 정계 진출이었다. 아직 적극적으로 정치 활동을 하지 않더라도 태자와 손을 잡은 이상 권력의 소용돌이에 발을 내디딘 셈이었다.

태자는 적이 많다. 아주 사소한 틈만 보여도 비집고 들어오려고 사방에서 눈이 벌개져서 주시하고 있었다. 그 눈은 타란 공작까지 주시할 것이다. 정치 권력과 밀접한 귀족은 절대 혼자 다니지 않았다. 어떤 사건이 발생할 때 증인이 반드시 있어야 하기 때문이다.

공작은 지나치게 무신경한 면이 있었다. 골치 아픈 일이 생기면 발바닥에 불나도록 뛰어다녀야 하는 사람은 파비안이었다. 공작은 함께 고민하는 척도 해주지 않았다. 다 알아서 하라는 식으로 맡겨둘 뿐이었다. 공작이 홀로 다니는 일만큼은 파비안이 예민하게 반응하는 이유였다.

"……태자 전하를 뵈러 다녀오신 겁니까?"

"음? 아……. 간 김에 그럴 것을 그랬군."

"태자 전하를 뵈러 가신 것이 아니면 무슨 용무로……."

"결혼한다. 폐하께 허락받고 왔어."

"……."

파비안은 숨을 몰아쉬었다. 버럭 소리라도 지르는 무례를 저지를 것 같아서 이를 꽉 물었다.

"그 공주님입니까?"

"음."

"언제입니까?"

"아마 한 달 안으로."

한 달?! 파비안은 부글거리는 속을 눌렀다.

전쟁터에서 부관으로, 평소에 보좌관으로, 공작을 옆에서 모시며 항상 실감하는 일이지만 공작은 앞뒤 다 잘라먹고 난데없는 지시를 내리는 경우가 많았다. 즉, 결정 과정은 혼자 다 처리하고 결론만 내려 명령하는 것이다.

"영지에는 알리지 마."

"……예?"

"식 끝내는 대로 바로 북부로 갈 거다."

그건 또 언제 결정하신 사항이랍니까! 파비안은 한 달 안으로 이삿짐 쌀 생각을 하니 암담했다. 아니다. 그래도 한 달 전에라도 알게 되어 다행이었다.

"굳이 번거롭게 영지에서 올라올 것 없지. 그러니 그냥 결혼한다는 소식만 보내도록 해."

일가의 주인 결혼식에 가신들을 참석하지 말라 하다니. 영지에 있을 몇 얼굴을 떠올리자 동정심이 들었다. 그들이 절절매는 타란 가문의 주인은 독재자였다. 독선적이고 오만하기 짝이 없다.

파비안은 타란 공작을 주인으로서 존경하지만 인간적으로는 얽히기 싫었다. 공작은 타인을 쉽게 짓밟는 사람이었다. 배려나 인간미 따위는 기대도 할 수 없다.

공작부인이 될 공주님에게 연민이 들었다. 그녀가 공작에게 그 어떤 것이라도 보답받기를 기대한다면 결혼 생활은 불행할 것이다.

"섬 하나 있었지? 광산 있는."

"……다이아몬드 광산이 있는 세인트 제도의 섬 말씀입니까?"

"그래. 그걸 지참금으로 처리해."

"……전하, 그건 너무 과한……."

평소답지 않게 파비안은 나서지 않을 수 없었다. 과하다 못해 아주 차고 넘쳤다. 파비안은 조사서를 휴고에게 올리면서 당연히 내용을 알고 있었다. 왕이 존재나 알고 있을지 의심스러운 잊힌 공주였다. 모친의 신분이 불분명한데다 이렇다 할 친척 하나도 없었다.

"왕하고 서로 얘기 끝냈어. 결혼식은 따로 안 해. 약식으로 할 거다."

"……."

정말 기가 막혀서 말이 안 나왔다. 야합도 아니고 일국의 공작이 결혼식을 안 해? 금지옥엽은 아니라도 어쨌든 공주인데 제대로 된 형식을 갖추지 않고 데려가는 건 왕실을 우습게 보는 처사였다. 광산 날름 받고 그러라 허락한 왕도 웃기기는 마찬가지였다.

약식으로 결혼식을 대체하는 일이 아예 없지는 않았다. 도무지 제대로 결혼식을 할 수 없는 급박한 상황, 즉 전시 중에는 대개 약식으로 한다. 파비안의 머릿속에 한 가지 생각이 스쳐 지나갔다.

"그래서 바로 영지로 내려가시는 겁니까?"

타란 영지는 골치 아픈 야만족과 국경을 맞대고 있어서 언제나 불안하다. 영지에 급박한 사정이 발생했다는 핑계는 늘 가능했다.

"겸사겸사."

"……정말 영지에 무슨 일이라도?"

공작은 픽 웃는 것으로 대답을 대신했다. 파비안은 공작을 잘 안다. 영지에 별다른 일은 없다. 결혼식을 안 하는 유일한 이유는 아마 순전히 공작이 귀찮아서일 것이다. 제대로 된 결혼식은 거의 꼬박 한나절이 걸렸다. 그 과정이 하기 싫은 것이 분명했다.

"몇 가지 처리할 일을 정리해서 주겠다. 번거로운 건 싫으니까 소문나지 않도록 하고."

"예, 전하."

파비안은 깔끔하게 주인의 명에 승복했다. 파비안은 자기 주제를 잘 알았다. 보좌관으로서 파비안이 할 일은 공작의 옆에서 일의 처리를 돕는 것으로 족했다. 보좌관에게 공작의 의사 결정에 관여할 자격은 없었다. 정해진 선을 넘는 일이 없기 때문에 이렇게 오래 공작을 곁에서 모실 수 있었다.

'혼적…… 때문인가…….'

공작이 왜 이 결혼을 하는지 짐작이 가는 것은 그것뿐이었다.

'가여운 공주님이로군.'

괴물에게 잡혀와 탑 꼭대기에 갇혀 쓸쓸히 눈물로 밤을 지새우는 공주님 그림을 머릿속으로 그렸다. 아마 피 한 방울까지 노예근성이 있는 제롬이 알았다가는 감히 주인을 괴물이라 한다고 너 죽고 나 죽자 달려들 것이다.

제롬 녀석은 못 봐서 그런다. 전쟁터에서 공작의 활약을 한 번이라도 봤다면, 아마. 상상만으로 소름이 돋아 파비안은 짧게 몸을 떨었다. 그렇다고 제롬이 그걸 보기를 바라지 않았다. 녀석에게는 타란 공작이 영원히 위대한 주인님으로만 남아있기를 바랐다.

지독하게 이기적이고 무심한 남자를 남편으로 맞이한 공주님이 과연 얼마나 버틸 수 있을지. 여자는 사랑을 먹고 사는 생물이라고 했다. 파비안의 아내가 파비안을 붙들고 새겨놓은 가르침이었다. 남편의 무관심 속에서 시간이 지날수록 공작부인은 시드는 꽃처럼 말라죽어 갈 것이다.

우울한 얼굴로 술에 빠지거나 파티나 사치로 공허함을 채우려 하겠지. 무엇도 장담할 수 없지만 단 하나 장담할 수 있었다. 공작 부인이 이후 어떻게 변하고, 비참해지더라도 공작은 관심도 주지 않을 것이다.

* * *

공작이 별궁에 다녀간 그날 저녁에 루시아는 처소를 옮기게 되었다. 거의 내궁 바깥쪽에 위치한 별궁과 다르게 내궁 안쪽에 자리한 아름다운 소궁이었다. 소궁이지만 대부분의 공간을 폐쇄했던 별궁보다 오히려 더 넓었다.

장미궁이라 불리는 이 소궁은 왕이 귀애하는 여인에게 선사한다는 특별한 의미를 지닌 곳이었다. 소궁을 둘러싼 넓은 정원에 장미 덤불이 가득했다. 늦봄이 될 무렵에는 온갖 색의 장미로 가득 차 그 향기가 멀리까지 진동한다고 했다. 아쉽게도 아마 루시아는 떠날 때까지 그 광경을 보지 못할 것이다.

소궁에서의 생활은 매우 편안했다. 시녀들이 손발처럼 시중을 들어서 굉장한 호사를 누리는 귀부인이 된 것 같았다. 그의 말과 달리 찾아오는 손님은 없었는데 오직 한 사람만 끈질기게 만남을 청했다.

"아프다고 말씀을 전해주세요."

오늘은 무려 시종장이 방문을 했다. 루시아는 테라스의 테이블에 앉아 차를 마시면서 평소처럼 거절했다. 누가 봐도 꾀병으로 핑계를 대고 있어서 머리가 반쯤 허연 시종장이 쩔쩔맸다.

"공주님. 폐하께서 용체가 많이 불민하시어 꼭 공주님이 찾아와 뵈어 주시기를 바라십니다."

"유감이군요. 어서 건강을 찾으시기를 바란다고 전해주세요. 나도 몸이 좋지 않아 움직일 수가 없네요."

"공주님."

"가 보세요. 피차 서로 기운 낭비하지 마요. 내가 가지 않을 거라는 건 알잖아요?"

축 어깨를 늘어뜨리며 돌아서는 시종장이 돌아가서 된통 깨질 일은 루시아가 알 바가 아니었다. 이건 아주 사소하지만 아버지를 향한 그녀만의 복수였다. 당신이 나를 한 번도 돌아봐주지 않았으니 나도 당신을 절대 보지 않겠다. 왕이 처음 사람을 보내왔을 때 그렇게 마음먹었다.

어차피 왕이 보고 싶은 사람은 딸이 아니었다. 타란 공작의 약혼녀가 보고 싶은 것이다. 타란 공작의 약혼녀라는 위명은 실로 대단했다. 고작 열여섯 번째 딸에게 면박을 당하면서도 왕은 감히 그녀를 끌고 가지 못했다.

시중을 드는 시녀들은 타란 공작과의 약혼 사실은 모르는 것 같았다. 그렇지만 왕이 애닳도록 보자고 하는데 냉랭하게 내치는 공주님에게 대단한 뭔가가 있을 거라는 어림짐작으로 절절맸다.

우스웠다. 하루아침에 그녀의 처지가 바뀌었다. 그가 왜 그렇게 오만한지 이해가 가기 시작했다. 이런 사람들에게 둘러싸여 있다 보면 자신도 곧 그렇게 될 것 같았다.

시간이 흘러 결혼이 다음 날로 다가왔을 때까지도 여전히 누구도 루시아의 약혼 사실을 알지 못했다. 소문을 원치 않아 일부러 취한 조치인 것 같아서 루시아도 굳이 말하지 않았다. 시녀들이 아무리 살갑게 달라붙어도 루시아는 그들과 일정 거리를 유지했다.

밤이 늦었지만 잠이 오지 않았다. 그녀는 달빛이 잘 드는 창가에 멍하게 앉아 있었다. 마음이 괜히 싱숭생숭했다.

그동안 그는 한 번도 보지 못했다. 중간에 몇 번 사람을 보내서 필요한 것이 있느냐고 물었다. 지내는 데 부족함은 없었지만 루시아는 딱 한 번만 원하는 것을 전했다.

'폐하를 뵙고 싶지 않아요. 보지 않게 해주세요.'

혹시 왕이 약식의 증인으로라도 나타날까 싶어 청한 것이다. 이틀 전에 왔던 사람에게 전한 말이라 그 후 답변은 받지 못했지만, 어쩐지 그가 부탁을 잘 알아듣고 조치해 줄 것 같았다.

오늘 밤은 유난히 달이 밝았다. 아쉬움이 전혀 없지는 않았다. 남편에게 사랑받으며 아이들과 알콩달콩 행복하게 살고 싶은 소망을 막연히 그린 적 있었다.

'내가 택한 길이야.'

후회는 하지 않을 것이다. 앞으로 어떤 일이 있다 해도 절대 후회만은 하지 않으리라. 후회는 꿈속에서 한 것만으로도 충분했다.

*   *   *

"정말 이럴 셈인가?"

퀘이즈는 버럭 성을 냈다. 부드러운 회유가 실패하자 이제는 분노 작전이었다. 또 실패하면 다시 회유 작전으로 되돌아갈 것이다. 요즘 계속 이 과정의 반복이었다.

"무슨 말씀을 하셔도 갈 겁니다."

휴고는 느긋하게 차를 마시며 방방 뛰는 퀘이즈를 본 척 만 척했다.

"왜 하필 지금인가? 나를 노리는 자들이 시퍼런 칼날을 내 목전에 들이밀며……."

"그러니까 쓸모 있는 녀석을 호위로 붙여 드리겠다는 것 아닙니까."

휴고가 영지로 내려간다는 말을 꺼낸 이후로 퀘이즈는 계속 아이처럼 떼를 썼다. 이대론 못 간다, 날 죽이고 가라, 어떻게 이럴 수 있느냐. 얼핏 들으면 배신당한 연인에 대한 처절한 구애였다.

오히려 지켜보는 태자의 측근들이 민망해할 정도였지만 말하는 퀘이즈나 듣는 휴고나 안색 하나 변하지 않는 것은 매한가지였다.

"어차피 북부는 수십, 수백 년 전부터 타란 공작가 땅이었어. 공이 얼마간 자리 비운다고 그 땅 어디 안 가."

"상가도 주인이 잠시 자리 비우면 탈납니다."

그동안 전쟁 때문에 너무 오래 자리를 비웠다. 잠깐 짬이 나면 퀘이즈가 붙들고 놔주지 않았다. 태자를 도와주기로 약속은 했지만 그는 수도 정계에 모든 걸 던져 뛰어들 생각은 없었다. 그의 터전은 북부였다.

"그래서 기어코 이틀 뒤에 떠나겠다고?"

"그렇다고 계속 말씀드렸습니다."

"정말 내가 이렇게 붙드는데도?"

"우는소리는 그만 좀 하시죠. 제가 없어도 당장 무슨 일은 없을 겁니다. 딱히 제가 있어도 도움드릴 건 없습니다만."

"왜 없어! 공이 옆에만 있어도 눈치 보는 자들이 얼마나 많은데!"

"그게 좋은 겁니까? 태자 전하 눈치를 봐야지 왜 제 눈치를 봅니까."

"아무래도 좋다고. 전쟁이 끝났으니 이제 본격적으로 여기저기서 튀어나올 것이란 말이지. 벌써 전리품 두고 얼마나 싸움질하는 줄 알아?"

"전리품이요?"

휴고는 코웃음 쳤다.

"그건 다 제 겁니다."

"그래, 다 내 거지."

"제 거라고요."

"공의 것이니까 내 것이지."

휴고는 작은 한숨으로 대답을 대신했다. 속에 구렁이 수십 마리는 들어있을 것이다. 하지만 휴고는 이렇게 능글대는 태자가 싫지 않았다. 괜히 경계하는 것보다 훨씬 낫다.

권력자 중에 휴고를 대하면서 겉과 속이 다르지 않은 사람은 퀘이즈가 처음이었고, 현재까지 유일했다. 그래서 태자가 내민 손을 잡았다.

"2년만 있겠습니다."

"길어! 1년!"

"2년입니다. 그 사이 왕위가 바뀌면 또 모르겠군요. 폐하께서 근래 건강이 좋지 않으신 것 같던데요."

"골골 80이겠지. 며칠 전에도 침전으로 계집을 들였더구먼. 노친네. 아무튼 그쪽 기운만 넘치지."

곁에 있던 태자의 부관이 민망함에 헛기침했다. 태자는 오히려 잡소리를 끼워 넣은 부관에게 비난의 눈초리를 보냈다.

태자가 왕을 향해 그 양반, 노친네, 망할 부왕, 온갖 거친 소리를 다 하는 걸 측근들은 뻔히 알지만 아무리 들어도 참 적응이 안 되었다. 아마 그 소릴 듣고도 안색 하나 변하지 않는 사람은 타란 공작뿐일 것이다.

"가 보겠습니다."

"저녁 먹고 가지?"

"바쁩니다."

"하여간. 한 번도 붙들리지를 않는군."

"아. 그리고 저 내일 결혼합니다."

순간의 정적이 찾아왔다. 태자는 물론이고 이 자리에 있는 모든 사람이 그대로 다 굳었다.

"……뭘 해……? 공이 뭘 한다고?"

썩어도 준치라고. 역시 왕은 왕이었다. 결혼 날까지 새어나가지 않게 해준다고 왕이 약속했는데 태자조차도 모를 정도로 철저히 비밀을 지켰다. 태자도 그래서 매번 노친네 타령하면서도 맘먹고 들이박지 못하는 것이다. 어설프게 받았다가는 오히려 튕겨 나올 것이 뻔하니까.

"말씀은 드렸습니다. 약식으로 하니까 참석은 필요 없습니다. 참고로 하나 더 말씀드리면 결혼할 사람은 공주님입니다."

"공!"

태자의 외침 같은 부름에도 휴고는 인사를 남기고 떠나갔다. 휴고가 나가자마자 떼쟁이 아이처럼 굴던 태자의 기색이 확 변했다. 화가 머리끝까지 오른 그의 표정은 야차같이 무시무시했다. 부관을 향해 버럭 소리쳤다.

"대체 뭐 하는 놈들이야!! 타란 공작이 내일 결혼을 한다는데 내가 왜 그 소식을 인제 와서 본인에게서 들어?!"

"송구합니다."

부관 얼굴이 허옇게 질렸다.

"당장 어찌 된 일인지 알아오지 못해!!"

"예, 예! 전하!"

시퍼런 안광을 쏟아내며 태자는 사납게 씩씩거렸다.

"공주? 빌어먹을. 공주가 한둘이어야 말이지. 공주에 관심 있었으면 진즉 말을 할 것이지. 내 누이를 줬을 거 아냐."

휴고가 결혼 상대를 공주라고 말했을 때 그는 어찌 된 일인지 대충 짐작했다.

"……망할 노친네."

퀘이즈는 바득바득 이를 갈았다. 나는 세상 일 관심 없다는 초연함으로 무장해 내궁 깊은 곳에 앉아 뒤로는 온갖 일을 다 조종하는 검은 손이었다. 그래 봤자 넌 내 손바닥이다, 의기양양할 왕의 얼굴이 떠올랐다.

퀘이즈는 왕을 증오했다. 아주 치가 떨리도록 싫었다. 아들이 저를 싫어하는 것을 알면서도 태자 자리에 퀘이즈를 올려두고, 할 테면 해봐라 가소로운 시선으로 호인인 척 구는 꼴도 분통 터졌다.

'언제까지 그럴 수 있을지 두고 봅시다.'

퀘이즈의 푸른 눈이 활활 타올랐다.

4.
초야

버진로드도, 축하를 보내는 하객도, 축복을 빌어주는 사제도 없었다. 테이블을 두고 마주 앉아 휴고 타란과 비비안 혜세는 혼인 증서에 서명했다.

지난번에 그가 준 서류에 서명할 때는 '혜세'는 모두 정자로 쓰고 '비비안'은 머리글자만 썼다. 흔한 서명 방식이었다. 그러나 혼인 증서에는 이름과 성을 모두 또박또박 정자로 쓰고, 그 아래에 이름을 머리글자만 쓰는 방식까지 총 두 가지 서명을 해야 했다.

비비안. 그녀의 이름이었다. 꿈속에서 그녀는 메튼 백작과 5년 남짓 결혼 생활이 파탄 난 이후부터 루시아로 살았다. 그러나 이제는 앞으로 죽을 때까지 비비안으로 살아야 했다.

그녀는 비비안이 자신의 이름이라 생각한 적 없었다. 그 이름으로 살 때는 괴롭고 고통스러웠다. 루시아와 비비안은 마치 다른 인물 같았다. 혼인 증서에 서명해 그의 아내가 된 사람이 정말 자신이 맞는 것인지 혼란스러웠다.

비비안이라는 두꺼운 껍데기가 결혼 증서로 단단히 붙잡힌 기분은 답답하지만 이상하게 안심이 되었다. 한편으로 언젠가 껍데기를 부수고 나갈 날이 올 거라고 생각하면 숨이 트이지만 밑바닥이 보이지 않을 정도로 불안했다. 루시아는 자신의 기분을 도저히 한마디로 정의할 수 없었다.

처음 보는 중년 남자 둘이 증인으로 입회하는 자리에서 간단한 절차만으로 루시아는 타란 공작부인이 되었다. 그것으로 끝이었다.

루시아는 결혼식에 대한 미련은 없었지만 결혼식을 마무리하는 과정인 맹세의 입맞춤까지 생략된 것은 좀 아쉬웠다. 그는 딱 한 번 키스한 이후 가벼운 접촉도 하지 않았다. 안 보는 척 눈만 살짝 돌려 그의 입술에 시선을 고정했다.

일자로 다물어진 입술에서는 그의 고집이 묻어나는 것 같았다. 적당한 두께의 저 입술이 루시아 입술에 닿았을 때 의외로 부드러웠다. 강한 흡입력으로 루시아 입술을 빨아들이며 입안으로 침입했던 그의 혀가…….

"내일 오전 중으로 북부로 출발할 예정이야."

"네…… 네!"

갑자기 그의 입술이 열리자 루시아는 화들짝 놀랐다. 그가 좀 의아하게 보는 것 같아서 루시아는 얼른 시선을 딴 데로 돌렸다. 혹시 얼굴이 붉어졌을까 봐 걱정이었다.

'아우, 미쳤나 봐. 너 뭐 하니 진짜.'

"수도에 머물고 싶으면 그렇게 해."

조금 뛰던 가슴에서 파시식 소리 내며 바람 같은 것이 빠져나갔다. 혼인 증서에 서명한 잉크가 마르지도 않았는데 그는 별거를 대수롭지 않게 거론했다.

자신을 바라보던 그의 눈빛에 여자에 대한 흥미는 단 한 점도 비치지 않았다는 건 알고 있었다. 애정이 넘치는 결혼 생활을 기대한 건 아니었지만 조금은 씁쓸했다. 가슴 안쪽이 지끈 아팠다. 그는 마치 결혼이라는 울타리로 두 사람이 묶일 일은 절대 없을 거라고 선언하는 것 같았다. 루시아는 아주 조금이라도 품었던 어리석은 아쉬움조차 모두 날려버렸다.

"……함께 가겠어요. 하지만 전하께서 제가 수도에 머물기를 바라면 그렇게 할게요."

눈을 아래로 내리뜨고 감정이 섞이지 않은 것처럼 들리기를 바라며 조용히 답했다. 그의 말에 반발해서가 아니었다. 반드시 수도에 머물러야 하는 당위성이 없기 때문이었다. 온몸으로 꽂히는 그의 시선을 느꼈다.

루시아는 가능한 순종적으로 몸을 사리며 지낼 생각이었다. 그가 여자에게 폭력을 휘두를 남자로 보이지는 않지만 조심해서 나쁠 건 없었다. 남자의 폭력에 여자가 얼마나 무력한지 그녀는 경험한 적이 있었다.

"수도와 달리 즐길 거리는 없어. 각오해야 할 거야."

"괜찮아요."

'어차피 수도에서도 즐기며 살아본 적 없는걸.'

마차가 저택에 도착할 때까지 더는 대화가 없었다. 마차에서 내려서 저택 안으로 들어서자마자 그는 집무실로 휙 들어가 버렸다. 홀로 남겨진 루시아를 챙긴 사람은 집사 제롬이었다.

"마님께 인사 올립니다. 집사로서 공작 전하를 모시고 있습니다. 제롬이라고 불러 주십시오."

나이는 대략 서른 남짓. 암청색 눈동자에 단정한 외모와 인상을 지닌 남자는 구면이었다. 공작이 보낸 마차를 타고 저를 방문했을 때 루시아에게 차를 대접했었다. 집사였구나. 공작가 저택의 집사라기엔 지나치게 젊었다.

"반가워요. 지난번 차는 정말 맛있었어요, 제롬."

제롬은 묘한 눈으로 루시아를 보았으나 빠르게 그런 기색은 사라지고 여상한 표정으로 사근사근 답했다.

"감사합니다. 편히 말씀하셔도 됩니다, 마님."

"이대로가 편해요. 아, 혹시 말투 같은 것이 공작가 규칙에 어울리지 않는다면 고칠게요."

"아닙니다. 마님께서 곧 타란의 규칙입니다. 식사를 먼저 하시겠습니까, 휴식을 취하시겠습니까? 저택 안내를 도와드릴까요?"

뭔가 방금 굉장한 말을 들은 것 같은데. 조금 전부터 시작된 두통으로 깊이 생각할 수가 없었다. 루시아는 지금 가장 원하는 것을 말했다.

"우선 쉬고 싶군요."

"침실로 모시겠습니다."

제롬은 침실로 루시아를 안내한 후 중년 여자 둘을 소개했다.

"불편하신 것 없도록 마님 시중을 맡을 사람들입니다."

제롬은 그들의 이름과 경력을 간단히 소개하고 물러갔다. 하녀들의 시중을 받아 옷을 벗고 얇은 속치마만 입은 채 루시아는 침대로 직행해 지끈거리는 머리를 누르며 잠에 빠져들었다.

단잠에 푹 빠졌다가 깨우는 목소리에 부스스 눈을 떴다. 다행히 머리는 더 이상 아프지 않았다.

"마님. 저녁 식사는 드시고 주무시는 것이 어떠하신지요."

하녀가 곁에서 아주 조심스러운 표정으로 루시아를 깨우고 있었다. 아직 주인의 성정을 모르니 잠을 깨워 혹시 불벼락을 맞을까 봐 지극히 긴장하는 표정이었다.

"음……. 내가 얼마나 오래 잠들었나?"

"족히 여섯 시간은 되었습니다."

"……오래 잤네."

"저녁 식사를 준비 중입니다."

"전하께서는 이미 드시었나?"

"집무실에서 간단히 하실 것 같습니다. 공무가 많으시면 종종 그러십니다."

결론은 루시아 혼자 먹으라는 소리였다. 루시아는 결혼한 당일 남편 없이 홀로 앉아 지금껏 맛본 적 없는 진미로 차려진 저녁 성찬을 마쳤다. 조금은 서운했다. 밥 정도 같이 먹어주는 것이 그렇게 어려운 일은 아니지 않은가. 한집에 있으면서.

잠시 시무룩해 있었지만 빨리 털어내려고 노력했다.

'기대하지 마. 기대하지 말자.'

이런 사소한 일로 자꾸 실망하다 보면 결혼 생활은 지옥이 될 것이다.

'나는 평생 걱정 없는 평온한 보금자리를 얻은 거야. 그놈에게서도 벗어났어.'

원래부터 원한 것은 그것이었다. 그런데 사람 욕심이란 참 끝이 없었다. 이제 막 결혼했으면서 벌써 결혼 생활에 대한 기대를 자기도 모르게 품고 있었다.

루시아는 시중을 들며 왔다 갔다 하는 하녀들을 눈으로 좇다가 의문이 생겼다.

"제롬, 내 시중을 맡은 하녀들 말이에요."

"예. 혹여 무슨 실수라도 있었습니까?"

"그건 아니에요. 보니까 그녀들이 하녀들 중에서 나이는 물론 경력도 높은 편인 것 같은데 직접 내 잔시중을 맡긴 이유가 있나요?"

루시아는 꿈속에서 한동안 귀족의 하녀로 일한 적 있었다. 그래서 하녀의 경력이나 나이 등에 따라서 하는 일을 잘 아는 편이었다.

"미리 설명해 드리지 않아 죄송합니다. 마님께서는 오늘만 이곳에서 주무시고 내일은 영지로 출발하실 겁니다. 마님의 시중을 드는 하녀들은 이동하시는 동안 마님을 모실 이들입니다. 영지에서 지내시는 동안에는 마님을 모시는 일은 다른 하녀가 맡게 될 겁니다."

"아, 이곳의 다른 하녀들은 수도에 기반이 있어서 떠날 수가 없는 거군요?"

"그렇습니다."

"그럼 나와 함께 간 하녀들은 영지에서 무슨 일을 하게 되지요?"

"그들 나이와 경력에 맞는 일을 맡게 될 것입니다."

"이해했어요. 설명 고마워요."

"천만의 말씀입니다."

제롬은 이 일로 루시아를 '야무지게 안살림을 맡아 하실 것 같다.'고 평가했다. 루시아가 만약 그 속내를 알았다면 그런 거 아니라고 손사래를 쳤을 것이다.

저택 내부를 안내받아 눈에 익히며 시간을 보냈다. 워낙 넓어서 다 들여다보지도 못했다. 저택 자체도 컸지만 저택을 둘러싼 공간은 몇 배나 되도록 널찍했다. 수도 한가운데 있는 집이라 하기에는 놀리는 공간이 지나치게 많았다.

"여긴 원래 전통적으로 타란 공작가의 저택이었나요?"

"그렇지 않습니다. 원래 타란 공작가는 수도에 거처가 없었습니다. 수년 전에 마련한 것입니다."

"그래요? 대체 이전에 이곳의 주인은 누구였나요? 이렇게 넓은 저택이며 뜰이며. 엄청난 고위 귀족이자 부호였던 모양이군요."

"주인은 여럿이었습니다. 한 10여 채 정도 구매했을 겁니다. 이 저택만 남기고 나머지는 다 허물었지요."

"……아."

루시아가 생각했던 것보다 그는 꽤, 어쩌면 훨씬 더 부자였다.

욕조는 넓고 고급스러웠다. 사기로 빚은 흔한 욕조가 아니라 아예 바닥에 벽을 쌓아 고정해 만들었다. 하녀들이 일일이 물을 가져다 부을 필요도 없이 관을 연결해서 어디선가 불을 지피면 언제든 데운 물을 꼭지를 열어 쓸 수 있었다.

이런 시설이 있다더라 말은 들어봤지만 직접 본 건 처음이었다. 물을 긷는 일은 고용인 몫이었다. 그들이 아무리 힘들게 물을 데우고 날라도 그게 주인의 수고로 연결되는 건 아니었다. 그래서 일부러 많은 돈을 들여 이런 시설을 설치하는 경우는 거의 없었다.

'그가 고용인들 수고를 생각했을 것 같지는 않은데…….'

루시아의 생각대로 공작이 시킨 일은 아니었다. 집안 관리를 천직으로 삼고 있는 제롬은 효율성을 중시했다. 집 여기저기를 뜯어고치는 일은 집사 제롬의 거의 유일한 취미라고 할 수 있었다.

목욕을 마친 후 다시 침실로 돌아왔다. 젖은 머리를 말리고 피부를 매끄럽게 한다는 꽃 향유를 발라주는 하녀들의 손이 정성 가득했다. 결혼 첫날밤이라는 특별함 때문일 것이다.

'하지만 그 사람. 오늘 밤 여기 오지 않을 텐데.'

루시아는 확신했다. 내일 바로 영지로 떠난다고 했으니 전날인 오늘은 푹 휴식을 취하는 쪽을 택할 것이다. 영지에 내려가고 나서도 그가 과연 침실을 찾을지 알 수 없다. 어차피 자신에게서 자식을 볼 생각이 없을 테니까. 어쩌면 영영 그는 루시아의 침실에 발을 들이지 않을지도 모른다.

'그는 이미 아들이 있으니까.'

아들의 지위를 단단히 하려고 이런 결혼을 감행할 만큼 소중한 아들이었다. 만약 루시아가 아들을 낳으면 일이 아주 복잡해진다. 혼적에 입적해 적자로 인정받아도 진짜 적실 몸에서 태어난 적자와 지위를 비교하면 하늘과 땅 차이였다.

불안을 제거하는 최선은 아예 임신 가능성을 없애는 것이다. 그는 상관없다는 식으로 말했지만 그냥 하는 말일 것이다. 아이를 가질 수 없는 몸이라는 말해봤자 어차피 증명할 수 없으니 그는 믿지도 않을 테고.

하녀들이 다 물러가고 루시아는 조용해진 침실에서 다시 침대 위에 누웠다. 그러나 그렇게 오래 낮잠을 잤으니 잠이 올 리가 없었다. 이리저리 뒤척이며 생각에 빠져들었다.

'차라리 잘됐지 뭐⋯⋯.'

그를 사랑하지 않을 거라고 약속했다. 그 약속은 그와 거리를 유지할수록 지킬 가능성이 컸다. 그와 짧은 키스를 한 번 했다고 이렇게 콩닥거리는데 그보다 더한 걸 하면 아마⋯⋯. 루시아는 점점 얼굴이 달아오르자 얼른 두 팔로 마구 공중을 휘저었다. 마치 그녀의 머릿속을 엉크는 것처럼.

'다른 생각을 하자. 다른 생각⋯⋯ 다른 생각⋯⋯. 공작부인이 돼서 해야 할 일⋯⋯. 뭐가 있지⋯⋯?'

남편을 위해 해야 하는 내조 1순위는 사교 활동이었다. 메튼 백작도 루시아를 그렇게 온갖 파티에 내보내지 못해 난리였다. 그자의 기대만큼 해주지는 못했다. 몸은 몸대로 피곤하고 하는 일 없이 멀뚱히 서서 시간을 보내는 것이 대부분이었다.

'하아⋯⋯. 사교 활동. 나 그건 자신 없는데⋯⋯.'

이걸 솔직히 말하지 않은 건 계약 위반일까?

꿈속에서 그의 아내였던 공작부인은 사교 활동을 즐기는 데에는 탁월한 재주가 있었다. 딱 봐도 값비싼 최신 드레스와 보석으로 온몸을 칭칭 감고 도도하게 사교계를 누비고 다녔다. 여자들은 그 곁에 모여들어 낯간지러운 찬사를 쏟아냈다.

'그러면서 뒤에서는 욕을 했지.'

공작부인은 원래 집안이 별 볼 일 없었다. 사교계에 난데없이 굴러 온 돌덩이였다. 박힌 돌을 자꾸 건드려대니 좋아할 리가 있나. 타고나기를 고아한 귀부인들과 시골 촌뜨기 출신 공작부인에게는 애초부터 공통 화제가 없었다.

물론 대놓고는 누구도 공작부인의 앞에서 싫은 티는 못 냈다. 루시아는 적극적으로 사교 활동을 하지는 않았지만, 성실한 참여로는 독보적이었다. 그래서 대단히 많은 것들을 보고 들었다. 사람들 무리에서 한 걸음 떨어져 객관적인 눈으로 관찰할 기회가 많았다.

공작부인의 화려함은 전혀 부럽지 않았다. 가끔은 발악하는 것처럼 보였다. 초반에는 그러지 않았던 공작부인은 시간이 지날수록 제 위치에 스스로 취해버렸다. 갈수록 턱을 세우고 지위 낮은 자들을 공개적으로 공공연하게 깔아뭉개곤 했다.

메튼 백작부인으로 지내던 시간이 끝나고 한동안 사교계와 먼 삶을 살았다. 그러다가 귀족가 하녀로 일하기 시작하면서 다시 타란 공작부인 소식을 접할 수 있었다.

공작부인은 여전했다. 오히려 시간이 지나며 더 악명을 쌓았다. 공작부인의 결혼 비화가 알려졌을 때 귀부인들이 그토록 소식을 퍼

나르며 깔깔거린 데에는 그만한 이유가 있었다. 공작부인은 너무 많은 적을 만들었다.

'그 후에는⋯⋯.'

그 후에는 어찌 되었는지 모른다. 하녀 일을 하며 모은 돈으로 작은 집을 한 채 마련하고, 하녀 일을 그만둔 후 조용히 살았다. 시끄럽고 화려한 사교계 생활은 이후에 모르고 지냈다.

아주 가끔. 함께 일하다 친해진, 일하는 곳은 옮겼지만 여전히 하녀로 일하는 친구 비슷한 사람이 찾아와 수다를 늘어놓는 중에 몇 가지 소식을 전하기는 했다. 그중에 타란 공작과 관련된 소식이 있었던가. 그건 가물가물했다.

'내가⋯⋯ 그와 결혼했어.'

루시아는 소스라치게 놀랐다.

'그럼⋯⋯ 원래 공작부인이었던 그 여자는⋯⋯ 어떻게 되는 거지?'

그걸 이제야 생각했다. 그녀는 자신의 이기심에 놀라고 말았다.

'어쩔 수 없잖아.'

양심의 가책은 짧았다.

'남의 사정 같은 걸 봐주었다가는 이 험난한 세상에서 살아남을 수 없어.'

루시아는 못되고 이기적인 자신의 모습을 발견하고 또 한 번 놀랐다. 하지만 그걸 고치고 착해지고 싶지 않았다. 착한 사람이 더 다치는 곳이 사람이 살아가는 세상이라는 걸 아프게 배웠다.

이런저런 생각을 하다 보니 잠이 오기는커녕 정신이 더 맑아졌다. 한참을 뒤척이다가 결국 일어나 침실에 불을 밝혔다.

'침실 구경이나 하자.'

침실 내부의 모든 것은 큼직큼직했다. 침대도 그렇고 소파도 그렇고 가구도 그랬다. 고풍스럽기는 하지만 뭔가 여인의 침실로 쓰기에는 딱딱하고 서늘했다. 오늘만 자고 떠날 예정이 아니라면 여기저기 손대고 싶은 곳이 많았다. 그래도 전체적으로 조화는 있었는데 딱 하나 그것을 망가뜨리는 것이 있었다.

'대체…… 이 그림은 뭘까…….'

침실 빈 벽 한가운데 떡 하니 자리 잡은 이상한 추상화는 뭘 말하는지도 모르겠고, 이 침실에 어울리지도 않았다.

태자 퀘이즈가 보내온 그림 중 하나였다. 휴고는 보자마자 인상을 썼지만 제롬이 우물거리며 어찌할까요, 물었을 때 음울하게 답했다.

「걸어.」

그런 사정을 알 리 없는 루시아는 아마 이 그림이 대단히 유명한 작가의 값비싼 작품일지 모른다고 생각했다. 루시아의 생각이 아주 틀리지는 않았다. 태자는 자신의 그악스런 취미에 꼭 맞는 귀한 그림을 손수 골라 보내주었다.

'와인 장이 있네.'

침실 한 벽에 기댄 와인 장은 몇 개 층으로 이루어져 수십 병의 와인이 층별로 반쯤 눕혀 가득 차있었다. 루시아는 투명한 유리문

너머 진열된 와인들을 구경하면서 고개를 갸웃했다. 여자 침실에 와인 장이 있는 것은 흔한 일이 아니었다. 노부인의 침실이라면 모를까.

와인에 대해 잘 모르지만 달콤해서 루시아 입맛에 꼭 맞는 값비싼 와인 하나는 기억해 둔 것이 있었다. 꿈속의 기억이다. 그것을 발견하자 루시아는 기뻐하며 유리문 밖에서 폴짝 뛰었다. 꺼낼까 말까 망설이다가 결국 와인을 꺼냈다.

"축배를 드는 거야. 그 정도는 해도 되겠지."

아무도 축하해 주는 이 없는 결혼이었지만 그녀에게는 그녀 자신을 축하할 자격이 있었다.

와인 장 옆에는 두 사람 정도가 겨우 앉을 수 있는 작은 테이블이 바로 붙어있었다. 또한 와인 장 안에는 와인 잔은 물론이고 마개를 따는 기구도 비치되어 있었다. 완벽하게 모든 것이 갖추어져 있는 상태였다. 루시아는 마개를 따서 조금씩 따르며 허공을 향해 건배하고 홀짝홀짝 잔을 비웠다.

"맛있다……. 응? 벌써 없어?"

몇 잔 마시지 않은 것 같은데 어느새 빈 병이었다. 그래도 아쉬워서 입맛을 다시며 일어나다가 어질, 현기증이 돌아 다시 주저앉았다.

"어……. 왜 이러지."

몇 번 심호흡하고 다시 일어났지만 배 속이 뜨겁고 여전히 주변이 빙빙 돌았다.

"아……. 나…… 취했나 봐……."

루시아는 비틀거리며 간신히 침대로 가서 누웠다. 색색 숨을 몰아쉬다가 곯아떨어졌다. 그러나 술기운을 빌린 잠은 숙면으로 이어지지 못했다. 얼마 못 가서 목이 탈 것 같은 갈증으로 깨어났다.

'더워……. 목말라…….'

루시아의 현재 몸에 술이 들어간 것이 처음이었다. 마신 와인이 비록 도수가 낮지만 처음치고는 과음을 했다. 침실 내부는 제법 서늘한데도 몸에 열이 나서 후끈거렸다.

루시아는 이리저리 뒤척거리다가 입고 있던 잠옷을 벗어 내던졌다. 어차피 혼자 있는 침실이었다. 이제 여기는 그녀의 침실이었다.

'난 성공했어. 그자하고 결혼할 일은 없는 거야. 내 미래를 바꾼 거라고.'

술기운이 그녀의 해방감을 부추겼다. 더 과감하게 속옷까지 다 벗어 던졌다. 그녀의 새하얀 나신이 열이 올라 전체적으로 불그스름했다.

루시아는 침대 시트에 피부가 닿는 시원함이 좋아서 뒹굴뒹굴하다가 일어나 조금씩 비틀거리면서 침실 중앙쯤에 놓인 테이블로 걸어갔다. 물주전자와 유리잔이 은쟁반에 담겨 얌전히 놓여있었다. 유리잔에 물을 따라 벌컥벌컥 들이마시며 타는 갈증을 해소했다.

달칵.

조용한 침실에서 작은 소리는 천둥처럼 들렸다. 반 박자 느린 반응으로 소리 나는 방향으로 시선을 돌렸을 때 이미 침실과 응접실로 이어진 문이 열리고 있었다. 문이 열리며 들어서는 사람을 보자마자 루시아는 물 잔을 입에 가져다 댄 그 상태로 굳어버렸다.

막 목욕을 마치고 가운 차림에 침실로 들어서던 휴고는 실오라기 하나 걸치지 않은 불청객을 보며 멈칫했다. 숨 막히는 고요함이 무겁게 내려앉았다. 그는 눈을 가늘게 뜨고 아주 여유롭게 나신의 여자를 위에서 아래로 천천히 훑었다.

몇 시간을 정신없이 일했더니 머리가 조금 멍했는데 단번에 상쾌해지는 것 같았다. 처음에는 이 여자는 뭐지, 생각했다가 다음에는 그래, 결혼했었지, 깨닫고 마지막으로 이 여자가 내 아내인가, 결론을 내렸다.

가늘고 긴 목을 따라 동그란 어깨, 부드러워 보이는 젖가슴에 앙증맞게 자리 잡은 선홍빛 유두, 쏙 들어가는 늘씬한 허리에서 둥근 곡선을 만드는 골반. 불을 밝힌 침실이라 그녀의 몸이 구석구석 제대로 보였다.

그러나 유감스럽게도 배꼽 아래 아랫배 아슬아슬한 부분은 테이블 밑으로 가려 보이지 않았다. 한 걸음 옆으로 나오라고 해볼까. 그는 그런 생각을 하고 있었다.

파삭.

날카로운 파열음이 고요함을 깨뜨렸다. 얼어붙어 버린 그녀의 손에서 미끄러진 유리잔이 대리석 바닥에서 산산조각 났다. 움찔한 루시아가 시선을 떨어뜨리며 움직이려는 순간 그가 단호하게 명령했다.

"가만히 있어!"

루시아 몸은 그대로 다시 얼어버렸다. 꼼짝하지 못하고 그가 다가오는 것을 보고만 있었다. 자신도 모르게 약간 주춤했지만 줄곧 시선을 마주치며 다가오던 그가 인상을 쓰는 것을 보자 또다시 굳었다. 그는 가까이 오자마자 몸을 숙여 루시아의 등과 다리 아래를 받치고 번쩍 안아 들었다.

버적버적.

그가 걸음을 옮길 때마다 슬리퍼에 유리 조각이 밟히며 소리를 냈다. 침대까지 고작 몇 걸음의 거리가 영원처럼 길었다.

"다친 곳은?"

낮은 그의 목소리가 들려왔을 때 비로소 자신의 등이 보드라운 침대 시트에 닿았음을 깨달았다.

"없…… 어요."

루시아는 고개를 내저으면서 재빠르게 그의 손에서 빠져나왔다. 이불을 끌어올려 몸을 가리고 고개를 베개에 푹 박았다. 그의 손이 닿았던 부분이 화끈거리고 머릿속이 새하얗게 비었다.

이불을 몸에 감고 꾸물거리는 애벌레처럼 그에게서 가능한 한 멀리 침대 끝으로 도망치는 그녀를 그는 흥미롭게 관찰했다.

"알몸 환영을 해놓고 이번엔 순진한 처녀 흉내인가?"

부끄러움과 놀람으로 저 깊이 어디론가 파고들어 가던 그녀의 정신은 그의 목소리에 깔린 조소를 느끼면서 반짝 돌아왔다. 못됐다. 놀라지 않았느냐 묻기는커녕 저런 말투라니. 루시아는 고개를 쏙 빼고 그에게 쏘아붙였다.

"갑자기 들어오셨잖아요!"

"대단히 실례했군. 차후에는 문밖에서 고함을 치도록 하지."

루시아는 그가 농담을 하는 것인지 조롱을 하는 것인지 모르겠다고 생각했다. 다만, 자신의 반응이 과민했다는 것을 깨닫고 머쓱했다. 어쨌든 그는 깨진 유리잔에 다칠까 봐 걱정은 해주었다. 그가 아니었으면 발바닥에 셀 수 없이 많은 유리 조각이 박혔을 것이다.

"……오실 거라고 생각하지 않았어요."

당신을 유혹하려 일부러 옷을 벗고 기다리던 것이 아니다. 루시아는 그 말을 돌려 표현했다.

"내 침실이야. 당연히 주인이 들어오지."

"……집사가 이곳에서 자라고 했어요. 전하 침실이라고 말해 주지도 않았어요. 부부가 침실을 공유하는 것도 공작가의 전통인가요?"

휴고는 어렴풋이 기억이 났다. 제롬이 마님 침실 준비가 미진해서 어쩌고저쩌고하는 말에 대충 고개를 끄덕였던 것 같다. 워낙 갑작스러운 결혼이었고, 저택에서는 하루만 묵고 갈 것이라 집사는 마님을 주인의 침실로 안내한 것이다.

제롬은 완벽주의자였다. 준비가 부족한 침실은 그냥 준비가 안 되어있는 것으로 쳤다. 어차피 결혼하셨으니 하루 정도 한 침실 써도 무슨 문제인가 생각한 것이다.

"그런 전통은 없어. 중간에 착오가 있었던 모양이군."

그는 자신의 건망증을 아주 쉽게 아랫사람의 실수로 넘겨버렸다.

"그럼…… 오해하시지 않는 거죠?"

루시아는 그가 자신을 그렇고 그런 조신하지 못한 여자로 볼까 걱정했지만 그는 애초에 그런 건 신경도 안 쓰고 있었다. 그는 여자를 그런 기준으로 분류하는 남자가 아니었다. 그에게 여자는 두 부류였다. 같이 자고 싶은가, 그렇지 않은가. 헤프건 조신하건 그런 건 그에게 아무 의미가 없었다.

"알몸으로 자는 것이 취미인가?"

그는 단지 전혀 그렇게 보이지 않는 그녀의 새로운 모습이 재미있을 뿐이었다. 루시아는 빨갛게 물든 얼굴로 그를 새침하게 노려보았다.

"아니에요. 좀 더워서……."

도무지 덥다고는 할 수 없는 서늘한 침실 내부의 기온을 고려하면 납득할 수 없는 대답이지만 그의 시선 끝이 무심코 와인 장 쪽에 닿자 그의 입술 끝이 올라갔다.

"술 마셨어?"

"……네."

기어들어 가는 목소리로 대답했다. 이곳이 그의 침실이라면 루시아는 주인 허락 없이 와인 장을 뒤져 와인을 꺼내 마신 셈이었다. 아아. 왜 그랬을까. 루시아는 꿈을 꾸고 난 이후 처음으로, 지금이 꿈이면 얼마나 좋을까 간절히 바랐다.

"술에 취해 알몸으로 침실에서 기다리고 있는 여자라……. 우연이라 하기에는 참 교묘한걸."

그의 빙글거리는 말투는 루시아의 속을 뒤집었다. 자꾸 툭툭 건드리는 그 때문에 기분이 상했다. 세상 모든 여자가 당신이면 눈이 뒤집혀 달려드는 줄 알아? 루시아는 그렇게 말하고 싶은 것을 간신히 참고 이성적으로 발끈했다.

"분명히 말씀드렸어요. 전하 침실이라는 걸 몰랐고 오실 줄도 몰랐다고. 얼마나 많은 미인들이 옷을 벗고 전하 침대로 뛰어들었는지 모르겠지만 만약 제가 그랬다 해도 아마 그럴 수 있는 자격을 가진 유일한 여자일 텐데요. 오늘 오전 그 서류에 서명한 이후부터 말이죠."

말을 끝내자마자 루시아는 아차 싶었다. 너무 되바라진 말투로 쏘아붙인 것 같았다. 그가 만약 여자가 자신에게 도전하는 것을 용납하지 않는 남성 우월주의자라면 그가 내보일 반응이 걱정되었다.

메튼 백작 그자와 살 때는 '네, 아니요.' 하는 대답 외의 대화라고는 없었는데. 이 남자하고는 자꾸 말을 섞고 있는 자신이 낯설었다.

그는 반항적인 그녀의 눈을 잠시 바라보다가 낮게 웃었다.

"내가 넘겨짚은 말이 당신을 언짢게 했다면 사과하지. 미안하오."

"……."

"무릎이라도 꿇어야 하나?"

"아, 아니에요. 조금 놀라서……. 미안하다는 말은…… 해본 적도 없는 분인 줄 알았어요."

또 시작이었다. 당신이 그려놓은 나는 어떤 자인지 조목조목 항목을 달아 제출하라고 하고 싶었다. 하나씩 손가락으로 짚어 따져가면서, 이건 아니니까 지워, 그렇게 말하고 싶었다.

"도대체 당신 머릿속의 나는 어떤 놈이지? 내 소문을 듣고 그러는 건가?"

"소문으로 전하를 재단하지 않았어요. 전 제가 보고 느낀 것으로 전하를 판단했을 뿐이에요. 사과보다는 명령을 내릴 분이라고 생각했어요."

"면전에서 그런 독설을 듣기는 또 처음이군."

"독설이라니요! 의견이라고요. 그렇게 매도하지 말아 주세요."

정색하는 표정이 진지했다. 그녀는 처음 만났을 때부터 그랬다. 그녀의 눈이 곧고 진지했기 때문에 터무니없는 제안을 참고 들어주었다. 솔직하게 온 힘을 다해 부딪치는 그녀를 외면할 수가 없었다. 우습게도 그 터무니없는 제안을 받아들여 이 상황이 만들어졌지만.

휴고는 별 의미 없이 살짝 몸을 틀었다. 그러자 이불이 들썩할 정도로 크게 그녀가 흠칫했다. 흐음. 그의 눈썹이 스윽 올라가더니 다시 몸을 움직이자 이번에도 이불이 들썩했다.

내가 덮칠까 봐? 맹수 앞에 작은 생물이 달달 떨고 있었다. 배부른 맹수라면 모른 척하겠지만 허기가 들었는지 평소라면 사냥할 가치조차 없는 작은 생물을 보며 그는 입맛을 다셨다. 왠지 유쾌해서 방패처럼 그녀를 둘둘 말고 있는 이부자리를 잡아 확 잡아당겼다.

"꺄악!"

루시아가 짧은 비명을 지르며 널찍한 침대 위를 데굴데굴 굴렀다. 정신을 차렸을 때 이불은 간데없이 루시아는 알몸이었고, 그가 두 팔로 가두어 내려다보고 있었다. 루시아는 흐읍 호흡을 멈추었다. 빠져나갈 틈 없이 가로막은 그의 팔에 조금이라도 닿을까 봐 손끝 하나 움직일 수가 없었다.

"당신이 알몸으로 내 침대에 뛰어들 자격 있는 유일한 여자라면서 왜 내가 올 것이라 생각지 않았다는 거지? 오늘은 신혼 초야인데."

아마 그는 오늘 밤, 침실이 달랐다면 그녀의 침실을 찾지 않았을 것이고 침실에 들어왔을 때 루시아가 곤히 잠든 상태였으면 손끝 하나 건드리지 않고 그 옆에 누워 그냥 잤을 것이다.

이유는 단순했다. 그냥 그럴 마음이 안 드니까. 그녀는 그의 취향과 거리가 멀었다. 그는 육감적인 미인을 좋아했다. 한마디로 동하지가 않았다. 그런데 그가 그런 생각을 갖고 있는 것과 별개로 그녀의 생각이 궁금했다. 그는 그전부터 계속 대체 이 여자가 무슨 생각을 하나, 알고 싶었다.

루시아는 단순한 걸 복잡하게 생각하는 여자답게 그녀가 생각한 이유는 훨씬 많았다. 애정이 동반된 결혼이 아니고, 자신이 꼭 품어보고 싶을 만큼 대단한 미녀나 글래머도 아니고, 가장 큰 이유는 그의 아들 때문이었다.

그는 아내의 임신을 원치 않을 것이다. 아이를 갖지 못한다고 했지만 그가 믿지 않으리라고 생각했다. 그러나 임신이나 아이 얘기는 꺼내고 싶지 않았다. 어쩐지 그 말을 하면 이대로 그가 미련 없이 일어나 나가 버릴 것 같았다. 그가 나가기를 바라지 않았다. 아무리 계약결혼이지만 결혼해서 초야조차 없다면 너무 비참했다.

"내일…… 오전에 바로 영지로 내려간다고 하셔서……."

거짓말은 아니지만 중요한 사실을 그에게 상기시키지 않은 사실이 그를 속인 것 같았다. 그의 시선이 마치 그걸 추궁하는 것처럼 느껴졌다.

　무방비한 상태로 알몸으로 있다는 사실이 시간이 지날수록 뇌리에 박혀 점점 크기를 더해갔다. 몸에서 후끈후끈 열이 나는 것 같았다. 루시아는 조금씩 움직이며 두 팔을 교차해 가슴을 가렸다. 무의미하지만 수치를 느끼는 여자의 가장 본능적인 행동이었다.

　'신선한 반응이군.'

　덤벼드는 여자들만 상대하다 보니 순진한 대응이 신기하기만 했다. 이 여자는 처녀가 분명했다. 그것도 아주 순진한 처녀. 알몸으로 그의 침실에 고의로 숨어들었다는 의심은 싹 사라졌다. 하지만 다른 의미로 재미가 없어졌다.

　처녀는 성가시다. 제대로 즐길 줄 몰라서 재미가 없었다. 그에게 여자와의 정사는 불필요한 욕망의 찌꺼기를 버리는 배출구이자 쾌락을 즐기는 수단이었다. 가능한 경험 많고 능숙한 여자와의 잠자리가 더 즐거운 법이다. 그는 익을 대로 익어 떨어진 과일의 달콤함을 좋아했다.

　어쩐다……. 아무래도 그녀는 겁먹은 것 같고. 굳이 싫다는 여자 안고 싶은 마음은 없었다.

　"거부하면 안 해."

　"……초야는…… 거부할 수 없잖아요."

　초야는 권리이자 의무다. 무려 법의 명문화되어 있다. 하지만 거의 사문화된 법이었다. 아주 오래전 서로 생사를 걸고 싸우는 귀족 가문 간 화합을 강제하기 위한 수단이 두 가문의 결혼이었고, 그때는 그 법이 필요한 적이 있었다.

그러나 오늘날 국가 간 국경선이 고착화되고 영주들 간 영지전은 보기 드문 이벤트가 되었다. 그 법이 폐지되지 않은 건 가끔 적용될 때가 있기 때문이었다. 초야가 없었음을 입증하면 결혼을 무효로 할 수 있는데 결혼하자마자 양쪽 중 누군가 급사했을 때 적용했다. 수년에 한 번 정도 적용될 때가 있다고 들었다.

'법을 거론하다니. 정말 뭘 모르는 공주님이군.'

"초야가 아니면 거부할 건가?"

"……오늘 하는 거 봐서요."

심드렁하게 툭 내뱉었던 그는 여자의 반격에 푹, 웃음을 터뜨렸다. 새파란 얼굴로 긴장해서 덜덜 떨고 있는 주제에 제법 맹랑한 소리를 한다. 정말 뭘 몰라서 이러나, 알면서 일부러 이러나.

"이봐, 공주님. 일단 시작하면 중간에 그만두지 않아. 각오는 하고 하는 말이야?"

루시아 눈에 꿈속에서 경험한 초야의 기억이 아른거렸다. 비곗살이 늘어진 메튼 백작은 루시아의 몸을 올라타고 몇 번이고 삽입을 시도했지만 결국 발기가 안 되어 실패했다. 그러자 제 분을 못이겨 씩씩거리다가 술을 진탕 마시고 뻗어버렸다.

그르렁 그르렁 요란하게 코를 골며 자는 남편이 된 낯선 남자 곁에서 쪼그려 밤새 벌벌 떨었다. 그보다 더 최악일 수는 없을 거다. 그렇게 생각하니 무서울 것도 없었다. 더구나 이 남자는 꿈속의 메튼 백작이 아니었다.

"각오로 하는 게 아니잖아요. 저는 전하와 전쟁을 하려는 게 아니에요."

잠시 침묵한 그가 피식 웃었다. 그리고 갑자기 그의 분위기가 급변하고 주변에 긴장감이 감돌았다. 소름이 오도도 돋고 꼼짝할 수가 없었다. 이 사람 남자구나, 당연한 사실을 새삼 깨달았다.

힘으로 당할 수 없는 남자 아래 누워있는 나신의 여자. 도무지 항거할 수 없는 상황이었다. 상체를 일으킨 그가 목욕 가운을 벗는 것을 보며 루시아는 질끈 눈을 감았다. 허리에 낯선 손이 닿자 후읍 숨을 들이켰다.

처분만 기다린다는 것처럼 눈을 꽉 감고 있는 루시아를 바라보던 그의 눈빛이 차분해졌다. 겁 없는 이 작은 토끼를 확 눌러 잡아먹어 버릴까 하는 마음이 잠깐 들었지만 입맛만 버릴 것 같다.

순진한 공주님한테 적당히 기분 좋은 서비스나 해주고 남자가 뭔지 조금 가르쳐 줘야겠다.

"이름."

꼭 눈을 감고 있던 루시아가 슬그머니 눈을 떴다.

"……네?"

"침대 위에서까지 전하 소리 듣고 싶지 않군. 이름으로 불러."

"이름……?"

"설마 내 이름을 모른다고 할 셈은 아니겠지?"

"아뇨. 알아요. 음……. 휴……?"

그가 아무 말이 없자 루시아는 덧붙였다.

"아니면 휴고……?"

이상하게 그의 침묵이 좀 길었다. 설마 이름이 틀렸나? 그의 이름이 휴고가 아니었단 말이야? 혼인 증서에 서명하는 것을 분명히 봤는데. 혼란에 빠지기 직전 그가 어쩐지 주저하는 목소리로 말했다.

"······전의 것으로."

"전의 것이면······. 휴······?"

짧은 순간 그의 몸이 가볍게 떨렸다. 붉은 유리구슬 같은 그의 눈동자가 조금 일렁이는 것 같았다. 루시아는 어쩐지 그가 '휴'라고 불리는 일을 조금 특별하게 여긴다고 느꼈다.

애칭일까? 누가 불러준? 어머니? 아니면······ 사랑한 여자······? 그에게 사랑한 여자가 있었을까? 그에게는 아들이 있다. 그 아들을 낳아준 여자는 누구였을까. 그 여자를 사랑했을까. 그 여자는 지금 어디 있고, 왜 헤어졌을까.

"비비안."

그에게 물어봐도 될까 고민하는데 갑자기 들려오는 자신의 낯선 이름에 루시아는 흠칫 놀랐다. 과민하게 놀라는 자신을 그가 이상하게 보는 것 같아서 변명처럼 말했다.

"이름으로······ 불리는 일이 없어서······."

"이제부턴 많아지겠군. 비비안."

"······."

낮은 목소리가 그윽하게 귓가에 감겼다. 몹시 낯선 자신의 이름이 그의 입을 통해 아주 자연스럽게 그녀를 가리키며 정의했다.

"비비안."

"······."

입을 꼭 다물고 있는 그녀를 보며 휴고는 웃음처럼 한숨을 흘렸다.

"당신 은근히 고집 센 거 알아?"

"······제가 언제요."

"방금도."

"······당신은 억지 부리기 잘하는 거 아세요?"

"난 억지 같은 거 안 부려. 내가 하는 말은 다 옳으니까."

그의 무지막지한 자신감과 오만함에는 정말 할 말이 없었다. 그의 얼굴이 점점 다가와 서로의 숨결이 느껴질 정도까지 가까워졌다. 얕은 숨이 입가에 닿고 그의 입술이 내려앉자 루시아는 눈을 감았다. 꽉 다물고 있는 그녀의 입술 위를 그가 가볍게 몇 번 입을 맞추고 살짝 아랫입술을 빨아들였다. 그리고 다시 입술이 떨어졌다.

"입 열어."

그가 낮은 음성으로 명령했다. 긴장한 숨을 꿀꺽 삼키자 목구멍 안쪽이 탈 것처럼 아팠다. 살짝 얼굴을 붉히며 잠시 고민하다가 입을 조그맣게 아, 하고 벌렸다. 그의 눈이 살짝 휘어지더니 이내 그가 그녀의 입술을 한입에 삼키면서 입안으로 말캉한 살덩이가 들어왔다.

'아······.'

그의 혀가 부드럽게 그녀의 입안을 더듬고 지나갔다. 천천히 그리고 꼼꼼하게 치열을 확인하고 볼 안쪽과 입천장을 스쳤다. 그와 혀가 서로 맞닿는 순간은 전기가 오른 것처럼 찌릿했다. 두 사람의 입술이 아슬아슬하게 떨어진 상태로 그가 말했다.

"와인 맛이 나는군."

루시아의 얼굴이 새빨갛게 달아올랐다. 그는 방향을 바꾸며 루시아의 입술을 다시 덮었다. 그의 말대로 키스에서는 와인 맛이 나서 취할 것 같은 몽롱한 기분에 사로잡혔다. 혀가 얽히고 타액이 섞였다. 그는 키스로 입안을 애무하고 있었다. 그의 혀가 그녀의 혀를 휘감고 빨아들였다 놓는 것을 반복했다.

"흐……."

목 깊은 곳에서 작게 신음이 나왔다. 차분하게 시작했던 입맞춤은 조금씩 격해져갔다. 조심스럽게 움직이던 그의 혀가 느닷없이 목 안쪽을 건드리면서 길게 훑어 지나갈 때는 자신도 모르게 시트를 꽉 쥐었다. 그는 루시아가 호흡이 벅차기 직전까지 키스하다가 입술을 떼고 몇 호흡 하게 한 후에 다시 시작했다.

몇 번이고 그렇게 키스는 계속 이어졌다. 어느새 루시아의 딱딱하게 긴장했던 어깨 근육이 느슨하게 풀렸다. 그의 키스는 달콤하고 부드러웠다. 길고 긴 키스가 끝났을 때 루시아는 작게 숨을 할딱거렸다. 이것만으로도 너무 많은 것을 충분히 한 것 같았다.

"부…… 불을. 너무 환해서……."

"잘 보이는 게 좋아."

"그치만……."

울 것 같은 그녀의 눈시울에 휴고는 입을 맞추었다.

"예쁜 몸이야. 보게 해줘."

붉어진 얼굴로 입술을 무는 그녀는 귀여웠다. 괜한 발림소리가 아니라 그녀 몸은 예뻤다. 적당한 크기의 둥근 가슴의 정점은 꽃물을 살짝 들인 것처럼 연분홍빛이고 가늘고 쏙 들어간 허리에서 골반으로 이어지는 곡선이 아름다웠다. 육감적이지는 않아도 충분히 매력적인 몸이었다.

그의 입술은 루시아의 입술 위를 몇 번 누르더니 입술 옆에서 뺨으로, 뺨에서 귓가로 이어졌다. 귀 뒤쪽에 축축한 입술이 닿고 목을 타고 천천히 키스가 이어 내려온다. 루시아는 흐릿해진 눈을 느리게 깜빡거리며 그의 입술이 피부를 스치는 묘한 느낌에 빠져들었다.

'와인 향인가……?'

그녀의 몸에서 향이 났다. 코를 찌르는 향수가 아니라 살 내음이었다. 처음에는 와인을 마셔서 그 잔향이 풍기는 건가 했다. 그런데 와인 향과는 달랐다. 날 듯 말 듯하면서 때때로 코에 스치는 상큼하면서 달콤한 향은 마치.

'풋과일……. 과일 향…….'

체향이었다. 이 여자의 냄새였다. 체향이 이렇게 향기로울 수 있다는 건 처음 알았다. 휴고는 쉼 없이 그녀의 살결에 코를 묻고 입술을 대고 혀로 핥았다. 그를 취하게 하는 이 향기가 후각인지 미각인지 알 수가 없었다. 보들보들한 살결은 마치 기름을 먹인 실크 같았다. 혀로 핥아 올리면 거칠 것 하나 없이 매끄러웠다.

이렇게 달래는 것처럼 부드러운 애무는 절대 그의 취향이 아니었다. 하지만 그는 지금 즐거웠다. 그는 입술이 닿을 때마다 미세하게 떨리는 반응이 사랑스러워서 가는 손목을 잡아들어 팔 안쪽에 입술을 대고 쪽 빨아들였다.

따끔한지 잡힌 손이 흠칫했다. 하얀 팔 안쪽에 붉은 흔적이 남은 걸 보며 그는 이번에는 반대쪽 팔 안쪽에도 같은 자국을 남겼다. 살짝 인상을 쓰고 대체 지금 뭐 하냐는 것처럼 보는 여자의 시선에 그는 싱긋 웃었다.

그의 입술이 목덜미를 따라 가슴 부근까지 내려왔다.

"아!"

가슴에서 느껴지는 짜릿한 감각에 루시아가 짧게 비명을 질렀다. 그가 그녀의 가슴 하나를 입안 가득히 삼켜 빨아들였다. 마치 아이가 엄마 젖을 무는 것처럼 그는 입술을 움직이다가 자극으로 솟아오른 유두를 혀끝으로 파고들었다.

"학!!"

그는 유두 끝을 살짝 물고 혀로 간질였다. 루시아가 숨넘어갈 것처럼 신음을 흘리자 그는 혀끝으로 유륜을 따라 핥다가 다시 삼켰다.

그녀의 가슴은 보들보들하고 말랑말랑했다. 생크림 덩어리를 입안에 무는 것 같아서 그럴 리는 없지만 혹시라도 녹을까 봐 걱정되었다. 얌전히 누워 여전히 시트만 쥐고 있지만 몸부림치며 허리를 들썩이는 모습이 서서히 그를 자극해 하복부에 열이 몰리기 시작했다.

그는 타액으로 축축해진 한쪽 가슴에서 입술을 떼고 그 옆의 다른 가슴으로 옮겨 애무해 나갔다. 핥고 살짝 깨물었다가 삼키고 우물거리고 때로는 아프도록 강한 흡입으로 빨아들였다. 그의 혀가 움직일 때마다 등 아래에서부터 짜릿짜릿한 감각이 타고 올라와서 루시아는 자신도 모르게 야한 신음을 흘렸다.

가슴을 실컷 희롱한 그는 가슴골을 따라 키스를 이어 복부로 내려갔다. 대체 그의 입술이 어디까지 가는가 싶어 루시아는 두려움과 기대로 덜덜 떨렸다. 손끝이 하얗도록 시트를 움켜잡았다.

"훗……."

그의 입술은 복부 아래까지 닿았다가 그다음에는 허벅지 안쪽에 입을 맞췄다. 그 누구의 손도 닿지 않았던 허벅지 안쪽 깊은 곳까지 입술을 붙이고 살을 빨아들이자 따끔한 느낌이 났다.

허벅지에서 종아리까지 쪽쪽 가볍게 소리가 나면서 그가 키스하자 루시아는 얼굴에서 열이 날 것 같았다. 발등을 마지막으로 입술이 떨어지고 다소 멍해진 정신이 돌아왔을 때 다시 올라온 그의 입술이 목덜미에 닿아있었다.

그의 손이 가슴을 쥐고 주무르다가 복부를 쓰다듬었다. 천천히 복부를 따라 미끄러져 내려가 허벅지 안쪽 깊은 곳으로 들어가자 루시아는 화들짝 놀라 눈을 크게 떴다. 찰나에 마주친 그의 붉은 눈이 기이한 열기를 품고 가늘어졌다.

반응을 관찰하는 것처럼 그는 시선을 붙들어놓고 손가락으로 은밀한 숲을 헤치며 살짝 눌렀다. 흐읍, 숨을 들이마시며 흔들리는 호박색 눈동자의 변화는 그를 충동질했다.

"아!"

길고 단단한 손가락이 천천히 안으로 파고들어 왔다. 비명을 지르기는 했지만 아파서가 아니라 놀라서였다. 살짝 안으로 들어온 손가락이 빠져나가자 안도했다. 하지만 이내 다시, 그리고 좀 더 깊이 안으로 들어왔다.

"웃……."

손가락이 들어왔다 나가는 움직임을 계속했지만 아플 정도로 깊이 들어오지는 않았다. 지금껏 누구의 침입도 허락지 않던 곳이라 이물감이 낯설었다. 비부에서 흐르는 액체가 그의 손가락과 마찰하며 젖은 소리를 냈다. 몸에서 열이 나고 등줄기가 오싹거렸다. 손가락 몇 개가 그녀의 음부를 누르며 문질렀다.

뭐라 설명할 수 없는 이상한 느낌이 올 때마다 몸이 흠칫거렸다. 뭔가 간질거리는 것 같으면서도 기분이 나쁜 것도 같고 좋은 것도 같고 아픈 것도 같았다. 새된 호흡만 가쁘게 내쉬며 그녀는 올 듯 말 듯하는 감각에 집중했다.

"아……."

갑자기 뭔가 훅 하고 밀려와 몇 초간 저릿한 감각이 잔상을 남기며 빠져나가는 순간 그녀는 고개를 위로 꺾었다. 짧은 절정이 지나가고 머릿속이 멍해지면서 몸이 늘어졌다. 그의 손가락이 부드럽게 머리카락을 헤집는 느낌이 나른하게 좋았다.

"어땠나? 순진한 공주님."

"……끝난 거 아니잖아요."

남녀의 성관계가 남자의 성기를 여자 몸 안으로 넣는 행위라는 것 정도는 알고 있다. 비록 꿈속이지만 아무리 엉망진창이었어도 루시아는 결혼을 했고 제대로는 한 번도 못했지만 그래도 남편과 잠자리를 같이 했다. 머리카락 안을 흩트리던 손이 멈칫했다.

"아는군."

"저 바보 아니거든요."

"어려서 궁에 들어가 시녀도 없이 지냈으면서 누구에게 배웠지?"

"아……. 그건 채…… 책에서……."

"책이라……. 지루한 활자로 얻은 지식이군. 책에서는 뭐라고 해?"

"울고 소리 지르고 하던데……. 아무래도 거짓말이었나 봐요."

빙글거리며 루시아를 놀리던 휴고의 표정이 단박에 굳어졌다. 하아 숨을 내쉬며 기가 막히다는 듯 웃었다. 이 여자 완전히 천연 원석이구나. 순진한 데다 솔직하기까지 하다. 어떤 의미에서는 능수능란한 여자보다 위험했다. 그는 사실 시작할 때는 이 이상 더 나갈 생각이 없었지만.

"기대에 부응해야겠군."

어느 정도는 다행이었다. 아까부터 단단히 일어난 그의 중심이 뻐근하게 아파지기 시작했다. 손가락을 꽉 죄는 그녀의 속살에 그는 완전히 흥분해 버렸다.

그는 두 손으로 그녀의 허벅지를 잡아 벌렸다. 하얀 허벅지 안쪽이 그의 손가락에 눌려 금방 붉어졌다. 빌어먹을. 그가 욕설을 삼켰다. 쩌릿하게 아랫배가 저렸다. 이 여자의 피부는 왜 이렇게 말랑거리는 걸까. 새하얀 피부 안쪽에 틈도 없이 흔적을 남기고 싶다는 욕망이 치밀었다.

그녀의 호박색 눈동자를 곧장 마주치지 않도록 살짝 시선을 비꼈다. 당혹해 흔들리는 눈을 보면 숨죽인 욕구가 터질 것 같아서였다. 그는 한손에 잡히는 그녀의 종아리를 쥐고 그의 허리를 감도록 둘렀다.

"다리는 이렇게."

그의 목소리는 잔뜩 가라앉았다. 그녀의 가늘고 긴 다리가 그의 허리를 어설프게 감으며 더듬는 느낌에 그는 미간을 일그러뜨렸다. 체온이 바짝 맞닿고 피부가 스치는 느낌에 하체가 욱신거렸다. 그의 육체가 과도한 반응을 보이고 있었다. 그녀는 절대 그의 취향이 아니라 생각했는데.

'……너무 길었어.'

금욕 기간이 너무 길었다. 결혼 말이 오가고 한 달 넘도록 여자를 안지 않았다. 욕구 불만이 될 만하다. 그는 대단히 신체 건강한 남성이었다. 여자, 또는 살육 없이 열흘을 넘겨본 적 없다. 이번 한 달은 기록이었다.

딱히 아내 될 사람에 대한 의리를 지키려던 의도는 아니었다. 영지에 내려갈 준비로 바쁘게 이것저것 할 일이 많아 어쩌다 보니 그렇게 되었다.

그는 그녀의 늘어진 팔을 잡아 그의 어깨를 잡도록 했다.

"팔은 날 잡고. 긴장은 풀고 힘을 빼."

루시아는 마치 닿으면 안 될 것을 만지는 것처럼 몇 번 손을 떼다가 조심스럽게 그의 어깨에 손을 올렸다. 근육으로 덮인 그의 어깨는 단단하면서도 탄력이 느껴졌다. 잘했다는 듯 그가 웃자 가슴이 쿵쾅거렸다.

"당신이 처음이 아니라면 황홀한 밤을 경험하게 될 거라고 약속하지."

루시아는 귀를 의심했다. 그의 목소리는 지금껏 들어본 중에 가장 부드러웠지만 어쩐지 놀림을 받는다는 느낌을 지울 수 없었다.

"처…… 음이라면요?"

휴고는 그녀를 놀리려는 의도로 한 말이었지만, 그녀의 순진한 반응이 대단히 신선한 농담을 들은 것처럼 재미있었다.

"아마. 좀 아플지도 모르겠군."

그는 사납게 일어난 중심을 쥐고 그녀의 좁은 입구에 맞추어 천천히 무게를 실었다. 다리 사이에서 느껴지는 아린 통증과 이물감에 루시아는 미간을 일그러뜨렸다. 이 정도는 견딜 수 있어. 루시아는 이를 악물었다.

"……힘 빼. 시작도 안 했어."

반의반도 안 들어갔다. 겨우 머리 부분만 밀어 넣었는데 좁은 내벽이 틈도 없이 수축했다. 통증에 가까운 쾌감을 느끼며 그는 무작정 밀어 넣지 않기 위해 인내했다.

"으……. 어떻게 하는……."

그는 몸을 숙여 그녀의 입술을 삼켰다. 작은 입술을 빨아들이고 말캉한 혀를 희롱하면서 한 손으로 그녀의 가슴을 주무르고 부드럽게 애무했다. 굳은 몸이 풀리고 바싹 긴장한 복부가 느슨해졌다. 움직일 수 있는 길이 만들어지자 그는 깊이 안으로 전진했다. 날카로운 통증에 그의 어깨를 꽉 붙든 루시아의 손끝이 하얗게 질렸다.

"하아…… 하아……."

루시아는 과호흡처럼 숨을 거칠게 몰아쉬었다. 멈출 생각 없이 그는 계속 움직였다. 서서히 안을 채우던 불덩이가 깊은 곳의 은밀한 막을 찢으며 단번에 들어왔다.

"……!!"

격통. 몸이 둘로 쪼개질 것 같았다. 좀 아픈 것이 아니잖아! 하복부에서 시작된 고통이 순식간에 그녀를 집어삼켰다. 눈앞이 어지럽고 턱이 덜덜 떨렸다. 너무 아프면 비명도 안 나온다는 걸 깨달았다. 아래를 꽉 채우는 압박과 동반한 끔찍한 통증이었다. 하체가 꽉 맞물리고 그의 상체가 위에서 밀착하며 눌러왔다.

몸을 비틀어 벗어나려 해도 꽉 잡힌 몸은 미동도 없었다. 고통을 덜기 위한 본능적인 움직임으로 고개를 마구 내저었다. 고개 옆으로 디딘 그의 팔이 닿자 그대로 콱 깨물었다.

갑작스러운 팔의 통증에 그는 미간을 찌푸렸다. 온전히 그녀에게 몸무게를 다 실어 누르지 않기 위해 디딘 팔을 그녀가 야무지게 깨물고 있었다. 근육으로 덮여 두꺼운 팔을 한입 가득 문 채 눈물이 그렁그렁해서 그를 원망스레 노려본다.

그는 인상을 쓰면서 입으로는 웃었다. 가소롭기도 하고 귀엽기도 하고. 여자가 제 몸을 깨무는 짓 따위를 용납할 그가 아니지만 내버려 두었다. 통증이 오히려 그를 짜릿하게 자극했다. 그의 정신은 지금 딴 데 팔려있었다.

'끝내주는군…….'

여자의 안쪽은 환상적으로 좋았다. 단지 좁은 것만이 아니었다. 아주 쫀득하게 그의 것을 눌러온다.

'처녀라서 그런가……?'

그러나 일전에 처녀를 안아봤을 때 딱히 좋지 않았다. 재미가 없어서 하던 중에 기분이 식었던 걸로 기억한다. 그런데 이 여자는 왜 다를까. 기분이 식기는커녕 그는 날뛰고 싶은 욕구를 참느라 식은 땀이 날 지경이었다.

그녀를 만지고 애무하며 느낀 최소의 감상은 '작다.'라는 것이었다. 체구는 작고 뼈대는 가늘었다. 한 손에 쉬 잡힐 것 같은 여자의 목은 조금만 힘을 주어도 부러질 것 같았다.

유리 세공을 하듯 조심스러운 마음과 흰 피부에 사나운 흔적은 남기고 싶다는 마음이 맹렬하게 싸웠다. 적당히 그녀와 더불어 기분 좋은 것만 하겠다는 처음 의도와 달리 키스는 너무 길어졌고, 그녀의 온몸을 핥으며 오히려 그가 심취해 버렸으며 손가락을 죄는 그녀의 속살에 그는 흥분해 버렸다.

내 탓이 아니라고, 휴고는 생각했다. 어린 아내가 겁 모르고 그를 충동질한 탓이었다.

무는 것이 힘에 부치는지 그녀는 깨물던 팔을 놓고 훌쩍거렸다. 칭얼대는 것처럼 우는 것이 제법 귀여웠다. 근데 그 모습이 그를 직격으로 자극했다. 그는 지금껏 믿어왔던 자신의 취향을 의심하기 시작했다. 어금니를 물고 낮게 숨을 골랐다. 이렇게 흥분한 적이 없는 것 같다.

이미 단단히 선 중심이 한계까지 부풀며 그녀의 안쪽 살이 밀착해서 꽉 눌러왔다. 미안한 일이지만 그는 더는 참을 수가 없었다. 그가 상체를 일으키자 두 사람의 사타구니가 완전히 맞닿고 그의 것이 뿌리 끝까지 들어갔다.

"흑……."

새로운 충격으로 루시아 몸이 작게 경련했다. 그는 천천히 허리를 빼내 성기에 묻어나는 붉은 혈흔을 확인했다. 항상 차갑게 가라 앉아 있던 그의 눈동자에 열기가 어렸다. 다시 안으로 깊이 밀어 넣었다.

"아윽!"

비명이 터졌다. 고통스러워하는 그녀의 표정과 그를 받아들인 몸의 반응이 괴리를 보였다. 빠져나갈 때 마치 잡아 뜯듯이 딸려오는 내벽이 다시 들어가자 쭉 빨아들인다. 질벽의 주름이 도돌도돌한 돌기가 되어 그를 감싸 쥐면서 자극해 댔다. 당장에라도 분출할 수 있을 것 같은 강한 쾌감이 뒷목을 서늘하게 했다.

"아! 아파요! 움직이지 마요! 제발!"

루시아가 울며 애원하자 그는 그녀 안에 끝까지 자신을 묻은 채 멈추었다. 그는 이 상황에서도 멈출 수 있을 만큼 인내심이 강했지만 유감스럽게도 그녀는 그 사실에 조금도 감탄할 것 같지 않았다.

"시작한 이상 끝까지 간다고 했을 텐데."

힘을 준 그의 팔에 힘줄이 도드라졌다.

"아파요. 죽을 것 같다고요."

울먹거리는 그녀에게 그는 태연함을 가장하여 냉정하게 대꾸했다.

"안 죽어. 그랬다면 당신은 태어나지도 못했겠지."

몹시 억울한 눈을 하는 그녀를 더 놀려주고 싶었다.

"당신의 판타지는 충족된 것 아닌가? 소리 지르며 울게 해줬잖아."

그가 다시 허리를 움직이자 루시아는 그의 말도 안 되는 억지에 항의하지 못하고 비명을 질렀다. 루시아는 몇 번이고 애원했지만 이번에는 그는 멈추기는커녕 오히려 점점 속도가 붙었다.

"악! 아악!"

사내를 모르는 루시아의 몸이 받아들이기에 그는 거대했고 능란했다. 농염한 여인이라면 자지러졌을 강한 힘은 지금의 루시아에겐 벅찬 고통이었다. 조금 전까지의 부드럽게 온몸에 입을 맞추던 애무가 거짓인 것처럼 그는 잔인하게 허리를 움직였다. 그가 꽉 채우며 강하게 들어올 때마다 숨이 턱 막히고 끔찍한 고통이 뒤따랐다.

"아윽! 좀 천…… 천히잇!"

"천천히…… 하고 있어."

거짓은 아니었다. 그는 지금 최대한 절제하고 있었다. 아니었으면 진즉 그녀는 기절했을 것이다. 그래도 이럴 의도는 아니었다. 이렇게 거칠게 초야를 치를 생각은 아니었는데 몸이 통제되지 않았다. 젠장. 대체 이 여자 안쪽은 뭐로 만들어진 거지? 정말 빌어먹을 정도로 좋았다.

결합한 부위에서 흘러내리는 피가 시트를 적셨다. 예민한 그의 코에 비릿한 피 냄새가 스쳤다. 그의 이성은 이미 반쯤은 날아간 상태였다. 퍽퍽, 그는 강하게 진퇴를 반복했다.

"아앙! 악! 흐윽!"

귀가 따갑도록 죽어라 비명을 지르며 울어댄다. 엄살이라기에는 안색이 질려 흔들리는 눈동자가 상당히 아파 보였다.

매달리듯이 어깨를 붙드는 작은 손끝이 그의 어깨를 파고들어 따끔한 생채기를 만들었다. 등에 손톱자국을 내는 것은 그가 정말 싫어하는 짓이다. 본래의 그라면 이미 짜증이 나서 여자를 내팽개치고 자리를 떴을 것이다. 한데 지금은 그럴 마음이 전혀 들지 않았다.

오히려 붉어진 눈시울을 타고 또르르 흐르는 눈물을 보며 그는 기이한 고양감을 느꼈다. 오직 세상에 그 하나밖에 없는 것처럼 필사적으로 매달려오는 작고 보드라운 몸을 물고, 핥고, 엉망으로 만들고 싶었다.

'아파…….'

뜨거운 불이 하체를 지지는 것 같았다. 그의 강한 움직임에 따라 몸이 위아래로 사정없이 흔들렸다. 예상했던 것과 너무 달랐다. 삽입하고 몇 번 움직이다 끝나는 것이 아니었다. 고통스럽고 뜨거우며 긴 과정이었다.

아픈 것보다도, 고통이 너무도 은밀하고 깊은 곳에서 일어나면서 실제 눈으로 보지 않아도 자신의 몸에 무슨 일이 일어나고 있는지 생생하게 느껴지는 것이 더 힘들었다. 살덩이가 치닫고 올라왔다 빠져나가는 과정이 반복되자 죽을 것 같았던 하체의 통증은 점점 둔해졌다.

"하아…… 하아……."

루시아의 입에서 비명은 잦아들고 학학대는 거친 호흡만 쏟아졌다. 여전히 눈은 젖었지만 발갛게 눈가가 달아오르고 고통이 아닌 뭔가 다른 이유로 미간에 주름이 잡혔다.

아팠다. 여전히 아프지만…… 뭔가 이상했다. 갑자기 발끝부터 시작해서 정수리까지 순식간에 찌릿한 느낌이 확 타고 올라갔다.

하악, 비명을 삼킨 순간 그가 낮게 신음했다.

"안이…… 요동을 치는군."

그는 두 손으로 그녀의 허벅지를 누르면서 더 깊이 파고들었다. 그녀의 작은 꽃샘에서 흐르는 핏물 섞인 애액이 엉덩이 골을 타고 흘러 허벅지를 적셨다. 그가 진입할 때마다 살이 맞부딪치면서 철썩거리는 소리를 냈다. 맞닿은 그들의 허벅지 안쪽이 핏자국으로 얼룩덜룩했다.

"아, 훗……."

그녀의 입에서 고통의 비명이 아닌 교성이 흘러나오기 시작했다. 그는 조금씩 방향을 바꿔가며 안쪽을 찔러댔다. 그녀의 신음이 커지는 부분을 찾아내 집요하게 파고들었다.

"아! 아앗……."

속살이 경련하면서 죄어들기 시작했다. 그녀의 눈이 울 것처럼 일렁거리는 것을 보면서 그는 단번에 안쪽 깊은 곳을 건드렸다.

"흐으윽!"

그녀가 한순간 몸을 경직하면서 흐느낌을 터뜨렸다. 그녀의 온몸이 파르르 떨리기 시작했다. 그는 사실 아직 만족하기에는 한참 멀었지만 더했다가는 그녀가 기절할 것 같았다. 기절한 이를 붙들고 박아대는 악취미는 없었다. 그는 목 깊은 곳에서 신음을 토해내며 그녀의 자궁 안쪽에 파정했다.

이런, 그는 숨을 몰아쉬면서 인상을 썼다. 여자 몸 안에 쏟은 건 처음이었다.

뜨거운 것이 몸 안 깊은 곳으로 쏟아지는 것을 느끼면서 루시아의 몸이 늘어졌다. 울음과 섞인 호흡이 멈추지 않아 가슴이 크게 오르락내리락한다.

'끝…… 난 건가…….'

긴 생각은 이어갈 수 없었다. 커다란 손이 다정하게 이마를 쓸어올리는 것을 꿈처럼 느끼면서 루시아는 그대로 잠에 빠져들었다.

몸이 이불 안으로 푹 꺼져 들어가는 것처럼 피곤했다. 눈을 뜨니 어둠을 막 몰아내는 어스름한 빛이 떠도는 새벽이었다. 옆에서 들려오는 옅은 숨소리는 루시아의 기분을 기이하게 만들었다.

'그래……. 나…… 결혼했지…….'

목이 말라서 그가 깨지 않도록 조심스럽게 몸을 일으켰다.

"으……."

저절로 신음이 나왔다. 온몸에서 둥둥 북이 울렸다. 낑낑대며 침대에서 내려와 바닥을 딛는 순간 다리에 힘이 안 들어가 휘청하면서 그대로 주저앉았다. 다행히 아래에 러그가 깔려있어서 무릎에 충격은 크지 않았다.

온몸이 두들겨 맞은 것처럼 아팠다. 전신 근육이 다 뭉친 것 같은 지독한 근육통이었다. 다리 사이 깊은 곳에서 느껴지는 은근한 통증과 아직도 뭔가 들어있는 것 같은 이물감이 더해져서 그야말로 온몸이 겉으로 속으로 다 아팠다.

손으로 조물조물 어깨와 팔을 주무르다가 루시아는 팔 안쪽에 이상한 자국이 난 것을 발견했다.

'이게 뭐지?'

푸르스름하게 변하고 있는 붉은 멍 자국이었다.

'왜 이런 곳에 멍이 났지? 언제 부딪혔었나.'

손가락으로 꾹 눌러보니 아프지는 않았다. 그런데 다른 쪽 팔 안쪽에도 비슷한 자국이 또 있었다. 고개를 갸웃하던 루시아의 기억 속에 지난밤 가슴이 아프도록 빨리던 감각이 떠올랐다.

조심스럽게 허리끈을 푸르고 가슴 앞섶을 열어보았다. 가슴에도 똑같은 자국이 있는 것을 발견했다. 화들짝 놀라 다시 가슴을 여몄다. 얼굴로 열기가 올라 두 손으로 감쌌다.

'아아아. 못 살아, 못 살아. 난 몰라. 어떡해.'

부끄러움이 밀물처럼 그녀를 삼켰다. 키스 한 번에 콩닥거리던 그녀는 한심한 애송이었다. 그보다 더 어마어마한 일들이 고작 하룻밤 사이에 일어났다.

'이런 거야? 이런 거였어?'

진짜 정사를 처음 경험했다. 꿈속에서 남편이었던 메튼 백작은 발기부전이었다. 무작정 루시아 하초에 문지르며 저 혼자 헐떡이며 몇 번 흔들다가 끝냈다. 소름이 끼쳤다. 도무지 왜 이 짓을 하는 걸 사람들이 좋아하는지 이해할 수 없었다.

지루한 활자로 얻은 지식이라던 그의 비웃음을 이해했다. 어젯밤과 같은 경험은 절대 책으로는 알 수 없었다. 그건 단지 아이를 갖기 위한 것도, 쾌감을 위한 것도 아닌 훨씬 은밀하고 서로의 깊은 살이 맞닿는 행위였다.

'어떻게 이런 걸 하고…… 헤어질 수가 있지? 이혼 같은 걸 할 수 있는 거야?'

그건 대화였다. 오직 함께한 두 사람만 나눌 수 있는 진한 대화.

신기하게도 그전까지 딴세상의 사람 같던 그가 오늘 아침에는 조금 가깝게 느껴졌다.

'조금……. 아니, 정말 아팠지만…….'

또 그걸 하자고 하면 싫다고 못 할 것 같다. 분명히 무지무지 아팠는데 근데 또 아프기만 한 것만도 아니었다. 커다란 몸 아래 눌리는 감각, 손이 피부를 어루만지고 입 맞추던 느낌, 그의 호흡 소리와 붉은 눈동자에 흔들리던 열기. 해일처럼 온몸으로 밀려들어 오던 그건…… 그걸 쾌감이라고 하는 건가……? 간밤 기억을 떠올리자 오싹하면서 허벅지 안쪽이 열이 났다.

'그만!! 그만 생각해! 다른 생각, 다른 생각, 다른 생각…….'

루시아는 머리를 마구 좌우로 흔들며 생각을 털어내려고 애썼다.

'내가 잠옷을 찾아 입었던가……?'

그런 기억은 없었다. 그가 입혀준 걸까, 하녀를 시켰을까. 땀을 꽤 흘린 것 같은데 몸이 보송보송했다.

루시아는 멍하게 저 멀리 보이는 침실 출입문을 응시했다. 정말 넓고 사치스러운 침실이었다. 높은 천장, 대리석 기둥, 고풍스러운 내부 장식.

'난 어쩌면…… 엄청난 짓을 저지른 것인지도 몰라.'

공작가의 일원이 되어 공작부인으로 살아갈 자격이, 능력이 과연 자신에게 있을까. 감당할 수 없는 것을 탐낸 대가를 언젠가 치러야 할지도 모른다.

'후회는…… 안 해.'

안 할 거라고 결심했다. 어떤 결과가 있더라도 감당하겠다. 대가를 치러야 한다면 치르겠다. 우는소리 하지 않겠다. 떠밀려 한 결혼이 아니었다. 그녀의 선택이었다.

침대에 누워있던 휴고는 미간에 살짝 주름을 만들며 눈을 떴다. 이미 아까부터 잠에서 깨있던 그의 눈동자에 또렷하게 초점이 잡혔다. 기척에 예민한 그는 루시아가 끙끙대며 일어날 때부터 깨어있었다.

'대체 뭘 하는 건지.'

침대 아래로 털썩 떨어지는 소리를 들은 이후 조용했다. 그는 이불을 걷어내며 일어났다. 자다 깬 사람답지 않은 가볍고 날렵한 동작이었다. 침대를 내려가 빙 둘러 그녀 뒤쪽으로 다가갔다.

그녀는 멍하니 있다가 고개를 설레설레 내젓고는 침대를 붙들고 일어나려고 끙끙거렸다. 그는 누군가에게 도움을 베푸는 일에 익숙지 않지만 도무지 그대로 내버려 둘 수 없었다. 그는 그녀가 놀라지 않도록 천천히 다가가 조심스럽게 안아 들었다.

"어……."

돌아보는 호박색 눈동자가 크게 떠져서 텅 빈 침대 위와 그를 번갈아 왔다 갔다 했다.

"잠버릇이 험하군. 이 넓은 침대에서 굴러떨어지다니."

잠에서 깬 그의 목소리는 낮게 가라앉아 있었다. 그래도 근사하다고, 잠시 넋 놓았던 루시아는 재빨리 정신을 챙겼다.

"아…… 아니에요!"

그의 한쪽 팔이 감싼 부근에 후끈 열이 날 것 같아서 루시아는 두 손으로 그의 가슴을 밀어내며 몸을 비틀었다. 그러나 그는 흔들리기는커녕 오히려 그녀가 옴짝달싹할 수 없었다. 압도적인 힘의 차이를 느끼고 버둥거리기를 포기했다.

"그럼 몽유병인가?"

"물을 마시려고 일어나다가……."

루시아는 어쩐지 조금 민망해서 고개를 숙이고 작게 중얼거렸다.

"걷는 게…… 좀 힘들어서……."

머리 위에서 작게 그의 한숨이 흘렀다. 성큼 그가 걸음을 옮겼다. 침대 밑에 둥글게 깔린 러그가 끝나는 근처에 벗어둔 슬리퍼를 신고 걸었다. 버적버적 소리가 울렸다.

'아……. 어제 유리컵을 깨뜨렸지…….'

잊고 있었다. 그가 아니었으면 아마 맨발로 걷다가 유리 조각을 밟았을 것이다.

그는 루시아를 한쪽 팔만으로 안아 든 상태로 테이블 앞에 멈추었다. 그런 다음 물을 따른 유리잔을 건네주었다.

"이번에는 떨어뜨리지 마."

"……네."

그는 자꾸 자신을 놀려댔다. 칫, 입안으로 투덜거리며 유리잔을 받았다.

그가 덩치만큼 힘도 세다는 건 확실히 알겠다. 그는 그녀를 마치 어린아이처럼 가볍게 다루고 있었다. 한쪽 팔로만 엉덩이와 허벅지를 받쳐 들고 있는데 굉장히 안정감이 있었다.

"감사…… 해요."

빈 잔을 받아 다시 테이블로 내려놓으며 그가 말했다.

"다른 건?"

"……네?"

"화장실도 데려다줄까?"

"아뇨!!"

루시아는 얼굴을 붉히며 바락 소리쳤다. 마주친 그의 붉은 눈이 어쩐지 웃고 있는 것 같았다. 짙은 검은 머리카락이 평소에 정갈하게 정리된 것과 다르게 제멋대로 흐트러져 있는 것이 신기했다. 루시아는 손을 들어 흘러내린 그의 머리카락을 넘겨주었다. 그의 미간이 살짝 꿈틀했다.

얼떨결에 한 행동이라 조금 부끄럽고 어쩐지 집요한 그의 시선이 버거웠다. 고개를 숙인 루시아는 흠칫했다. 가슴이 반쯤 드러나 유륜이 살짝 보였다. 아까 풀고 대충 느슨히 묶었던 허리끈이 풀어져 있었다. 귓가가 후끈거렸다.

루시아는 재빨리 앞섶을 잡아당겨 가슴을 여미려 했다. 그러나 그가 안고 있는 손에 옷자락이 밀려 잡혔는지 힘을 주어도 가려지지 않았다. 갑자기 그의 손이 덥석 가슴을 쥐었다.

"흡……."

루시아는 깜짝 놀라 숨을 들이켜며 반사적으로 고개를 들었다. 마주친 붉은 눈에 사로잡혀 꼼짝할 수가 없었다. 뚫어지게 그녀를 응시하는 그의 붉은 눈동자가 갑자기 짙어지는 변화를 목도했다.

무서운데 눈을 돌릴 수 없었다.

가슴은 쥔 그의 손에 힘이 들어가 강하게 움켜잡자 루시아는 헉, 비명을 질렀다. 그는 그녀를 테이블에 내려놓고 그대로 가슴을 한 입에 물었다.

"아!"

짜릿한 느낌이 등을 타고 흘렀다. 그의 입술이 가슴 둔덕을 삼키고 혀가 유두를 간질였다. 이로 살짝 유두를 물고 혀끝이 유두 끝으로 파고들었다.

"아! 하악!"

테이블에 눕혀져서 루시아는 두 손으로 그의 어깨 옷자락을 움켜잡고 그가 주는 자극에 몸을 떨었다. 딱딱한 테이블이 중력을 거스르고 등에서부터 그녀를 눌렀다. 그는 집요하게 두 가슴을 탐했다. 핥고 물고 빨며 쉴 새 없이 괴롭혔다. 그가 가슴을 빨며 나는 쪽쪽거리는 소리가 너무 민망했지만 몸이 뜨거워졌다.

허리끈이 풀려 바닥에 떨어지고 잠옷은 테이블 위에 펼쳐졌다. 순식간에 나신이 되고 한기가 들어왔다. 오므리는 그녀의 무릎을 열며 그의 다리 하나가 들어왔다. 다리 안쪽을 파고드는 그의 손이 음부를 문지르더니 안쪽으로 손가락을 찔러 넣었다.

"으읏……."

아린 통증에 절로 신음이 나왔다. 그의 거대한 흉기에 상처 입은 그녀의 연약한 살이 아직 아물지 않았다고 고통을 호소했다. 그러나 그의 손가락이 몇 번 들어오고 빠져나가자 애액이 흐르며 야한 소리를 냈다. 덕분에 그의 손가락이 좀 더 매끄럽게 드나들었지만 통증은 여전했다.

"아픈가?"

루시아는 빠르게 고개를 끄덕였다. 간절하게 그를 보며 울상을 지었다. 아파요. 못 하겠어요. 눈빛으로 애원했다. 하지만 손가락이 빠져나가고 그보다 거대하고 뜨거운 끝이 안쪽에 닿자 그녀의 안색이 하얗게 질렸다. 단단한 그의 중심이 연약한 살을 헤집으며 밀고 들어오는 순간 울음을 터뜨렸다.

"쉬이……."

그는 달래듯 다정한 척 눈시울에 입을 맞추면서 더 깊게 밀고 들어왔다. 깊은 안쪽이 쓸리며 화끈했다.

"으흑……."

어젯밤 처음 그가 그녀의 생살을 찢고 들어올 때와는 또 다른 고통이었다. 속살이 쓰라리고 근육통으로 온몸이 비명을 질렀다. 눈물이 눈시울을 타고 뚝뚝 떨어졌다.

무게를 실어 습한 그녀의 속살을 파고들면서 테이블을 디딘 그의 팔에 힘이 들어갔다. 정말…… 기가 막히게 좋은 맛이었다. 착 달라붙는 속살이 그를 짜릿하게 자극했다. 입안에서 단맛이 도는 것 같은 느낌에 그가 혀로 살짝 제 입술을 핥았다.

'사람…… 미치게 하는군.'

여자의 눈물, 표정, 끅끅대는 울음, 비명, 달콤한 체향에 부드러운 피부, 순진한 반응과 그의 것을 꽉 물고 죄는 속살까지. 그녀의 모든 것이 그를 흥분시켰다. 그는 피 냄새를 맡은 뱀파이어가 된 것처럼 갈증이 났다. 그의 안에 숨어있는 야수가 당장 여자를 거칠게

범하고 성이 찰 때까지 취하라고 으르렁거렸다.

'안 돼.'

본능대로 날뛰었다가는 한 줌밖에 안 되는 이 여자는 죽는다. 어린 아내는 조금만 세게 잡아도 부서질 것처럼 작고 약한 데다 아직 사내를 받아들이는 데 익숙하지 못했다. 결혼 다음 날 아내를 죽일 수는 없지 않은가.

그는 우는 루시아의 입술에 입을 맞추었다. 그녀의 작은 입안에 혀를 넣어 샅샅이 그녀의 입안을 탐색했다. 그러면서 고조된 기분을 가라앉히고 날아간 이성을 가까스로 되돌렸다. 길게 이어진 키스는 그녀가 숨을 헐떡일 무렵에야 끝났다.

안을 가득 채우고 있던 그가 천천히 빠져나가는 묵직한 감각에 루시아는 신음했다. 아직 끝난 건 아니라는 생각에 눈을 질끈 감았다. 하지만 그가 루시아의 흐트러진 차림새를 정리해 주고 안아 들자 눈을 동그랗게 뜨고 그를 바라보았다.

그는 그녀를 침대에 눕혀주었다. 루시아는 눈을 데구루루 굴리며 숨죽이고 그의 눈치를 살폈다.

"아쉬워?"

루시아가 재빨리 고개를 내저었다.

"안 건드릴 테니까 자."

그녀는 눈에 띄게 안도하며 느슨하게 몸을 이완시켰다. 그걸 보며 휴고는 쓴웃음을 삼켰다.

'어린애군.'

한숨이 나왔다. 제 신세가 우습기도 하고 한심하기도 했다. 단단히 성나 풀지 못한 중심이 아팠다. 가라앉게 내버려 두자니 시간이 걸려 괴롭겠고, 혼자 풀자니 그건 또 짜증나고. 그는 자위를 해본 적이 없었다. 여자가 부족한 적 없으니 욕구불만이 될 일이 없었다.

이러지도 저러지도 못해 한숨 쉬는 그의 얼굴을 훔쳐보며 루시아는 감탄하고 있었다. 좀 더 사위가 밝아져서 잘 보이는 그는 확실히 손꼽을 만한 미남이었다.

조각처럼 떨어지는 얼굴선에 좌우대칭이 완벽하게 조화로운 이목구비. 곧게 뻗은 콧대와 날카로운 눈매. 뭐 하나 처지는 구석이 없다. 그런데 사람들은 타란 공작 앞에 '미남'이라는 수식어는 붙이지 않았다.

'표정…… 때문인가…….'

그의 표정은 언제나 무심하고 차가웠다. 눈빛에서도 감정을 읽을 수 없다. 그의 기분이 좋은지 아닌지조차도 그의 얼굴을 보고 짐작할 수 없다. 기사로서 무위가 소문으로 더해져 그는 굉장히 무시무시한 존재로 부상하여 사람들은 그를 두려워했다.

그는 일어나더니 훌쩍 어디론가 사라졌다. 그를 기어코 화장실로 가게 만든 장본인이 자신임은 생각도 못 하고 루시아는 그저 눈 호강시켜 주던 잘생긴 얼굴이 사라지자 아쉬워했다.

'왜 나와 결혼한 걸까…….'

모르겠다. 지금 와 생각하면 이해가 가지 않았다. 그는 얼마든지 그녀에게 제안한 조건들을 달고 여자를 골라 결혼할 수 있었다. 그때는 그게 최선인 줄 알았는데 지금 생각해 보면 앞뒤가 안 맞고 허술했다. 그는 이 결혼을 농담으로 비웃으며 거절했어야 하는 것이

옳다.

　화장실에서 나오는 그는 심기가 불편했다. 결국 혼자 빼긴 했는데 만족은커녕 찜찜하기만 했다. 왜 여자를, 그것도 결혼한 아내를 옆에 두고 이 짓을 해야 하나. 언제부터 그렇게 신사처럼 굴었다고 답지 않게 배려한답시고 이러고 있나 부글부글 속을 끓이며 침대로 왔다.

　여태 잠들지 않고 데굴데굴 굴리던 호박색 눈동자가 자신에게 닿자 그는 짜증이 솟았다. 그러나 표정만으로는 그의 복잡한 심사를 알 수 없었다. 가면을 쓴 것처럼 여전히 무심하고 서늘했으니까.

　"아직 안 자고 있었나? 자두지 않으면 힘이 부칠 텐데. 몇 시간 후에는 영지로 출발할 거고 마차 여행은 만만하지 않아."

　"일정에 방해될 일 없을 거예요. 염려 마세요."

　그의 눈길이 야무진 대답을 하는 루시아를 위에서 아래로 훑었다.

　"걷지도 못하면서?"

　루시아가 새치름하게 입술을 내밀고 그를 빤히 쳐다보자 그가 입모양으로 '왜?'라고 물었다.

　"……그렇게 말씀하시면서 또 하려고 했잖아요."

　느닷없이 허를 찔린 표정을 짓던 그가 웃음을 터뜨렸다.

　"당신이 못 걷는 건 내 탓이란 소리군."

　"……못 걷는 건 아니에요. 느낌이…… 좀 이상해서 그런 거지……."

"아침에 의사를 부를게."

"네? 괜찮아요. 정말 괜찮아요."

루시아는 화들짝 놀라 사양했다. 이 민망한 고통을 다른 사람에게 이야기하라고? 아무리 의사라 해도 그건 싫었다.

루시아는 자신의 건재함을 증명하려는 듯 벌떡 몸을 일으켰다가 근육의 결림과 하체의 찌르르한 통증에 소리 없는 비명을 내질렀다. 금세 이마에 식은땀이 송골송골 맺히는 그녀를 보며 그는 쯧, 혀를 차고 침대에 걸터앉아 그녀의 어깨를 잡아 부드럽게 다시 침대로 눕혔다.

"힘들 것 같으면 확실히 말해. 내가 보기엔 오늘 떠나는 건 무리일 것 같으니까."

"전 정말 괜찮아요. 저 때문에 일정을 바꾸지 마세요."

"최소 사나흘은 마차를 타고 가야 해. 가는 길에 들를 수 있는 마을은 아마 없을 것이고. 내내 마차 안에서 지내야 할 텐데 할 수 있겠다는 건가?"

"네, 정말 괜찮아요."

"쓸데없는 고집을 부리는군."

자신이 한 말에는 책임을 져야 한다. 전부 할 수 있을 것처럼 큰소리쳐 놓고 나중에 변명을 늘어놓는 태도는 곤란했다. 이러이러한 이유 때문에 힘에 부친다고 솔직히 밝히면 미리 예방책을 세울 수 있다. 나중에 어쩔 수 없었다고 물러서면 미리 조치할 기회마저도 날려버리는 것이다.

여자의 경우도 마찬가지였다. '괜찮아요, 전 걱정 마세요.' 말해

놓고 나중에 가서 그때 그 말은 그런 뜻이 아니었다, 왜 알아주지 않느냐 투정 부리면 그는 그 자리에서 이별을 통보했다. 속에 쌓아 두는 자는 꼭 뒤통수를 치기 마련이었다.

"고집이 아니라…… 영지에 대단히 급박한 일이 있는 거잖아요. 제 몸이 조금 불편해도 참아야 한다고 생각해요."

싸늘한 그의 표정에 금이 갔다. 영지의 급박한 사정. 확실히 그런 이유로 그는 약식으로 결혼식을 대체했다. 그 부분을 그녀와 정확히 이야기 나누지 않았지만, 결혼은 약식으로 하고 끝나자마자 영지로 가고. 누구라도 그렇게 생각할 상황이었다.

차마 그녀 면전에, '귀찮아서 그런 거지 영지에는 별일 없다.'고 말할 수 없었다. 겸연쩍음을 감추느라 그의 목소리가 조금 친절해졌다.

"……며칠 상간에 큰일이 벌어질 정도로 급한 건 아니야. 오늘 아침 출발은 미루도록 하지."

루시아는 그를 다시 보았다. 생각보다 이 남자, 고압적이나 냉랭하지 않았다. 무슨 말을 하든 무시하지 않고 대화를 나누는 데 그다지 불편하지 않았다. 알면 알수록 그를 더 모를 것 같았다. 나쁜 사람은 아닌데 좋은 사람도 아니고. 이런 사람인가, 싶으면 저런 사람 같고.

"하나만…… 여쭤봐도 돼요?"

"안 돼. 어서 자."

"영지에서 급한 일 끝나면 바로 수도로 올라오실 거예요?"

이 여자가 진짜. 그가 서늘하게 쳐다봤으나 기가 죽은 표정이 아니었다. 그녀는 처음 봤을 때부터 그를 대하는데 거리낌이 없었다. 얌전한 듯, 하고 싶은 말은 다 한다. 정말 성가시면 무시해 버리면 그만인데 꼬박꼬박 다 대꾸해 주는 자신도 이상했다.

"한동안 머물며 할 일이 많아. 언제 다시 수도로 올지 아직 예정이 없어."

태자에게는 2년만 있다 올 거라고 말은 했어도 그의 계획 속에 그건 확정 기간이 아니었다. 얼마든지 더 길어질 수 있었다.

"그래도 괜찮아요? 그러니까…… 태자 전하께서 흔쾌히 그러라고 하시나요?"

예상 못 한 질문이었다. 휴고는 흥미롭다는 시선으로 그녀와 눈을 마주쳤다. 그가 태자와 같은 편에 서 있기는 해도 아직 그가 태자를 위해 뭔가 적극적으로 한 건 없었다. 그에게 대놓고 그런 관계를 확정 지어 말하는 사람은 거의 없었다. 민감한 문제이기 때문이다. 이 여자가 권력에 관심 있나? 그는 관심 있게 기억해 두었다.

"흔쾌히는 아니었지."

퀘이즈는 온갖 협박과 감언이설로 휴고를 꾀려 했다. 그러나 그는 흔들리지 않았다. 그가 딱히 자리 지키고 있지 않아도 북부는 잘 굴러가도록 오랜 세월로 축적된 빈틈없는 행정 체계를 갖추고 있지만 누가 주인인지 확실히 각인시킬 필요가 있었다.

"일단 결정 내리면…… 바꾸시지 않는군요."

그의 한 가지 모습만은 뚜렷이 루시아 눈에 잡혔다. 일단 결정하면 흔들림 없이 신속히 추진한다. 서류에 서명한 날로부터 식이 치러질 때까지 고작 한 달이었다. 정말 쉴 새 없이 모든 일이 일어나고 그야말로 정신을 차려보니 결혼 증서에 서명하고 있었다.

"결정한 후 후회하신 적은 없으세요?"

그의 침묵이 따가웠다.

"……주제넘은 질문이었다면……."

"없어. 내 손을 떠난 건 미련 두지 않아. 되돌릴 수 없는 일을 붙잡고 있는 건 쓸데없으니까."

그렇구나. 가슴이 싸하게 저려왔다.

'버리면 절대 뒤돌아보지 않겠구나. 일이든, 사람이든, 여자든.'

강하고 오만한 남자. 꿈속에서 봤던 그도 그랬다. 그는 늘 당당했고, 사람들의 경외를 당연하게 받았다. 그를 많이 동경했다. 다가가 말 한마디 붙이기 쉽지 않은 처지라 멀리서 훔쳐보기만 했다. 아마 동경하는 마음 이상으로 이 남자를 많이 좋아했던 것 같다.

그래서 이 남자가 이렇게 손 닿을 곳에 가까이 있다는 것이 경이롭다. 그의 아내가 되었고, 그의 여자가 되었다는 사실이 믿기지 않았다.

'맑은 눈이군.'

휴고가 자신을 응시하는 그녀의 호박색 눈동자를 보며 한 생각이었다. 그녀의 눈 속에는 욕망, 경외, 두려움. 평소 그를 바라보는 사람들이 품는 어떤 감정도 담기지 않았다. 수없이 많은 여자들이 그의 아래 누워 그가 주는 권력과 재물과 쾌락에 취해 그를 유혹했다. 어떤 여자도 이렇게 맑은 눈으로 그를 본 적 없었다.

그녀가 독특한 건 성장 환경이 남다르기 때문인가. 대부분의 왕족처럼 시녀들에게 둘러싸여 부족함 없이 자랐다면 다른 사람과 다를 바 없었을까. 어쩌면 평민들과 자란 어린 시절이 영향이 미쳤는지 모른다.

세상에 변하지 않는 것은 없다는 것이 그의 지론이었다. 그녀의 맑은 눈은 언젠가 추한 욕망으로 얼룩질 것이다. 그녀가 순수할 수 있는 것은 아직 더러움을 접하지 않아서일 뿐이다. 그저 남들보다 조금 늦게 세상에 발을 디딘 것이다.

아둔한 여자 같지는 않으니 성가시게 굴지는 않을 테고, 덤으로 속궁합도 꽤, 솔직히 꽤 좋은 정도가 아니라 기가 막히게 좋았다. 급하게 해치운 결혼치고 이 정도면 양호했다.

"아무래도 내가 없어야 자겠어."

"전하께서는요? 더 안 주무세요?"

"평소 기상 시간이야."

"이렇게…… 일찍이요?"

메튼 백작은 항상 해가 중천에 뜨고 나서야 일어났다. 아마 평생 새벽 아침은 한 번도 보지 못했을 거라고 의심되는 인사였다. 그렇지만 메튼 백작이 유난히 게을러서가 아니었다. 대개 귀족들은 자정 넘어 취침하고 느지막한 아침에 일어났다. 무도회나 각종 모임이 대개 저녁 늦게 있기 때문이다.

"침대에서는 전하 소리하지 말랬지."

"……네, 쉽게…… 안 나오네요. 입에 안 붙어서 그런가……."

딴 여자들은 이름을 부르고 싶어서 안달했는데. 이 여자, 은근히 쉽지 않았다. 이렇게 가까이 있으면서도 그의 몸에 손을 대는 등의 친밀한 접촉을 전혀 하지 않았다. 같이 밤을 보내고 나면 여자들은 늘 그에게 엉겨 붙었다.

'어젯밤이 별로였나? 조금 전엔 괜히 건드렸나?'

다른 여자들과 다르긴 했다. 다른 여자들은 그렇게 아파하며 울진 않았으니까. 그는 태어나 처음으로, 의심해 본 적 없는 자신의 자부심을 점검해 보기 시작했다.

그는 절대 속에 말을 담아두는 편이 아니지만 순진한 눈으로 말갛게 자신을 바라보는 그녀에게 '초야의 감상은 어땠지?' 하고 물을 수가 없었다. 어쩌면 그녀의 입에서 나올 대답이 두려웠는지도 모르겠다. 아무리 봐도 이 여자는 남자의 자존심을 위해 별로인 것을 '좋아요.'라고 말해줄 것 같지 않았다.

"비비안."

그녀가 반사 작용처럼 흠칫 놀라는 모습을 보며 그는 미간을 좁혔다.

"……내 이름보다도, 당신 이름을 부를 때 놀라지 않는 연습부터 먼저 해. 아니면 내가 부르는 게 싫어?"

"……불편해요. 그 이름……."

"안 부를 수는 없잖아."

"다른 호칭도 있잖아요."

"다른 호칭? 다른 호칭이라……. 부인? 여보? 자기? 내 사랑? 귀염둥이?"

루시아 얼굴이 벌게졌다. 어떻게 저런 말이 저렇게 자연스럽게 저 남자 입에서 나올 수가 있지?

"골라봐."

입을 꾹 다물고 그를 노려보고만 있자 그가 고개를 갸웃했다.

"평범한 건 안 좋아하는 모양이군. 나의 햇살이라든가, 영혼의 반쪽이라든가."

"이름요! 그냥 이름으로 부르세요."

"음. 아무래도 나도 그게 나은 거 같아, 비비안."

씨익 웃는 그를 보는 루시아의 표정은 부루퉁했다. 역시 바람둥이가 맞긴 맞구나. 결혼했다고 그가 성실할 거라고 전혀 기대가 되지 않았다. 꿈속에서 그는 결혼 후에 공식적 애인은 없었지만 분명히 숨겨둔 여자는 있었을 거다.

"여기까지. 어서 자."

"근데요."

"비비안!"

루시아가 눈을 동그랗게 뜨고 까르르 웃음을 터뜨렸다. 나 참, 그가 중얼거리면서 즐겁게 웃는 그녀를 부드러운 시선으로 바라보았다.

"평소 몇 시간이나 주무세요?"

"서너 시간쯤."

"매일이요?"

"가끔은 한두 시간만 눈을 붙일 때도 있고."

루시아는 놀라 입을 쩍 벌렸다. 공작은 아무나 하는 게 아니구나. 이렇게 부지런한 사람이나 가능한 자리였다.

"……죄송해요. 전 아무래도 못 하겠어요. 하루 서너 시간만 자면 죽을지도 몰라요."

"……언제 당신보고도 그러라고 했나?"

"전하……. 휴……. 당신이 그러시는데 공작부인으로서 제가 늦잠을 잘 수는……."

그는 재미있어 하는 것인지 어이없어 하는 것인지 낮은 헛웃음을 흘렸다.

"가상하지만 그럴 필요 없어. 지금부터 입 다물고 자."

그의 손이 루시아의 눈을 덮었다. 커다란 손에 거의 얼굴이 다 가려졌다. 그는 여자의 수다를 별로 좋아하진 않지만 그녀의 재잘거림은 이상하게 거슬리지 않았다. 오히려 꽤 듣기 좋은 목소리라고 생각하고 있었다. 다른 여자들과 다르게 콧소리가 섞이지 않은 맑고 담담한 목소리는 귀에 편안했다.

"귀찮게 해드려 죄송해요."

"……."

귀찮지 않았다. 그러나 그는 굳이 대답하지 않았다.

어두워진 시야 속에서 루시아는 몇 번 눈을 깜빡이다가 곧 순식간에 잠에 빠져들었다. 색색 들리는 숨소리에 손을 치우자 그새 잠든 그녀를 보며 그는 피식 웃었다.

평화롭게 자고 있는 그녀를 잠시 바라보다가 일어났다. 그러나 다시 앉아 그녀 쪽으로 몸을 숙였다. 살짝 벌어진 붉은 입술에 입을 맞추고 보드라운 날숨을 들이 삼켰다. 말랑거리는 아랫입술을 살짝 빨아들이면서 혀끝으로 핥았다. 몸을 일으키는 그의 표정이 어쩐지 복잡했다.

　침실이 아닌 응접실에 제롬과 하인 셋이 대기하고 있었다. 침실에는 공작가 안주인이 들어계시니 감히 들어갈 수 없었다. 전(前)공작부인이 세상을 뜬 날 이후 사라졌던 금남 구역이 새로운 안주인의 등장으로 비로소 부활한 것이다.

　목욕을 마친 휴고가 나오자 세 하인이 신속히 움직였다. 수건으로 주인 몸의 물기를 닦고 가운을 벗겨 옷을 갈아입는 것을 도왔다. 주인의 팔에 동그란 잇자국과 어깨에 붉은 생채기 흔적이 있으나 누구도 눈길조차 주지 않고 빠르게 옷으로 감추어졌다.

　세 하인은 마치 한 몸인 것처럼 호흡이 척척 맞았다. 제일 어린 막내가 열일곱 살로 셋은 형제였다. 빈민굴에서 살던 가족 모두가 돌림병을 앓아 형제 셋만 살아남았다.

　병 때문에 목소리를 잃은 고아가 된 삼 형제를 제롬이 거두어 교육했다. 기본적인 머리가 있고 성실한 삼 형제는 제롬의 가르침을 충실히 따라 이제 더는 가르침이 필요 없을 정도로 일에 능숙했다.

　"출발 준비는 완료했습니다. 떠나기 전 최종 점검을 다시 하겠습니다."

　"출발은 내일로 미룬다."

　"예, 전하. 어제저녁에 되돌려 보냈던, 궁에서 나온 시종이 늦게 다시 방문했습니다. 전하께서 주무신다 하였더니 오늘 아침 다시 오겠다 했습니다."

　쾌이즈는 끈질겼다. 아직도 포기하지 않았다. 아마 영지로 내려가도 매일같이 어서 수도로 오라고 징징거리는 서신을 보낼 것이 뻔했다. 귀찮아도 짜증이 나지 않을 정도로만 들러붙는 것도 재주였다.

"오면 돌려보낼 것 없이 데려와. 궁에 다녀와야겠다."

시간이 남았으니 얼굴 보며 달래야겠다. 차기 왕위를 둔 치열한 다툼이 물밑으로 벌어지는 상황이었다. 태자는 태자라는 이유로 1차 목표 대상이었다. 태자의 말에 의하면 쥐뿔도 누리는 건 없으면서 표적만 되고 있었다. 이 상황에서 그가 영지로 내려가는 건 퀘이즈가 많이 양보한 덕인 것은 분명했다.

"다녀올 동안 의사 불러."

지금껏 공작은 단 한 번도 의사를 찾은 적 없었다. 오죽하면 타란 공작가에서 제일 한가한 사람이 주치의라고 했을까. 그래서 의사를 부른 목적이 공작 자신 때문이 아니라는 것을 대번에 알 수 있었다.

"마님께서 편찮으십니까?"

"아니다. 부를 것 없고, 공주가 일어나면 물어봐서 필요하다고 하면 부르도록 해."

공작은 덧붙였다.

"여의사로."

"⋯⋯예, 전하."

여의사? 제롬 두뇌가 팽그르르 돌아갔다. 왜 갑자기 여의사 타령인지 주인의 숨은 뜻은 좀 더 차분하게 생각해 보기로 하고, 어디서 여의사를 찾을지 고민했다. 미리부터 실력 있는 여의사를 물색해

봐야겠다.

"전하, 파비안입니다."

문밖에서 들리는 목소리에 휴고가 미간을 살짝 찡그렸다. 파비안이 출근하기에는 이른 시간이었다. 급한 소식치고 좋은 일은 없는 법이다. 들어오라는 대답에 파비안이 들어와 예를 올리고 서신을 내밀었다.

"북부에서 온 급전입니다."

서신을 펼쳐 내용을 살피는 휴고 안색이 가라앉았다. 말이 씨가된 건가. 정말로 영지에서 일이 터졌다. 주인이 오래 자리를 비운부작용이었다.

머리 검은 짐승은 주인이라는 것을 알려줘도 가끔 밟아주지 않으면 멍청하게도 그 사실을 잊곤 한다. 오히려 야만족이 그런 점에서는 신뢰할 만했다. 확실히 공포를 각인시키면 딴생각을 하지 못하니까.

"기어오르지만 않으면 나는 꽤 너그러운 편 아닌가?"

그의 낮은 중얼거림에 분위기가 스산하게 가라앉았다. 제롬과파비안은 입을 꽉 다물고 주인의 눈치를 살폈다. 대답을 기대해 묻는 것이 아님을 알고 있었다.

"파비안. 지금 바로 북부 전역에 내가 방문할 것이라 전해라. 이기회에 쭉 돌아봐야겠군."

"하오나 그랬다가는……."

"상관없다. 얼마나 발악할지 기대되는군. 기왕이면 날뛰어 줬으면 좋겠어. 그래야 밟는 재미도 있지."

"예, 전하."

파비안은 깔끔하게 대답하고 물러갔다.

"제롬. 나는 곧장 출발하겠다. 넌 마님을 모시고 오도록. 굳이 서둘러 올 필요는 없다."

"예, 전하."

제롬은 바로 걸음을 옮겨 밖으로 향하는 공작의 뒤를 따랐다. 말 위에 오른 휴고가 마지막으로 한마디 덧붙였다.

"타란의 안주인이다. 예를 다해라."

"명심 거행하겠습니다. 전하."

박차를 가하며 휴고를 태운 백마는 순식간에 달려나갔다. 수행하는 기사들이 뒤따랐다. 그들의 모습이 보이지 않게 되어서야 돌아선 제롬이 다시 한 번 공작이 사라진 방향으로 고개를 틀었다.

"……타란의 안주인."

공작이 별 대단한 말을 하지는 않았다. 안주인께 예를 다해라. 당연한 말을 했다. 근데 그 당연한 말이 휴고 타란 공작 입에서 나왔다는 사실이 심상치가 않았다. 공작은 절대 다른 사람을 챙기는 성격이 아니었다. 겉치레를 하느니 아예 안 하는 사람이다.

'별 의미 없이 하신 말씀에 내가 의미를 두는 건가.'

두고 보면 알 일이었다.

5.
타란의 땅, 북부

휴고가 저택을 떠나고 얼마 후 루시아는 화장실이 가고 싶어서 잠에서 깼다. 무거운 몸을 간신히 일으켜 앉아 줄을 당겨 하녀를 불렀다. 어제 마신 와인 한 병의 후유증으로 위가 약간 쓰렸다. 마치 문 앞에서 대기하고 있었던 것처럼 하녀는 금방 달려왔다.

"일어나셨습니까, 마님."

"화장실 가고 싶은데 좀 도와주게."

루시아는 하녀의 부축을 받으며 침대에서 내려왔다. 발을 바닥에 내딛자 다리 안쪽이 아려서 인상을 썼다.

"많이 편찮으십니까? 의사를 부를까요?"

루시아는 순간적으로 옆에서 부축해 주고 있는 하녀의 표정을 살폈다. 하녀의 말투는 사무적이었지만 그 안에 마치 '네가 어디가 아프고 왜 아픈지 알고 있다.'라고 말하는 것처럼 느껴졌다.

자격지심이었는지 하녀의 표정은 언제나처럼 덤덤했다. 하녀가 나이 지긋한 중년인이라는 사실이 다행이었다. 스물 초반의 어린 하녀였으면 지금 이 상황 자체가 몹시 불편할 것 같았다.

루시아는 하녀들의 생활과 습성을 잘 알고 있었다. 주인 앞에서는 쓸데없는 말을 하는 것도, 다양한 감정을 표정에 드러내는 것도 금하도록 교육받지만 그건 주인 앞에서일 뿐, 뒤에서 저들끼리 있을 때는 웃고 떠드는 보통의 사람이었다.

하녀들은 숙식까지 고용주 집에서 해결하기 때문에 행동반경이 한정되고 시야가 좁았다. 자연히 그들의 관심은 고용주의 가족에게 집중되었다. 주인의 말 한마디, 행동, 소소하게 일어나는 일들은 반복적인 하루를 보내는 하녀들에게 일종의 이벤트였다.

루시아는 하녀로 있을 때 묵묵히 일만 하는 편이었다. 입이 무겁고 성실한 루시아는 마님의 눈에 들어 오래 일한 하녀들을 제치고 파티까지 따라다니는 시중을 들게 되었다. 주인마님을 측근에서 모시게 되자 다른 하녀들이 세모눈을 하고 루시아를 따돌렸다.

루시아가 속살거리는 성격이었다면 마님에게 고자질해서 하녀들을 혼쭐내거나 하녀들을 휘어잡아 알량한 권력을 누릴 수 있었겠지만, 그녀는 그냥 맡은 일만 열심히 했다.

인간의 속성은 그러면 고마워하기는커녕 더 우습게 본다. 그래도 루시아는 그런 일로 상처받지 않았다. 쓸데없이 파르르하는 그들이 한심하기만 했다.

아무튼, 루시아는 하녀들과 거의 친해지지 못해서 자기들끼리

깔깔거리는 대화에 끼어들지 못했다. 대충 분위기로 파악하면 별로 고상한 대화는 아니었다. 특히 주인 부부가 한 침실을 쓰고 난 다음 날, 그녀들의 수다가 더 생기를 띄었다. 저들끼리 무슨 말을 하다가 까르르 웃는 것이 숨이 넘어갈 지경이었다.

공작가 하녀들이라고 다르지는 않을 것이다. 하지만 저들이 사석에서 무슨 얘기를 하든, 그것이 직접 그녀의 귀에 들어오거나, 밖으로 흘러나가지 않는다면 뭐라 할 수는 없었다. 그런 뒷사정을 잘 아는 바람에 그런 점까지도 저절로 신경 쓰게 되는 것이 좀 피곤할 뿐.

"……아니. 조금 도와주기만 하면 돼. 그리고 어제 내가 유리잔을 떨어뜨려 깨뜨렸는데."

"모두 치웠습니다. 그래도 혹시 모르니 꼭 슬리퍼를 신으십시오."

하녀들이 왔다 갔다 하며 청소하는 기척도 모르고 잤다. 아마 반쯤은 기절했는지도 모르겠다. 느릿느릿 걸음을 떼며 화장실을 다녀와서 다시 침대로 향하는 길에 문득 창밖으로 시선을 준 루시아는 걸음을 멈추었다. 옆에서 도와주던 하녀도 얌전히 멈추어 섰다.

발코니로 이어진 굳게 닫힌 창밖으로는 널찍한 저택의 뜰이 펼쳐져 있었다. 정말 넓긴 넓구나, 별생각 없이 그렇게 중얼거리는데 저 멀리서 저택을 향해 맹렬히 달려오는 뭔가를 발견했다.

'로이 크로틴……?'

마치 선불 맞은 멧돼지처럼 씩씩대며 달려오는 꼴이 점점 선명해졌다. 아침부터 무슨 일일까. 딱 봐도 범상치 않아 보이는데.

"전하께서는 어디 계시지?"

"새벽 일찍 북부로 떠나셨습니다."

"……안 계신다고?"

"그 일에 관해 마님께서 기침하시면 드릴 말씀이 있어서 집사가 마님을 뵈러 기다리고 있습니다."

"들어오라고 하지 왜."

"여기에 들어올 수 없어서……."

"아……."

남편과 함께 있는 중이 아니라면 귀부인의 침실은 금남 구역이었다. 불륜에 관대한 제논이지만 집안 침실로 사내를 끌어들이는 일만은 용납하지 않았다.

현장을 들켰다가는 위자료 한 푼 받지 못하고 이혼당해 쫓겨나도 항변하지 못했다. 정원은 되고 침실은 왜 안 되는데? 좀 우스운 관습이었다.

지난번 전쟁으로 적국이었던 나라 중에는 제논을 문란한 나라라고 손가락질하는 곳이 있었다. 국가와 왕실을 모욕했다고 제논은 공개적 서한을 보내서 맹렬하게 항의하며 물고 늘어져 결국 사과를 받긴 했지만. 글쎄……. 루시아는 딱히 그게 틀린 말이라고는 생각하지 않았다.

"오늘 떠나기로 한 일정은 어찌 되었지?"

"주인님의 명으로 일정은 내일로 미루었습니다."

"그럼 당장 급한 건 아니겠네. 집사를 보는 건 나중에 하지. 조금 더 자고 나서."

루시아는 하녀에게 꿀물 한 잔 가져오라고 해서 마신 후 다시 침대에 누워 눈을 감았다. 조금 전에 봤던 로이의 잔상이 어른거렸다. 그 사람…… 남편은 이미 새벽에 떠났다는데 무슨 일일까. 깊이 생각하는 것도 귀찮았다. 루시아는 곧 다시 잠이 들었다.

*　　　*　　　*

"이럴 순 없어! 이럴 순 없다고!!"

아침부터 들이닥쳐 펄쩍펄쩍 뛰는 로이의 발광을 딘은 대단히 대수롭지 않은 낯빛으로 구경했다. 붉은 머리카락은 마치 불이 붙은 것처럼 들썩거렸다. 워낙 많이 봐서 이젠 구경거리도 아니었다.

"태자 전하는 어쩌고 왔어?"

"알 게 뭐야! 난 아직 그거 한다고 대답 안 했다고!"

휴고는 수도를 떠나는 대신 태자 곁에 믿을 만한 호위를 붙여주기로 약속했고, 로이를 간택했다. 어디로 튈지 모르는 녀석이긴 했지만 실력만큼은 누구도 따를 자가 없었다. 아직 로이를 상대할 수 있는 무력을 갖춘 기사는 휴고만이 유일했다.

로이의 의사 따위는 상관없었다. 휴고는 늘 하던 대로 '해.' 하고 명령했고, 재고해 달라는 로이의 대답을 무시했다. 못한다고 바닥에 드러누웠다가 휴고에게 늘씬하게 두들겨 맞고 입이 댓 발은 튀어나와 호위를 시작한 것이 이틀 전 밤. 그래도 여전히 로이는 어떻게 하면 이 일을 그만둘 수 있을까 기회를 노리고 있었다.

아침에 공작이 보낸 사람 편으로 태자에게 서신이 도착했다. 태자를 측근 호위 중인 로이는 어깨너머로 내용을 확인할 수 있었다. 간략한 설명으로 북부에 일이 생겨 급히 떠난다고 쓰여있었다. 그걸 보자마자 로이는 기겁을 해서 달려왔지만 이미 공작은 떠난 뒤였다.

"주군께서 이미 하라고 명하신 일이야. 어서 돌아가는 게 좋을걸. 호위 대상 곁을 비우면 안 되지."

"우이 씨! 북부에서 일이 생겼다잖아! 그 재밌는 일에 날 빼놓다니!!"

딘은 로이를 한심하게 보며 혀를 찼다.

"그게 재밌는 일이냐?"

"온종일 꼼짝없이 태자 곁에 붙어있는 것보다 백배는 재밌지! 이렇게 되면 혼자라도 쫓아갈 거야."

"얼씨구. 어디 한번 해봐라. 넌 주군 눈에 띄는 순간 죽는 거야."

딘의 살벌한 예언에도 로이는 의기양양하게 팔짱을 꼈다.

"흥. 주군은 죽을 때까지 날 패기는 해도 죽이진 않아."

"……참 이상한 데서 자랑스러워하는군. 네 말대로 죽진 않아도 최소 팔 하나 다리 하나 두 군데는 부러질걸. 아니지. 어디 하나 부러지진 않지만 사흘 밤낮으로 두들기실지도 모르지."

로이는 질린 표정을 지었다가 어깨를 축 늘어뜨렸다. 로이는 주군을 참 좋아하지만 가끔 발동하는 지랄 맞은 성격만큼은 아니었다. 그러나 로이를 제외한 다른 기사들은 공작의 구타가 로이 한정이라는 것을 알고 있었다.

공작에게 기어오르는 건 로이가 유일했다. 그렇게 혼나고도 대차게 덤벼드는 걸 보면 어떤 의미에서는 참 대단했다.

"그건 좀 아파. 근데 넌 왜 여기 있어? 주군 안 따라가고."

"난 북부까지 마님 호위하게 됐어."

"아……. 주군 결혼했지?"

로이는 덤덤하게 중얼거렸다. 다른 사람들이 공작의 결혼 소식을 듣자마자 입은 쩍 벌리는 추한 표정으로 놀라움을 표현했지만 로이는 어깨만 으쓱하고 말았다. 로이의 정신세계는 보통 사람과 어딘가 살짝 달랐다.

"음. 어떤 분이 마님이 되셨는지……. 듣기로는 공주님이시라는데."

'난 아는데.'

로이가 아무리 생각 없이 살아도 그날 공작저에서 만났던 공주님과의 일을 떠벌릴 정도로 멍청이는 아니었다. 그때 일만 생각하면 로이는 아직도 키득키득 웃음이 나오곤 했다.

공주님이 주군께 '청혼을 드리러 왔습니다.'라고 할 때 주군이 크게 당황하는 것을 온몸으로 느꼈다. 자그마한 아가씨가 주군께 한 방 거하게 먹이는 광경이 그렇게 통쾌할 수가 없었다.

"좀 걱정이다. 난 귀부인들 대하는 일이 그렇게…… 편치가 않아서."

"괜찮을걸."

"음? 마님을 뵌 적 있어?"

로이가 머리를 긁적였다.

"뭐 그렇다기보다는…… 괜찮을 거야. 내 감이야."

딘이 쿡 웃음을 터뜨렸다.

"그래. 네 녀석 짐승 같은 감을 믿어보도록 하마. 그보다 그만 포기하고 어서 돌아가. 집사 눈에 띄었다가는 잔소리 들어."

"으음……. 제롬은 좀…… 무서워."

어떨 때는 주군보다 더.

"그건 고마운 일이군요."

들려오는 목소리에 로이의 안색이 순식간에 탈색되었다. 어느새 나타난 제롬이 무척 엄한 얼굴로 로이를 잡아먹을 것처럼 노려보고 있었다. 저승사자라도 마주친 것처럼 로이는 히익 숨넘어가는 비명을 질렀다.

*　　　*　　　*

루시아가 다시 잠에서 깨었을 때는 이미 한낮이었다. 눈은 떴지만 도무지 일어날 수가 없었다. 온몸이 바위가 되어 침대에 딱 붙어버린 것 같았다. 아침에 잠깐 일어났을 때보다 더 힘들었다.

'아프다…….'

근육통이란 것은 시간이 지날수록 점점 더 아프다. 최고 고통의 순간이 지나야 한풀 꺾이는데 오직 시간만이 해결책이었다. 그의 말대로 오늘 이 상태로 마차 여행은 절대적으로 불가능했다.

눈만 감았다가 떴다 운동하며 꼼짝없이 누워있는 루시아를 곧 하녀가 들어와서 발견했다. 하녀는 아무래도 심상치 않아 보이는 마님 곁에서 안절부절못했다.

"마님, 많이 편찮으십니까?"

"……뭔가 가볍게 먹을 수 있는 것으로 부탁해. 일어나지 않고 침대에서 먹을 수 있는."

루시아는 말을 하면서 이맛살을 찡그렸다. 목이 잠겨있었다. 아침까지만 해도 조금 깔깔한 정도였는데.

"아, 예. 마님. 즉시 준비해 오겠습니다."

잠시 후 하녀들이 쟁반 가득 이것저것 담아 가지고 들어왔다. 따뜻한 우유, 꿀에 버무린 과일과 견과류, 조그마한 크기로 구운 과자, 아직 따뜻한 빵 등등. 부축을 받으며 일어나 앉아서 조금씩 먹어 속을 채우자 기운이 나는 것 같았다.

식사를 마치고, 목욕도 하고, 잠깐 한숨 더 자고 일어난 후 늦은 오후가 되어서야 응접실에서 제롬을 만났다. 하루 사이에 얼굴이 반쪽이 된 마님을 보며 제롬이 우려를 표했다.

"주인님께서 마님 의향을 여쭈어 의사를 부르라 하셨습니다."

"의사는 되었어요. 그분은 한발 앞서 영지로 출발하셨다지요."

"예, 영지에서 온 급보를 받으시고 바로 출발하셨습니다."

제롬은 혹시 마님이 이 일로 화를 내거나 서운해하지 않을까 해서 조마조마했다. 급한 일이라고는 하지만 결혼 다음 날 새신부만 남겨놓고 인사도 나누지 않은 채 언제 보게 될 것이라는 기약 없이 남편이 휙 가 버린 것이다.

루시아는 애초에 이 결혼을 약식으로 한 것 자체가 그의 영지 일 때문이라고 알고 있었다. 새삼 서운할 일은 없었다.

"우리는 언제 출발하나요?"

"아, 예. 예정은 내일이지만 주인님께서 서두를 것 없다고 하셨습니다. 마님께서 편하실 대로 하시면 됩니다."

"예정이 내일이니까 내일 떠나는 걸로 해요."

"예, 마님. 가는 길에 대한 간략한 브리핑을 드리려고 하는데 언제가 괜찮으십니까?"

"준비가 다 되었다면 지금 들을게요."

"예, 마님. 출발지는 수도, 도착지는 북부의 로암입니다. 로암은 도시 이름이기도 하면서, 그 도시 중심에 위치한 타란 공작가의 성(城)을 칭하는 이름이기도 합니다. 본래대로라면 무척 먼 거리입니다만 게이트를 타고 갈 예정이라 약 나흘로 잡고 있습니다. 혹여 전에 이용해 본 적 있으신지요?"

"없어요."

제논이 강대국일 수 있는 가장 큰 이유는 '게이트'라고 불리는 마도구 덕분이었다. 어느 변방의 소식이건 늦어도 일주일이면 왕은 수도 가장 깊은 내궁 안에서 소식을 받아볼 수 있었다. 반란이건, 적의 침략이건 빠르게 대처할 수 있었다. 게이트는 많은 나라에서 발견되었지만 제논에 압도적으로 많았다.

아주 먼 옛날 마법이 세상을 지배하던 때가 있었다. 그러나 한때 세상을 지배했던 마도 제국은 갑자기 멸망했다. 지금도 역사가들이 이유를 알아내고자 탐구하지만 아직 온갖 가설만 난무하고 확실한 이유는 아무도 몰랐다.

마도 제국 멸망을 기점으로 세상에서 마법사라는 존재와 마법적 지식까지 사라졌다. 그러나 일부 마도구는 고대 유물이 되어 아직 남아 전해졌다. 마도구는 대부분 국보로 관리되고 있다. 그중 땅에 박혀있어서 떼어낼 수 없고 사물을 멀리 떨어진 곳으로 이동시키는 마도구를 '게이트'라고 했다.

"저택에서 출발해서 수도 게이트까지 마차로 반나절 정도 소요됩니다. 거기서 북부 게이트까지 이동한 후, 로암까지 마차로 사나흘 남짓 걸립니다."

"공작성에서 게이트까지 사흘이면 꽤 멀군요. 보통은 근처이지 않나요?"

"북부에는 게이트가 다섯 곳뿐입니다. 그나마 로암에서 가장 가까운 게이트 근처는 바위가 많은 거친 땅이라 사람이 거주하기 적당하지가 않습니다."

"다섯 개뿐이라고요? 그 넓은 북부에?"

"예, 다섯 개뿐입니다."

그래서 수도에서 활동하는 귀족들 중에 북부 출신은 거의 없었다. 왔다 갔다 하기가 어렵다는 것이 중요한 이유 중 하나였다.

"근데요, 제롬. 게이트는…… 내가 알기로 아무나 이용할 수 없을 텐데요. 공무가 아니면 안 된다고 들었어요. 우리는 일종의 여행 아닌가요?"

"엄밀히 따지면 그렇기는 합니다만. 사실 대부분 그런 이유로만 사용하는 건 아닙니다. 수도 게이트의 경우는 비용을 지급하면 사용합니다. 그리고 공작 전하께서 이용하겠다고 하시는데 이유를 누가 묻겠습니까."

"……그렇군요."

그녀의 남편은 거물이었다. 그런데 그 사실이 아직도 확 실감이 나지 않았다. 사교계에서 활동하는 여자들의 위치는 대개 남편, 혹은 아버지의 지위에 따라 결정되었다. 왕비라고 반드시 사교계 여왕이 되는 건 아니지만 누구도 모르는 남작의 여식이 사교계의 정점에 오르는 일은 절대 없었다.

여자들은 남편, 혹은 아버지의 지위를 자신의 것이라고 당연하게 생각했다. 공작부인이 위세를 부리면 남작부인은 나이에 상관없이 당연히 비위를 맞추어야 했다. 법은 아니었다. 그런데 누구나 당연히 그렇게 했다.

꿈속에서 그녀는 백작부인이었다. 메튼 백작 가문은 영지도 있고 나름의 이름 있는 가문이었으며 수도 정계에 발을 들인지 꽤 되었다. 당연히 루시아보다 지위가 낮은 여자들은 사교계에 널렸다.

그래도 루시아는 딱히 그들 대상으로 자존심을 내세워 몰아세울 필요를 느낀 적이 없었다. 처음부터 루시아는 메튼 백작이 가진 모든 것을 자신의 것으로 생각한 적이 없었다.

그래서 루시아는 확신할 수 없었다. 과연 다른 여자들처럼 자신도 남편의 지위를 내 것처럼 적극적으로 이용하며 즐기게 될까. 그런 짓은 공작이라는 남편의 직위에 기생하는 것 같아서 하고 싶지 않았다.

"호위를 포함해 떠날 일행은 내일 떠나기 전에 인사드리도록 하겠습니다. 혹시 다른 의문은 없으신지요?"

"없어요. 혹시 내가 조심해야 할 일은 없나요?"

"말씀드릴 일이 있다면 이후에 알려 드리겠습니다."

그날 저녁은 편안한 휴식으로 시간을 다 보내고 일찍 잠이 들었다. 다음 날 아침에 일어났을 때는 전날에 비하면 온몸에 기운이 돌았다.

그러나 이번에는 다른 문제가 생겼다. 그와 밤을 보낸 이후 시작된 하혈이 멈추지 않았다. 심각한 출혈은 아닌데 자꾸 속옷에 묻어나자 시중을 드는 하녀들이 가장 먼저 눈치챘다.

"마님, 아무래도 의사를 불러 진찰을 받아 보시지요."

그래서 출발 예정 시간에 출발하는 대신 의사가 불려왔다. 여의사가.

인상과 풍채, 모두가 넉넉한 나이 지긋한 여의사는 잔뜩 긴장해 있었다. 여의사의 수는 많지 않았다. 여자가 의학을 배우는 경우가 드물고, 의사가 되었다 해도 실력은 늘 남자와 비교하면 부족하다고 평가받았다.

세간에 여자이기 때문에 여의사에게 진찰을 받는다는 의식은 없었다. 귀부인 침실은 금남의 지역이지만 의사는 제외였다. 굳이 여의사를 찾을 필요가 없으니 수요가 많지 않고 남자에 밀려난 여자 의사들은 그런대로 생계를 이을 수 있을 정도의 수준으로만 의료 활동을 할 수 있었다.

여의사는 대개 의사인 남편을 따라다니며 돕다가 배워서 본격적으로 의학 공부를 시작하는 경우가 많았다. 부부가 모두 의사면 쓸모가 많았다. 오늘 불려온 여의사도 마찬가지였다. 다만 그녀는 사별하여 현재는 혼자였다.

어쨌든 여의사는 이런 어마어마한 귀족가의 저택에 치료를 목적으로 방문한 건 처음이었다. 하녀를 따라 침실로 들어와 침대 위에 앉아 있는 자그마한 여자를 봤을 때 조금은 긴장이 풀렸다. 대단히 고압적인 귀부인을 상상했는데 여주인은 마치 소녀 같았다.

"어디가 편찮으십니까?"

침대 위의 귀부인은 조금 발간 얼굴로 선뜻 말을 꺼내지 못했다. 우물쭈물하다가 도움을 바라는 것처럼 하녀를 쳐다보았다. 하녀가 눈치껏 귀부인에게 '소인이 대신 설명할까요?' 여쭈어 허락을 받고 목소리를 낮추어 증상을 설명했다.

심각한 표정으로 하녀의 말을 듣던 여의사의 표정이 점차 기묘하게 풀어졌다. 그리고 흘끔 침대를 보며 웃음을 삼켰다. 이제 막 결혼한 새신부가 무척 귀여워 보였다.

"마님, 혹시 통증이 있으십니까?"

"……움직이면 조금……."

"혹시 달손님 기간하고 겹치는 것은 아닌지요?"

"그렇지는 않네."

"처녀혈은 사람에 따라 달라서 약간 묻어나는 경우에 불과한 사람도 있고, 며칠 계속 흐르는 예도 있습니다. 가만히 있어도 통증이 있다거나, 생리혈처럼 많이 흐르는 경우가 아니라면 가만두면 멈출 겁니다. 심각한 증상은 아니니 걱정하지 않으셔도 됩니다. 무리하지 않고 휴식만 취하시면 길어봤자 사흘이면 괜찮으실 겁니다."

의사를 말을 들으면서 루시아는 얼굴이 점점 더 붉어졌다. 놔두면 괜찮을 것을 괜히 의사를 불렀다. 나한테 무슨 일이 있었어요, 다 말하는 것 같아서 얼굴을 들 수가 없었다.

"아, 하지만 출혈이 멈추고 최소한 움직여도 아프지 않을 때까지는 교합은 자제하는 것이 좋습니다. 여성의 생식기는 무척 연약해서 자칫 잘못하면 크게 탈이 나지요."

"어차피……."

어차피 뭐? 그가 없으니 할 일 없다고? 그럼 그가 있으면 어쩐다는 건데? 루시아는 저 혼자 묻고 대답하며 점점 더 낯이 뜨거워졌다.

"아…… 아무튼, 알았네. 되었으니 가 보시게. 수고했네."

"딱히 약이 필요하지는 않지만 조금 도움이 될 수 있도록 몸을 보하는 약을 지어 드리겠습니다."

처방을 마치고 마님의 침실에서 나오는 여의사를 제롬이 따로 불렀다.

"제안은 생각해 보셨습니까?"

제롬은 공작이 여의사를 언급하자마자 재빠르게 실력 좋은 여의사를 수소문했다. 그나마 수도에는 여의사가 꽤 있는 편이지만 영지로 내려가면 쓸 만한 실력을 갖춘 여의사는 찾기 어려웠다.

그는 절대 주인의 한마디를 그냥 들어 넘기는 법이 없었다. 반드시 무슨 뜻이 있을 것으로 생각하고 행동했다. 몇 배는 더 수고롭고 일이 늘어나지만 집사가 천직인 제롬은 전혀 힘들다고 생각한 적이 없었다.

제롬은 군이 여의사에게 마님을 보이라는 주인의 지시를 대수롭지 않게 넘기지 않았다. 대를 이어 공작가를 섬기는 주치의 필립은 남자였다. 필립이 마님을 진찰하는 상황을 어쩐지 공작이 그리 좋아할 것 같지 않았다. 그의 촉은 잘 들어맞는 편이었다.

제롬은 안나에게 마님의 주치의를 제안했다. 안나는 어제 잠깐 저택을 방문해서 제롬의 제안을 받았고, 오늘은 환자를 봐달라기에 다시 방문했다.

"수도를 영영 떠나게 되는 건 아니라고 하셨지요."

"예, 몇 년 안으로는 다시 수도로 오게 될 겁니다."

"제안을 받아들이겠습니다."

안나는 갑자기 정든 곳을 떠나는 건 내키지 않았지만 어차피 혼자 몸이고 이런 고위 귀족에게 안정된 일자리를 제안받는 기회는 놓치기 아까웠다. 제롬은 예의 바른 미소로 활짝 웃었다.

"타란 공작가의 식구가 된 것을 환영합니다, 안나."

*   *   *

거의 침대에서 쉬며 시간을 보냈더니 이틀이 더 지날 무렵 하혈은 완전히 멈추었고, 몸 상태도 확실히 좋아졌다. 움직이면 다리 안쪽이 조금 얼얼한 느낌은 있었지만 견딜만했다.

출발을 앞두고 가장 느긋한 사람은 루시아였고, 그녀를 제외한 모든 사람은 분주했다. 특히 빠뜨린 것이 없나 두 번 세 번 점검하는 제롬이 가장 바빴다. 제롬이 가장 중요하게 체크하는 것은 이동하는 동안의 식량과 비상약, 마님의 편의를 위한 물품들이었다.

여정을 함께할 사람들은 총 14인이었다. 루시아와 하녀 둘, 제롬, 안나, 벙어리 삼 형제를 포함한 하인 다섯 명, 기사 네 명. 제롬은 떠나기 전 응접실에서 마지막 티타임을 즐기고 있는 루시아에게 기사들을 소개하고자 했다. 루시아가 허락하자 제롬은 기사들을 데리고 들어왔다.

'크로틴 경이 있을 줄 알았는데.'

기사 중에 낯익은 얼굴은 하나도 없었다. 며칠 전 아침나절에 잠깐 봤던, 크로틴 경이 맹렬하게 달려오던 모습이 눈에 선했다. 하지만 다른 사람을 어디 있느냐고 찾는 것은 예의가 아닌 것 같아 의문은 접어두었다.

기사 네 명 중 한 명만 스물 중반 남짓으로 어린 편이었고, 다른 셋은 그보다 네댓 살은 더 많아 보였다. 모두 문가 근처에 서서 더이상 들어오지 않았다. 응접실 안쪽 소파에 앉아 있는 루시아와 멀찍이 떨어진 상태였다.

"제롬, 혹시 기사들이 이렇게 멀리 떨어져 있어야 하는 이유가 있나요?"

"그건 아닙니다만. 마님께 혹시라도 위협적으로 보일까 봐 그렇습니다."

기사들은 아무래도 보통 사람보다 키가 크고 덩치가 있는데다가 갑주까지 걸치면 더 커 보였다. 허리에 장검을 차고 있는 모습이 자못 위협적이라 기사를 처음 접하는 여자는 겁을 먹기 쉬웠다. 혹시나 마님께서 두려워할까 봐 취한 조치였다.

"괜찮아요. 좀 더 가까이 오라고 하세요. 그래도 얼굴 정도는 확실하게 확인할 수 있어야지요. 만약의 경우 날 지켜줄 사람들인데 그때도 이렇게 떨어져있을 수는 없죠."

루시아는 기사의 큰 키와 덩치가 무섭지 않았다. 그런 것이 무서웠다면 처음부터 타란 공작에게 가까이 다가가지도 못했을 것이다. 덩치와 키가 그 사람의 성품을 좌우하지 않는다고 꿈속에서 배웠다. 루시아는 꿈속에서 기사들의 무기나 갑옷을 수리하는 작은 공방을 운영한 적도 있었다.

"알겠습니다, 마님."

기사들이 몇 걸음 떨어진 거리까지 다가왔다. 제롬이 그들의 이름을 소개할 때마다 해당하는 기사들이 고개를 숙였다. 그중 리더라고 소개한 가장 나이 많아 보이는 기사가 말했다.

"마님. 호위 때문에 마님께 불편을 드리지는 않도록 노력하겠습니다. 마님께서는 한 가지만 숙지해 주시면 됩니다. 그럴 리는 없겠지만 만약 위험한 일이 발생한 경우, 헤바 경 옆에서 절대 떨어지시면 안 됩니다."

리더 기사가 말한 헤바 경의 이름은 딘 헤바. 네 명 기사 중 가장 어려 보이는 남자였다.

"어째서요? 왜 리더인 경이 아닌, 헤바 경 곁에 있으라는 거지요?"

"그건 헤바 경이 저희 중에서 가장 뛰어난 실력의 기사이기 때문입니다."

"이해할 수 없네요. 기사들이 조를 짜서 움직일 때 리더는 나이가 아니라 실력 순으로 맡는 것이라고 알고 있었는데요."

기사들이 묘한 눈으로 서로의 시선을 교환했다. 그건 문서화된 법이 아닌 일종의 불문율이었다. 내규나 마찬가지여서 기사들 사정에 좀 밝아야 알 만한 규칙이었다.

"그건…… 혜바 경이……."

리더 기사가 말을 잇지 못하자 딘이 직접 나섰다.

"제가 설명해 드리겠습니다. 전 귀족이 아니고, 기사 가문 출신도 아닌 평민 출신 기사입니다."

"그래서요?"

그걸로 충분한 설명이 되었다고 생각한 딘은 오히려 루시아가 되묻자 당황했다.

"그러니까…… 혹시 마님께서 불편해하실 수 있으니."

"그러니까. 평민 출신인 기사가 날 호위하는 기사들 리더로 있는 상황을 내가 불쾌해할지도 몰라서 그랬다는 말이로군요."

"……그렇습니다."

"실력은 신분으로 결정되는 것이 아니죠. 난 기사들의 규칙을 깨고 싶지 않아요. 리더는 경이 맡아주세요."

딘이 흔들리는 눈으로 루시아를 응시하다가 고개를 숙였다.

"예, 마님."

아까보다 훨씬 정중한 인사였다.

기사들을 내보내고 제롬이 놀라움을 표했다.

"마님께서 기사들 규칙을 알고 계실 줄은 몰랐습니다. 사실은 마님께서 여정 동안 기사들을 불편해하실까 봐 걱정했는데 괜한 걱정을 한 것 같습니다. 혜바 경은 나이에 비해 실력이 뛰어난 기사입니다. 견습 기사 기간 없이 바로 기사 서임을 받았습니다."

"어머나. 그건 검술 시합이나 마상 시합에서 우승했을 때나 가능하잖아요. 정말 대단한 실력을 갖췄군요. 놀라워요. 겉으로 보기에는 참 순해 보이는 인상이었는데요."

"마님께서 더 놀랍습니다. 참 잘 아시는군요."

루시아는 살짝 미소로 대답을 대신했다.

공방을 운영한 기간은 그리 길지 않았지만, 그 경험은 루시아에게 많은 영향을 미쳤다. 메튼 백작은 뚱뚱해서 덩치 있어 보여도 키가 크지는 않았다. 그래도 그녀에게는 거대한 벽처럼 느껴져서 늘 그자에게 주눅이 들어있었다.

그러나 공방을 운영하며 자주 접하는 기사들은 메튼 백작보다 훨씬 더 큰 덩치와 키, 때로는 험악한 인상을 지녔으나 메튼 백작과 비교할 수 없이 순수했다. 덕분에 루시아의 마음 깊은 곳에 자리 잡은 사람에 대한 불신이 누그러질 수 있었다.

물론 개중에는 쓰레기 같은 놈들도 있었고, 수리비를 외상으로 달아놓고 떼어먹는 놈도 있었지만 때로는 다른 기사가 그런 놈을 잡아다 주기도 했다. 같은 무기를 다루는 사람이라도 용병과는 천지 차이로 달랐다. 기사는 용병과 달리 검을 다루는 자신의 운명에 자부심을 품고 있었다.

마무리까지 아름다웠으면 참 좋았겠지만.

공방은 남자한테 홀려 홀랑 날렸다. 처음에는 기사인 줄 알았는데 나중에 알고 보니 제대로 된 기사도 아니었다. 불명예스러운 이유로 고용 파기된 자유 기사였다. 기사의 수치라며 다른 기사들이 분노에 차서 결국은 잡아다 주었지만 돈은 거의 되찾지 못했다.

사지 멀쩡하고 잘생긴 기사가 들이댈 때부터 이상하다는 걸 눈치챘어야 했던 건데. 몸을 요구하지 않으면서 다정한 애정을 베푸는 남자의 사랑을 순수하므로 진짜라고 착각했다.

"크로틴 경은 함께 가지 않나요?"

제롬 표정이 일순간 좋지 않게 굳어졌다.

"크로틴 경은 어찌……."

"며칠 전 아침에 저택에 들어오는 모습을 얼핏 보았어요. 그래서 난 함께 가는 줄 알았지요."

"아닙니다. 크로틴 경은 명을 받아 태자 전하를 호위 중입니다."

"크로틴 경을 좋아하지 않는군요?"

"……그런 사감이라기보다는…… 좀 골치가 아픕니다."

'크로틴 경이 나쁜 사람은 아닌 것 같지만……'

제롬이 말하는 골치의 의미가 괴팍하고 제멋대로인 면을 뜻하는 것이라면 이해가 갔다. '미친개'라는 별명도 아마 그런 의미일 것이다. 루시아는 머릿속으로 정신 사납게 이리저리 날뛰는 덩치 큰 순한 개를 그렸다.

게이트를 처음 이용한 감상은 좀 실망스러웠다. 잠깐 사방이 어두워지고 약간의 현기증이 나는 것 외에는 특별한 것을 느낄 수 없었다. 눈 깜짝할 새에 먼 거리를 이동했다는 사실은 놀랍지만, 이동하는 거리가 눈앞으로 엄청나게 빠른 속도로 펼쳐진다는 말은 헛소문이었다.

황량한 벌판을 따라 세 대의 마차가 달려갔다. 루시아와 여자들을 태운 마차, 마부 노릇을 하는 하인들이 번갈아 타면서 쉬어가는 짐마차, 말을 타고 호위하며 달리는 기사들이 번갈아 타면서 쉬어 가는 마차.

여정은 순조로웠다. 비 한 번 내리지 않는 날씨도 도와주는 것 같았다. 달려가다 쉬면서 식사하고, 다시 달리고, 날이 저물면 노숙을 했다. 두 배 정도 시간을 들이면 마을을 찾을 수 있겠지만 최단 거리로 가는 길에는 사람이 사는 곳이 없었다.

마지막 날이 저물어갔다. 이제 오늘 밤만 보내면 내일 안으로는 도착이 확실했다. 마차 주변을 호위해 달리던 기사들이 적당한 곳을 찾고 하인들에게 세울 곳을 가리키며 신호를 보냈다.

마차가 모두 멈추자 제롬은 말을 몰아 루시아가 타고 있는 마차 곁으로 다가가 창을 두드렸다. 제롬은 가는 내내 마차 안에 타지 않고 다른 기사들처럼 말을 몰았다. 먼지 때문에 닫아둔 창문이 안에서 열렸다.

"마님, 오늘은 이곳에서 쉬겠습니다."

"지금 내려도 되나요?"

제롬이 기사들을 향해 고개를 돌리자 주변을 대충 살펴 위험이 없다고 판단한 기사들이 고개를 끄덕였다.

"예, 나오셔도 됩니다."

잠시 후 마차에서 루시아를 비롯한 여자들이 모두 내렸다. 그들 안색은 모두 파리하게 질려있었다.

흔들리는 마차를 장시간 타고 달리는 일은 대단히 고단했다. 길이 잘 닦여있는 수도도 아니고 황량한 벌판을 달려가는 것이라 끊임없이 덜컹거렸다.

루시아는 묵묵하게 견디었다. 루시아가 잘 따라가니 다른 사람들이 힘들다고 말할 수 없었다. 덕분에 그들은 예상했던 것보다 훨씬 최고의 속도로 목적지를 향하고 있었다.

"마님, 멀미는 좀 어떠신지요?"

"괜찮아요. 덕분에 많이 좋아졌어요."

계속 흔들리는 마차에 있었더니 멀미로 속이 울렁울렁하고 머리는 지끈거렸다. 안나는 꼭 약을 먹지 않고도 손바닥 일정 부분을 자극해 멀미나 두통을 좀 가라앉히는 신묘한 수법을 알고 있었다. 덕분에 도움을 많이 받았다.

루시아는 안나와 주변을 멀리 벗어나지 않는 선에서 산책했다. 얼마간 떨어진 곳에서 딘이 뒤따랐다. 오는 내내 딘은 마님의 근접 호위를 자처했다.

다른 사람들은 부지런히 야영할 준비에 돌입했다. 말에게 먹이를 주고 식사 준비를 위해 모닥불을 피웠다. 땅을 판판히 고르고 혹시 주변에 숨어있는 위험한 야생동물이 없는지 살폈다.

기사 하나가 저만치 보이는 루시아를 비롯한 사람들 인영을 한참을 보다가 툭 내뱉었다.

"저런 분만 같으면 백번이라도 모시고 여행 다니겠어."

다른 기사가 그에 답했다.

"타란 공작가에 좋은 분이 안주인으로 들어오셨군."

다음 날 아침 어스름이 해가 뜰 이른 새벽에 다시 출발했다. 오전 내내 달리다가 이른 점심을 먹기 위해 멈추었다.

"다 왔습니다, 마님. 저기 보이는 곳이 로암입니다."

제롬이 가리키는 곳에 누런 흙길이 끝나면서 푸른 초원이 덮이기 시작했다. 안쪽으로 다양한 높이로 솟은 건축물들이 색색의 생기 있는 도시의 모습을 만들었다. 중심에는 우뚝 거대한 성탑이 솟아 있었다. 그들의 최종 목적지였다.

로암이 실제로 가까워지자 루시아는 이제 마차 여행의 괴로움보다 설렘이 커졌다. 지금 가장 궁금하고 만나보고 싶은 사람은 그의 아들이었다.

타란 공작에게 장성한 후계가 있다더라고 소문을 들었을 때는 그의 나이가 마흔일 무렵이었다. 당시 장성한 아들이라면 성년(남자 열아홉 살, 여자 열일곱 살)은 지났을 것이니 한 스무 살 정도로 잡으면 지금 그의 나이를 따져봐서 아이는 한 네댓 살 정도 되지 않았을까.

그를 닮았을까, 아니면 제 어머니를 닮았을까. 성격은 어떨까. 친하게 지낼 수 있을까. 날 싫어하지는 않을까. 기대와 걱정이 교차했다. 루시아는 못된 계모 노릇은 하고 싶지 않았다. 진짜 어머니 같은 정은 줄 수 없을지 모르지만 사이좋게 잘 지내고 싶었다.

마차가 초원에 들어서자 먼지 걱정 없이 창을 열 수 있었다. 창 안으로 들어오는 시원한 바람을 맞으며 루시아는 지나가는 풍경을 감상했다. 달리는 마차에서 다소 떨어진 상태로 기사들을 태운 말들이 옆을 달렸다. 그 사이에는 제롬도 있었다.

'제롬은 집사인데…… 기사들과 친해 보여.'

제롬은 중간에 잠깐 마차를 타기는 했지만 대개 기사들과 함께 달리고 쉴 때에도 기사들과 같이 이야기를 나누고 있었다. 집사와 기사. 어찌 보면 접점이 없는 관계인데 그들은 제법 친밀해 보였다.

예상보다 훨씬 이른 도착이었다. 원래 예상은 오늘 밤늦게 도착할 것이었지만 지금은 이른 오후였다. 마차는 북부의 수도라 불리는 도시 로암에 들어서서 공작가의 고성(古城) 로암을 향해 거침없이 달렸다.

지나던 사람들이 모두 지나가는 마차를 보면 멈추어 서서 수군거렸다. 루시아를 태운 마차에는 선명한 흑사자 문양이 그려져 있었다.

마차가 도개교를 건널 무렵에 무거운 고동 피리 소리가 울렸다. 피리 소리가 채 끝나기 전에 마차는 성문 안으로 들어섰다.

곳곳에 감시탑이 세워진 외벽 안쪽으로 연병장 및 훈련소, 기사들이 머무는 휴식 공간 등이 있었다. 여기저기 돌아다니던 기사들은 피리 소리가 들리자 모두 그 자리에 멈추고 지나가는 마차를 향해 팔에 각을 세우며 앞으로 든 채 고개를 숙였다. 마차는 그들을 지나 내성 안으로 들어가 거대하게 우뚝 솟은 중앙탑 앞에 멈추었다.

탑 앞에는 수십의 사람들이 나와 기다리고 서 있었다. 제롬이 밖에서 마차 문을 열자 안에서 하녀들이 나와 얼른 마차 밑에서 계단 장치를 꺼내 길을 만들었다. 몇 개 계단을 디디면서 루시아가 내려오고 그 뒤를 안나가 따라 내렸다.

루시아는 고개를 들어 사방을 한 번 둘러보았다. 돌벽으로 막힌 안쪽으로 높은 성탑이 여기저기 하늘 높이 솟아있었다. 가장 거대한 규모의 중앙탑 옆으로는 부속된 건물들이 여럿 있었다. 100여 명은 족히 될 것 같은 사람들이 질서 있게 늘어서서 고개를 숙이고 있었다.

"안으로 드시지요, 마님."

제롬이 이끄는 대로 루시아는 사람들을 지나 중앙탑으로 들어갔다. 재질은 나무 같으나 마치 철문처럼 묵직한 느낌이 드는 거대한 문이 열리고 널찍한 홀이 펼쳐졌다.

"긴 여행으로 고생 많으셨습니다, 마님."

"나만 고생한 건 아니었죠. 모두 다 수고가 많았어요. 오늘 같이 온 모두가 푹 쉴 수 있도록 제롬이 신경 써주세요."

"예, 마님. 염려하시지 않도록 조치하겠습니다. 마님께서는 어찌하시겠습니까? 쉬시겠다면 침실로 안내해 드리겠습니다."

"그보다 인사를 하고 싶군요."

"고용인들 인사는 천천히 받으셔도 됩니다."

"고용인들 말고요. 공작가 어른들 말이에요. 아버님께서 안 계신다면 어머님이라든가, 혹은 다른 친척분들 말이에요."

"그런 분은 계시지 않습니다."

"아무도…… 안 계시다고요?"

"예. 전 공작 부부께서는 오래전 세상을 뜨셨습니다. 다른 친척은 물론 형제자매도 계시지 않습니다. 공작 전하께서는 유일한 타란 혈족이십니다."

루시아의 머릿속이 복잡해졌다.

'유일? 그럼 그의 아들은?'

당장 물어보려다 멈칫했다. 어쩌면 아직 아들의 존재가 공개된 상태가 아닐지도 모른다. 하지만 그는 일전에 분명히 얼마든지 알아낼 수 있는, 비밀은 아닌 것처럼 말했다.

"……그렇게까지 피곤하지 않아요. 내부를 구경하고 싶은데요."

"안내해 드리겠습니다."

넓이에 비해 구조는 비교적 단순했다.

"1층은 여러 개의 응접실과 회의실, 식당이 있습니다. 식당 옆으로 나가는 뒷문을 통해 정원으로 나갈 수 있습니다."

"정원이 있어요? 구경하고 싶어요."

"……기대는 하시지 않는 편이 좋습니다."

정원에 나가자마자 루시아는 말을 잊었다. 어마어마한 규모의 정원은 어디를 둘러봐도 이 화사한 봄 날씨에도 불구하고 꽃 한 송이 없었다. 여기도 저기도 사철 내내 푸른 덤불 나무들이 정원을 가득 채우고 있었다.

"……."

제롬이 민망한지 헛기침을 했다.

"관리상의 이유로……."

"……이럴 거면 대체 정원은 왜 만든 거예요?"

"전 공작부인께서 살아생전에 조성했던 정원입니다. 보시다시피 워낙 규모가 커서 안주인이 안 계시는 상황에 관리가 여의치 않았습니다. 버려 두기에는 흉물스러워서 취한 조치입니다."

"그분이 지시하신 건가요?"

"주인님께서는 정원 같은 건 신경 안 쓰십니다."

"……."

그래. 그럴 것 같다.

다시 1층 홀로 돌아왔다.

"왼쪽 계단으로 올라 2층으로 올라가시면 온전히 두 분의 개인 공간입니다. 두 분 각각의 침실과 응접실, 욕실이 있습니다. 오른쪽 계단으로 올라 2층은 주인님의 집무실입니다. 같은 2층이지만 두 공간을 서로 이동할 수는 없습니다. 반드시 계단을 내려와서 1층을 통해야 합니다."

"제롬. 물을 것이 있는데요."

루시아는 아무래도 내내 그의 아들이 신경 쓰였다. 만약 아들의 존재가 아직 비밀이라고 해도 제롬이 모를 것 같지는 않았다.

"아까 전하께서는 타란 가문의 유일한 혈족이라 했지요."

"예, 마님."

"하지만…… 그분께는 아들이 있잖아요."

제롬의 얼굴이 단번에 덜떨어진 바보처럼 변했다.

"……예?"

"전하께 아들이 있으니 유일한 타란 혈족은 아니지 않나요?"

"마님……. 알고…… 계셨습니까?"

"그럼요. 알고 있었어요."

"……모르시는 줄 알았습니다."

"어머나, 제롬. 설마 그분께서 제게 그걸 말씀하지 않았을 거라고 생각한 거예요? 그럴 분은 아니잖아요."

제롬이 아는 타란 공작은 충분히 '그럴 분'이었다.

"난 여기 오자마자 그 아이를 만나게 될 줄 알았어요. 지금 어디 있어요?"

"도련님은…… 현재 로암에 안 계십니다."

"어디 갔는데요?"

"기숙 학교에 계십니다."

"설마 나 때문에?"

"아닙니다. 주인님께서 오래전에 결정하신 일입니다."

"오래전이라고요? 대체 몇 살인데요?"

"올해 여덟 살이십니다."

그의 아들이 예상보다 나이가 많아서 놀랐다. 여덟 살? 대체 몇 살 때 낳은 아이지? 나이를 따져보니 그의 나이 열일곱 살? 열여덟 살?

'……조숙하셨군요.'

열일곱 살에 아들을 얻었으면 대체 첫 경험을 몇 살에 한 걸까. 자유로운 남녀교제를 허용하는 사회 분위기를 감안해도 상당히 이른 편이었다.

"……그 아이는 언제 와요?"

"모르겠습니다. 기숙 학교 가신 이후 한 번도 오신 적 없습니다."

"한 번도……? 그럼 전하께서 만나러 가셨어요?"

"제가 알기에는 그러신 적 없습니다."

루시아는 혼란스러웠다. 몹시 귀애하는 아들이 아니었던가? 그 래서 이런 결혼도 한 것 아니었나? 사생아지만 작위를 물려주고 싶을 정도로 사랑을 쏟는 그런 아들이 아니란 말인가?

"마님. 도련님에 관해 의문이 있으시면 주인님께 직접 여쭈어 보시지요. 저는 섣부르게 어떤 말씀도 드릴 수가 없습니다."

"……알았어요. 그 아이 이름은 뭔가요?"

"데미안 도련님이십니다."

데미안. 루시아는 그 이름을 입안으로 되뇌었다.

＊　　　＊　　　＊

로암은 수백 년은 족히 되었다는 고성이지만 부지런한 관리와 꾸준한 개보수로 겉으로는 고풍스러움을 간직한 채 내부는 편하고 깔끔했다. 루시아는 이곳이 썩 마음에 들었다. 생활도 만족스러웠다. 손 하나 까딱하지 않아도 밥이 나오고 침구가 정리되고 목욕물이 대령되었다. 불만이 있을 리 없었다.

응접실 문이 조용히 열리고 집사 제롬이 들어왔다. 한 손에는 접시를 들고 있었다. 그는 루시아 앞의 테이블에 우아한 몸짓으로 접시를 내려놓았다. 루시아는 그가 찻잔을 내려놓을 때에도 단 한 번도 달그락 소리를 내는 것을 들어보지 못했다.

영지의 성과 수도에 저택에는 대개 각각 따로 집사를 두기 마련이지만 수도 저택은 물론이고 여기에서도 집사는 제롬이었다. 제롬은 상당히 유능한 집사임이 틀림없었다. 젊은 나이에 참 대단했다.

"막 구운 파이입니다, 마님."

먹음직스럽게 노릇노릇한 파이에서는 달콤한 사과 향이 풍겼다.

"어머나, 맛있겠다. 잘 먹을게요."

"너무 많이 드시지는 마십시오. 저녁 식사를 못 드십니다."

"이걸로 저녁을 대신하면 안 될까요? 매일 이렇게 먹다가는 살이 찌겠어요."

아침과 점심은 간단하게 먹지만 저녁의 진수성찬은 지나치게 화려했다. 매일 이렇게 먹다가는 공작가 재산을 다 탕진하지 않을까 걱정스러울 만큼. 거기다 중간에 간식까지.

제롬은 친절했다. 제롬뿐 아니라 모두 혼자 있는 루시아가 우울해할까 봐 전전긍긍이었다. 그래서 유난히 식사에 더 신경을 쓰는 것 같다.

갓 결혼한 새신부가 낯선 곳에서 남편 없이 혼자 지낸다니. 보통 여자들이라면 울고불고할 일이지만 루시아의 적응력은 사막의 선인장 수준으로 탁월했다.

"제롬. 뭐 하나 궁금한 것이 있는데요."

"예, 마님. 말씀하십시오."

공작가의 유능한 집사 제롬은 평소와 마찬가지로 아주 우아한 몸짓으로 찻잔을 채웠다.

"이별의 장미는 제롬이 보내는 건가요?"

제롬의 손에서 떨어진 찻주전자가 테이블 위에서 엎어졌다. 찻물이 흥건하게 테이블 위를 적시고 바닥으로 떨어지는 모습을 제롬은 멍하게 보고 있었다. 그의 인생에서 절대 일어날 수 없는 실수였다. 제롬은 몇 초의 시간이 더 지난 후에 겨우 엎어진 찻주전자를 바로 세우고, 하녀들에게 물걸레를 가져오라고 지시했다.

"죄송합니다, 마님."

"아니에요. 나한테는 찻물이 묻지 않았어요. 그보다 장미꽃을 보내는 건 누구 생각이었어요?"

"……."

제롬의 등에서 식은땀이 흘렀다. 자신도 모르게 눈동자를 돌리며 누군가 도와줄 사람을 찾았으나 있을 리가 없었다. 늘 여유가 있었던 제롬의 얼굴은 바늘 끝도 들어가지 않을 것처럼 딱딱하게 굳어져 그가 지금 처한 위기를 보여주고 있었다.

"생각해 보니까 전하께서 그렇게 세심한 분이 아닌 것 같아서요. 이별의 뜻으로 장미꽃을 보내라고 직접 명하지는 않으셨을 것 같거든요."

"……마님, 그게……."

"괜찮아요, 다 알아요. 제롬 생각이었어요?"

"……예. 시작은 제가 임의로……."

"이별의 뜻으로 붉은 장미를 보낸다고요? 좀 잔인한 거 아니에요?"

"……노랑…… 입니다. 노란 장미입니다."

"아, 노란 장미였구나. 왜 하필 노란 장미였어요?"

"……노란 장미 꽃말 중에…… 이별이 있습니다."

"우와, 정말요? 어떻게 그런 걸 다 알아요? 제롬은 대단히 로맨티시스트인가 봐요."

루시아의 목소리가 밝아서 그런지 제롬은 서서히 긴장을 풀었다. 하녀들이 엉망이 된 테이블 위를 정리하자 그의 마음도 정리되었다.

"……제 동생의 아내가 꽃집을 운영하고 있습니다. 그래서 간혹 꽃말을 말해 주고는 하는데 얼핏 들은 기억이 있었습니다."

그리고 장미꽃 구매는 제수씨 꽃집을 애용했다. 파비안은 이것이야말로 꿩 먹고 알 먹고, 도랑 치고 가재 잡는 격이라며 낄낄거렸다. 노란 장미를 주문하면 제수씨는 온 힘을 기울여 화려한 꽃다발을 만들어 보냈다.

"동생이 있었군요."

"아, 말씀드리지 않았나 봅니다. 주인님 보좌관으로 있는 파비안이 제 동생입니다. 혹시 파비안을 본 적 있으신지요."

"물론이에요. 두 사람, 진짜……."

"예, 닮지 않았다는 것을 알고 있습니다. 이래봬도 쌍둥이입니다."

"세상에, 놀라워요. 그러고 보니 공작가에는 쌍둥이가 좀 많네요. 제롬도 그렇고, 주방장도 쌍둥이 형제라고 들었고. 하녀 중에도 쌍둥이 자매가 있고요. 전하 시중드는 아이 중에……. 아, 그들 세 명은 형제는 맞지만 쌍둥이는 아니었죠."

"마님 말씀을 듣고 보니 그렇습니다. 주인님께서도 쌍둥이셨으니."

"그분께 형제가 있었어요?"

제롬이 딱 입을 다물었다. 실수했다. 그는 지금껏 한 적 없는 실수를 짧은 사이에 두 번이나 저질렀다. 더구나 말실수라니. 그건 그가 가장 한심하게 여기는 실수였다. 얼굴에 낭패한 기색이 떠올랐다. 그런 기색을 루시아는 빠르게 알아차렸다.

"혹시 내가 알면 안 되는 일인가요?"

"……그런 건 아닙니다만 쌍둥이 형제분께서는 오래전 이미 이세상 분이 아닙니다. 마님께서도 언젠가는 알게 되실 일이겠지만 누구도 화제에 올리지는 않는 일이라……. 주인님 앞에서는 언급하시지 않는 편이 좋을 것 같습니다."

루시아는 사실 장미꽃보다도 그의 형제에 관한 일이 더 궁금했지만 무척 곤란해서 쩔쩔매는 제롬이 안되어 보여서 화제를 돌렸다.

"알았어요. 장미꽃 얘기나 더 해요. 마지막으로 누구에게 보냈어요?"

제롬이 굳은 표정으로 다시 식은땀을 흘리기 시작했다. 제롬은 차라리 공작의 쌍둥이 형제 이야기를 더 하고 싶었다. 누군가 이 자리에서 그를 벗어나게 해준다면 기꺼이 끌어안고 감사의 키스를 날릴 수 있을 것 같았다.

"괜찮다니까요. 혹시 레이디 로렌스?"

"……예, 그걸 어찌……."

"알게 될 기회가 있었죠. 아, 근데. 마지막이 레이디 로렌스면……. 팔콘 백작부인은요?"

제롬은 정말 미칠 것 같았다. 마님 입에서 쉴 새 없이 자꾸 폭탄이 떨어졌다. 그의 얼굴에서 이제 아예 여유라는 것이 사라졌다. 지금껏 이토록 누군가 그를 몰아세운 기억이 없었다.

"전하께서 레이디 로렌스와 헤어지고 나서 만난 사람이 팔콘 백작부인이잖아요. 그럼 마지막으로 장미를 보냈어야 하는 사람도 백작부인이 되어야 하는 것 아니에요?"

"……."

"괜찮아요. 그러니까 말해 봐요."

가여운 제롬은 괜찮으니까 다 말해 봐라, 라는 여자의 말이 얼마나 무서운 것인지 모르고 있었다. 파비안이 옆에서 봤다면 그래서 네가 여자를 못 사귀는 것이라고 혀를 찼을 것이다.

"……그건 주인님께서 지시하지 않으셨기 때문에……."

"흐응……."

루시아는 살짝 입술을 삐죽였다.

"그럼 전하께서 백작부인을 아직 만나신다는 말이로군요."

"아닙니다! 절대 아닙니다! 결혼하신 이후 만나신 적 없습니다. 하늘을 두고 거짓이 아니라 맹세할 수 있습니다."

루시아는 풋 웃음을 터뜨렸다.

"뭘 그렇게 정색을 하고 그래요. 만날 수도 있지."

"예?"

"아니에요. 아무튼, 고마워요."

"……천만의 말씀입니다."

제롬은 어쩐지 마님이 무서워졌다.

"아, 그리고."

"예?"

제롬은 기겁했다. '마님 제발!' 소리가 턱밑까지 올라왔다.

"왜 그리 놀라요. 내 시중드는 하녀들 말인데요."

낭떠러지 밑으로 떠밀렸다가 누가 뒤에서 잡아주는 안도감을 느꼈다. 안정을 찾자 제롬은 정중한 집사로 되돌아왔다.

"예, 마님. 마음에 차지 않으십니까?"

"그런 것이 아니라. 정해진 하녀가 시중들게 하지 말고 순번을 정해 며칠씩 돌아가며 하도록 조치해 줘요."

"지금 마님을 모시는 하녀가 무슨 실수라도 했습니까?"

"특정한 하녀만 내 시중을 맡으면 하녀들 간 알력이 생기니까요. 그런 문제로 시끄러워지고 싶지 않네요. 하녀들끼리 패가 갈리면 별거 아닌 것 같아도 나중에는 다른 문제로 번질 수 있어요."

하녀들의 생태는 잘 아는 루시아가 생각해 낸 조치였다. 루시아는 하녀로 일하는 동안 이런 방식을 택하면 하녀들 알력 문제로 골치 썩을 일은 없을 거라고 항상 생각했다.

루시아가 가장 이해할 수 없는 것은 주인이 눈에 띄게 하녀들을 차별하는 행위였다. 고용인을 대상으로 왜 불합리한 행동을 해서 분란을 자초하는지 알 수 없었다.

제롬은 눈을 껌뻑이며 얼마간 루시아를 바라보다가 고개를 끄덕였다.

"……예. 말씀하신 대로 조치하겠습니다."

아아. 마님은 정말 놀라운 분이었다. 제롬의 몸 안에 흐르는 노예근성 가득한 피가 반응을 보이기 시작했다. 그의 평생 단 한 분뿐인 주인. 그 주인이 둘로 바뀔 날이 머지않은 것 같다.

*　　*　　*

    북부는 헤아릴 수 없는 오랜 세월 동안 오직 타란의 영향력 아래에 있었다. 왕이라 해도 어지간하면 북부의 일에는 관여하지 않는 것이 불문율이었다. 그 정도 장악력이라면 독립을 주장할 만하건만 타란 공작가는 단 한 번도 왕가에 반기를 든 적이 없었다.

    일부 사람들이 타란 공작가를 북부의 왕이라 불러도, 명목상으로 타란 공작은 왕의 신하였다. 내버려 두면 알아서 세금 바치고, 전쟁 나면 앞장서서 싸워주고, 더불어 국경의 야만족도 처리해 주고. 괜히 건드렸다가 독립이니 어쩌니 하면 골치 아팠다. 모든 왕이 같은 판단을 하지는 않았지만, 어리석은 왕만 아니라면 내버려 두는 편이 이득이라는 것을 알았다.

    타란은 언제나 북부의 주인으로서 자리를 지켰다. 수도의 정계에 기웃거리지 않고 오직 북부 관리에만 관심을 쏟았다. 그러나 7년 전부터 틈이 생기기 시작했다.

    전(前) 타란 공작이 급작스럽게 타계하고 고작 열여덟 살의 어린 후계가 작위를 이었다. 얼마 안 되어 새로운 타란 공작은 전쟁 선봉장이 되어 북부를 떠났다.

    타란 공작의 활약은 거대한 폭풍처럼 전쟁터를 휩쓸었다. 그의 무용은 하늘을 울리고 땅을 진동시켰다. 함께 전쟁터에 뛰어든 기사들은 모시는 주군이 누군지를 불문하고 타란 공작을 마음속 주인으로 삼았다.

    타란 공작이 엄청난 전공을 쌓는 동안 오히려 북부는 조용했다. 전쟁터와 북부는 대단히 거리가 멀었다. 타란 공작의 이름이 아무리 높아져도 북부와는 아무 상관없었다.

북부인들에게 휴고는 드넓은 북부를 제대로 관리할 수 있는지 검증받지 못한 주인이었다. 나이는 어리고 오랫동안 북부를 떠나 있었으며 칼질에만 능한 기사라는 타란 공작이 지배자의 자질을 지니고 있는지 의심하는 목소리가 흘러나왔다. 타란 공작가가 북부를 관리하는 방식에 불만을 품던 자들이었다.

다른 지역의 대영주는 소영지에 일정 세금을 부과하고 정해진 세금만 내면 그 지역 영주에게 넓은 자율권을 보장했다.

그러나 북부는 타란 가문이 전역을 세밀하게 관리했다. 세금은 물론 영지민의 삶까지 간섭했다. 영주의 횡포를 용납하지 않았다. 백성은 살기 좋아도 귀족들은 누려야 할 권리를 빼앗겼다고 생각했다.

국경에서 멀리 떨어져 야만족이 침범할 위험이 덜해서 타란 공작가의 도움이 절실하지 않은 지역, 즉 수도 가까운 지역의 일부 영주들이 연계하여 모의했다. 왕에게 탄원해 타란 가문의 영지에서 분리되어 새 대영주를 임명해 달라 청할 작정이었다. 그뿐만 아니라 그동안 타란 공작가 눈을 피해 세금을 빼돌리고 무력을 키웠다.

그러나 그들은 치명적인 실수를 저질렀다. 새로운 주인이 어떤 사람인지 전혀 파악하지 못하고 있었다.

"으으으으……."

목이 잠겨 신음조차 제대로 나오지 않았다. 몸은 땅속으로 꺼질 것처럼 무거웠다. 쇠꼬챙이로 머리를 쑤시는 것 같은 통증으로 괴로워하며 브라운 백작은 게슴츠레 눈을 떴다.

눈을 몇 번 껌뻑였지만 잘 떠지지 않았다. 이마에서 뜨끈하고 끈적이는 뭔가가 흘러내려 눈으로 자꾸 들어갔다. 떨리는 손을 들어 대충 이마를 닦아 확인하자 끈적이는 액체의 정체는 반쯤 굳기 시작한 핏덩어리였다.

싸한 한기가 등을 타고 올라왔다. 그제야 백작은 주변을 돌아보았다. 눈에 익었다. 그의 성 중앙 홀이었다.

숨죽여 훌쩍이는 소리가 들려왔다. 고개를 돌려 확인한 브라운 백작의 눈이 화등잔만 하게 커졌다. 한구석에 수십의 사람이 몰려 꿇어앉아 있었다. 얼굴은 눈물 자국으로 엉망이고 북받치는 울음으로 거세게 어깨가 흔들렸다. 손으로 입을 틀어막아 새어나오는 소리를 꺽꺽거리며 누르는 모습이 비참하고 가련했다.

모두 아는 사람들이었다. 아내와 자식들. 측근 수하와 일가친척들까지. 그야말로 백작과 조금이라도 관련 있는 자들은 모두 저기 있었다.

거기서 뭐 하고 있느냐 물으려 했으나 목소리가 나오지 않았다. 백작과 눈이 마주친 가족은 더 엉망으로 표정을 일그러뜨리며 울음을 터뜨렸다. 그들 눈에 가득한 절망과 원망을 보며 브라운 백작은 넋을 놓았다.

"쥐새끼를 놓쳤다고."

"송구합니다, 전하."

발걸음 소리와 함께 목소리가 들렸다. 가죽신이 돌바닥을 밟으며 저벅저벅 내는 소리가 점점 더 커졌다. 열린 문을 통해 중앙 홀로 한 무리의 사람들이 들어왔다. 한 사람이 앞서고 다른 사람들이 옆과 뒤에서 따르는 식이었다.

브라운 백작의 눈이 커지며 몸을 사시나무처럼 떨었다. 검은 머리에 붉은 눈. 북부의 사람이라면 모를 수 없는 신체적 특징이었다. 타란 공작은 대대로 검은 머리에 붉은 눈이었다. 평생 공작의 얼굴을 본 적 없는 사람이라도 그건 누구나 아는 사실이었다.

흘끔. 검은 머리의 장신의 사내와 눈을 마주치자 브라운 백작은 소스라치며 주춤 물러났다. 자신을 향해 다가오는 것을 보면서 마치 뱀을 마주친 개구리처럼 벌벌 떨었다. 백작은 꼼짝하지 못하고 무거운 무게추가 달린 것처럼 고개를 떨어뜨렸다.

한 걸음 앞까지 다가와 발이 멈추었다. 차가운 금속이 고개를 숙이고 있는 백작의 턱에 닿았다. 날카로운 검의 면이 턱밑을 받쳐 고개를 위로 올리게 했다.

백작은 왜 지금 기절하지 않는 걸까 한탄했다. 가슴만 가린 검은색 갑주에는 진득하게 뭔가 잔뜩 묻어있었다. 색이 제대로 보이지 않으나 그것이 피라는 것을 알 수 있었다. 노출된 팔다리의 셔츠나 바지가 그야말로 완전히 피에 절어있었기 때문이었다.

백작의 턱을 받치고 있는 검날은 물론이고 검은 머리 사내의 얼굴에도 피가 튀어 번져있었다. 백작은 하의가 뜨듯하게 젖어드는 것을 느꼈다. 소변을 지린 것을 눈치챘는지 검은 머리 사내가 눈살을 찌푸렸다.

"브라운 백작. 본인 맞나?"

"예…… 예."

"네 후계인 아들놈이 혼자 내뺐다. 어디라고 짐작할 만한 곳은?"

"예……?"

휴고는 쯧, 혀를 찼다. 완전히 넋이 나가 제대로 된 대답을 듣기는 틀렸다. 쥐새끼 몰이는 좀 시간이 걸리겠군. 옆으로 손을 내밀어 손짓하자 기사 하나가 얼른 서류 하나를 건넸다. 휴고는 그것을 백작 앞으로 내던졌다.

"거기 서명. 본인이 한 것 맞나?"

백작이 부들부들 떨리는 손으로 서류를 집어 들어 확인했다. 왕에게 보내려 작성한 탄원서였다. 연계한 귀족들 이름이 쭉 서명되어 있고 그중에는 본인의 것도 있었다. 몸을 받치고 있는 바닥이 아득한 무저갱으로 꺼지는 것 같았다. 눈앞이 캄캄해졌다.

"재…… 재판. 폐하께 재판을…….”

백작의 턱이 덜덜 떨렸다. 자신은 타란 공작가의 봉신이지만, 동시에 왕의 봉신이기도 했다. 왕의 봉신으로서 왕께 중재를 청할 권리가 있었다. 아무리 공작이라도 이런 식으로 역모를 저지른 죄인처럼 취급할 수는 없었다.

"재판."

고저 없는 목소리가 중얼거렸다.

"오늘 아침에 봤던 놈도 같은 소리를 지껄였지."

백작의 전신에 와르르 소름이 돋았다. 그의 본능이 귓가에 죽음을 속삭였다. 즉시 바닥에 고개를 박았다.

"사…… 살려 주십시오! 살려 주십시오! 전하!"

살아야 한다는 것만 머릿속 가득했다. 목숨 대신이라면 어떤 대가도 치를 준비가 되어있었다. 무엇을 가지고 있고 어느 정도 재물을 당신께 바칠 것인지 설명하고 싶었지만 입안에서만 맴돌고 나오지 않았다. 심장이 타들어갈 것 같고 위가 바짝 죄는 것같이 아팠다. 저절로 눈에서는 마구 눈물이 흘렀다.

"어째 하나같이 새로운 놈이 없군."

그의 목소리에 지루함이 담겼다.

"고개 들어."

뒤에서 누가 머리채를 잡아 거칠게 당기는 것처럼 백작은 번쩍 고개를 들었다. 공포에 질린 백작을 바라보는 핏빛 눈동자는 무심했다. 자그마한 분노나 흥분조차 없었다. 백작은 그것이 더 무서워 오싹 소름이 돋았다. 깊은 곳에 숨어있는 사나운 살기를 눈치챘다. 그건 사냥감을 바라보는 도약 직전 맹수의 눈이었다.

휴고가 쥔 검이 목에 아슬아슬 닿을 정도로 겨누다가 천천히 아래로 내려와 가슴께에 닿았다. 왼쪽 심장이 위치한 바로 그곳. 거기서 멈춘 검 끝이 서서히 안으로 파고들었다.

"컥……. 사…… 살려……."

제 심장에 검이 파고드는 것을 보면서도 백작은 몸을 뒤로 뺄 생각은 감히 하지도 못하는 것처럼 부들부들 떨기만 했다. 점점 더 검이 파고들수록 몸의 경련은 커지고 눈이 뒤집히며 입에서 붉은 선혈이 흘러 컥컥거렸다.

공작의 살인 행각에 이미 만성이 된 기사들은 뒤에서 속으로 감탄하고 있었다. 이야. 저거 어려운 건데. 별로 힘도 주지 않으면서 어떻게 검이 옷을 뚫고 살 안을 두부처럼 파고드는 걸까. 파비안이 공작의 정예 기사들을 미친놈들이라고 칭하는 이유가 있었다.

죽어가는 자의 눈에서 천차만별 변해가는 감정을 보면서도 휴고는 눈동자조차 흔들리지 않았다. 경련이 멈출 때까지 검은 계속 심장을 헤집었다. 고통보다 더한 공포로 몸부림치다가 백작의 숨이 끊어지는 순간, 심장에 박힌 검이 빠르게 빠져나와 그대로 목을 옆으로 내리쳤다.

퍽.

목뼈가 갈라지는 소리가 나면서 잘린 목이 날아가 저만치 굴러갔다.

"꺄아아악!"

"아아악!!"

구석에 숨죽이고 있던 백작의 혈족들이 소리 지르며 울기 시작했다.

"시끄럽군."

나지막한 소리에 뒤에 서 있던 기사들이 서로 눈짓하다가 백작의 혈족들에게 다가갔다. 사람들은 다가오는 기사들을 보며 더 발작적으로 울기 시작했다.

"전하!!"

파비안이 소리치며 달려왔다.

"다 죽이시면 안 됩니다! 여기 일할 사람이 없단 말입니다! 행정 마비란 말입니다!"

기사들이 걸음을 멈칫하고, 백작의 혈족들이 입을 꽉 다물어 있는 힘껏 울음을 참으며 마지막 구원이라도 되는 것처럼 파비안을 바라보았다. 혈귀처럼 온몸이 피범벅인 공작은 섬뜩함을 자아냈지만 파비안은 전혀 거리낌 없이 악악거리며 발을 동동거렸다.

"로암에서 사람 데려오라고 했을 텐데."

"로암은 사람이 넘쳐나는 줄 아십니까? 일할 수 있을 만한 사람은 한정되어 있습니다."

"예외는 없다."

총 열세 명의 영주가 작당했고, 휴고는 현재 일곱 곳을 방문했다. 지나온 여섯 개의 영지가 그야말로 초토화되었다. 영주와 가신, 그 혈족까지 젖먹이 하나 남기지 않고 참살되었다. 그 수가 근 수백에 이르렀다.

"예외 좀 만드시면 안 되겠습니까? 이미 지나온 곳 일 처리만 해도 등허리가 휩니다, 등허리가 휘어요!"

"후환은 남기지 않아. 뭐 하나. 내가 직접 해?"

기사들이 하, 대답하고 즉시 검을 빼어 들었다. 칼로 살이 베이는 소리와 울음, 비명이 섞여 아비규환이었다. 근 50여 명에 달하는 사람들이 모두 고깃덩이로 변하는 데 걸리는 시간은 금방이었다. 순식간에 피비린내가 홀을 가득 채워 진동했다.

"하아……."

파비안이 한숨을 푹 내쉬었다. 눈덩이처럼 불어나는 일거리가 눈에 보였다. 아 진짜! 이놈들은 왜 주제도 모르고 까불다가 이 꼴을 당해서 내 일을 보태는가! 수천 명의 목숨보다 파비안은 자신의 휴식 시간이 더 중요했다. 기사들이 보기엔 파비안이야말로 확실히 미친놈이었다.

'예상은 했지만……. 완전히 벌레 잡아 누르듯 죽이시는군.'

참혹한 상황에 대한 파비안의 감상평은 짧았다. 워낙 이골이 났다. 그리고 모든 잘못을 스스로 야기한 놈들에게 전가했다.

'나 같으면 차라리 자살을 하겠다. 멍청한 놈들.'

놈들은 북부 지배자의 성정을 너무 몰랐다. 휴고는 복잡한 걸 싫어했다. 꼬인 실을 풀기보다 잘라버리는 쪽을 취한다. 수틀리면 용서란 없었다. 파비안은 주군의 잔인함이 가끔 과하다고 보았지만 우유부단함보다는 백번 낫다고 생각했다.

"내일 새벽에 떠나겠다."

"예!"

기사들이 입을 모아 우렁차게 대답했다. 옆에서 파비안은 더 깊은 한숨을 내쉬었다. 일 처리 하나는 정말 빠르기도 하시지. 이대로 가다가는 다 마무리하는 데 한 달도 걸리지 않겠다.

영주 열세 명이면 결코 적은 수가 아니었다. 규모는 작지만 영지전 수준이다. 그러나 타란 공작가의 기사들은 보통의 기사들과 수준이 달랐다. 꾸준히 야만족과 싸우며 기른 실력이었다. 실전 경험은 물론이고 살인 기술까지 탁월했다. 더구나 공작께서 친히 검을 휘두르는데 기사들이 조금이라도 몸을 사릴 수 있을 리가 없었다.

공작을 비롯한 기사들은 독기가 바짝 오른 야만족들을 상대하고 전쟁터를 누비며 날뛰던 살인귀들이었다. 이런 작은 소영지의 병사들을 상대로 공작과 기사들은 양 떼 속에 뛰어든 범이었다.

기사 하나가 빠른 걸음으로 들어와 우두머리 기사에게 고했다. 단장 엘리엇이 공작에게 방금 들어온 소식을 전했다.

"놈을 잡았다 합니다."

"데려와."

고갯짓으로 대화를 나눈 기사들이 나가고 잠시 후에 기사 둘에게 양팔을 붙잡혀 한 남자가 거의 질질 끌려왔다. 지저분하긴 했지만 비교적 상태는 양호한 젊은 남자는 곧 안의 참상을 보며 소리를 지르기 시작했다. 그러다 기사에게 뒷목을 얻어맞고 바닥에 쓰러졌다.

"흐어어엉!"

남자는 바닥에 엎어져 발작적으로 통곡했다. 실컷 울도록 배려해 줄 휴고가 아니었다. 걷어찰 작정으로 다가갔던 휴고는 울던 녀석이 느닷없이 이제는 웃기 시작하자 멈추었다.

"푸하하하!!"

미친 건가, 싶었지만 눈은 제정신으로 보였다.

"닥쳐라. 목을 따버리기 전에."

나지막하지만 살벌한 경고에 남자는 웃음을 멈추고 크게 숨을 몰아쉬며 격한 호흡을 가다듬었다. 그리고 제대로 자리를 잡아 무릎을 꿇고 바닥에 고개를 박았다.

"죽이십시오."

처음이었다. 살려달라 매달리지 않는 놈은.

"뭐지, 이건?"

저한테 한 질문임을 알고 파비안이 얼른 나섰다.

"브라운 백작의 전처 자식입니다. 후계가 된 건 1년 남짓인데 아마 이번 모의가 발각될 경우를 대비한 희생양인 것 같습니다."

"딴 놈들은 이런 거 없었는데?"

"브라운 백작은 좀 머리 굴리기를 좋아하는 자였습니다."

"여기는 저놈에게 맡겨."

"정말이십니까?"

파비안이 반색했다.

"죽여 주십시오! 전하!"

살려주고 영지까지 주겠다는데 남자는 오히려 죽여달라 매달렸다. 파비안이 이놈이 미쳤나 눈을 부라렸다. 겨우 일이 좀 줄어드는가 희희낙락했더니 초를 치고 있었다.

"왜?"

"제 몸에…… 제 몸에 흐르는 이 피가 증오스럽습니다."

제 두 손을 마치 구역질 나는 쓰레기처럼 일그러진 눈으로 바라보는 남자를 물끄러미 내려다보던 휴고의 입술 한쪽이 비뚜로 올라갔다.

"증오하지만 스스로 버리지 못하겠다면 안고 살아라."

내가 내 몸에 흐르는 피를 버리지 못하는 것처럼.

남자는 충격 어린 눈으로 멍하게 휴고를 올려보았다. 휴고는 남자에게서 돌아섰다.

　　「내 이름은 히우다. 날 그렇게 부르던 새끼들 언어로는 마귀, 악마 뭐 그런 뜻이라더군.」

　　「휴? 우와. 우린 생긴 것만큼이나 이름도 똑같네! 난 휴고야.」

　　「휴가 아니라 히우라니까. 멍청아.」

「히우, 히우, 휴. 빨리 부르면 똑같잖아. 휴. 네 이름은 '휴'인 거야.」

「…….」

「난 지금껏 내가 혼자인 줄 알았어. 하지만 이제 우리는 혼자가 아니야. 그렇지? 휴.」

「병신. 머릿속이 아주 해맑다 못해 텅텅 비었구나. 저 영감탱이가 뭔 짓하려는지 몰라서 그래? 너나 나 둘 중 하나는 죽일 거라고.」

「내가 널 지켜줄게.」

「빌빌거리는 새끼가.」

「너도 날 지켜주면 되잖아.」

그의 차갑게 얼어붙은 심장은 여전히 그때를 떠올리면 날카로운 바늘로 쑤시는 것처럼 아팠다.

　　　-너를 위해서야, 휴. 사랑해. 내 동생. 나의 형.

휴고는 지금은 이 세상에 없는 형제에게 언제나 말해 주고 싶었다.

너는 틀렸어.

정말 나를 위해서였다면, 그날 내 심장에 칼을 박았어야 했다. 너는 이 한심하고 너절한 세상에 나를 버렸다.

'술이 당기는군.'

그래봤자 취하지는 않겠지만. 이 세상의 모든 술을 다 마셔도 아마 그는 취하지 않을 것이다. 술도, 계집도, 살인도. 아무리 즐겨도 취할 수 없다. 그 어떤 일을 겪어도 미치지 않고, 아무리 생목숨의 목을 잡아 뜯어도 악몽 한 번 꾸지 않았다. 타란 혈족에게 흐르는 피는 그렇게 지독했다. 그러니 괴물인 것이다.

그는 아무리 피에 젖은 혈귀가 되어도 순식간에 고귀한 귀족으로 바뀔 수 있었다. 두 가지 모습이 모두 그 자신이었으니까.

'지겨워.'

그가 사는 세상은 너무 지루했다.

*   *   *

루시아는 틈틈이 로암 이곳저곳을 구경했다. 로암 어디에도 루시아가 가지 못할 곳은 없었다.

중앙탑을 비롯한 부속 건물들을 높은 내벽이 둘러싸고 있으며 내벽 위에는 동서남북 4방향으로 탑이 솟아있었다. 올라가면 로암의 모습을 한눈에 담을 수 있는 탑들이었다.

그러나 서쪽 탑에는 가지 못했다. 서쪽 탑으로 올라가는 문은 굳게 잠겨있었다. 몇 번을 와도 계속 잠겨있어 곁을 따르는 하녀에게 물었다.

"왜 여기는 잠겨있지? 열쇠를 가져오너라."

"마님. 이곳에는…… 들어가지 않으시는 것이 좋습니다."

"왜?"

하녀는 몹시 내키지 않는 안색으로 답했다.

"유령이 나온다는 곳입니다."

하녀는 몹시 무시무시한 이야기를 꺼낸 것처럼 몸을 부르르 떨었지만 루시아는 잠시 후에 피식 웃었다.

"유령? 누가 봤다든?"

하녀는 누가 유령을 봤고, 유령을 본 사람이 어떤 끔찍한 일을 맞았는지 친구의 친구, 먼 친척 누구의 아는 사람까지 꺼내가며 열변을 토했다. 그러나 하녀가 직접 본 건 아니었고, 봤다는 사람 중에는 하녀의 가까운 사람도 없었다. 그야말로 어디서 주워들은 소문이었다.

"그럼 유령이 왜 출몰한다는 것이지? 이유가 있을 것 아니냐."

"……저도 정확한 이유는 모릅니다. 하지만 다들 여기서 유령이 나온다고 했습니다."

하녀에게 좀 더 물어 확인해 보자 이곳에서 유령이 나온다는 소문은 로암을 드나드는 모든 사람에게 퍼져있었다. 이 정도라면 그냥 뜬소문 정도가 아니라 뭔가 있는 것이 틀림없었다. 루시아는 이 호기심을 해결해 줄 아주 훌륭한 해결사를 한 명 알고 있었다.

"제롬, 물어볼 것이 있는데요."

제롬은 마님 입에서 나오는 '물어볼 것'이라는 말이 세상에서 가장 무서웠다. 심장이 덜컹 내려앉고 코 밑에 식은땀이 맺혔다.

"예, 마님. 말씀하시지요."

"서쪽 탑. 들어가지 못하게 해 놓았더군요. 모두 유령이 나온다고 입을 모아 말하네요. 정말 유령이 나오나요?"

제롬은 침을 꿀꺽 삼켰다. 역시 마님의 질문 중에 범상한 것은 없었다.

"……그런 소문이 있습니다만 저는 본 적이 없습니다."

"올라가 봤군요?"

"예. 다만, 올라간 사람이 횡액을 당했다는 등의 근거 없는 소문이 자꾸 만들어져서 출입을 통제했습니다."

"이유가 있을 거 아니에요. 왜 자꾸 그런 소문이 돌지요?"

"……그 안에서 사람이 죽은 적이 있기 때문입니다."

"단순한 사고가…… 아니었던 거군요?"

"예. 살인 사건이었습니다."

"어머나."

입으로는 안타까운 것처럼 탄식했으나 그녀의 눈은 반짝거렸다.

"누가, 왜, 어쩌다가요? 내성 안에서 살인이라니. 보통 사건이 아니었겠군요."

하아. 제롬은 무겁게 한숨을 내쉬었다. 사실을 마님께 알려드려야 하는 것인지 그는 고민했다. 하지만 일개 집사인 자신이 알고 있는 사실을 안주인께서 몰라서는 안 된다고 생각했다. 제롬에게 루시아는 이미 완벽한 타란의 안주인이었다.

"제가 주인님을 모시기 전에 일어난 사건이라 저도 건너 들었을 뿐입니다. 서쪽 탑에서 돌아가신 분은 전 공작 부부 내외분이십니다."

추리 소설을 읽는 것처럼 가벼운 마음이었던 루시아의 안색이 단번에 굳었다.

"······세상에. 아니······. 왜."

"이 일은 타란 공작가의 비사입니다. 오래전 일이고, 아는 사람이 많지 않습니다. 그러나 마님께서는 마땅히 아셔도 될 것 같아서 말씀드리겠습니다."

사설이 길었다. 루시아는 긴장했다.

"일전에 주인님께 쌍둥이 형제분이 있었다고 말씀드렸지요."

"기억해요."

"돌아가신 전 공작께서는 장차 후계 다툼이 일어날 것을 저어하셨습니다. 그래서 끔찍한 선택을 하셨지요. 아들 하나는 후계로 남기고 하나는 버리셨습니다. 죽이려 하셨는지까지는 모르겠습니다. 그런데 버려진 분이 장성해서 나타나 공작 부부 내외분의 목숨을 앗았습니다."

맙소사. 루시아는 이 엄청난 비사에 심장이 섬뜩 내려앉고 손이 저절로 떨렸다.

"당시 주인님께서는 로암에 계시지 않아 화를 피했다고 들었습니다. 당시 저는 이곳에 없었기에 정확한 사정까지는 모릅니다. 그 일로 전 공작 부부 내외가 돌아가시고 주인님께서 작위를 승계하셨습니다."

그가 과거에 그런 고통을 겪었다니. 그는 단 한 번도 아픔 따위는 느껴본 적 없는 사람인 줄 알았다.

"그······ 럼 그 쌍둥이 형제가······ 친부모를 모두 해쳤다는 건가요?"

"전 공작께서 친부는 맞지만 공작부인은 아닙니다. 주인님의 생모께서는 출산 후 얼마 안 되어 돌아가셨다고 들었습니다."

친부를 자식이 살해한 건 분명히 끔찍한 일이지만 친모는 아니었다는 사실에 왠지 모르게 루시아는 안심했다. 아마 그녀의 개인적 경험 때문이기도 할 것이다. 루시아에게 친부는 증오할 가치조차 없는 존재였지만 어머니는 이 세상 유일하고 소중한 사랑이었다.

"그 분은 정말…… 강하군요. 그런 끔찍한 일을 겪은 분이라고는 도저히……."

"예, 강한 분입니다."

그의 강함이 루시아는 어쩐지 매우 안타까웠다. 지금 당장 그를 꼭 안아주고 싶었다. 어쩌면 그는 그런 엄청난 과거 따위는 조금도 신경 쓰지 않을지도 모르지만, 그래서 이런 그녀의 마음이 오히려 그에게 성가실지도 모르지만, 그래도 그를 위로해 주고 싶었다. 그가 조금 제멋대로 굴고 속상하게 해도 지금 마음 같아서는 모두 용서해 줄 수 있을 것 같았다.

6.
공작 부부

빗방울이 투두둑 창문을 때렸다. 응접실에 가득한 차향에 마음이 평온해진다. 오후의 느긋한 티타임이었다.

루시아는 2층 개인 응접실보다는 주로 1층의 손님용 응접실을 애용했다.

널찍한 응접실에 홀로 앉아 차를 마시는 지금 이 순간은 마치 시간이 멈춘 것 같이 고즈넉했다.

'한 달…… 인가…….'

결혼한 날부터는 한 달, 북부에 위치한 타란 공작 가문의 고성 로암에서 지낸 지는 약 3주가량 되었다. 수도 저택에서 그가 먼저 북부로 떠난 그날 이후 지금까지 그는 소식도 없다.

"마님. 오늘 저녁은 드시고 싶은 건 없으신지요?"

"아무거나 괜찮아요."

매일 똑같은 질문에 똑같은 대답이었다. 루시아는 여기서 먹는 저녁보다 더 호사스럽고 고급스러운 요리를 맛본 적이 없었다.

제롬은 오늘의 간식으로 내온 과자를 먹어 치우는 루시아를 부드러운 시선으로 바라보았다. 처음에 공주님이 공작부인이 되신다는 말을 듣고 내심 걱정을 많이 했다. 까다로운 귀부인 변덕을 어찌 맞추어야 할까, 결혼하자마자 남편에게서 방치된 신부가 일으킬 히스테리를 어찌 감당할까, 뒷골이 지끈했다.

그런 우려는 이미 로암으로 오는 여정 중에 털어버렸다. 오죽하면 기사들조차 이렇게 모시기 쉬운 분은 처음이라고 감탄했을까.

고작 공작의 정부에 불과했던 여자들조차도 하려던 짓을 공작부인은 전혀 하지 않았다. 고용인들 기세를 누른답시고 하는 일에 괜한 트집을 잡는다거나, 제롬과 기 싸움을 하려 하지 않았다. 알아서 맡기고 주는 대로 받고 목소리를 높이지 않았다.

천성이 맑고 순한 분이었다. 제롬은 이런 분이 공작가 안주인이 되었다는 사실이 진심으로 기꺼웠다.

부우웅…….

묵직한 고동 나팔 소리가 들려왔다.

루시아가 놀라 제롬을 보았다. 그리고 제롬이 긴장한 것을 보고 더 놀랐다. 늘 조금의 여유를 지니고 있던 노련한 집사의 긴장은 루시아마저 긴장하게 하였다.

"주인님께서 돌아오셨습니다."

그녀의 가슴이 콩콩 뛰기 시작했다.

"마님께서 굳이 나오실 필요는 없습니다."

일어나던 루시아는 어정쩡하게 반쯤 서 있다가 다시 앉았다.

"다른 뜻이 있어서는 아닙니다. 혹여 마님께서 놀라실까 봐 그럽니다."

"놀라…… 다니요?"

"자세한 말씀을 마님께 드리지 못했습니다만 이번 외부 일정이 좀 험한 일이라…… 대개 이런 때 귀환하시면 예민하십니다. 바로 목욕을 하러 들어가실 테니 그 후에 뵙는 것이 좋겠습니다."

루시아는 고개를 끄덕이며 나가는 집사를 배웅했다. 그가 왜 이렇게 오래 떠나있어야 했는지, 정확히 영지에 무슨 일이 있는지는 잘 모른다. 이것저것 사소한 것들은 캐고 다녔지만 정작 그가 하는 일은 알아보려 하지 않았다. 다만, 우연히 기사들이 나누던 대화를 엿들은 적 있었다.

「죽었다고 봐야…….」

「주군께서……. 용서…….」

거리가 떨어져 있어서 일부만 들을 수 있었지만 뭔가 사람들이 죽고 그 일에 공작이 관련되어 있다는 것 정도를 짐작할 수 있었다.

'야만족 문제일까?'

북부가 야만족과 국경을 맞대고 있다는 건 제논 사람이라면 누구나 다 아는 사실이었다. 그 야만족이 국경을 넘어 북부 이남의 사람들을 위협하지 못하는 건 모두 타란 공작가 덕이라고 입을 모았다.

'야만족과 소규모 국지전이 벌어진다면……. 그것도 전쟁은 전쟁이네.'

전쟁은 먼 나라 이야기라고만 생각했다. 바로 얼마 전 전쟁이 끝났지만 제논은 참전만 했을 뿐 자신이 살고 있는 곳이 전쟁터가 된 적은 없어서 직접 전쟁을 피부로 느낀 적은 없었다. 그런데 북부는 늘 전시 상황이라는 사실을 새삼 깨달았다.

'왜 잊고 있었을까.'

루시아의 남편이 된 휴고 타란 공작은 전쟁의 흑사자로 불리는 남자였다. 베어 죽인 자의 수를 셀 수도 없는 잔인한 학살자다.

*　　*　　*

휴고는 한 달 만에 모든 문제를 그의 방식으로 말끔히 해결했다. 졸지에 대부분 행정 인력을 잃고 무법 지역으로 변한 곳의 문제를 해결하려고 이리저리 뛰어다니는 자들의 고충은 휴고가 알 바 아니었다.

원래 그는 오랜만에 북부 전역을 다 돌아볼 생각이었다. 그런데 그러려면 최소 반년 이상은 걸렸다. 그는 너무 길어지는 외유보다 귀환을 택했다. 비를 맞으며 말을 달려오느라 먼지가 섞인 빗물에 푹 젖은 모습으로 휴고는 로암에 당도했다.

"강녕하신 모습을 다시 뵈어 기쁩니다, 전하."

나열해 서 있는 고용인들을 배경으로 제롬은 정중히 예를 올리며 주인을 맞이했다. 공작에게서는 다가가면 베일 것 같은 사나운 기운이 넘실거렸다. 아직 살기가 갈무리되지 않아 그의 손에 죽어 간 자들의 잔상이 넘실거렸다.

'아무리 겪어도 도무지 익숙해지지 않는군.'

제롬은 주인의 이런 모습에 위화감을 떨치기 어려웠다. 성, 혹은 저택이 생활 공간의 전부인 제롬은 기사로서 활약하는 타란 공작의 모습을 단 한 번도 실제로 보지 못했다.

제롬이 아는 공작은 빈틈없이 딱 떨어지는, 일상생활에서 반듯한 사람이었다. 화를 내거나 목소리를 높이는 일도 거의 없다. 매일 정해진 시간에 정해진 일정을 수행하는 관리 같았다. 그래서 이런 식으로 공작의 다른 모습을 엿보는 순간마다 제롬은 바짝 긴장했다.

"목욕물을 준비해 두었습니다."

따끈한 목욕, 그리고 피로는 푸는 차 한 잔. 그러면 집사가 알고 있는 주인으로 되돌아올 것이다.

"별다른 일은?"

눈치 빠른 집사는 의례적 인사 속에 숨겨진 정말 주인이 묻고자 하는 것을 잡아냈다. 주인은 이전에는 이렇게 뭉뚱그려 안부를 물은 적이 없었다.

"따로 보고 드릴 만한 일은 없었습니다. 마님께서도 평안하셨습니다. 전하를 마중하는 자리에는 제가 나오시지 말라고 전해 드렸습니다."

"잘했군."

그가 몸을 돌렸다.

"한 시간 후 회의다. 다들 들어오라고 해. 빠짐없이."

목욕탕을 향해 사라지는 그의 뒤에 대고 제롬은 대답했다. 그리고 공작부인이 있을 응접실 방향으로 흘끔 시선을 돌렸다. 다 소집하라 하였으니 한두 시간으로 끝날 회의는 아닐 것이다. 간단하게나마 마님과 재회 인사 정도는 나누시면 좋을 것을.

'당장 적군이 밀어닥치는 것도 아니고 회의는 좀 미루셔도 될 텐데.'

식이 끝나기 무섭게 부인을 영지로 끌고 내려와 성에 처박아놓고 소식 하나 없이 한 달 만에 돌아왔다. 누구라도 지나치다고 비난할 일이었다. 그래도 오자마자 마님 안부를 물은 것이 어딘가. 오랫동안 공작을 모셔온 제롬은 그 정도면 얼마나 대단한 관심인지 알고 있었다.

'내가 괜한 의미를 둔 건 아닌 모양이야.'

「타란의 안주인이다. 예를 다해라.」

제롬은 공작이 남기고 간 한마디 속에 담긴 뜻을 경고로 유추해 냈다.

주제 모르고 괜한 텃세 부렸다가는 다 죽는다.

제롬은 공작의 경고를 무시할 생각이 전혀 없었다. 그리고 틈이 날 때마다 철저하게 고용인들을 교육했다. 다행히 제롬은 주인의 뜻을 제대로 읽어낸 것 같다. 딱히 의무감 때문만이 아니라 제롬은 안주인이 되신 분을 진심으로 받들었다.

'파비안은 지금쯤…… 수도에 있으려나…….'

아무리 영지 내 일이라지만 영지민도 왕의 백성. 너무 많은 사람이 죽었다. 그 일을 왕께 고하고 수습하는 협상의 임무를 띠고 파비안은 수도로 갔다. 수도로 가는 길에 파비안은 제롬에게 짧은 서신을 보냈다.

　　　－그분께는 사람 목숨이 너무 가벼워.

파비안의 고뇌가 느껴지는 짧은 한 줄이었다. 제롬은 형제의 고뇌를 완벽히 이해할 수 없어 미안했다. 집사인 제롬과 달리 전쟁터를 따라다니며 부관 노릇도 한 파비안은 공작이 수없이 많은 목숨을 앗는 것을 보았다. 직접 본 것과 말로만 전해 들은 것에는 차이가 있을 수밖에 없었다.

하지만 파비안이 주인을 '폭군'이라 칭하는 것에는 동의했다. 겉으로는 경솔한 발언이라 나무랐으나 내심 같은 생각이었다. 탄압하고 착취해야 폭군이 아니다. 뭐든지 원하는 대로 하며 거기에 누구도 이의를 제기하지 못하면 그게 폭군인 것이다.

바로 얼마 전에도 목격했다. 공작의 갑작스러운 결혼에 기함했어도 누구도 공작에게 불만을 제기하지 못했다. 다들 엉뚱하게 제롬을 붙들고 늘어져서 주인의 결혼에 담긴 뜻을 파악하려고 했다.

제롬 역시 아는 바가 없었다. 파비안은 뭔가 알지도 모르지만 묻지 않았고, 파비안도 알려주지 않았다. 그들은 형제이지만 공과 사는 언제나 구별했다.

'이 결혼이 전하께 조금이라도 의미가 되었으면 좋겠는데⋯⋯.'

주인의 성정이 아주 조금이라도 유해진다면 더 바랄 것이 없었다.

＊　　　＊　　　＊

접시에 칼이 부딪치는 작은 소음이 조용한 식당에 메아리쳤다. 루시아는 스테이크 조각을 입에 넣고 우물거리며 여린 송아지 고기로 구운 최고급 스테이크의 식감을 음미했다.

처음에 먹었을 때는 어찌나 감동이었는지 목으로 넘어가는 게 아까울 정도였는데 고작 몇 번 먹었다고 처음 느꼈던 감동은 파삭하게 바스러져 버렸다. 최고의 맛이라고 머리로는 인정해도 이제 더는 가슴에서 우러나지 않았다. 참 간사한 입맛이었다.

루시아 홀로 앉아 있는 식탁은 스무 명쯤은 앉아도 충분할 만큼 길고 널찍했다. 그가 돌아왔지만 오늘 저녁도 루시아는 혼자 식사 중이었다. 소리가 울리는 넓은 식당은 루시아를 제외하면 시중을 들기 위해 대기 중인 하녀 둘뿐이었다.

낮에 그가 돌아왔다는 소식만 전해 듣고 해가 지도록 그의 얼굴조차 구경 못 했다. 그는 목욕을 마치자마자 봉신들을 불러 모아 회의를 시작했고, 회의는 도무지 끝날 기미를 보이지 않았다.

아예 식사할 생각도 없는지 하인들은 안으로 부지런히 차와 샌드위치를 날랐다. 처음에는 기다리려 했는데 집사가 먼저 드시는 것이 좋겠다고 권해 어쩔 수 없이 조금 늦은 저녁 식사를 시작했다.

'그는 정말 바쁘구나…….'

그와 알콩달콩한 신혼을 보낼 것이라고 기대는 하지 않았지만, 그래도 한집에 사니 자주 얼굴을 마주치고 몇 마디 말이라도 나누며 편한 사이로 잘 지낼 수 있지 않을까 했던 생각은 헛된 망상이었다.

한집이라고 해도 생활공간 자체가 다른 이상 우연히 마주칠 일은 의도적으로가 아니고서는 힘들 것 같다.

'그에게 가족이 있었으면 좋았을걸.'

부모든 형제든 누군가 있으면 그들과 친해지는 노력이라도 하며 시간을 보낼 수 있었을 텐데. 그의 비극적인 가족사가 안타까운 것과는 별개로 기숙 학교에 있다던 그의 아들이 보고 싶어졌다.

다행히 그녀는 외로움을 타는 편이 아니었다. 나름 꽤 독립적인 성격을 갖고 있었다. 혼자서 뭐든 잘하는 편이고 실제로 그렇게 살아왔다. 다만, 지나치게 무료한 것이 조금 힘들었다.

원래 그녀는 늘 분주했다. 별궁을 쓸고 닦고, 때 되면 식사를 준비하고 가끔은 외출도 하고. 그러면 하루가 순식간이었다. 그런데 이곳에서의 생활은 편하다 못해 너무 할 일이 없었다.

접시에는 아직 스테이크가 반이나 더 남아있었다. 그런데 더는 입맛이 돌지 않았다. 진짜 아깝지만 더 먹었다가는 체할 것 같았다.

'그냥 다 먹어버릴까, 먹고 나서 체해서 밤새 고생할까.'

고민하다가 그냥 나이프를 내려놓았다.

'음식을 남기다니, 그것도 이런 최고급 스테이크를. 벌써 사치에 빠져버린 건가.'

복잡한 기분으로 접시를 노려보았다.

"입맛에 맞지 않으십니까?"

"아니에요. 오늘도 최고였다고 요리장에게 전해주세요. 그냥 조금……. 오늘은 배가 부르네요. 아까 과자를 너무 많이 먹었나 봐요."

루시아는 매번 오후에 내오는 간식을 거의 다 먹어 치우고 저녁도 싹 비웠다. 그런데 오늘은 그 간식을 거의 입에 대지 않았다는 사실을 제롬은 굳이 상기시키지 않았다.

"아직도 비가 오나요?"

"예, 아마 밤새 내릴 것 같습니다."

"그렇군요."

비가 안 오면 볼품없는 정원에라도 나가 산책이라도 할 텐데. 유난히 오늘 하루는 길다고 생각하면서 루시아가 일어났다.

"올라가 볼게요."

"차를 올려 드릴까요?"

"부탁해요. 아, 아니에요. 서재에 있을 생각이에요. 차는 나중에."

"예. 마님."

로암에서 루시아의 마음에 드는 곳 중 하나는 휴고의 서재였다. 까마득한 높이의 돔형 천장 서재는 남향 벽이 거대한 반투명 창이라 해질 무렵까지 햇빛이 들어와 내부가 환했다. 다른 삼면 벽은 천장에 닿도록 책장이 꽉 들어찼다. 벽은 세 개의 층으로 나누어서 한 사람이 지나갈 수 있을 정도 너비로 난간이 달렸다. 계단을 통해서 오르내릴 수 있었다.

왼쪽에는 문이 없는 방이 하나 연결되었고, 그 안은 소파와 침대 등으로 쉴 수 있도록 꾸며져 있었다. 오른쪽의 방은 굳게 잠겨있었다. 제롬의 말로는 타란 공작 가문 대대로 내려오는 가보 등이 보관되어 있으며 오직 공작만 들어갈 수 있고, 제롬 자신 역시 한 번도 들어가 본 적이 없다고 했다.

상상 속에서 그려보던 환상적인 서재였다.

수도 저택에도 비슷한 규모의 서재가 있고 책은 두 권을 구매해서 한 권은 이곳에, 한 권은 수도 저택에 비치한다고 했다. 수도 저택에도 있는 줄 알았으면 가 볼 것을. 거의 침대에만 있느라 서재가 있는 줄도 몰랐다.

서재를 채우고 있는 책들은 정치, 경제, 역사, 문학 등 장르가 매우 다양했다. 아마 그의 독서 습관에 편식은 없는 모양이었다. 루시아는 그중에서도 문학을 가장 좋아했다. 그 역시도 문학을 좋아하는지 다른 나라 작가의 번역서도 상당히 많았다.

"어제 읽던 책이……. 찾았다."

루시아는 감히 이곳의 책을 서재 밖으로 가지고 나갈 엄두는 내지 못해서 오직 서재 안에서만 얌전히 읽었다. 혹시 책에 흘리기라도 할까 봐 서재에 있을 때는 차도 마시지 않았다.

서재에 들어와도 된다고 그에게 직접 허락을 받은 것은 아니었다. 집사가 괜찮다고 해서 넙죽 들어오기는 했는데 혹시 그가 불쾌해하는 건 아닐까 조금은 걱정이었다.

서재 특유의 종이 냄새에 파묻혀 책에 빠져들었다. 거의 다 읽던 책이라 30여 분 정도 만에 마지막 장을 넘겼다. 끝, 이라는 마침표를 보면서 루시아는 천천히 표지를 닫았다.

'괜찮았어. 조금 중간중간 지루하긴 했지만 잔잔하네. 이 작가의 다른 책을 더 읽어볼까.'

루시아는 책을 다시 제자리에 꽂고 책장을 살펴보았다. 잘 정리된 서재라서 같은 작가의 다른 책을 찾는 것은 어렵지 않았다. 그중에서도 어쩐지 끌리는 제목의 책이 있는데 문제는 그 책이 루시아의 시선보다 꽤 높게 있다는 것이었다. 손을 뻗어보자 간신히 손에 닿았다. 발끝을 올리면 꺼낼 수 있을 것 같다.

'조금만 더. 조금만⋯⋯.'

루시아는 낑낑거리며 시도했다. 될 듯 말 듯 애를 태우는데 머리 위로 그림자가 진다. 한쪽 팔이 부드럽게 루시아의 허리를 감싸 등 뒤로 단단한 가슴에 기대어졌다. 순식간에 풍기는 특유의 체취에 눈앞이 어지럽다. 다른 한쪽 팔이 루시아가 그토록 힘겹게 공략하던 책을 손쉽게 빼냈다.

"이것?"

머리 위에서 들리는 나지막한 음성에 루시아는 흠칫했다. 약간 낮고 부드럽게 울리는 목소리는 귀에 착 감겼다.

루시아는 반사적으로 그의 품에서 재빨리 빠져나왔다. 체취와 목소리의 주인이 누구인지 지나치게 빨리 깨달은 자신에게 충격을 받았다.

'기다…… 렸구나. 이 남자를.'

그녀는 그가 없는 로암에서 잘 먹고 잘 자며 매우 잘 지냈다. 정말 스스로 놀랄 정도로 훌륭히 적응했다. 그래서 그가 없는 동안 그다지 그를 의식하지 않았다고 생각했다. 딱히 그를 애타게 그리워하거나 보고 싶다고 생각하지 않았다.

그런데 지금 그를 보면서 루시아의 심장은 순수하게 환호하고 있었다. 가슴이 벅차오르고 뛰는 심장이 그에게 들킬까 봐 조심스러웠다.

"감사…… 해요."

그가 내미는 책을 받아 품으로 안고 한 걸음 뒤로 물러났다. 데인 것처럼 놀라는 루시아를 바라보는 그의 눈에 못마땅한 빛이 떠올랐다. 잠깐 허리를 감았을 뿐인데 손에 느꼈던 부드러운 감각이 잔상처럼 남아 주먹을 꽉 쥐었다.

'회의는 끝난 걸까, 아니면 잠시 휴식 시간인가? 잘 다녀오셨냐고 인사를 해야 하나. 뭐라고 말을 시작해야 하지……?'

순식간에 수십 가지 질문이 머릿속을 맴돌았다. 그러나 무엇도 입 밖으로 꺼내지 못하고 목 안으로 삼켰다.

"돌아와서 인사가 너무 늦은 것 같군."

그가 먼저 대화의 물꼬를 열자 루시아는 막힌 숨이 트였다.

"바쁘신데 당연하지요. 회…… 의는 다 끝나신 건가요?"

"오늘은."

"서…… 성이 굉장히 근사해요. 너무 넓어서…… 하루 만에 다 돌아보지도 못했어요."

"지내다 보면 어차피 다니던 곳만 다니게 되어있어."

"아……. 네. 그렇겠지요."

"저녁 식사를 제대로 하지 않았다던데."

"많이 먹었어요. 그게……. 매일 입맛이 마구 돌 수는 없는 일이
니까요."

"오늘은 입맛이 없었다는 건가?"

"예? 아……. 조금은……."

"맛이 별로였나?"

"주방장 솜씨는 최고예요."

"누가 불쾌하게 했다거나."

"정말 정말 친절해요. 모두."

나른하게 귀에 감기는 그의 목소리를 들으며 루시아는 질문이
끝나기가 무섭게 반사적으로 대답했다. 어쩐지 사실은 조금 맛이
없고 조금 불친절했다고 해도 그걸 말해서는 안 될 것 같았다. 물론
음식은 맛있었고 로암의 모든 사람은 친절했다.

그가 조금씩 다가왔다. 주춤거리며 조금씩 뒷걸음질하던 루시아
는 결국 책장을 등 뒤에 대고 더 이상 물러설 수가 없었다. 그가 바
짝 다가와 한쪽 팔로 책장을 짚고 마치 루시아를 가두는 것처럼 서
서 다른 한 손으로 그녀의 머리카락을 손에 쥐었다.

소리가 들릴 것처럼 거세게 뛰는 심장이 아팠다. 한 달 전의 일이
생생하게 눈앞에 그려졌다.

그의 압도적으로 강한 힘과, 그의 무게에 짓눌린 몸 안으로 파고

들던 날카롭던 통증을 떠올리자 오싹했다. 음탕한 여자가 된 것 같아 당혹스러웠다.

"날 봐."

눈을 피해 시선을 아래에서 이리저리 돌리고 있던 루시아는 조심스럽게 고개를 들었다. 고개를 한참 뒤로 꺾어야 할 정도로 그는 루시아와 비교하면 엄청나게 거대했다.

살짝 내리뜬 붉은 눈동자는 피를 머금은 유리알처럼 선명했다. 열정과 뜨거움을 상징하는 붉은색에서 한기가 느껴진다는 건 참 기이한 기분이었다. 감정을 읽을 수 없는 핏빛의 눈동자에 설명할 수 없는 두려움을 느끼면서도 시선을 뗄 수가 없었다.

"나와 있으면 불편해?"

"……불편한 건 아닌데 좀 당황스러워요."

"무엇 때문에?"

"전…… 아무래도 어색한데 전하께서는 전혀 그렇지 않은 것 같아서요. 한 달 만에 뵙는 거고……."

"한 달 만에 왔다고 바가지 긁는 거야?"

"그게 아니라……!"

그가 입술 끝을 늘리며 웃었다. 그 모습이 어쩐지 야릇해서 루시아는 심장이 덜컹했다.

긴 손가락이 그녀의 턱을 가볍게 들어 올렸다. 그가 고개를 숙여 다가와 바싹 가까이 시선을 마주했다. 그의 입술이 닿는 순간 루시아는 쿵쾅거리던 심장이 콱 쥐어 잡혀 멈추는 것 같아서 눈을 감았다.

아랫입술을 살짝 빨아들인 그가 살짝 깨물자 놀라 그녀의 입이 벌어졌다. 단번에 깊숙이 그의 혀가 입안을 점령했다. 뜨거운 살덩이가 부드럽게 잇몸을 훑으며 천장을 간질였다. 혀끝이 그의 혀와 얽히자 짜릿한 감각에 목에서 신음이 흘렀다.

그가 루시아의 뒷목을 받치고 더 깊이 키스했다. 타액이 섞이는 질척한 소리에 루시아는 얼굴에서 점점 열이 나는 것 같았다. 배회하던 두 손이 자신도 모르게 그의 목을 감자 그의 팔이 강하게 그녀의 허리를 바싹 끌어안았다.

머릿속이 어질어질했다. 뜨겁지만 청량감이 느껴지는, 어쩐지 정중한 그의 키스가 조금은 더 거칠어도 상관없을 것 같았다. 타인과 혀를 맞대며 타액을 교환하는 이 행위가 이렇게 기분을 들뜨게 하는 것인 줄 몰랐다.

꽤 긴 키스를 마치고 그의 입술이 떨어졌을 때 루시아는 달음박질한 것처럼 가쁘게 호흡했다. 정말로 신체적으로 숨이 막혀서 그런 것인지 분위기에 숨이 막힌 것인지 분간할 수가 없었다.

반쯤 나갔던 정신은 그가 목덜미를 깨물었을 때 반짝 깨어났다. 정신을 차려보니 어느새 그의 다리 하나가 루시아의 무릎을 가르고 들어와 두 사람의 복부가 맞닿아있고 그의 팔은 그녀의 허리를 휘감아 단단히 안고 있었다.

어느새 떨어뜨린 책은 바닥에서 뒹굴었다. 코앞에 바싹 다가와 있는 그의 붉은 눈동자는 여전히 잔잔했지만 루시아는 그 안에 이글거리는 무언가를 보았다.

갑자기 천장이 빙글 돌았다. 그가 루시아를 안아 들고 성큼 걸음을 옮기고 있었다. 서재와 연결된 방으로 들어가 침대에 그녀를 내려놓았다.

제 몸을 타고 오르는 그를 멍하게 보던 루시아가 그가 지금 무엇을 원하는지 뒤늦게 정신을 차렸다. 그는 자신을 안으려는 것이다. 지금 여기서.

"잠깐…… 잠깐요!"

그는 그 잠깐 사이에 순식간에 루시아의 가슴을 거의 다 풀어헤쳐 놓았다. 선뜩한 차가운 공기가 맨가슴에 닿는 것을 느끼며 그보다 더 섬뜩한 한기를 느꼈다.

'아픈 건 싫어!'

무서웠다. 루시아는 두 팔을 교차해 가슴을 가렸다.

"씻고…… 씻고 나서요."

루시아 입에서 나온 핑계는 속마음과 달랐으나 막상 해놓고 보니 제법 그럴듯했다.

"목욕했어."

"저 말이에요. 저!"

"상관없어."

"전 상관있어요! 전하……. 휴. 제발……."

아침에는 세수만 했다. 오늘은 비가 와서 날씨가 눅눅해서인지 몸도 눅눅한 기분이었다. 무서운 것도 무서운 거지만 절대 이런 꿉꿉한 기분 상태로 그와 맨몸으로 뒹굴 수 없었다.

그의 눈썹이 스윽 올라가더니 순순히 비켜나 그녀가 일어날 수 있도록 손까지 잡아주었다.

루시아는 재빠르게 옷을 추스르고 일어나 쏜살같이 서재를 빠져 나갔다. 늑대에게 목덜미를 물렸다가 간신히 풀려난 토끼처럼 달아 나는 그녀의 뒷모습을 보며 휴고는 헛웃음을 지었다.

온몸에 들끓어 오르는 욕망을 간신히 내리눌렀다. 울 것처럼 일 렁거리는 호박색 눈동자를 떠올리자 간신히 누른 아랫배의 열기가 다시 치밀었다.

어차피 도망갈 곳은 없었다. 그녀의 행동 범위는 오로지 로암 내 부일 터였다. 그녀는 그의 아내이니까.

아내.

휴고는 그 단어가 어쩐지 마음에 들었다. 그리고 그 '아내'라는 명칭을 달고 있는 당사자가 그녀라는 점은 더 마음에 들었다.

휴고는 한 손으로 머리카락을 쓸어 넘겼다. 뭔가 일이 풀리지 않 을 때의 습관 같은 행동이다. 그는 지금 조금 혼란스러웠다. 그녀를 안고 싶다. 그녀의 좁은 안으로 파고들고 싶다. 뜨겁고 습하던 그 안을 떠올리기만 해도 아랫배가 지끈했다. 그녀에게 욕정하고 있었 다. 그건 분명한 사실이었다. 그런데 자신이 왜 그러는지 분명하지 않았다.

그녀는 눈을 뗄 수 없는 대단한 미녀는 아니었다. 능숙하게 침대 위에서 즐길 줄 아는 여자도 아니었다. 초야에 그녀는 긴장해서 바 들바들 떨었고 아파하며 뻣뻣하게 굳어 끙끙거렸다. 그의 몸에 손 을 대면 마치 큰일이라도 나는 것처럼 그와 닿을 때마다 움찔거렸 다. 그는 마음껏 욕망을 풀지도 못했다.

그런데도 그녀의 안은 기가 막히게 좋았다. 들어가는 순간의 그

압박과 뜨거움, 파도를 치는 것처럼 그의 것을 물고 자극하는 안쪽이 그를 미치게 했다. 그의 움직임에 애써 따라오려는 그녀의 서툰 자극은 그의 마지막 인내심마저 끊어버렸다.

그는 단 한 번도 침대에서의 일을 침대 밖으로 가져간 적이 없었다. 아무리 뜨거운 정사도 침대에서 내려오면 싹 잊어버렸다. 하지만 그날 이후 그녀의 잔상이 시도 때도 없이 나타나 그를 괴롭혔다.

헐떡이던 신음, 그가 안으로 진입할 때마다 그의 어깨를 잡았던 그녀의 손끝에 들어가던 힘, 그의 것을 감싸던 내벽, 눈물 가득한 눈동자. 특히 그의 팔에 앙증맞게 남은 그녀의 잇자국을 볼 때마다 허리가 뻐근해지곤 했다.

그에게 정사의 쾌감은 살육에 비하면 아무것도 아니었다. 그의 몸속의 피는 피를 갈구한다. 열기를 식히기 위해 1년 내내 사람을 죽이고 다닐 수 없으니 그는 그걸 여자를 품어 풀어냈다. 그래서 사냥을 할 때는 굳이 여자를 필요로 하지 않았다.

그런데 이번에는 아니었다. 그는 밤마다 그녀가 떠올라 하복부가 욱신거려서 뒤척이기 일쑤였고, 그렇다고 딴 여자를 안아 풀고 싶은 마음도 들지 않았다. 그가 북부 전역을 돌겠다는 계획을 취소하고 서둘러 귀환한 건 그래서였다. 그는 내내 몸이 달아있었다.

그는 확인할 필요가 있었다. 그녀의 몸이 정말 그렇게 달콤한지. 어설프게 맛봐서 그저 미련이 남아있는 것뿐인지. 후자라면 그저 미련만 사라지면 그만이었다. 하지만 전자라면 나름대로 문제였다.

아무리 육체적인 끌림이라 해도 지금껏 그런 이유조차로 그를 흔든 여자는 없었다. 그는 그 무슨 이유에서든 자신을 흔드는 것이 있다는 자체가 마음에 들지 않았다.

그는 침대에서 일어나 서재로 나갔다. 아까 그녀가 들고 있다가 떨어뜨린 책을 주워들었다. 구겨진 책장을 대충 펴서 빈자리에 꽂으려다가 테이블 위에 올려놓았다. 읽으려던 것 같으니 나중에 가져가겠지.

'서재에…… 계십니다.'

제롬이 어쩐지 망설이며 고하던 이유를 알고 있었다. 평소 그가 서재에 누군가 함부로 들어오는 것을 극도로 싫어했기 때문이었다.

서재는 외부와 단절된 유일한 그의 개인 공간이었다. 가끔은 어떤 방해도 받지 않고 숨을 돌릴 곳이 필요했다. 그가 서재에서 보내는 시간이 많지 않지만, 그가 서재에 들어가 있는 동안에는 어지간한 다급한 일이 아니면 보고도 받지 않았다.

하지만 그녀가 서재에 있다는 말을 들었을 때 그다지 언짢지 않았다. 그뿐인가. 서재 침대에서 그녀를 안으려 했다. 이전에는 상상도 해본 적 없는 일이었다.

애초에 그녀의 청혼을 받아들여 결혼을 결심한 것부터가 이미 그답지 않았다. 거기서부터 뭔가가 어긋나기 시작한 걸까. 이 상태가 좋은지 싫은지조차도 확실하지 않아 그게 가장 그를 혼란스럽게 했다.

서재 문을 두드리는 소리에 이어 '전하, 제롬입니다.' 하는 집사의 목소리가 들려왔다.

"들어와."

제롬은 들어오자마자 재빠르게 주인의 안색을 살폈다. 마님께서 서재를 거의 뛰쳐나오다시피 하시더니 침실로 들어가시더라. 목욕물을 준비하러 가던 하녀들이 귀띔해 주었다. 더불어 마님 표정이 어쩐지 굳어있었다는 나름대로 추측도 덧붙였다.

제롬은 마님의 일거수일투족을 모두 살피고 있었다. 감시가 목적이 아니라 세심한 보살핌을 위해서였다. 아직 이곳이 낯설 공작 부인을 위해서 당분간 그럴 생각이었다. 그건 분명히 공작가 안주인에 대한 집사의 도리에서는 한 걸음 정도 더 앞서 나간 일이었다.

그는 괜한 오지랖이 넓은 사람도 아니고 과잉 충성으로 쓸데없이 기를 소모하는 사람도 아니었다. 해야 할 일은 최선을 다하지만 더하지도 부족하지도 않은 것이 그의 스타일이었다. 그럼에도 불구하고 그가 그런 수고를 하는 건 공작가 새로운 안주인이 흡족했기 때문이다. 그녀가 공작가의 평온함을 깨뜨릴 사람이 아니라는 것을 예민한 사냥개처럼 파악했다.

제롬은 안주인이 들어와서인지 삭막하던 성에 그런대로 활기가 도는 것이 기꺼웠다. 마님 시중을 들게 하려고 하녀들을 다수 들인 것도 한몫했을 것이다.

사내들만 득실거리던 성에 젊은 여자들이 많아지자 딱딱하기만 했던 하인들의 얼굴 표정도 풀린 것이 눈에 보였다. 벌써 연애질하는 몇이 있었지만 눈감아주고 있었다.

"전하. 마님께 서재에 들어가셔도 된다고 말씀드린 것은 저입니다. 혹여 제가 주제넘었다면……."

"공작가 안주인으로서 평한다면?"

자신의 사죄에는 가타부타 말이 없고 엉뚱한 질문을 던지는 휴고의 태도에 제롬은 당황하지 않았다. 공작은 듣고 싶은 말을 모두 해주는 친절한 주인이 아니었다.

"어찌 감히 평가를 드릴 수 있겠는가마는 모두 마님을 좋아하고 있습니다."

"모두?"

'네가 그런 게 아니라?' 하고 묻는 것처럼 그는 피식 웃었다.

제롬이 자진해서 추궁하지도 않은 일을 제 잘못으로 말하고 있었다. 혹시 자신이 그것 때문에 그녀에게 화를 냈을까 봐 전전긍긍하고 있었다. 아까 회의가 끝나자마자 마님께서 평소와 달리 저녁을 거의 잘 못 드셨다고 쪼르르 와서 전한 것도 제롬이었다.

그 말을 듣고 휴고는 조금 걱정되면서도 그녀에게 미안했다. 그래서 마무리는 잠시 미루고 곧장 그녀가 있다는 서재로 올라왔다.

제롬은 유능했고 그 유능함의 핵심은 맺고 끊음이 확실한 태도였다. 그래서 묘한 기분이었다. 제롬은 그의 여자라고 친절하지 않았다. 아니 오히려 과거에 그가 만났던 귀부인들 속을 은근히 긁어대곤 했다.

그가 교제한 여자치고 제롬을 싫어하지 않는 사람이 없었다. 어떤 여자는 제롬의 얼굴에 주스를 끼얹기도 했다. 제롬의 험담을 휴고의 귀에 속살거리던 여자도 있었다. 물론 잘려나가는 쪽은 제롬이 아니라 여자들 쪽이었지만.

"왜?"

"공작가 안주인으로서 충분한 위엄을 갖추고 계십니다. 아랫사람을 함부로 다루시지 않습니다. 좋고 싫은 기호는 분명하게 말씀해 주시지만 괜한 트집은 잡지 않으십니다. 한편으로 하녀들을 적당히 단속해 하녀들이 지나치게 편하게 생각해 기어오르는 여지도 두지 않으십니다."

"그래……?"

그건 또 의외였다. 그녀는 왠지 하녀들에게도 그저 마음 좋은 주인이기만 할 것 같았는데 어린 나이에 비해 사람을 다루는 수단이 제법인 모양이었다. 안 그러면 제롬이 저렇게 그녀를 두고 찬사를 보내지는 않을 것이다.

"그녀는 지금 뭐 하고 있지?"

더 했다가는 아예 제롬이 그녀를 두고 찬가라도 부를 기세라 그만 끊어냈다.

"목욕 중이십니다."

그의 입술 끝이 만족스럽게 휘었다. 행동이 굼뜨지 않은 점은 확실히 마음에 들었다.

"마님께서 차를 올려달라고 하셨습니다. 두 분 차를 함께 올리겠습니다."

두 분이 오붓하게 티타임을 즐기며 돈독한 정을 쌓음이 어떤지 슬쩍 주인 속을 떠보았다. 이번만큼은 제롬은 주인의 마음을 읽지 못했다. 주인이 원하는 건 차 따위가 아니었다.

"올리지 마."

제롬의 입가가 굳었다.

"방해하지 마라."

굳어진 제롬의 입가가 풀리더니 대답처럼 고개를 숙였다.

"아침에 깨우러 오지도 말고."

"분부 받들겠습니다."

*　　　*　　　*

수면 위에 둥둥 떠 있는 꽃잎들을 보며 루시아의 얼굴도 꽃잎처럼 붉게 물들었다.

하녀들이 그릇으로 물을 담아 루시아의 어깨 위로 끼얹을 때마다 향료를 탄 물에서 은은한 향이 퍼져 나왔다.

루시아는 결코 목욕물에 이런 짓을 하라고 지시하지 않았다. 다 잔망스런 하녀들 짓이었다. 무슨 의도로 목욕을 하는지 빤히 보이는 것 같아서 부끄럽다. 더구나 정말로 그런 의도가 있으니까 더더욱.

"어쩜. 마님께서는 이렇게 피부가 고우서요."

"오일을 바르지 않았는데도 어쩌면 이렇게 매끄러울까."

"아기 피부도 마님보다 곱지는 않을 거예요."

오늘따라 하녀들은 끊임없이 재잘거렸다. 로암에서 처음 맞이하는 주인 부부의 합방에 그네들이 더 들떠있었다.

루시아는 하녀들의 아부 섞인 찬사를 잠자코 들었다. 그녀 자신도 피부가 곱다는 건 알고 있었다. 하지만 그다지 자부심을 품은 적은 없었다.

'그래봤자 남자들을 유혹하는 건 예쁜 얼굴과 글래머 몸매이지 피부가 아닌걸. 그도…… 그렇겠지.'

꿈에서 타란 공작은 수많은 여자들과 염문설을 뿌리고 다녔다. 간혹 파티에서 볼 때마다 여자가 달랐다. 그리고 여자들은 하나같이 가슴이 컸다.

흘끔 제 가슴을 내려다본 루시아가 작게 한숨을 내쉬었다. 전혀 크다고는 말할 수 없는 가슴이었다. 그나마 허리가 조금 가늘고 골반이 있는 편이라 볼륨이 있기는 하지만 내세울 정도는 아니다. 그렇다고 눈길을 확 끌 정도로 미녀도 아니고.

미녀라면 소피아 로렌스 정도는 되어야 그의 눈에 들 것이다. 루시아는 잠시 승전 기념 파티에서의 일을 떠올렸다. 그런 미녀도 가차 없이 버려져 그에게 매달렸다.

꿈속에서 봤던 그의 여자들은 모두 화려한 장미꽃 같았다. 그렇게 여자들을 바꾸며 끼고 다닌 것치고는 그를 둘러싼 추문은 별로 없었다. 안 보이는 뒤로는 무슨 짓을 하는지 알 바 없지만 결혼한 후에는 결코 아내 외의 여자를 공식적인 자리에 대동하지 않았다.

꿈속의 그는 아내에 대한 기본적인 예의는 지켰다. 그래서 그 점은 안심이었다. 루시아에게도 그 정도 예의는 지켜줄 테니까.

목욕을 마치고 가운 차림으로 침실에 들어서자마자 루시아는 소스라치게 놀랐다. 그가 테이블에 앉아 와인 잔을 기울이다가 들어오는 루시아에게 시선을 던지면서 천천히 일어났다.

시중을 들러 함께 들어왔던 하녀들은 공작 부부를 번갈아 보며 얼굴을 붉히더니 재빨리 물러갔다. 공작께서 목욕하는 것도 기다리지 못해서 이미 침실에 들어와 계시더라, 내일이면 아마 성에 쫙 소문이 퍼질 것이다.

루시아는 크게 숨을 몰아쉬었다. 목욕은 마음의 준비를 할 시간을 마련해 주었다. 그렇다고 두려움이 완전히 사라지지는 않았다. 얼떨결에 휩쓸리다시피 치른 초야는 지독히 강렬했다. 딱 잘라 싫다고 할 정도는 아니어도 아프고 힘들었다.

그러면서도 그에게서 눈을 돌릴 수가 없었다. 희미해진 줄 알았던 초야의 기억이 생생하게 되살아나 눈앞에서 그려졌다. 홀린 것처럼 그에게 다가갔다.

그는 와인을 한 잔 따르더니 마실 거냐고 묻는 것처럼 잔을 들어 올렸다. 그 정도만으로 얇은 리넨 셔츠 한 장으로 감추어진 그의 유려한 근육의 움직임이 드러났다. 루시아는 꼴깍 목울대를 삼키며 고개를 끄덕였다.

루시아는 그가 주는 와인을 한 모금 맛보았다. 시큼하고 썼다. 좋아하는 맛은 아니지만 한 잔을 말끔히 비우고 빈 잔을 그에게 내밀었다.

"더?"

고개를 끄덕이자 그는 한쪽 입술을 올리며 삐딱하게 웃으면서 잔을 채워주었다. 그마저도 다 마시자 배 속에서 뜨거운 기운이 올라오며 기분이 좀 나아졌다.

금세 붉어지는 하얀 볼을 응시하던 그의 눈동자가, 입술에 묻은 와인을 할짝거리는 그녀의 작고 붉은 혀를 응시했다. 그의 눈이 짙게 가라앉았다.

그는 예고 없이 그녀를 향해 손을 뻗었다. 그녀의 뒷목을 받쳐 자신 쪽으로 당기며 붉은 입술을 삼켰다. 허공에서 배회하는 그녀의 손에 들린 잔을 받아 테이블로 내려놓으면서 그는 그녀의 허리를 팔로 감았다.

경직된 그녀를 살살 달래는 것처럼 입술에 가볍게 몇 번 입을 맞추고 입안으로 혀를 넣었다. 달콤 쌉싸름한 와인의 잔향이 느껴졌다. 잇몸을 한 번 훑으며 짧은 입맞춤을 끝내고 입술을 떼어내며 시선을 마주쳤다. 그녀의 눈동자가 거세게 흔들리고 있었다. 저 눈이 우는 걸 보고 싶다.

"술. 즐기는 편인가?"

"……특별한 날에는요."

그는 어쩐지 만족스럽게 웃으며 다시 키스하기 시작했다. 그의 입술과 혀가 만들어내는 감미로운 감각에 빠져들어 루시아는 그에게 기대 흐느적거렸다.

흐트러진 가운 안으로 들어온 그의 손이 날개 뼈를 감싸고 다른 손이 허리를 쓰다듬으며 가슴을 부드럽게 움켜쥐었다. 아찔한 느낌에 몸이 소스라쳤다. 그의 다리가 그녀의 두 다리 사이를 비집고 들어와 허벅지 안쪽에 밀착했다. 입술이 목덜미를 문지르며 그는 낮게 말했다.

"떨고 있군."

그의 말에 루시아는 비로소 자신이 떨고 있음을 깨달았다. 나른하던 술기운이 확 날아갔다.

"겁먹지 마. 이번에는 아프지 않을 거야. 그렇게 긴장하고 있으면 당신은 즐겁지 않을 거고 다칠지도 몰라."

그녀의 떨림이 좀처럼 가라앉지 않자 휴고는 굳은 표정으로 그녀를 꽉 끌어안았다. 그가 아는 그녀는 작고 약하지만 당차고 씩씩했다. 그런 그녀가 자신을 두려워한다고 생각하면 극악한 나쁜 놈이라도 된 것 같았다.

나이 어리고 처음인 그녀를 상대로 초야의 그날 상당히 거칠었다는 걸 그도 자각은 하고 있었다. 부드럽게 해도 모자랄 판에 닳고 닳은 여자를 상대하듯 그렇게 해댔으니 많이 힘들었을 것이다.

그녀의 머릿속에서 그를 이러이러한 사람이라고 정의하는 리스트에 분명히 한 줄 더 추가되었을 것이다. 분명히 좋은 말은 아니겠지. 빌어먹을. 그날 자제 좀 할 걸. 뒤늦은 후회였다.

겁먹어 벌벌 떠는 그녀를 겁간하듯 안고 싶지 않았다. 함께 즐기고 뜨거운 밤을 보내고 싶다. 그동안 그와 침대를 공유했던 여자들은 밤을 즐길 줄 알았다. 그녀 같은 경우는 처음이라 어떤 식으로 달래야 할지 알 수가 없었다. 즐길 줄 모르는 여자를 달래 함께 즐기고 싶다고 생각하는 일 자체가 처음이었다.

휴고는 그녀를 안고 침대로 향했다. 그녀는 거부하지 않았지만 손바닥에 닿는 팔다리가 긴장으로 뻣뻣하게 굳어있었다.

그녀를 침대 위에 눕히고 그 역시 침대 위로 올라가 옆에 누웠다. 그녀의 허리를 감싸 안으며 품으로 당겼다. 그의 손이 등을 부드럽게 쓸어내렸지만 그 이상은 아무것도 하지 않았다.

얼마간 시간이 지나자 루시아는 긴장이 가라앉으면서도 한편으로는 서운했다. 아무래도 그는 초야를 반복할 생각이 없는 것 같았다. 오늘 그녀의 침실에 든 것은 공작 부부가 잘 지내고 있다고 외부에 보이기 위한 행동인 것 같다. 아마 자신을 배려해서 일부러 이러는 것이다.

집안에서 안주인의 입지는 남편의 사랑을 받을수록 확고해진다. 그러면 서재에서의 그의 친밀한 접촉은 무슨 의미였을까. 그때 그를 거절하지 않았다면 달라졌을까. 온갖 복잡한 상념으로 머릿속이 어지러웠다.

"자는 건가?"

"……."

"이봐. 정말 자? 당신 재우려고 이러고 있는 거 아니야."

그가 몸을 뒹굴 돌려 순식간에 루시아 위로 올라갔다. 루시아는 눈을 동그랗게 뜨고 자신을 타고 오른 남자를 바라보았다. 그는 난처한 얼굴로 어쩐지 곤란해하고 있었다.

"피곤해?"

"저는 괜찮지만…… 당신이야말로 피곤하실 것 같은데요. 돌아오시자마자 회의에……."

"난 괜찮아. 그런 건 아무 문제……. 아무튼, 난 전혀 피곤하지 않아."

"……네. 음……. 그러시군요."

'체력이 참 좋으시네요' 하고 말해야 하나, 고민하는데 그가 한숨을 크게 쉬었다.

남자가 제 몸에 올라타 있는데 멀뚱히 바라보는 그녀를 보자니 속이 터졌다. 이미 초야도 치렀겠다, 아예 모르는 것도 아니면서 대체 이 여자는.

"당신 안에 들어가고 싶어서 죽을 것 같아."

"……네?"

루시아의 얼굴이 화악 붉어졌다.

"하고 싶다고. 당신은 싫어?"

"……."

"당신이 싫으면 억지로는 손 안 대."

그의 말이 너무 갑작스러워서 루시아는 무슨 대답을 해야 할지 알 수가 없었다. 루시아의 침묵을 거부라고 생각했는지 그가 괴로운 표정으로 푹 한숨을 쉬었다.

"정정해야겠군. 당신이 싫어도 난 지금 당신을 원해. 초야가 그렇게 끔찍했나?"

"……저는."

목이 탁 막혀왔다. 그의 말이 진심인지 농담인지 알 수가 없었다. 그녀를 원한다는 말을 제대로 알아들은 것인지 귀를 의심했다. 그의 눈은 어딘지 모르게 간절함을 담고 있었다. 이 남자가 이런 눈빛도 하는구나. 신기하면서도 어쩐지 새침하게 그를 밀어내고 싶었다.

"……당신이 즐겁지 않았다고 생각했어요. 그래서……. 절 놀리고 비웃으셨잖아요."

"비웃어? 내가? 당신을 놀린 건 인정해. 귀여웠으니까. 하지만 침대에서 여자를 비웃을 만큼 형편없는 놈은 아니야."

그의 단호한 변명은 반드시 하고야 말겠다는 강한 의지를 담고 있었다. 귀엽다는 말에 루시아 얼굴에 살짝 홍조가 떠올랐다.

"……다음 날 아침에…… 하다가 그만두셨고……."

그날 오히려 그만두기를 바란 것은 자신 쪽이었으면서 루시아는 앙큼하게 그에게 책임을 전가했다. 하지만 지금 그는 그런 이상함조차 깨닫지 못할 만큼 다급했다.

"이 여자야. 더 했으면 당신은 한동안 걷지도 못했어. 기껏 생각해서 참았더니만."

"……아팠단 말이에요."

루시아는 뽀로통하게 중얼거렸다. 그 말에는 휴고도 할 말이 없었다.

"하혈해서…… 이틀 더 수도 저택에 머물러야 했어요."

안나는 분명히 별로 심각한 증상은 아니라고 진단했지만 '하혈'이라는 단어 자체가 주는 어감은 강했다. 사내와 첫 밤을 보낸 여자가 피를 흘리는 건 대부분 남자들은 알아도 자세히는 모른다. 그를 괜히 떠보려는 것은 아니었다. 이건 그에게 자신도 모르게 하는 투정이었다.

효과는 좋았다. 으으음, 무거운 신음은 거의 절망에 가까운 그의 심정을 대변했다.

지금껏 그와 불타는 밤을 보낸 모든 여자들은 더 적극적으로 그에게 구애하며 그의 아랫도리에 시선을 떼지 못하는 방식으로 그와 보낸 밤의 감상을 표현했다. 그녀 같은 후유증을 호소하는 경우는 없었다. 그래서 이런 때 어찌 대처해야 할지 전혀 감이 잡히지 않았다.

그의 아내는 몸이 굉장히 약하니까 조심스럽게 다루어야 한다고 머릿속에 각인되고 있었다.

"……지금은. 괜찮아?"

"……네."

그가 한숨을 푹 내쉬었다. 힘들게 성벽을 넘었더니 그 너머에 또 다른 성벽을 발견한 병사의 표정이었다.

"그래서. 싫은가?"

이 남자는 자신을 원한다. 루시아는 조금 멍해졌다. 그는 얼마든지 다른 미녀를 침대로 데려갈 수 있을 것이다. 단지 여자가 필요할 뿐이라면 이렇게 구구절절 구차한 설명을 하며 안달할 필요가 없었다. 또는 강압적으로 그녀를 눌러 힘으로 취할 수도 있었다. 그러나 그는 정말 그녀가 거부하면 물러날 것처럼 말했다.

"비비안. 초야에 말했던 약속 지켜줄게. 처음 아니면 황홀한 경험을 하게 해준다고 했지."

휴고는 이제 살살 그녀를 달래기 시작했다. 지금 그의 영민한 두뇌는 어떻게 하면 이 여자를 안을 수 있을까에만 모든 것을 집중하며 돌아가고 있었다.

"못 믿어요. 지난번에 거짓말하셨잖아요."

그녀가 자꾸 튕겨대니 그는 정말 속이 타들어갔다.

"거짓말이라니. 난 분명히 처음이면 아플 거라고 했어."

"좀 아플 거라 하셨죠. 엄청 많이 아팠거든요."

"그러니까 만회할 기회를 달라니까. 다시는 안 할 작정이야?"

비록 단순한 육체적 욕구 그 이상은 아니라 할지라도 루시아는 이 순간만큼은 구애를 받는 매력적인 미녀가 된 것 같았다. 그렇게 나쁜 기분은 아니었다. 아마 조금은 기뻤다. 그를 향해 웃고 말았다.

"오늘 하는 거 봐서요."

휴고는 얼마간 간격을 두고 쿡, 낮게 웃었다. 아무래도 그녀의 농담은 그와 상성이 꽤 맞는 것 같다. 가끔 툭 던지는 그녀의 말에 그는 늘 웃음이 나왔다. 어쩌면 지금은 그녀의 허락이 즐겁기 때문인지도 모르겠다.

"어지간히도 애를 태우는군."

정말 그의 인생 처음이었다. 여자한테 하자고 매달린 건.

그는 상체를 일으켜 그녀의 두 다리를 잡아 벌려 자리 잡고 앉았다. 단단히 성난 그의 하복부가 다리 안쪽으로 밀착하자 루시아 얼굴이 새빨갛게 달아올랐다.

목욕을 마치고 바로 욕실에서 나온 터라 루시아는 가운 안에 아무것도 입지 못했다. 은밀한 맨살에 바싹 닿은 그의 성기는 그의 바지 안에서 터질 듯 부풀어 있었다.

셔츠를 벗어 침대 아래 내던지는 그의 움직임이 다급했다. 그는 곧바로 그녀의 허리에 묶인 끈을 풀어 가운을 열었다. 뽀얀 나신이 드러났다. 줄곧 잔상처럼 나타나 그를 괴롭히던 모습 그대로였다. 하얀 목덜미에 도드라진 쇄골, 보드라운 생크림 같은 가슴과 늘씬한 허리선.

그가 샅샅이 눈에 담아 살피는 동안 루시아 역시 그의 상체에서 눈을 떼지 못했다. 초야에는 정신이 없어서 제대로 보지 못했다. 벌어진 어깨와 널찍한 가슴, 족히 그녀의 팔뚝 굵기의 두 배는 될 것 같은 그의 팔은 근육으로 뒤덮여 있었다. 빈틈이라고는 전혀 보이지 않는 그의 몸은 마치 전신(戰神) 같았다. 태생적으로 여성을 압도하는 남성의 강함이 느껴졌다.

그의 두 손을 루시아의 납작한 복부에 대더니 천천히 위로 쓸어 올리며 가슴을 쥐었다. 조금 강한 힘이었지만 거칠지는 않았다. 그는 마사지하듯 손아귀 가득 가슴을 쥐고 부드럽게 주물렀다.

그의 손가락이 움직이며 만들어내는 기묘한 감각이 전신을 휩쓸었다. 다리 안쪽에 맞닿은 그의 것이 계속 꿈틀거리면서 존재감을 과시했다. 루시아는 밭은 숨을 몰아쉬며 몸을 뒤틀었다. 그가 고개를 숙여 가슴 하나를 삼켜 빨기 시작했다.

"아!"

유륜 끝을 깨무는 약간의 통증, 그리고 돌기를 빨아들이는 아찔한 쾌감에 루시아는 눈을 감았다.

그는 부드럽게, 그리고 자극적인 애무로 루시아의 몸을 달아오르게 만들었다. 완전히 젖어 준비된 몸 안으로 그가 느릿하게 들어왔을 때 루시아는 탄성을 질렀다.

"아프지…… 않지?"

루시아는 숨을 몰아쉬며 네, 짧게 대답했다. 조금 묵직한 둔통은 있었지만 아프다고 할 정도는 아니었다. 초야의 고통에 비하면 놀라울 정도였다. 어째서 여자는 처음에 몸을 열 때 그렇게 고통을 느껴야 하는 걸까, 루시아는 진지하게 의문을 가졌다.

"천천히 움직일 테니까, 힘들면 말해."

그는 천천히, 그리고 얕게 그녀의 안을 드나들었다. 낯선 이물감이 안을 스치는 감각이 기묘했다. 손끝부터 저릿하면서 몸이 깊이 가라앉는 것 같았다. 같은 움직임을 반복하던 기둥이 단번에 깊은 곳까지 치고 들어왔다.

"아!"

온몸이 저릿하게 울렸다.

"아파?"

"아…… 니요…….."

아픈 건 아니었다. 분명히 아픈 건 아니었지만 어쩐지 괴로웠다. 빠져나간 그가 다시 깊이 밀고 들어왔다.

"잠깐……. 흑……."

"아픈가?"

"네……. 조금 뭔가…….."

그가 움직이지 말고 잠시 기다려주길 바랐으나 그는 흐응, 중얼거리며 씨익 웃었다.

"그럴 리가."

단번에 묵직한 뜨거움이 몸을 가르며 들어왔다.

"으흑!"

"안이 이렇게 난리인데…… 아플 리가 없지. 안 그래?"

그가 귓가에 짓궂게 속삭이며 단번에 강하게 치고 들어왔다. 짧은 통증 끝으로 아릿한 느낌이 이어졌다. 동시에 가볍게 절정을 느꼈다. 괴로우면서 달콤한 감각이었다. 루시아는 자신의 내부가 그를 삼키며 열렬히 좋아하는 것을 느꼈다. 그가 낮게 신음하는 소리를 듣자 아래가 짜릿하게 죄어들었다.

그가 귓가에서 으르렁거렸다. 그의 거친 숨소리에 그 역시 자신만큼 느끼고 있다는 생각에 루시아는 흥분했다. 그 흥분에 맞춰 내부가 맥박 치면서 꽉 움츠러들었다.

"욱……."

휴고는 아프도록 죄었다가 푸는 것을 반복하는 그녀의 내벽에 눈앞이 핑 돌아 억눌린 신음을 흘렸다. 사정한 것도 아닌데 그에 근접할 정도의 쾌감이 정수리를 타고 올라온다. 고통으로 경직되어 있던 처음과 달랐다.

충분히 맛보지 못해 아쉬워한 것이 아니었다. 순진한 표정과 투명한 눈빛을 지닌 그녀의 다리 사이에는 지독한 쾌락의 늪이 숨어 있었다. 그는 더 큰 쾌감을 갈망하며 허리를 빼고 더 깊이 파고들었다.

"아!"

빠져나가는 것이 싫은 것처럼 그녀의 질은 단단히 그의 것을 붙잡았다. 그는 지그시 어금니를 사려 물고 몸을 뺐다가 진입했다. 뜨겁게 조이는 내부를 느낄 때마다 그는 방사의 욕구를 참았다. 아직은 아니었다. 더 그녀의 깊은 곳으로 들어가고 싶었다.

그는 정사의 쾌감에는 비교적 담백한 편이었다. 처음 여자를 알고 하룻밤 여자 서넛이 다 늘어지도록 밤새 즐기며 놀던 한창 십 대 때에도 늘 견고한 이성은 무너진 적 없었다. 그 수많은 여자들 중 누구도 그를 이렇게 흥분시키지 못했다.

"아! 아웅! 잠깐…… 잠깐 잠시……."

뇌를 잡아 주무르는 것 같은 아득하면서 기이한 감각에 루시아
는 두려움을 느껴 그의 가슴을 짚어 두 손으로 밀어내려 했다. 그는
오히려 그녀의 두 손을 깍지로 잡아 침대 위로 누르며 정신없이 허
리를 움직이기 시작했다.

살이 맞부딪치며 철썩철썩 소리가 나도록 박아 넣었다. 헐떡이
는 호흡과 섞이는 교성을 들으며 그는 등허리에서 올라오는 뻐근한
쾌감에 전율했다. 정말 미치도록 좋았다.

"하아아악!"

루시아는 고개를 꺾으며 비명을 질렀다. 동공이 확장되고 저절
로 벌어진 입이 다물어지지 않았다. 도무지 말로 설명할 수 없었다.
격하게 교접한 하체와 가장 먼 뇌에서 시작되는 쾌감이 벼락을 맞
은 것처럼 온몸으로 퍼져갔다.

숨이 차고 온몸이 바들바들 떨렸다. 아득하게 어디론가 떨어지
는 기분에 공포감을 느끼면서도, 동시에 날아오르는 것 같은 짜릿
함을 느꼈다. 도망치고 싶지만 절대 이 감각에서 벗어나고 싶지 않
다는 모순이 함께했다.

거대한 해일처럼 온몸을 쓸고 지나가는 쾌감이 어느 정도 진정
되자 루시아는 그의 어깨를 꽉 끌어안고 있던 팔에 힘이 빠져 그대
로 침대로 늘어뜨렸다. 아예 온몸이 축 늘어졌다. 한순간에 날아가
버린 오감이 제자리로 돌아오는 데는 시간이 걸렸다. 새카맣게 점
멸하던 시야가 환하게 트이고 나서야 목덜미에 고개를 묻고 있는
거친 그의 호흡을 들을 수 있었다.

'맙소사.'

휴고는 탄식했다. 죽는 줄 알았다. 경련하는 내벽이 그의 것을 물고 잡아 비트는 감각에는 그저 헉 소리밖에 나오지 않았다. 그는 지금껏 자신이 의도하지 않은 파정을 한 적이 없었지만 이번에는 예외였다.

그야말로 완전히 잡아먹히는 기분으로 사정했다. 정수리 끝에서 발끝까지 작살 맞은 물고기처럼 온몸이 떨려왔다. 복상사라는 단어의 정의를 그는 완벽하게 이해했다.

그의 것을 잡고 있는 그녀 내부의 경련은 상당히 길었다. 제멋대로 날뛰던 처음과 달리 시간이 지날수록 조금씩 느려지긴 했어도 가만히 안에 넣고만 있는데도 꽉 물었다 푸는 것을 반복했다.

그는 숨을 겨우겨우 가다듬었다. 어지간한 쾌감에는 단련되었다고 생각했다. 남자 서넛을 죽였다는 명기도 안아봤지만 그때도 별 거 아니군, 생각했다.

이런 경험은 처음이었다.

그는 팔로 딛고 상체를 살짝 일으켰다. 내려다본 시선 아래 그녀가 완전히 흐트러진 표정으로 헐떡이고 있었다.

그도 어쩔 수 없이 쾌락에 약한 남자였다. 제 아래 누워있는 여자에 대한 뜨거운 갈망이 샘솟았다. 땀에 젖은 그녀의 이마에 입을 맞췄다. 젖은 눈시울에도, 코끝에, 턱에서 목으로 이어지는 깊이 들어간 곳에도 키스했다.

흐려져 있던 루시아의 눈에 조금씩 초점이 돌아왔다. 쾌락의 정점이 지나고 상대적으로 느끼는 무기력함에 손끝 하나 까딱할 수 없었지만 그것도 조금씩 시간이 지나자 괜찮아졌다. 살짝 닿았다 떨어지는 가벼운 입맞춤이 쉴 새 없이 이어졌다. 그는 그녀의 얼굴과 목덜미를 오가며 가릴 것 없이 자잘한 키스를 쏟았다.

루시아는 부끄러우면서도 조금 들뜬 기분이 들었다. 자극적이지 않은 가벼운 키스는 어쩐지 사랑받고 있다는 느낌이 들게 해주었다. 꿈에서 결혼 생활을 했으나 부부 간 성에는 무지한 루시아였다. 그러나 조금 전 자신이 만족한 만큼 그 역시 만족했다는 것을 알 수 있었다.

루시아는 기교를 부리며 남자를 유혹하는 방법 같은 건 알지 못했다. 관계에서도 소극적인 편 정도에 더해서 거의 목석에 가까웠다. 그럼에도 미약의 힘을 빌리지 않고도 이만큼 느끼고 반응하는 타고난 몸이었다.

최고의 명기로 꼽히는 창부들 중에서도 찾기 어려울 것이다. 하지만 루시아는 그런 건 몰랐다. 그냥 그가 지금 대단히 만족했고 그것을 표현하고 있다는 것 정도만 느꼈다.

그가 늘어뜨린 루시아 팔을 잡아 손바닥에 입을 맞추고 손목 안쪽부터 겨드랑이까지 쪽쪽 소리 나도록 애무했다. 왠지 부끄러워져서 루시아는 시선을 다른 곳으로 돌리고 얌전히 그에게 몸을 맡겼다.

알아서 잡아먹으라는 것처럼 몸을 내맡기는 반응은 그를 더 자극했다. 그녀 안에 묻고 있는 그의 중심은 뿌듯하게 힘을 받아 부피를 키워갔다.

그는 상체를 일으키고 그녀 다리 하나를 잡아 어깨로 올렸다. 땀으로 촉촉한 그녀 종아리에 입을 맞추면서 부드럽게 허리를 움직였다. 흠칫 놀라 눈이 동그랗게 커진 그녀가 그와 시선을 마주치는 순간 새빨갛게 얼굴을 붉히며 시선을 내리자 그는 아랫배가 꽉 죄어드는 것 같았다.

그가 쏟아낸 정액을 머금은 그녀의 질은 아까보다 훨씬 미끈거리며 부드럽게 그의 성기를 품었다. 성기 대부분을 그녀의 안에 넣은 채 기둥 부분을 조금씩 꺼냈다가 넣으면서 그는 뜨겁고 습한 그녀의 안에서 마찰하는 기분 좋은 쾌감을 즐겼다.

"응…… . 아아…… ."

미약한 신음이 루시아 입에서 흘러나왔다. 단단한 기둥이 내부를 헤집는 느낌이 적나라했다. 느릿하게 올라오는 쾌감이 좋았다. 그가 뿌리 끝까지 밀어 넣을 때마다 루시아의 몸이 아래위로 조금씩 흔들렸다.

몸이 깊은 물에 잠긴 것만 같았다. 무겁게 늘어지면서도 부유하는 것 같았다. 절정을 느끼고 한껏 예민해진 속살을 그의 성기가 스쳐갈 때마다 전기가 오르는 것 같았다.

요란한 교성을 지르는 것도, 보란 듯 교태로운 몸짓을 보이는 것도 아닌데 휴고는 그녀의 흐려진 눈빛과 젖어드는 눈시울에 손끝까지 저릿할 정도로 흥분했다. 미미한 반응이었다. 그래서 꾸며내는 거짓 반응이 아니라, 정말 느껴서 몸부림친다는 것을 알 수 있었다.

뜨겁게 죄는 그녀의 속살에서 나가고 싶지 않았다. 한편으로 빼냈다가 밀어 넣어 자극도 느끼고 싶었다. 허리를 둥글게 움직이며 안을 자극하자 바로 반응이 왔다. 잡아먹을 듯이 달려드는 내벽의 움직임은 그의 성기를 마구 주물럭거렸다.

그는 숨을 몰아쉬며 분출하고 싶은 욕망을 내리눌렀다. 정말 요물이 따로 없었다. 벌어진 붉은 입술과 그 안에 보이는 작은 혀를 보자 맛보고 싶어 견딜 수가 없었다. 그는 몸을 숙여 두 팔로 그녀 어깨와 허리를 감싸 들어 올렸다.

마주 앉게 된 자세로 그는 그녀의 뒤통수를 품으로 당기며 입술을 삼키고 살짝 나온 혀를 빨아들였다. 말랑거리는 혀가 쉽게 그에게 잡혀주지 않았다. 끈질기게 쫓아가며 휘감고 살짝 물었다.

파득 놀란 혀가 얌전해졌다가 다시 도망쳤다. 쫓고 쫓기며 그는 앙큼한 그녀의 작은 입속을 정복하는 데 빠져들었다. 그 와중에도 한 손으로 그녀 엉덩이를 움켜잡고 허리는 계속 움직였다.

그녀 입안에 흐르는 맑은 타액을 삼켰다. 치열을 샅샅이 훑으면서 볼 안쪽 구석구석 건드리지 않는 곳 없이 애무했다. 루시아가 두 손으로 그의 가슴을 급하게 두드리고 나서야 그는 입술을 뗐다.

"하아. 하아."

도톰하게 부푼 입술을 벌리고 루시아는 마구 가쁘게 호흡했다. 그가 키득 웃으며 그녀의 입술에 가볍게 입술을 붙였다 뗐다.

"코로 숨을 쉬어야지."

질식시킬 것처럼 몰아가던 그를 원망스레 바라보던 루시아가 시선을 아래로 떨어뜨렸다. 알몸으로 남자와 뒤엉켜있는 자신의 상태를 자각하자마자 부끄러움이 밀려왔다.

누워서 그를 받아들이는 자세가 아니라, 그의 허벅지에 걸터앉아 근육이 움직이는 그의 맨 가슴을 바라보고 있자니 민망해서 고개를 들 수가 없었다.

루시아가 시선을 피하자 그는 약간 기분이 상했다. 일부러 쫓아가 시선을 마주하자 또 피한다. 집요하게 몇 번 그러다가 그녀가 수줍어 그런다는 것을 알고는 피식 웃었다.

남자 없이는 살지 못할 것 같은 음란한 몸을 지녔으면서 순진하기 그지없었다. 그녀의 음란함은 그밖에 알지 못할 것이다. 어쩐지 그 점이 몹시 마음에 들었다.

휴고는 다시 그녀를 눕혔다. 정면이 아닌 측면으로 돌아눕게 해서 다리를 옆으로 겹쳐 놓이게 하고 허벅지 사이를 뚫고 질 깊숙이 진입했다.

"앗……. 으응……."

바뀐 자세는 이전과 다른 곳을 건드리며 자극했다. 얕게 건드렸다가 때로는 깊게 들어왔다. 아픈 걸 참기에만 급급했던 초야와 달리 루시아는 정사가 주는 쾌감에 빠져들었다.

의식이 돌아온 루시아는 지금 자신이 잠에서 깨어난 건지 기절했다 깨어난 건지 모르겠다고 생각했다. 머릿속이 멍하고 온몸이 나른했다. 그리고 좀 더 의식이 또렷해지자 귓가에서 숨소리가 들려왔다.

등 뒤에 닿는 탄탄한 그의 가슴이 느껴졌다. 그가 뒤에서 자신을 끌어안고 있었다. 한 손이 허리를 감고 다른 한 손을 가슴을 쥐고 있고 그에게서 나오는 호흡이 목덜미를 간지럽혔다. 그의 다리 하나가 뒤에서 그녀의 두 다리 사이로 비집고 들어와 마치 그녀는 그의 허벅지에 걸터앉은 듯한 자세로 누워 있었다. 더구나 엉덩이에 닿는 그것은……. 온몸이 불에 타는 것처럼 열이 올랐다.

내려있는 커튼 사이로 환하게 빛이 새어 들어오는 것을 봐서 분명히 한참 전에 날이 밝은 것이 분명했다. 대체 시간이 얼마나 된걸까.

늘 해 뜰 무렵에는 일어나는 습관이라 이렇게 시간을 가늠할 수 없는 것은 처음이었다. 그의 품에서 조심스럽게 상체를 조금 빼내자마자 허리를 감은 팔에 힘이 들어가면서 확 뒤로 당겨졌다. 뒷목에 축축한 입술이 닿았다.

"저…… 전하…?"

"……이름."

"……휴. 저……. 놔주세요."

"싫은데."

그의 입술이 목과 등 부근에 자잘하게 입을 맞췄다. 키스는 점차 짙어지며 따끔거리는 흔적을 만들었다.

"전……. 휴. 아침이에요."

루시아의 작은 반항에도 그는 전혀 개의치 않으며 가슴을 강하게 움켜쥐었다. 그녀의 밀부에 허벅지를 바짝 밀착해 문지르듯 움직이면서 움찔거리는 그녀의 반응을 즐겼다.

목덜미까지 빨갛게 물든 그녀를 보고 있으니 더 짓궂게 건드리고 싶었다. 그는 그녀의 안에 자신의 분신을 넣고 박아 올리듯 허벅지를 아래에서 위로 쳐올렸다.

"읏……."

그녀의 몸이 흔들리면서 숨죽인 짤막한 신음을 흘렸다. 그는 미간을 좁혔다가 벌떡 몸을 일으켰다. 그녀의 허리를 잡아 올려 엉덩이를 들게 하고 단단히 일어난 중심을 그녀의 붉은 속살 안으로 찔러 넣었다.

"흐읏……."

그녀의 손이 시트를 쥐었다. 느릿하게 안으로 들어온 뜨거운 것이 쑥 빠져나갔다가 다시 파고들었다. 그가 밀고 들어올 때마다 내부를 채우고 있는 탁한 액체가 허벅지를 타고 흘러내렸다. 짐승이 교미하는 것 같은 자세에, 살이 맞부딪치며 나는 물 튀기는 소리가 수치심을 더했다. 그것이 쾌감이 되었다.

완전히 기절하는 것처럼 잠든 루시아의 몸이 축 늘어졌다. 그는 보송보송하고 하얀 그녀의 볼을 깨물고 입술을 맛보고 목덜미를 핥았다.

부족했다. 맛보고 또 맛봐도 더해가는 갈증은 해소되지 않았다. 그녀의 긴 목덜미를 깨물어 그녀의 내부를 채우고 있는 붉은 피라도 마시고 싶었다. 그러면 이 갈증이 조금이라도 해소가 될까.

'미쳤군.'

그는 그녀의 목덜미에 코를 묻고 상큼한 풋과일 향을 풍기는 그녀의 체취를 들이마셨다. 이 여자의 몸은 마약이었다. 아니, 마약도 이보다는 달콤하지 않을 것이다. 자신이 정말 미친 것 같다고, 휴고는 그녀의 몸을 끌어안으며 생각했다.

* * *

아침.

루시아는 환하게 침실을 밝히고 있는 아침 햇살을 응시하며 눈을 깜빡이면서 남아있는 잠기운을 몰아냈다. 옆으로 누워 두 팔로 몸을 지탱하며 천천히 상체를 일으켰다.

나른한 감각이 온몸을 두드렸다. 잠에서 깨어날 때마다 느끼는 노곤한 피로감이 이젠 더는 낯설지 않았다. 근 한 달째, 그는 매일 밤마다 짐승처럼 달려들었다.

그와의 정사는 꽤 많은 체력을 소모하게 했다. 그는 도통 시작했다 하면 짧게 끝내는 적이 없고 그나마도 기진맥진해서 루시아가 쏟아지는 잠을 이기지 못해 잠들고 나서야 놓아주었다.

밤새 시달리다 아침에는 노곤해서 병든 병아리처럼 꾸벅거리다가 좀 정신이 들 무렵이면 날이 저물고, 그러면 그에게 침대로 끌려 들어가는 밤의 시작이었다. 어영부영하는 사이에 순식간에 한 달이 지나갔다.

그나마 이제는 몸이 좀 익숙해졌는지 기상 시간이 점점 빨라지고 피로함이 덜해졌다. 첫 한 주일은 거의 오후가 되어서야 일어났었다.

하지만 루시아는 절대 그에게 이젠 좀 피곤함이 덜한 것 같다고 말하지 않았다. 그 말을 했다가는 지금보다 더 못살게 굴 것이 뻔했다. 아무것도 못 하고 침대에서만 하루를 보내는 건 그만하고 싶었다. 아랫사람들 보기에도 민망했다.

어젯밤의 그는 유난히 집요했다. 몸 안을 꽉 채우는 이물감이 아직도 느껴지는 기분이었다. 정말 싫으면 싫다고 하면 된다. 그가 싫다는 그녀를 범하는 건 아니었다. 사실 힘들긴 해도 솔직히 좋았다.

아찔한 오르가슴을 몇 번 느끼는 만족스러운 섹스를 하고 나면 피곤해도 충족감이 들었다. 그는 능수능란하게 그녀를 좌로 굴리고 우로 굴리며 온몸 구석구석 혀가 닿지 않는 곳이 없을 정도로 애무하며 희롱했다. 다른 남자와 비교할 기회는 없었고, 앞으로도 없을 것 같지만 루시아는 그가 대단히 능숙한 것만은 분명하다고 생각했다.

공간만 침실이라는 곳에 한정되었을 뿐 침대 위, 아래, 테이블 위, 소파 할 것 없이 장소며 체위며 매일같이 색다른 발견을 하고 있었다. 그 남녀 간 은밀한 놀이에 루시아는 도통 싫증을 느낄 수가 없었다.

처음에는 짐승 같다고 기겁했던 후배위에 익숙해졌고, 그의 허벅지에 올라타 스스로 허리를 움직이는 지경에 이르렀다. 고작 한 달 만에 그는 루시아를 정사의 기쁨을 아는 몸으로 길들여 놓았다.

줄을 당겨 하녀들을 불렀다. 세수하고 옷을 갈아입느라 거울 앞에 서서 거울 속 제 모습을 바라보는 루시아의 표정이 기묘했다. 뒤에 서 있는 하녀들도 시선을 어디 둘지 몰라 고개를 숙이거나 눈을 돌렸다.

어깨가 깊이 팬 드레스를 입은 루시아의 목덜미며 어깨며 울긋불긋한 자국으로 난리였다. 이래서야 무슨 피부병이라도 걸린 사람 같다. 날은 점점 더워지는데 한여름에도 목과 팔까지 다 가린 드레스를 입어야 하나. 루시아는 한숨을 푹 내쉬며 말했다.

"……안 되겠구나. 다른 걸로 가져오렴. 목까지 가리는 걸로."

"예, 마님."

하녀들이 바삐 움직이기 시작했다. 루시아는 이젠 이 모습을 보이기 부끄럽지 않을 정도로 뻔뻔해졌다. 한 달 가까이 아침마다 이런 일을 겪으면 누구라도 그렇게 될 것이다.

신혼이니 그럴 수도 있지, 라며 주변에서 생각하면서도 공작이 매일같이 그녀와 밤을 보내는 것에 다들 놀라는 것 같았다. 더불어 원래 친절했던 사람들이 이제는 아예 그녀 앞에서 절절맸다. 남편의 사랑만큼 대단한 권력은 없구나 새삼 느끼게 되는 것이다.

낮 햇볕이 강해지기 전에 정원 그늘에 간이식 티테이블을 차려놓고 루시아는 느긋하게 차를 마셨다. 그녀의 일과 중 하나였다.

'참 삭막한 정원이야…….'

규모가 작지 않은 정원 전부가 사철식물로 가득했다. 꽃은커녕 가을에 낙엽조차 지지 않고 봄부터 겨울까지 내내 똑같은 풍경일 것이다. 확실히 손은 덜 가겠지만, 정원이라 내세우기 우스운 꼴이었다.

'정원 가꾸기를 해볼까…….'

루시아는 이제 공작(과 그 아들)을 제외한 유일한 타란 공작가 사람이고, 공작부인이었다. 안주인에게는 정원뿐 아니라 내부 인테리어를 취향대로 가꿀 권한이 있었다.

'따로 할 일이 없기도 하고…….'

성에 머물면서 루시아는 딱히 하는 일이 없었다. 꽃꽂이나 수놓기 등의 흔히 귀부인들이 시간 보내기로 하는 일은 변변히 배우지 못했고 취미도 없었다. 보석이나 장신구 등의 사치품을 구매하는 일에 흥미도 없었다. 하루 두세 시간 책을 읽는 것 외에 그저 차 마시고 산책하고 그렇게 시간을 보내고 있었다.

'이래서는…… 밥벌레 같은걸.'

일하지 않는 자, 먹지도 말라. 꿈속의 루시아는 이런 신조를 강요받는 삶을 살았다. 백작부인으로 있을 때도 파티 참여 등 사교 활동은 업무였다. 그녀의 생각을 휴고가 알았다면 도리어 의문을 가졌을 것이다. 왜 하는 일이 없지? 휴고 입장에서 그녀는 넘치도록 — 그의 욕심에는 아직 한참 부족한 점은 있지만— 아내 역할을 잘 해주고 있었다.

"마님."

슬슬 들어갈까 하는 와중에 제롬이 다가왔다. 제롬은 봉투 하나를 루시아에게 건넸다. 열어보자 서류 한 장이 들어있었다. 짧게 내용을 훑는 그녀 미간에 살짝 주름이 잡혔다.

"……내비예산이군요."

"예, 마님. 기존에 운용되던 예산이 아니다 보니 새로 작성하는 데 시간이 필요했습니다."

내비예산은 귀족가 안주인에게 할당하는 예산이었다. 왕실로 치면 내명부 운영재정이다. 작위 귀족의 안주인 정도면 그 가문의 살림 관리자였다. 안주인이 집안을 꾸리고 사람을 고용하고 파티를 열어 사교 활동을 하는 모든 일을 가문의 안주인으로서 활동하고 있다고 보았다.

"다른 예산으로 운용하던 고용비와 성을 운영하기 위한 기본 소요경비는 내비예산에 포함하지 않았습니다. 오롯이 마님께서 새로 계획하시면 되는 신규 예산입니다."

"……신규……? 어떤 용도로 쓰라는 건가요? 내비예산은 원래 고용비나 경비로 쓰는 거 아니었어요?"

"이후 차차 반영되겠지만 올해는 아닙니다. 용도는 마님께서 정하시는 것입니다. 금액 안이라면 어디에 쓰시든 마님의 뜻입니다."

이래서야 완전히 루시아의 사재나 마찬가지였다. 그런 비용이라기에는 어마어마한 규모였다. 도대체 이게 0이 몇 개인가. 실감이 나지 않을 정도의 금액인데 제롬은 대수롭지 않은 것처럼 말하고 있으니 공작가쯤 되면 아예 경제 기본 단위 자릿수가 다른 모양이었다.

'놀고먹는 건 끝났구나…….'

일종의 업무추진비가 나왔으니 타당한 성과를 내야 한다. 작위 귀족의 안주인에게는 누리는 권리만큼 당연히 의무도 따랐다. 잡음 없도록 살림을 꾸리는 것은 기본이고 귀부인들과 사교를 통해 남편을 내조해야 한다.

'정원부터…….'

정원 꾸미기에 대해서는 아는 것이 별로 없었다. 꿈에서 메튼 백작과 결혼 생활을 하는 중에도 정원은 가꾸지 않았다. 정원은 돈이 많이 들어가는데 메튼 백작은 그런 소비를 내켜 하지 않았다.

제롬에게 뜻을 밝히자 제롬은 무엇이 필요하고 어떤 식으로 해야 할지 꼼꼼하게 조언을 주었다.

늘 똑같은 하루가 저물었다. 오늘 저녁 식사는 루시아 혼자였다.

아침과 점심은 각자 하지만 저녁은 거의 그와 함께 먹는 편이었다. 그런데 오늘은 그가 오후에 외출해서 식사 시간이 지난 후에 귀가했다.

루시아는 평소처럼 서재에서 책을 읽다가 목욕을 하고 침실에서 젖은 머리를 말렸다. 원래 하녀들이 시중을 들어야 했지만 대개 이 시간에 그가 침실로 들어오기 때문에 자연스럽게 하녀들이 빠졌다.

달칵, 문소리가 들리고 역시 그가 들어왔다. 하녀들을 물리고 나서부터는 아예 그는 목욕 가운만 걸치고 침실로 들어왔다. 그건 루시아도 마찬가지였다. 허리끈을 묶어 단정히 하고 있으나 한 장의 목욕 가운 안에는 속옷도 입지 않았다. 처음엔 낯설었지만 이젠 익숙했다.

화장대에 앉아 있는 루시아를 그가 다정하게 등 뒤에서 한쪽 팔로 감으며 목덜미에 입을 맞추었다. 살짝 닿았다 떨어지는 입술 감촉을 느끼며 루시아는 눈을 감았다. 아득해지는 기분이었다. 이게 행복일까. 나중에 잊지 못해 괴로울까 봐 겁이 났다.

"제롬에게 전하라 한 것이 있었는데. 받았나?"

"네. 그래서…… 정원을 조성하려고요."

"정원?"

"혹시 정원에 꽃을 심지 않은 건 당신 뜻인가요? 제가 손대도 괜찮아요?"

"정원은 안주인 권한이지. 좋을 대로 해."

"먼저 조성사를 불러서 전체 계획을 잡아 설계해야 한대요. 초반에는 일꾼들이 많이 필요하고. 당분간은 조금 번잡스럽게 사람들이 드나들 것 같아요."

휴고는 정원에 대해 모른다. 애초에 그런 것에 관심이 없었다. 정원을 사철식물로 채워둔 것도 빈 채로 두면 너무 볼썽사나우므로 제롬이 한 조치였다. 그래도 그 넓은 정원을 새로 꾸미려면 사람이 많이 필요하고 돈도 꽤 필요하겠구나 정도는 짐작했다.

"내비예산이 부족한가?"

휴고는 루시아가 정원 이야기를 꺼내는 것을 그렇게 해석했다.

"네?"

루시아가 화들짝 놀랐다. 절대 돈을 더 달라는 소리가 아니었다.

"증액은 많이는 곤란해. 올해 예산은 이미 확정되어서 가예산으로 뺀 거니까. 내년엔 고려해 보지."

내비예산 규모를 정하는 건 가주의 권한이었다. 그래서 귀족들은 내비예산 규모까지 혼인 조건으로 삼는 경우가 많았다. 부부 금실이 좋으면 내비예산 규모가 늘어나는 것이 당연한 순서고, 반대로 남자가 이혼을 원할 경우 가장 먼저 하는 짓이 내비예산을 줄이는 것이다.

올해 예산은 이미 빼곡하게 짜여있었기 때문에 그는 할 수 있는 선에서 최대한 규모로 잡았다. 내년에 더 늘일 생각은 처음부터 하고 있었다.

루시아가 확인하고 놀란 금액은 그녀의 생각과 달리 공작가라서 당연한 규모가 아니었다. 귀부인의 자존심 때문에 결코 누구도 자신의 내비예산 액수를 밝히지 않지만 아마 루시아의 내비예산이 얼마인지 들었다면 믿지 못했을 것이다.

"아니에요. 그런 뜻으로 드린 말씀이 아니에요. 지금도 충분히 많아요. 그저 단지……. 사람들이 드나들면 번잡스럽게 생각하실까 해서 말씀드린 거였어요. 제가…… 괜히 정원에 손대서……."

"로암에 하루 드나드는 자들이 수백이야. 일꾼들이 수천 명이 될 것도 아닐 텐데 무슨 상관이야. 정원은 안주인 권한이라고 했지. 당신이 정원 나무를 다 뽑아버리든 다 밀고 연못을 파든 하고 싶은 대로 해도 돼. 그런 일을 내 허락을 구할 필요는 없어."

"……어떤 걸 제 임의로 할 수 있는지, 어떤 걸 허락을 구해야 하는지 잘 모르겠어요. 전 어디까지 할 수 있어요?"

물끄러미 루시아를 바라보던 그가 그녀를 달랑 안아 들었다. 그녀를 침대에 내려놓고 그 옆에 비스듬히 턱을 괸 자세로 누워 그녀를 직시했다.

"어디까지 하고 싶지?"

기회였다. 루시아도 그쯤은 알았다. 왕이 자신이 총애하는 애희에게 무얼 갖고 싶으냐 묻는 것과 다름없었다. 그는 그녀와 잠자리를 만족하고 있다. 그렇지 않고서야 매일 그녀의 침실을 찾을 리는 없었다.

만족한 남자는 무척 관대해지므로 여기서 그에게 얼마간 교태로 대단히 많은 것을 얻을 수 있을 것이다. 대부분 여자들이 하는 것처럼.

휴고는 그녀의 입에서 과연 어떤 말이 나올까 기대했다. 그녀는 제법 고단수였다. 지금까지 그에게 무엇도 해 달라고 조르지 않았다. 그는 그녀가 청하는 것은 어지간하면 들어줄 생각이었다. 가능하면 재물 쪽이기를 바랐다. 권력을 탐하는 여자는 그는 별로 재미가 없었다.

"그걸 잘 몰라서 드리는 말씀이에요. 아시다시피…… 전 제대로 배우지 못했어요. 공작가 안주인이 무엇을 하고 하지 말아야 하는지 몰라요. 그걸 배우고 싶어요."

루시아는 욕심내지 않았다. 그녀는 욕심은 더 큰 욕심을 부르고 결국에는 화를 부른다는 사실을 잊지 않았다. 공작부인으로 있는 이상 평생의 부귀영화는 보장되었다. 물적인 부분에서 이미 더 바라는 것이 없었다. 권력 같은 건 애초부터 흥미도 없다.

"선생이라……."

그가 손으로 턱을 쓰다듬으며 잠시 생각했다. 의외의 부탁이지만 동시에 그는 자신이 먼저 신경 써야 했다는 걸 깨달았다. 타란 공작가에는 그녀에게 조언해 줄 가문의 어른이 아무도 없었다. 또한, 그녀는 제대로 된 친정을 갖지 못했다. 당연히 배울 기회가 없었을 것이다.

"알아보도록 하지."

"감사해요."

루시아는 그를 향해 활짝 웃었다. 그녀의 맑은 미소를 보며 그의 입술에도 저절로 미소가 올라왔다. 그녀의 웃음은 언제나 아이처럼 사심 없이 깨끗했다. 그를 유혹하려는 웃음은 분명히 아닌데 그는 그녀의 미소를 보면 하체가 묵직해졌다. 지금도.

그는 애써 경건한 생각을 떠올렸다. 근데 도무지 뭐가 경건한지 모르겠다. 그나마 집무실에 쌓여있을 서류 더미를 생각하니 좀 기분이 가라앉았다. 요즘의 그는 본능만 남은 짐승이 된 것 같았다.

그는 이어서 나올 그녀의 말을 기다렸으나 침묵이 길어지자 결국 그가 먼저 입을 열었다.

"그리고?"

"네?"

"더는 없나?"

눈동자를 한 번 굴리며 잠시 생각한 루시아가 네, 답하자 그녀를 바라보는 휴고의 눈매가 살짝 가늘어졌다. 바보인가? 욕심이 없나? 아니면 앙큼한 머리 굴리기인가?

하지만 휴고는 정말 그녀가 아무것도 원하지 않는다고는 믿지 않았다. 남자든 여자든 한 보 전진을 위해 세 발짝 물러서는 일쯤은 얼마든지 한다.

지금은 순진하게 고개를 갸웃해도 머지않아 그의 베갯머리에서 종알거릴 것이다. 그가 지닌 권력과 재력. 그것을 탐내지 않는 사람은 지금껏 단 한 명도 보지 못했다.

"그 정원 가꾸기 말이야. 많이 힘든 건가?"

"해보지 않아서 모르겠어요. 제가 직접 꽃을 심을 건 아니니까……. 그렇게 많이 힘들 것 같지는 않아요."

"정원. 꼭 해야 돼?"

"정원에 신경 안 쓰신다면서요."

"정원에 신경 쓰는 것이 아니라 당신 말하는 거야. 괜히 그런 데다 기운 빼지 말라고. 그런데 쏟을 기운 있으면 나한테 주는 게 어때?"

그의 손이 허리를 더듬자 루시아 얼굴이 빨갛게 달아올라 그를 흘겨보았다.

"……이 이상 더 무슨 기운을 내요. 아침마다 늦잠 자는 것도 민망해 죽겠다고요."

"그게 왜 민망해. 자랑스러워해야지."

"……왜 자랑스러워하는데요?"

"당신 남편 정력이……."

루시아가 두 손으로 덥석 그의 입을 닫았다. 발간 얼굴로 그를 노려보다가 그가 혀로 할짝 손바닥을 핥자 기겁을 하며 손을 떼어냈다. 그러나 그의 손에 손목이 답삭 잡혀 그의 입안으로 손가락이 삼켜졌다. 그의 혀가 손가락 안쪽을 핥으며 빨아들이자 손끝에서 시작되어 팔꿈치를 스쳐가는 오싹한 느낌에 루시아는 어깨를 움찔했다.

루시아는 새빨갛게 물든 얼굴로 그에게 잡힌 손을 빼내려고 있는 힘껏 힘을 주었다. 그러나 단단히 붙잡힌 손목은 꿈쩍도 하지 않았다. 그는 다디단 사탕이라도 맛보는 것처럼 느긋하게 그녀의 손가락을 하나하나 입안에 넣어 혀로 굴리며 끝을 쪽쪽 빨았다.

그의 입안으로 손가락이 마디 끝까지 들어갔다가 나오는 것을 보며 루시아의 호흡이 점차 가빠졌다. 그의 붉은 눈동자가 손가락을 혀로 감으며 그녀의 반응을 관찰하고 있었다.

손끝에서 짜릿하게 전기가 오르자 루시아는 몸을 움츠리며 입술 끝을 살짝 물었다.

"휴……. 그만……."

고작 손가락이 빨리는 것만으로도 몸이 오싹하며 나른해지는 것이 부끄러웠다. 손목을 쥔 힘이 조금 약해지자마자 루시아는 재빨리 손을 빼냈다. 그대로 그에게서 도망치듯 몸을 돌리려 했지만 그가 더 빨랐다. 그의 팔이 그녀의 허리를 감아 끌어당겼다.

강한 힘으로 단번에 끌려간 루시아의 이마가 단단한 그의 가슴에 부딪혔다. 허리께의 커다란 손은 빠르게 가운 안으로 들어와 등의 맨살을 어루만지고 있었다. 부드럽게 등허리를 만지는 그의 손길에 등을 따라 전율이 달렸다. 자연스럽게 앞으로 넘어온 손이 가슴을 가득 쥐었다. 그의 거리낌 없는 애무는 언제나 그녀를 당혹스럽게 했다.

그의 가슴에 묻고 있던 고개를 들어 그의 붉은 눈동자와 마주했다. 그의 눈에는 차가운 불이 있었다. 냉정한 눈빛에서 그녀에 대한 갈망을 읽을 때 루시아는 부끄러우면서 설렜다. 그는 그녀를 바라보는 눈빛에서 진한 욕망을 숨기지 않았다. 숨이 막혀서 그와 시선을 오래 마주할 수가 없었다.

눈을 내리깔아 시선을 피하는 그녀를 보며 휴고는 쥐고 있던 가슴에 약간 힘을 주었다. 살짝 흠칫 놀라는 반응을 보인다.

확실히 그녀는 그가 지금껏 상대한 여자들과 달랐다. 참 재미가 없다. 죽을 것처럼 비명을 질러대고 적극적으로 허리를 돌리며 교태를 부리는 웃음으로 그를 유혹하려 하는 여자들에 비하면 소극적이고 지루하기 짝이 없었다.

그게 잘못되었다는 건 아니다. 모든 여자들이 다 그렇게 밤기술이 뛰어나지는 않을 테니까. 이상한 건 그였다. 이 여자를 품고 싶어 애가 달아 이제 막 색욕에 눈뜬 어린놈처럼 날뛰는 그가 이상한 거다.

말랑한 가슴을 주무르며 부드러운 촉감을 음미하던 그의 손이 그녀의 허벅지 안쪽을 쓰다듬다가 다리 안쪽을 손끝으로 문질렀다. 품 안에서 그녀의 몸이 파르르 떨렸다. 손끝에는 끈끈한 액체가 미끄러졌다.

그가 피식, 웃었다. 이 간극이 미치겠다. 여기저기 조금 만졌을 뿐인데 그녀의 다리 안쪽은 완전히 젖었다.

여인의 몸이 내보내는 애액은 남녀 간 정사를 만족하게 하는 가장 중요한 요소다. 휴고는 그녀를 안으며 단 한 번도 결합을 돕는 향유를 사용한 적 없었다. 그녀의 비처는 마르지 않는 샘처럼 풍부한 물을 흘렸다. 그의 것을 감싸는 매끄러운 감각은 인공적인 향유에 비할 바가 아니었다.

키스에 눈이 흐려지고 만지는 것만으로 몸을 움츠리는 그녀는 지난 한 달 다소 나아지긴 했으나 비약적인 발전은 없었다. 늘 처음인 것처럼 수줍게 그를 받아들이면서 사내 없이는 못 살 것 같은 음란한 몸을 가졌다. 단단히 부푼 하체가 아파서 그는 살짝 인상을 썼다. 더는 여유가 없었다.

그는 비스듬히 기대 누워있는 몸을 일으켜 무릎을 그녀의 엉덩이 아래에 넣어 그녀의 허리 아래를 공중에 들리게 했다. 그녀의 눈이 동그랗게 커지는 것을 보며 그는 가느다란 그녀의 두 발목을 잡아당겨 그대로 삽입했다.

"으흑!"

별다른 전희나 애무가 없었으나 그녀의 내벽은 그를 빨아들이듯이 삼켰다. 그는 그녀의 온몸을 애무하는 것도 꽤 좋아하는 편이라서 평소 전희 없이 삽입은 하지 않은 편이지만 때로는 오늘과 같이 무작정 밀어 넣는 경우도 있었다. 갑작스러운 그의 공격에 놀란 루시아가 숨을 헐떡였다. 잠시 숨 고를 틈도 주지 않고 그가 방아질을 시작했다.

"학! 아! 아학! 하악!"

강하게 때로는 얕게 그의 단단한 기둥이 루시아의 몸을 꿰뚫었다. 강한 그의 힘에 인형처럼 몸이 흔들리면서 루시아는 교성을 질렀다. 단번에 깊은 안쪽을 찌를 때마다 고통인지 쾌감인지 모를 감각이 그녀를 지배했다.

흐릿한 눈으로 그의 미려한 근육이 꿈틀거리는 것을 확인하며 가슴이 뜨거워졌다. 여자만큼, 어쩌면 그보다 더 남자의 몸이 아름답다고 그를 보며 생각했다.

눈가가 붉어지고 호박색 눈동자는 취한 것처럼 몽롱해졌다. 그는 쾌락에 취한 그녀의 모습을 보면서 자극받은 자신의 성기가 한계까지 부풀자 더 꽉 죄는 압박을 느꼈다.

마를 것 같은 입술을 혀로 축이며 그의 것에 달라붙어 움직이는 속살을 느꼈다. 맛으로 치면 극상. 어떤 말로도 표현할 수가 없다. 그녀의 안은 늘 그의 견고한 이성을 뒤흔들었다.

그는 그녀를 허벅지에 앉게 하고 엉덩이를 움켜잡아 아래위로 방아질을 했다. 철썩이며 살 부딪치는 소리와 함께 그녀의 몸이 아래위로 거세게 흔들렸다. 출렁이는 가슴을 그가 꽉 깨물며 삼키자 그녀는 날카로운 비명을 지르며 고개를 뒤로 꺾었다.

커다란 손이 땀에 젖은 그녀의 등과 날갯죽지를 쓸어내렸다. 루시아는 두 팔을 그의 목에 감고 그가 골반을 잡아서 들어 올리고 내리꽂을 때마다 거대한 그를 가득 품으며 신음을 흘렸다. 아래에서 위를 찌르고 올라올 때마다 심한 자극으로 눈에서 열이 났다.

그가 제 목을 감고 있던 그녀의 팔을 풀어내고는 그녀의 허벅지 안쪽에 손을 넣어 들어 올려 몸을 돌렸다. 자연스럽게 그를 등 돌리고 걸터앉은 자세가 되어 그가 허리를 튕기자 몸이 반동으로 튀어 올랐다. 루시아는 비명처럼 교성을 지르기 시작했다.

"흑! 으흑! 아! 휴! 으응!"

루시아가 애원처럼 그의 이름을 흐느껴 부르자 그의 입술이 귓불을 물고 빨았다.

"더. 더 울어봐."

"흑……. 아응!"

등 뒤에서 그의 손이 가슴을 움켜잡고 뒷목을 물었다. 통증과 동시에 짜릿한 감각에 비명을 질렀다. 약간의 욱신거리는 통증을 그의 혀가 부드럽게 핥아냈다. 몸이 붕 뜨는가 싶더니 그대로 침대에 얼굴이 닿았다. 엉덩이가 치켜 올라간 자세로 그가 픽 하고 강하게 들어왔다.

"아!"

뒤에서부터 그가 추삽질을 시작했다. 땀에 젖은 살이 마찰하며 음란한 소리를 냈다.

루시아는 두 손으로 시트를 쥐고 그가 진입할 때마다 눈앞이 번쩍이자 눈을 감았다. 고개를 옆으로 튼 상태로 볼이 침대 시트에 쓸렸다.

"읏……. 휴. 으읏……."

그녀 입에서 이름이 불릴 때마다 그는 하복부가 아닌 심장이 죄어드는 것 같았다. 통증 같은 쾌감에 그는 눈을 감았다. 그녀의 두 팔목을 잡아 뒤로 당기면서 여린 속살 안으로 짓쳐 들어갔다.

뒤에서 들어오는 건 너무 깊었다. 하체에서부터 관통될 것 같다. 쉴 새 없이 몰아붙이는 것이 힘들다. 그러나 힘든 것과는 별개로 몸은 착실히 달아올랐다.

"흐윽!"

쾌락의 파도가 밀려왔다. 강렬한 오르가슴에 그녀의 몸이 짧게 경직하면서 동시에 그의 것을 물고 있던 내벽이 리드미컬하게 움직이며 조여들었다. 그의 움직임이 멈추고 낮은 신음 소리가 들려왔다. 그러나 그는 파정하지 않았다.

쑥 그가 빠져나가더니 그가 늘어지는 그녀의 몸을 잡아 뒤집어 바로 눕게 했다. 그의 몸이 루시아 몸 위를 타고 오르며 단번에 안으로 들어왔다.

"으웅!!"

한껏 예민해진 질벽이 자극을 받아 파르르 경련했다. 그의 입술이 그녀의 입술을 삼켰다. 그의 혀가 입안을 더듬고 혀를 휘감았다. 짧지만 진득한 키스가 끝나고 그가 허리를 둥글게 움직이며 안을 휘젓자 루시아는 은근한 자극에 가쁘게 숨을 뱉었다.

"하아…… 하아……."

휴고는 땀으로 젖은 머리카락이 달라붙은 그녀의 이마를 쓸어 올렸다. 상기되어 붉어진 볼을 그의 혀가 길게 핥았다. 짭짤한 맛에 그녀의 체향이 섞여 달큼했다.

천천히 노를 젓듯이 허리를 돌리며 숨을 고르면서 살짝 벌어진 그녀의 붉은 입술에 입을 맞추었다. 그간의 가르침이 헛된 것은 아니었는지 그녀의 두 다리는 그의 허리를 휘감고 있었다. 그가 허리를 움직이는 것에 제법 따라 반응했다.

그는 마구 밀어붙이던 아까와 달리 지루할 정도로 천천히 움직였다. 한차례 절정으로 잔뜩 예민한 내벽이 쓸리는 자극에 온몸이 오싹오싹했다. 할딱할딱 호흡을 뱉으며 루시아는 멍하니 그를 보았다.

마주친 그의 눈매가 살짝 휘었다. 부풀어 오른 가슴을 그가 쥐고 유두를 문질렀다. 루시아가 움찔 반응하며 파드득 몸을 떨 때마다 그는 즐거워하는 것 같았다.

"지낼 만한가?"

"……네?"

"여기서 지내는 것. 적응했느냐고."

"네."

그는 루시아에게 한마디 더 들으려 일부러 말을 거는 경우가 종종 있었다. 딱히 그를 꺼리거나 무서워하는 건 분명히 아닌데 묘하게 한 발자국 물러서서 다가오려 하지 않았다. 그건 조금씩 그의 신경을 건드리고 있었다.

"너무 적응해도 곤란해. 영지 일이 그런대로 정리되면 수도로 올라갈 테니까."

수도.

루시아는 확 꿈에서 깨어난 것 같았다. 그건 뜨거워졌던 온몸의 피가 갑자기 식는 느낌이었다.

내년이면 왕이 죽고 오라버니인 태자가 즉위할 것이다. 새로 왕이 될 태자는 타란 공작과 매우 긴밀한 유대 관계를 맺고 있었다. 절대적 복종과 충성보다는 든든한 동맹 관계에 가까운.

왕이 즉위하면 타란 공작은 왕의 부름을 외면하지 못해 싫든 좋든 수도로 올라가야 할 것이다. 지극히 평온한 이곳에서의 생활이 이미 끝이 예정된 시작이었다.

그리고 수도에서 아마 원래 그가 결혼했어야 할 꿈속의 공작부인도 만날 것이다. 그가 계약결혼을 했다고 알려졌지만 그 소문을 그가 직접 인정한 건 아니었다.

어쩌면 루시아가 알고 있던 모든 소문은 다 거짓이고 실제로 두 사람은 열렬히 사랑했을지도 모른다. 루시아는 깊은 부채 의식을 밑바닥에 가지고 있었다. 그의 소중한 인연을 자신이 끊어놓은 것인지 모른다는 두려움이었다.

강한 힘이 그녀의 턱을 잡아 올리는 바람에 루시아는 생각에서 깨어났다. 그가 어쩐지 못마땅하게 그녀를 내려다보고 있었다. 짧게 그가 허리를 쳐올리자 루시아는 헉 숨을 들이켰다. 다그치는 것처럼 지그시 루시아를 바라보던 그는 그녀의 두 다리를 잡아 어깨 위로 올렸다.

"딴생각할 여유가 있단 말이지."

낮게 중얼거린 휴고는 허리를 움직이기 시작했다. 대체 무슨 생각을 하는지 처연해진 그녀 눈동자 속에 자신이 없다는 것을 느끼자 대단히 불쾌해졌다. 하지만 그는 왜 불쾌한 것인지 알지 못했고 이유조차 찾을 생각을 하지 않았다.

그저 지금 그는 기분이 상했다. 그것을 여린 속살을 강하게 용두질하는 것으로 풀어냈다. 호박색 눈동자가 쾌감으로 흐려지는 것을 보며 그는 만족했다.

7.
북부 사교계

며칠 후 저녁 식사 후 간단한 후식으로 차를 마시는 중에 휴고가
말했다.

"내일 코르잔 백작부인이 올 거요."

다짜고짜 던지는 통보에 루시아는 당황했다.

"내일 별다른 일정 있소?"

어차피 약속은 잡아놓고 일정은 없느냐 묻는 것은 대체 무슨 심
보인지 모르겠지만 어차피 루시아는 매일 그날 같은 나날을 보내던
터라 고개를 내저었다.

"손님 맞을 준비를 해야 하나요?"

잠시 기다렸으나 코르잔 백작부인이 누군지 왜 오는 것인지 설
명해 줄 기색이 없어서 루시아가 돌려 물었다.

"일전에 부인이 바랐던 선생이오. 손님인지 아닌지는 알아서 하시오."

"……네."

그는 정말 불친절한 남자였다. 표정이 없어 차가워 보이는데다가 어투는 딱딱 끊어졌다. 말수가 많은 것도 아니고 어떤 일을 하면서 이렇다 저렇다 설명도 해주지 않았다. 나름대로 묻는 것은 꼬박꼬박 다 대답해 주는 것이 오히려 신기했다.

'제롬에게 물어봐야겠네.'

코르잔 백작부인에 대한 정보는 제롬을 통해 얻어야겠다. 제롬은 주인에 대한 평가를 경솔히 입에 담지 않았지만 지나가는 말이나 과거의 짤막한 에피소드 등을 전해주곤 했다. 단편적 정보를 이렇게 저렇게 짜맞추면서 루시아는 대충 휴고의 성정을 파악했다.

결론을 내리자면 그는 수하들에게조차도 대단히 불친절했다. 가타부타 설명하는 걸 싫어한다.

'그에게 자꾸 이것저것 물으면 귀찮아할 거야.'

그녀의 말수는 확 줄었고, 딱히 뭐라 지적할 수 없는 그는 속으로만 끙끙댔다. 휴고는 아무런 의문 없다는 표정으로 차를 마시는 그녀를 흘끔거렸다.

다소 성가셔도 좋으니 저 작은 입이 종알거리는 것을 좀 봤으면 좋겠다. 초야에는 꽤 떠들어 그만 입 다물고 자라고 했던 기억이 있는데 그 후에는 도통 그런 모습을 볼 수가 없었다.

"……코르잔 백작부인은 코르잔 백작의 모친이오. 정확히는 전 백작부인이지."

아쉬운 쪽이 먼저 손을 내미는 것이다. 결국 휴고는 먼저 입을 열었다.

"코르잔 백작부인이라는 호칭은 일종의 훈장이오. 백작부인은 북부 사교계의 대모라고 불리지. 젊어서 남편을 여의고 재혼하지 않고 백작을 키우고 가문을 지킨 여장부요."

"아……. 대단한 분이군요."

"예절과 교양에 능통해서 많은 귀족가 여식이 배움을 청하려 줄을 서 있다 하더군."

"그런 분을 너무 갑자기 청한 것 아닌가요? 그분도 일정이 있을 텐데……."

"신하의 몸으로 주인에게 가르침을 주는 것만 한 영예가 어디 있다고."

코르잔 백작이 신하라고 해서 그 모친까지 신하인 것은 아닌데 너무 제멋대로잖아. 루시아는 오만한 그의 대답에 다소 떨떠름하다가 가만히 그를 보고 있자니 어쩐지 내가 이렇게 대단한 걸 알아 둬라, 자랑한다는 느낌이 들었다.

'설마……. 그렇게 유치한 사람이 아닌데…….'

루시아는 그를 완벽한 어른으로 정의하고 있었다. 농을 던져 그녀를 놀리거나 침대에서 짓궂게 슬쩍슬쩍 건드리는 것은 그가 순전히 바람둥이기 때문이라고만 생각했다.

"그렇군요. 감사해요. 제가 공작가 안주인이 아니었다면 가능하지 않은 일이었겠지요."

"말로만?"

"……네?"

휴고가 손짓하자 눈치 빠른 제롬은 대기해 서 있는 하인과 하녀들을 모두 데리고 빠르게 사라졌다.

갑자기 널찍한 식당에 단둘만 있게 되자 루시아는 어쩔 줄 몰라 하다가 그가 벌떡 일어나 테이블을 끼고 돌아 다가오자 더더욱 당황했다. 그가 루시아가 앉은 의자의 팔걸이를 두 손으로 붙들고 몸을 숙여 바로 그녀의 코앞으로 바싹 얼굴을 들이밀었다.

"코르잔 백작부인은 아무리 나라고 해도 오라 가라 하기는 까다로워. 노인네가 여간 깐깐해야 말이지. 본인 아들을 석 달 열흘 굴려도 눈 하나 깜짝 안 할걸."

"그럼…… 어떻게 하신 거예요?"

"자세한 건 알 필요 없고, 그만큼 신경 썼다는 소리야."

대체 어쩌라고. 가끔은 이 남자가 원하는 걸 도무지 모르겠다. '대단하시네요!'라고 말해서 자존심을 세워달라는 건지, 좀 더 황송해하며 감사해 달라는 건지.

루시아는 잠시 고민하다가 살짝 엉덩이를 들어 그의 입술에 가볍게 입을 맞추었다. 그녀의 답은 정답에 가까웠으나 정답은 아니었다. 잠시 뚫어져라 루시아를 바라보던 그의 입매가 슬쩍 올라갔다.

"고작 이걸로?"

그의 손이 루시아 턱을 틀어잡더니 격하게 그의 입술이 맞부딪혔다. 벌어진 입술 안을 가르며 단번에 뜨거운 살덩이가 침입했다. 강하게 흡입하며 입안 깊은 곳까지 건드린다. 혀뿌리가 얼얼할 정도로 그는 그녀의 혀를 휘감아 빨아들였다.

눈앞이 흐려져서 루시아는 눈을 감고 두 팔로 그의 목을 끌어안았다. 격렬한 키스가 이어졌다. 타액이 뒤섞이고 뜨거운 혀가 맞닿았다. 그는 의자에 앉아 있던 루시아를 가뿐히 안아 들고 테이블 위에 앉혔다. 그러는 중에도 두 사람의 입술은 떨어지지 않았다.

조용한 식당에 진하게 두 사람의 혀가 얽히며 내는 끈적이는 소음이 메아리쳤다. 붉은 입술은 그의 입술에 삼켜지고 작은 입안은 그의 혀에 점령당했다. 입안을 거침없이 훑는 그의 키스는 마치 몸 안을 휘젓는 것 같았다. 그의 어깨를 감싸듯 목을 감은 그녀의 두 팔이 가늘게 떨렸다.

길게 이어진 키스가 끝나고 그는 도톰하게 부풀어 오른 그녀의 입술에 마무리처럼 입을 맞추었다. 그는 턱을 따라가다가 이어서 목에 입술을 붙였다. 그의 손이 옷 위로 강하게 가슴을 움켜잡았다. 그의 다리 하나가 그녀의 무릎 사이를 가르고 들어오자 루시아는 화들짝 놀라며 두 손으로 힘껏 그의 가슴을 밀어냈다.

"여…… 여기서 할 생각은 아니죠?"

그럴 생각은 아니었지만 휴고는 당혹스러워하는 그녀를 보자 장난기가 치솟았다.

"안 돼?"

"안 돼요!"

"이유. 납득할 만하면 물러나지."

"바…… 밥 먹는 곳에서 이러는 거 아니에요!"

목을 지분대던 그가 잠시 멈추더니 낮게 웃었다.

"그럼 다른 곳은? 복도는 어때?"

"절대 싫어요!"

"정원은? 밖에서 해보고 싶은데."

"미쳤어요?"

처음 보는 그녀의 격한 반응에 그는 웃음을 참고 천연덕스럽게 물었다.

"왜 안 되지?"

"다른 사람이 볼 수도 있잖아요!"

"볼 사람이 없으면 되는 건가? 성에 있는 자들 하나도 남김없이 다 내보내면 복도건 정원이건 해도 돼?"

"으……."

새빨갛게 달아오른 얼굴로 루시아는 입술을 깨물었다. 아무도 없으면? 그러면 상관없지 않을까. 어차피 침실 안에서도 안 해본 것 없는데. 장소가 바뀌는 것이 무슨 상관이람.

남녀가 결합하는 방법이 그렇게 다양할 수 있다는 걸 지난 한 달 아주 착실히 배웠다. 처음엔 정말 창피해서 죽을 것 같았지만 시간이 지날수록 은근히 재미도 있고 자극적이었다.

루시아는 사람들이 왜 이걸 이렇게 열심히 하는지 이해할 수 있을 것 같았다. 그렇다고 아무하고나 뒹굴며 천박하게 노는 짓 따위는 절대 하고 싶지 않지만 두 사람은 부부였다. 침실 안에서 무슨 짓을 하든 누가 뭐라 할 수 있을까.

휴고는 그녀가 완전히 기겁하는 모습을 기대했다. 그러나 예상을 벗어나 진지하게 검토하는 모습을 보자 살짝 얻어맞은 것처럼 얼얼했다.

정말 그녀는 예상치 못한, 아주 다양한 방식으로 간신히 참고 있는 그의 욕망을 간질였다. 며칠은 일이건 뭐건 다 집어치우고 침실에 틀어박혀 만족하도록 그녀를 안고 싶은 마음이 굴뚝같았다.

그녀의 체력이 그걸 감당할 수 없을 것이라는 사실이 문제였다. 이 여자는 대체 왜 이렇게 작은가. 왜 이렇게 여리여리하지. 왜 이렇게 약한 거야. 부서질 것 같아서 세게 잡지도 못하겠다. 자신 때문에 그녀가 다친다면 아주 끔찍한 기분이 들 것 같았다.

그녀는 순진했지만 배우는 것은 아주 빨랐다. 밤마다 그는 가진 바 온갖 기술을 그녀를 상대로 시연했지만 한 번도 싫어하는 기색을 보이지 않았다. 당혹해하거나 부끄러워하긴 해도 은근히 열심이었다.

'좋아. 오늘 밤에는 이런저런 걸 해볼까.'

새로운 시도를 상상하자 아랫배에 피가 몰리는 기분으로 그의 중심이 단단하게 일어났다.

"아무…… 튼 여기는 싫어요……."

마나님이 싫다는데 어쩔 수 없지. 그는 그녀의 입술에 가볍게 입을 맞추고 손을 잡아 테이블에서 내려오게 도와주었다. 그의 중심은 풀어달라고 강하게 아우성치고 있었지만 참았다. 그녀와 있을 때 그는 종종 자신의 인내심에 감탄하곤 했다.

아마 눈앞의 여자가 그녀가 아닌, 과거에 데리고 놀았던 여자들 중 하나였다면 의사에 상관없이 그대로 치마를 걷어 올리고 넣어버렸을지도 모르겠다. 어차피 그 여자들은 입으로는 싫다 해도 정말 싫은 건 아니었으니까.

그는 여자를 겁간하지는 않아도 여자들의 의사를 진지하게 고려해 본 적은 없었다. 어차피 그를 만나는 여자들의 목적은 다 같았다. 재물이건, 육체건 결국은 쾌락이었다.

하지만 휴고는 루시아를 조금씩 알아가는 중이었다. 그녀가 싫다고 하는 건 정말 싫은 거다. 그녀가 바라는 건 쾌락이 아니었다. 그는 그녀의 뜻을 존중하고 싶었다.

이런 깊은 뜻은 이 철모르는 아내가 알아주기는 하는지. 테이블에서 내려오며 생글거리는 그녀의 순진한 표정을 봐서는 아무래도 전혀 모를 것 같다.

"산책할 거지?"

루시아는 저녁 식사 후 늘 가볍게 산책을 즐겼다. 그는 여전히 쌓여있는 일거리는 잠시 미루어두기로 했다. 조금 더 그녀 곁에 있고 싶었다. 뜨거워진 몸을 좀 가라앉히기도 해야겠고.

"네."

"같이 나가지. 방해인가?"

"아뇨, 좋아요."

루시아는 반색하며 빠르게 대답했다. 그와 산책은 처음이다. 기쁜 내색을 뚜렷이 드러내는 발그레한 그녀 표정을 보고 그는 낮은 헛기침을 하며 고개를 돌렸다. 그렇게 좋아할 줄은 몰랐다.

본격적인 여름은 아직 오지 않아서인지 저녁 바람은 제법 선들선들했다. 그와 나란히 거닐며 루시아는 흘끔거리며 그를 훔쳐보

았다. 그녀의 속도에 맞추어 천천히 걷는 그의 배려에 가슴이 두근
거렸다.

그동안 그에게 함께하자고 차마 말하지 못했지만 같이 산책하는
건 꼭 해보고 싶었다. 그와 단지 계약에 묶인 부부가 아닌 연인이라
도 된 것 같았다.

"올해는 정원에 꽃만 가득 심을 생각이에요. 촌스럽겠지만 어차
피 처음이니까 그러려니 하겠죠."

"꽃만 심으면 촌스러운 건가?"

"그럼요. 정원 꾸미기가 얼마나 심오한 세상인데요. 아름다운 정
원에는 적당한 조화로움이 필요하거든요. 솜씨 좋은 조경사나 정
원사는 정말 구하기 힘들어요. 이미 대부분 다른 가문에 고용되어
있어요."

"빼내오면 되지."

"말처럼 쉽지 않아요. 다른 가문에서 거금을 제시하고 제롬을 고
용하려 하면 제롬이 응해서 나갈 거라고 생각하세요?"

"……그건 그렇군."

루시아는 기분이 좋아서 평소보다 말이 많아졌다. 재잘거리는
그녀의 목소리를 들으며 그도 기분이 좋아졌다. 바쁘지 않으면 종
종 그녀와 함께 산책하는 것도 괜찮을 듯했다.

"지금은 어둡지만 저 나무 아래쪽은 낮에 그늘이 잘 져서 저 아래
에서 아침마다 차를 마셔요. 여기에 성이 들어설 때부터 있었던 나
무라 수령이 몇백 년은 훌쩍 넘었을 거라고 하던데요."

"그런가……?"

휴고는 새삼스럽게 거대한 아름드리나무를 보았다. 그가 어려서부터 살아온 곳이면서 오히려 처음 듣는 소리였다. 나무의 수령 따위는 관심 사항이 아니었으니까.

"괜찮아 보이는군. 처음은 저기가 좋겠어."

"네?"

"정원에서 하는 처음은 저기로 정했다고."

"……."

그를 보며 입을 쩍 벌리는 그녀의 얼굴은 어두워 알 수 없으나 아마 빨갛게 물들어있을 것이다. 그녀의 하얀 얼굴은 신기할 정도로 금방 붉은 사과처럼 익었다. 빠르게 성큼 앞서 가 버리는 루시아를 보며 그는 씨익 웃고는 그녀의 손목을 잡아채서 방금 말한 나무 밑으로 끌고 들어갔다.

마구 버둥거리는 그녀를 나무에 기대게 하고 그 위를 덮치듯 눌렀다. 히익 비명을 삼키는 그녀의 귓불을 잘근 깨물며 나지막하게 속삭였다.

"가만히 안 있으면 진짜 한다."

그녀가 얌전해지자 그는 만족했다. 그리고 루시아는 숨이 차도록 키스한 후에야 그에게서 풀려날 수 있었다.

공작 부부의 저녁 식사 시중을 마무리는 못했지만 두 분만 오붓하게 남겨두고 식당에서 나오는 제롬에게 하인이 다가왔다.

"파비안 님이 오셨습니다. 전하께서 언제 집무실에 드실지 알 수 없어 잠깐 집사님 업무실에서 기다리시게 했습니다."

"잘했다."

기다리고 있던 파비안과 가벼운 포옹으로 재회 인사를 나누었다. 파비안은 이제 막 수도에서 내려온 참이었다. 공작의 과도한 사냥 때문에 어마어마한 선물을 왕 측에 안겨 주어야 했다.

과연 왕이 영지민들 목숨을 안타까워할까. 그건 아닐 거라는 점에 파비안은 제 머리카락을 몽땅 걸 수 있었다. 비록 혼자만의 내기지만 정말 통 큰 제물이었다. 파비안은 절대 농담으로라도 신체를 해하는 내기는 하지 않았다.

"으아, 피곤해 죽겠군. 얼른 전하께 보고 드리고 자러 가고 싶어. 저녁 식사는 끝나신 건가?"

괜한 엄살이 아니라 파비안 눈가에 피곤이 덕지덕지 붙어있었다.

"내가 말씀 전해드릴 테니 그냥 가서 자라. 언제 나오실지 모르니까."

"왜? 네가 나와있는 걸 보니 식사가 끝나신 거 아니야?"

"두 분이 함께 계시는데 이야기가 길어질 수도 있으니까."

"두 분? 누구?"

아둔한 소리를 하는 형제를 보며 제롬은 혀를 찼다.

"마님이시지. 누구겠어."

"마님? 마님하고 함께 저녁 식사를 하신 거야? 호오. 어쩐 일이시래."

"전하께서 거의 매일 저녁 마님과 함께 저녁을 드신다."

"……."

늘 날카로운 영민함이 번뜩이던 파비안의 표정이 대단히 멍청해졌다.

"정말?"

"정말."

"언제부터?"

"전하께서 성에 귀환하신 날부터 계속."

파비안은 몇 번이고 정말이냐 물었고 제롬은 참을성 있게 그렇다고 대답해 주었다. 파비안의 놀라움을 이해 못할 일은 아니었다. 제롬 역시 눈으로 보지 않았다면 믿기 어려웠을 것이다.

"전하 취향이 언제부터…… 아니, 이건 취향 문제가 아니지. 네 말은 전하께서 마님과 매일 저녁 식사'만' 하시는 건 아니라는 것 같으니까."

"거기까지만 해."

"헉. 진짜구나. 진짜인가 보네. 맙소사. 믿을 수 없어. 같은 여자랑은 세 번 이상 한 침대를 안 쓰시는 분인데, 컥……."

파비안은 느닷없이 복부에 충격이 오자 배를 움켜잡으며 허리를 구부렸다. 형제의 배에 주먹을 날린 제롬이 이를 악물며 소리를 죽였다.

"닥쳐라. 듣는 귀 많다. 세 번이 어째? 어디서 헛소문을 만들어."

"말이 그렇다는 거지. 그만큼 대단하신 분이라는 소리니까. 그분은 남자들의 로망이라고."

"얼씨구. 그 말 고대로 앨리스에게 전해주마."

아내의 이름이 거론되자 파비안 얼굴이 파랗게 질렸다.

"아…… 아니. 내가 그렇다는 게 아니라 남들이 그런다는 소리라고. 괜히 앨리스한테 이상한 말 하지 마. 그리고 너 형수 이름 자꾸 부를래?"

"형수 같은 소리 하네. 제수씨겠지."

"결혼을 해야 어른이 되는 법. 그러니 당연히 내가 형님이다."

만날 때마다 늘 결론이 안 나는 싸움을 또다시 반복하는 쌍둥이 형제였다.

"흐음……. 그렇단 말이지. 이거야말로 반전인데."

타란 공작이 공작 자리에 오른 열여덟 살 때부터 곁에서 측근으로 모시기 시작한 그들은 지난 공작의 화려한 여성 편력을 모두 알고 있었다. 공작이 대놓고 여자들을 유혹하지 않아도 그가 지닌 권력과 재력, 그리고 젊음과 매력에 끌려 끊임없이 여자들이 달려들었다.

그러나 그 수많은 여자들 중 누구도 공작의 마음을 잡지 못했다. 공작에게 여자는 그저 침대를 덥히는 용도였다. 즐겁게 놀다가 여자가 조금이라도 질척대기 시작하면 끝나는 거였다. 미련을 버리지 못하는 여자가 주인의 심기를 거스르지 않도록, 깔끔한 뒤처리를 하는 것은 물론 그들 몫이었다.

"아직은 모르지. 그 여자만 해도 1년이 넘게 갔는데 뭐. 잠시 신혼이라는 놀이를 즐기고 계시는 것일지도 모르고. 내 생각엔 거의 그런 거겠지만. 흐아암. 그럼 난 가서 자야겠다. 내일 아침 일찍 뵈러 오겠다고 말씀 전해줘."

이번엔 다르다. 제롬은 애써 설명하지 않았다. 지켜보면 알게 될 일이니까.

파비안이 말한 '그 여자', 즉, 팔콘 백작부인과 공작은 1년 넘게 만났지만 그때도 공작이 그 여자와만 만난 것은 아니었다. 지금과 같이 하루도 거르지 않고 오직 한 명의 여자에게만 집중한 적이 없었다.

*　　　*　　　*

다음 날, 코르잔 백작부인이 방문했다. 루시아보다 약간 클 정도의 키와 마른 체구를 지닌 우아한 백발의 노부인이었다. 젊었을 때 꽤 미인이었을 외모는 나이가 들어도 여전히 고왔다.

"마님께 인사드립니다. 마담 미셸이라고 부르시면 됩니다."

"만나 뵈어 영광이에요, 마담 미셸. 갑자기 오십사 청해서 무례가 되지는 않았는지 모르겠군요."

미셸의 눈썹이 스윽 올라가더니 엄격한 노부인 눈매가 살짝 휘어졌다. 사실 미셸은 여기 오기까지 적잖이 기분이 상해있었다. 공작부인에게 가르침을 주기를 청한다는 형식이긴 했지만 거의 일방적인 공작의 명이었다.

미셸은 대단히 자존심이 강했다. 그녀를 움직이는 것은 권력이나 재물 따위가 아니었다. 그러나 아무리 그녀라 해도 공작의 명까지 무시할 수는 없었다.

아들 녀석이 공작가 봉신인 것은 둘째 문제고, 타란의 젊은 공작은 노부인의 자존심을 허허 웃으며 관대히 용납하는 성격이 아니었다. 뻗대다가는 본전도 못 건진다는 걸 알고 있기에 순순히 요청을 받아들였다. 그래도 은근히 기분이 상했는데 예의 바르게 인사를 건네는 공작부인을 보자 마음이 풀어졌다.

"마님께 가르침을 드릴 수 있다면 큰 영광이지요."

"감사한 말씀이네요. 부족한 점이 많은 제자라 스승께 큰 심려가 될까 걱정이에요. 이리로 오세요."

응접실에 마주 앉고 곧 하녀가 차를 내왔다. 루시아는 차를 마시는 미셸을 보며 감탄했다. 차를 마시는 모습이 저렇게 우아할 수도 있구나. 손짓 하나조차 쓸데없는 움직임은 용납하지 않는 것 같았다.

"제가 변변히 배운 것이 없어요. 공작가 안주인이라는 자리를 맡기에 부족함이 많아서 전하께 청했더니 코르잔 백작부인을 말씀하시더군요. 그래서 제가 백작부인을 청해달라고 말씀드렸어요. 대단히 바쁘신 분이라 들었는데 혹여 일정에 방해가 되었다면 너그럽게 이해해 주시기를 부탁드려요. 아, 혹시 제 말투나 하는 행동이 예의에 어긋나도 말씀해 주세요."

고집스럽게 꽉 다물었던 미셸의 입가에 미소가 지어졌다.

"예절에 관해서는 마님께서는 이미 더 배우실 것이 없습니다. 예의의 본질은 상대방에 대한 배려이지요. 상대를 진심으로 대하는 마음을 배우고, 그것을 표현하는 방법을 배우는 것이 예절이랍니다. 마님께서는 이미 두 가지를 모두 갖추고 계시니 무엇을 더할 것이 있겠습니까."

"과찬이세요."

루시아 얼굴이 발그레 물들었다. 미셸은 어여쁜 손녀라도 보는 것처럼 흐뭇하게 웃었다. 공주라기에 어지간히 오만하겠구나 생각했다. 자신이 사교계에서 중요한 위치에 있으니, 기선 제압을 위해 불러들인 것으로 짐작했다.

미셸은 타란 공작이 훌륭한 사람이라고 절대로 생각지 않았다. 그녀의 자식이건 손자이건 타란 공작을 귀감으로 삼기를 바라지 않는다. 유능하다고 훌륭한 사람은 아니다.

공작은 오만하고 독단적이며 사람과의 교류를 하찮게 여겼다. 그나마 사람 보는 눈만큼은 발군이라는 점은 인정한다. 그런데 이제 보니 여자 보는 눈도 제법이었다.

'공작께서 좋은 아내를 얻으셨군.'

수많은 사람을 봐왔기에 한눈에 어떤 사람인지 눈에 보였다. 공작부인은 순수하고 깨끗한 사람이었다.

혹자는 과거 화려했던 공작의 여성 편력 때문에 눈부신 미녀와 결혼할 거라 떠들었지만 뭘 모르는 소리였다. 공작은 대단히 냉정하고 이득 없이는 움직이지 않는 남자였다. 그래서 공작의 결혼 소식을 듣고 말 잘 듣고 성가시지 않은 선에서 적당한 수준으로 아내 감을 골랐다고 생각했다.

미셸은 결혼한 공작에게 주제넘은 조언을 한마디 꼭 건네려고 벼르고 있었다.

'공작부인께 사랑을 주세요. 뜨거운 사랑까지는 아니어도 버려두지는 마세요. 안주인이 편안하지 못하면 가문이 흔들립니다.'

애정을 받지 못하는 여자는 자신의 자리에 불안을 느끼고 자존심만 살아서 잔뜩 가시를 세운다. 안주인이 신경을 곤두세우면 집 안 분위기도 편치 못했다. 집이 불편한 남자는 밖으로 나돌고 악순환의 계속이었다.

미셀은 자신의 예상이 틀렸음을 인정했다. 공작부인의 얼굴에는 불안도 우울도 보이지 않았다. 충분한 애정을 받는 여자의 모습이었다.

"혼인하신 지 두 달쯤 되셨던가요."

"네."

"그럼 이제 외부 활동을 하실 때도 되셨군요. 시작은 가볍게 티 파티가 좋습니다."

"규모는 어느 정도가 좋을까요?"

"시작이니 작아도 괜찮습니다. 열 명 내외로 공작 전하의 봉신들 부인 위주로 초대하시지요. 누구를 초대할지는 집사에게 물어도 되실 겁니다. 공작 전하의 집사는 유능하지요."

루시아는 고개를 끄덕였다. 제롬은 확실히 유능했다.

"사실 저는 사람들을 많이 만나는 일이 벅차요. 무도회 같은 것을 반드시 열어야 하는 건가요?"

"공작가 안주인이시라고 해서 반드시 사교계 중심이 되실 필요는 없습니다. 사실 사교 활동이란 적성에 맞아야 하지요. 그렇다고 아예 하지 않을 수는 없으니 적당한 정도로만 하셔도 됩니다. 한 달에 두 번 정도 여자들만 초대하는 티파티나 정원 파티를 여세요. 인원은 열 명 내외에서 가끔은 서른 명까지 규모를 확대하는 것이 좋지요."

코르잔 백작부인의 가르침은 대화를 통해 조언을 해주는 방식이었다. 두 시간 가까이 걸친 대화에서 루시아는 몰랐던 것을 배우고 흥미로운 사실을 알게 되었다. 우아한 말투에 듣는 사람이 지루하지 않은 화교술을 능숙하게 구사하는 백작부인에게 루시아는 진심으로 감탄했다.

마음이 움직인 쪽은 미셸도 마찬가지였다. 이야기를 나눌수록 미셸은 루시아의 온화하고 악의 없는 성품에 반했다.

"마님께서 말벗이 필요하시다면 조카아이를 소개해 드리고 싶군요. 행실은 비록 우아하지 못하지만 성품은 밝고 꾸밈이 없지요. 마님께서 북부 생활에서 즐거움을 찾을 수 있도록 그 아이가 많은 도움이 되어드릴 겁니다."

"감사한 말씀이군요."

루시아는 생긋 웃으며 말했으나 미셸은 루시아의 주저하는 마음을 예민하게 파악했다.

"마님 마음을 불편하게 해 드리는 제안이었나 봅니다."

"……솔직히 제 기분을 살피는 친구를 곁에 두는 일이 내키지 않아요."

"호호호, 마님은 참 솔직하시군요. 케이트는, 아, 그 아이 이름이 케이트랍니다. 케이트가 마님의 기분을 살피는 미덕을 갖추었다면 차라리 더 바랄 것이 없겠습니다. 워낙 사고를 많이 쳐서 말이지요."

"사고를 쳐요?"

"얼마 전에는 제 친구의 약혼자가 바람을 피워서 친구를 기만했다며 망신을 주었지요. 글쎄, 구덩이를 파서 말똥을 가득 채워 빠뜨 렸답니다."

"어머나!"

"누군가 그 아이 이름만 말하면 또 무슨 사고를 쳤나 싶어 머리 가 지끈거리지요."

"하지만 조카를 사랑하시는군요."

미셸은 빙그레 웃었다. 눈에는 조카에 대한 애정이 담겨 있었다.

"매력적인 숙녀분일 것 같아요. 언제고 인사를 나누고 싶네요."

"마님께 좋은 상담가가 되어드릴 겁니다. 사랑으로 마음 앓는 아 가씨들을 상담하는 일이 그 아이 취미거든요."

"하지만 전 이미 결혼했는걸요."

"결혼은 끝이 아니라 시작이에요. 혼인하시기 전에 전하와 얼마 간 교제를 하셨나요?"

"교제…… 요?"

생각해 보니까 그와 교제라고 할 만한 만남은 없었다. 만나자마 자 청혼했고, 두 번째 만남에서는 계약서를 나누었으며, 세 번째 만 남에서는 빨래를 하다가 그에게 걸려 야단 비스름한 말을 들었다. 그다음엔 혼인 증서에 서명했지.

"음……. 결혼 전에 전하를 세 번 뵈었어요."

찻잔을 든 미셸의 손이 잠시 멈칫하더니 찻잔을 내려놓았다.

"세간에서 전하를 어찌 평하는지 말씀드려도 될까요? 사실 이런 말씀을 드리는 건 상당한 모험이지요. 부군에 대한 험담일 수도 있 으니까요. 하지만 마님께서는 전하를 잘 알지 못하고 혼인하신 듯

해서 조금 안타깝군요."

"말씀해 주세요. 마음에 담아두지 않겠다고 약속할게요."

"그럼 먼저, 마님께서 평하는 공작 전하는 어떤 분인지 말씀해 보시겠어요?"

"솔직…… 히요?"

"네. 솔직히."

"으음. 그분은…… 변덕이 심한 건 아니지만…… 멋대로세요. 맺고 끊는 것은 확실하시죠. 고개를 돌리면 다시는 뒤돌아보지 않으시겠지요. 무심하고 차가운 분이에요."

"이런, 괜한 말씀을 드렸군요. 마님께서 아주 잘 알고 계시네요."

타란 공작의 껍데기만 보면 그보다 최상은 없었다. 근사한 외모의 젊은 권력자는 여자들의 환상을 키운다. 타란 공작이 오랫동안 북부를 떠나 있으면서 관심이 시들해졌지만, 한때는 대단했었다. 그때는 공작이 작위를 승계하기 전이었다.

북부 사교계의 과감한 미혼 아가씨들은 몸을 던져 공작가의 젊은 후계를 유혹했다. 그와 하룻밤을 보내는 여자들은 곧 사랑에 빠질 수 있을 것처럼 착각에 빠졌다. 착각에서 벗어나는 건 금방이었다. 여자가 먼저 상처받아 떨어지거나 조금이라도 애정을 갈구하기 시작하면 가차 없이 버려졌다.

미셸의 가르침을 받던 수많은 아가씨들이 그렇게 상처받아 미셸 앞에서 눈물을 쏟았다. 덕분에 미셸은 타란 공작과 제대로 이야기를 나누어본 적 없으면서도 공작의 여성 편력과 무심하고 차가운 본성을 알 수 있었다.

공작 부부는 혼인한 지 두 달 남짓 되었다. 신혼의 꿈을 버리지 못하고 있을 시기였다. 그런데 공작부인은 꽤 정확하게 공작을 파악하고 있었다. 공작부인이 남편에게 푹 빠져있지 않다는 방증이었다. 미셸은 그것이 놀랍고 유쾌했다.

"훌륭하세요. 마님은 자신을 잊지 않고 계시는군요. 여자란 참 슬픈 존재지요. 마음을 주면 그 대상에게 지나치게 의존하는 경향이 있어요. 그 대상이 사라지면 홀로 서지 못하고 무너져 버린답니다."

루시아는 어설프게 웃으며 고개를 끄덕였다. 칭찬을 들었으나 그리 기쁘지는 않았다. 루시아가 자신을 잊지 않을 수 있는 건 애초에 포기했기 때문이다.

"그렇다고 남편과 지나치게 거리를 두어서도 안 됩니다. 적절한 거리 유지가 참 중요한 것이지요."

"거리 유지……."

루시아는 고개를 끄덕였다.

"무례한 질문을 드릴게요. 전하께서 일주일에 침실은 몇 번이나 찾으시지요?"

"네? 아……."

루시아의 얼굴이 발그레해졌다.

"매일…… 오세요."

미셸의 눈이 살짝 커졌으나 아무렇지 않은 척 '그렇군요.' 하고 대답했다. 대단히 흥미로운 사실을 알게 되었다. 빠진 쪽이 오히려 공작이었다니. 혼자였다면 미셸은 웃음이라도 터뜨렸을 것이다.

순진해 보이는 공작부인이 새삼 달리 보였다. 갖지 못한 것에 더 애가 타는 것이 사내들이라 공작부인이 적당한 거리를 두는 것에 공작이 애가 단 것이 분명했다.

"적당한 거리 유지라는 건…… 어떻게 해야 하는 건가요?"

"차차 말씀드리지요."

미셸은 속으로 중얼거렸다.

'이미 마님께는 더 가르쳐드릴 것이 없는 것 같군요.'

공작 부부 사이의 무게추가 시간이 갈수록 공작부인 쪽으로 기울 것이 빤히 보였다. 그건 수많은 남녀 사이를 상담하고 직접 지켜보기도 한 미셸이었기에 가능한 추측이었다. 단 하나 미셸이 도무지 풀 수 없는 수수께끼가 있었다.

'대체 이분의 어떤 매력이 공작을 흔들었을까…….'

아내의 마성의 몸에 홀딱 빠져있다는 것을 백작부인은 당연히 알 수 없었다. 빠진 정도를 넘어 정신을 차리지 못하고 있었다.

미셸은 이후에 정기적으로 방문하기로 했다. 그리고 약 일주일 후 첫 티파티를 열기로 날을 정했다.

*   *   *

"마님."

하녀가 조심스럽게, 그러나 조금은 상기된 표정으로 말했다.

"혹시…… 회임하신 것이 아닌지요?"

"회임?"

루시아는 눈살을 찌푸렸다. 얼토당토않은 말을 한다는 표정이었다.

"두 달 넘도록 달손님이 없으십니다. 혹시 모르니 진찰을 받아보심이 어떠십니까?"

주인의 건강을 살피는 일은 시중드는 하녀들의 가장 중요한 임무였다. 두 달이나 지나서야 주인의 몸에 뭔가 이상이 있음을 발견했다는 것은 심각한 업무 유기였다.

만약 특정한 하녀가 계속 루시아의 시중을 들었다면 알아차리는 것이 훨씬 빨랐을 것이다. 그런데 하녀들은 며칠씩 돌아가며 시중을 들었다. 다른 하녀가 달손님 시중을 들었으려니 했다. 그래도 본연의 직무를 잊지 않고 자기들끼리 이야기를 나누다가 누구도 그런 시중을 든 적 없다는 것을 알게 되었다. 하녀들은 모두 식겁했다.

가장 먼저 의심되는 쪽은 임신이었다. 공작 부부 사이가 뜨겁다는 건 로암의 내성 사람들이면 모르는 이가 없었다.

"아니다. 그런 거 아니니까 신경 쓰지 마."

루시아는 조금의 흥분도 담기지 않은 눈으로 대꾸했다.

"하오나 마님. 그래도 의사를 불러 보이시는 것이⋯⋯."

"되었다 하지 않았니. 내 몸은 내가 잘 알아."

"⋯⋯예. 마님."

하녀는 물러갔지만 그대로 포기하지 않았다. 만에 하나 마님이 회임했고, 그 상태를 모르는 상태로 두었다가 아기가 잘못되기라도 하면 하녀들은 단단히 경을 치게 될 것이다. 안절부절못하다가 쪼르르 제롬에게 가서 고했다.

"마님. 하녀에게 말을 들어보니 건강에 문제가 있으시다는 것 같았습니다."

제롬이 와서 말을 꺼낸 순간 루시아의 얼굴에 언뜻 짜증이 스쳐 지나갔다. 제롬 뒤에 함께 서 있는 하녀에게 그녀의 눈길이 잠시 멈추었다. 매섭게 노려본 건 아니었지만 하녀는 움츠러들었다. 어쩐지 처음 보는 마님 모습에 제롬은 긴장하며 조심스럽게 말했다.

"마님. 주치의가 마님을 불편하게 해드린 것이 있습니까?"

"그런 건 아니에요. 말해 두지만 난 회임한 것이 아니고 건강에 문제가 있는 것도 아니에요. 이미 전하께서도 다 아시는 일이지요."

제롬은 잠시 침묵하며 할 말을 골랐다.

"하오나 마님. 마님의 건강에 문제가 발생하면 저희는 큰 책임을 면할 수 없습니다. 주인님께서 알고 계신다는 사실을 확인해도 되겠습니까?"

이미 처음부터 그에게 아이를 갖지 못한다고 말했다. 그는 증명할 수 있느냐고만 물었을 뿐 그 이후에는 관심조차 없었다. 인제 와서 새삼 그 말이 사실이었다고 말하는 것보다 그건 거짓말이었고 임신할 수 있다고 말하는 쪽이 훨씬 더 그를 놀라게 할 것이다.

"전하께서 아신다는 말은 거짓이 아니에요. 하지만 다시 한 번 말씀드리도록 하지요."

"마님께서 말씀드렸다는 것을 제가 어찌 확인하면 되겠습니까?"

요즘 루시아에게 한없이 순둥순둥해진 제롬이지만 그는 결코 만만한 사람이 아니었다. 사람만 좋아서는 젊은 나이에 공작가의 이 엄청난 살림을 꾸릴 수는 없었다.

"……제롬이 있는 자리에서 말씀드리도록 할게요. 그걸로 됐나요?"

"예, 마님. 심기를 불편하게 해드렸다면 죄송합니다."

"집사의 일을 한 것뿐이겠지요. 하지만 저 아이."

루시아 시선이 다시 하녀에게 꽂혔다.

"내게 두 번도 묻지 않고 바로 집사에게 달려갔군요. 나는 내 신변을 감시하는 사람을 곁에 두고 싶지 않아요. 오늘로 내보내세요."

"……예. 마님."

하녀는 꺼멓게 죽은 낯빛으로 고개를 푹 떨어뜨리고, 제롬은 진지한 표정으로 고개를 숙이며 답했다. 하녀는 우선순위를 잘못 두는 잘못을 했다. 마님보다 집사를 위에 둔 행동을 한 것이다. 본인의 책임을 피하기 위한 선택이었지만 경솔했다.

착하고 순한 분이라고만 생각했는데 맺고 끊는 것이 정확하다 못해 차가웠다. 아무래도 두 분은 천생연분 같았다. 낯선 마님의 모습에도 그저 흐뭇한 집사는 이미 팔불출이 거의 다 되었다.

며칠 지나지 않아서 제롬은 루시아에게 매달렸다.

"마님. 회임이신지 아닌지만 확실히 해주십시오."

결국 루시아는 안나의 진료를 받았다.

"마지막 월경은 언제 하셨습니까?"

제롬은 루시아와 약속했다. 회임인지 아닌지만 확인하기로. 월경하지 않는 몸 상태를 거론한다든가, 그런 상태에 대해 공작에게 알리는 일 등은 일단 루시아에게 맡겨두기로 했다. 루시아는 제롬을 흘끗 보고 대답했다.

"……지난달에요."

안나는 몇 가지 임신을 의심할만한 증상이 나타나는지 확인했다.

"회임은 아니신 듯합니다."

안나가 고개를 내저을 때, 당연하게 받아들이는 루시아와 대조적으로 제롬은 미세하지만 실망한 표정을 지었다. 그러나 마님이 보기 전에 재빨리 그런 기색을 감추었다. 자신의 실망으로 혹시라도 마님께 상처를 드리고 싶지 않았다.

"지난달에 마지막 월경을 하셨다면 회임하셨다고 해도 지금 진단을 내리기에는 이릅니다. 회임을 의심할 만한 무슨 증상이라도 있으셨습니까?"

"아닙니다, 안나. 요즘 마님께서 피곤해하시는 것 같아서……."

"보약을 지어 올리도록 하겠습니다."

잠시 간격을 두고 안나는 따지는 것처럼 말했다.

"의사의 사건으로 마님께서 피곤해하시는 건 다른 이유입니다. 여자 몸은 강철이 아니에요, 집사님. 공작 전하께 말씀 한번 올려 보시지요. 뭐든 적당해야 하는 겁니다. 기운이 펄펄 나야 하는 저 젊은 나이의 마님께서 벌써 보약을 드신다고요? 일할 때도 휴식이 필요하지 않습니까. 이것도 마찬가지예요."

안나는 의사로서의 객관적인 의견을 말하는 것뿐이지만 그녀의 말이 길어질수록 분위기는 점점 묘해졌다. 제롬은 불편한 표정으로 허공을 응시하고 루시아의 고개는 점점 아래로 떨어졌다.

"마님도 힘드시지요? 전하께 말씀을 드리세요."

그렇게까지 힘든 건 아닌데. 루시아는 발간 얼굴로 차마 그 말을 하지는 못했다. 지금 이 분위기에서 '그분이 매일 내 침실에 드는 것이 좋아요.'라고는 도무지 말할 수 없었다.

"집사님이 힘드시면 제가 직접 말씀 올릴까요?"

"아…… 아닙니다. 말씀…… 드리겠습니다. 그래서……. 어느 정도를……."

"닷새. 그리고 하루 쉬세요."

"……예."

민망해하는 분위기를 읽으면서도 안나는 뻔뻔했다. 원래 의사가 환자 몸 상태에 관한 이야기를 나누며 민망해하다가는 제대로 된 치료를 하지 못하는 법이다.

모두 물러가고 혼자가 되자 루시아는 침실로 들어와 큰 창을 열고 발코니로 나왔다. 부드러운 바람이 스쳐 지나갔다. 임신이 아니라는 진단을 듣고 잠깐이지만 제롬 목소리에서 기운이 빠졌다. 그래서일까. 루시아도 조금은 속이 상했다.

꿈속의 열다섯 살.

루시아는 초경을 시작했다. 그 증상이 여인이 되었음을 알려주는 신호라는 것을 아무도 가르쳐주지 않았다. 공주의 성교육은 대개 여관이 맡는데 별궁에는 여관이 없었고, 시녀들은 자기 일이 아니라 상관하지 않았다.

고아나 마찬가지인 세상 물정 모르는 어린 공주는 시녀들에겐 모셔야 하는 주인이 아니라 뒤치다꺼리해야 하는 짐이었다. 월경혈이 묻은 침대보를 보았을 때 시녀들은 성가시다는 표정으로 늘어난 빨랫감을 챙겼다.

궁에 들어온 이후 루시아는 어릴 때의 발랄함을 거의 잃은 상태였다. 갈수록 소심해지고 말수는 적어졌다. 당시의 어린 루시아는 아랫사람을 부리는 위엄조차도 전혀 배우지 못했다.

'나는 곧 죽을지도 몰라.'

몸에서 피를 쏟는다는 사실 자체는 소녀에게 공포였다. 그녀는 극한의 두려움에 사로잡혔다.

'피를 멈춰야 해. 그러면…… 약을…… 약을 먹어야…….'

피를 멈추는 약. 그때 루시아 머릿속에 정확히 떠오르는 약초가 하나 있었다. 삼엽쑥이라는 풀이었다.

삼엽쑥은 세 장 잎이 나는 대단히 흔한 잡초였다. 여기저기서 쉽게 볼 수 있고, 별궁 뜰에도 소복하게 돋아있었다. 효과가 대단히 미약했기 때문에 약초라기보다는 잡초에 가까웠다. 실제로 의사들은 이 풀을 약으로 쓰지 않았다.

삼엽쑥을 푹푹 찌고 바싹 말려 빻아서 가루를 상처에 뿌리면 그런대로 지혈 효과가 있었다. 들이는 수고보다 미미한 효과라서 의사를 찾지 못할 정도로 가난한 평민들이 응급조치를 위해 흔하게 집에 비치하는 비상약이었다.

루시아는 삼엽쑥이 피를 멈추게 하는 기능이 있다는 것을 경험으로 배웠다. 동네 아이들과 삼엽쑥을 캔답시고 여기저기 풀밭을 뒤지고 다녔다. 넘어져 무릎이 깨졌을 때 가루를 뿌리니까 잠시 후 피가 멈추는 것이 그렇게 신기할 수가 없었다.

루시아는 뜰에서 삼엽쑥을 캐서 복용했다. 먹는 방법을 몰라서 그냥 생으로 씹어 먹었다. 몸 안에서 피가 나니까 먹어야 한다고 단순하게 생각했다.

놀랍게도 효과는 나타났다. 월경혈이 멈추었다. 그래서 그다음 달 또다시 피가 나자 다시 복용했고, 그렇게 반년을 먹고 나자 그 이후부터 월경은 없었다.

그녀는 당시에는 자신에게 무슨 일이 일어났는지 몰랐다. 불임 이라는 단어 자체도 몰랐던 때였다. 그 후에 메튼 백작과 결혼 생활 을 하던 중에 그 사실을 알았다.

'다행이다.'

제일 처음 든 생각이었다. 절대 백작의 아이를 낳을 가능성이 없 다는 사실을 알자 낭떠러지를 걷다가 평지를 내딛는 것처럼 마음이 편했다.

결혼 생활이 끝나고 자유가 되었을 때 비로소 루시아는 자신의 몸을 돌아보기 시작했다. 무월경의 상태 외에 딱히 몸에 어떤 이상 은 없었다. 하지만 여자로서 치명적인 문제를 안고 있다는 생각을 떨치기 힘들었다.

루시아는 치료법을 찾기 시작했다. 찾아가는 의사마다 모두 고 개를 내저었다. 그들은 삼엽쑥은 절대 먹어서는 안 되는 독초라고 입을 모았다.

「먹었다고요? 대체 왜 그런 짓을…….」

대부분의 의사는 루시아의 증상 자체를 이해하지 못했다. 오히려 새로운 사실을 알았다는 듯 신기해했다.

루시아 경우와 비슷한 증상을 본 적 있다고 하는, 드물지만 유능한 의사도 있었다.

「삼엽쑥을 여인이 월경 중에 간혹 뭘 몰라서 먹었다가 월경혈이 멈추었다는 증상은 본 적 있지만 장기 복용해서 아예 불임 상태가 된 건 처음 보는 경우라…… . 그런데 결혼은 하셨습니까? 월경이 불규칙해도 임신은 가능합니다. 불임은 아닐 수도 있습니다.」

월경이 불규칙한 정도가 아니라 아예 없지만. 그래도 아이를 갖기 위한 노력을 해본 적은 없어서 정말 임신이 될지 안 될지는 확신을 하고 대답할 수 없었다.

조금 더 잡지식이 많은 의사는 새로운 정보를 주기도 했다.

「아주 오래전 전쟁에 패하면 여자들이 무조건 잡혀갈 때, 원수의 자식을 배지 않으려 일부러 여자들이 삼엽쑥을 먹었다는 이야기는 있더군요.」

의사들의 대답은 늘 애매모호했다. 루시아는 포기하지 않고 틈틈이 용하다는 의사는 모두 수소문해서 만나러 다녔다. 그러는 사이 나이는 점점 들어갔다.

거의 포기할 즈음이었다. 나이는 제법 들었고, 딱히 사는 데 불편함은 없으니까 '이젠 모르겠다.' 하는 심정이었다. 그녀가 살던 마을에 어느 날 우연히 떠돌이 의사가 들렀다.

처음엔 마을 사람들은 본인이 의사라고 주장하는 구질구질한 차림의 떠돌이 노인 말을 신뢰하지 않았다. 그러나 얼마 동안 의사가 마을에 머물며 치료를 해주고, 효과를 보는 사람이 점점 늘어나자 사람들이 몰리기 시작했다.

루시아는 밑져야 본전으로 의사를 찾아갔다. 의사는 마을 사람 누군가 남는 방을 내준 곳에 머물며 처음 마을에 왔을 때처럼 허름한 차림을 하고 있었다. 그러나 잠깐 대화를 나누자 겉보기와 다른 모습이 드러났다. 노인의 표정과 말투는 정갈했고, 어딘지 모르게 기품이 있었다.

「정말 아가씨가 삼엽쑥을 먹었단 말이오? 그래서 월경이 멈추었다고?」

처음 증상을 상담하면 의사들은 열이면 열 모두 굉장히 희귀한 동물을 바라보는 눈을 했다. 그 후에는 당혹해했다. 그러나 이 의사는 달랐다. 몹시 놀라워하면서 동시에 재미있어했다.

「왜. 언제. 어느 정도나 먹었소?」

지금까지의 의사와 다른 반응을 보이자 루시아는 한 줄기 희망에 기대어 성심껏 모든 질문에 응했다.

「초경부터라…….」

의사의 눈이 기이하게 빛났다.

「혹시 아가씨, 처녀요?」

「아니요. 결혼도 했었는걸요. 그러니까 저 아가씨 아니에요.」

사실 거의 처녀나 다름이 없기는 했지만 의사에게 그런 것까지는 말하고 싶지 않았다. 의사는 어쩐지 조금 실망하다가 씁쓸하게 웃었다.

「내 눈에는 아주 어린 아가씨라오.」

「이 상태는 불임이 맞나요?」

「맞소.」

지금까지 의사 중 가장 정확한 답을 주었지만 절망적이었다.

「저는……. 치료할 수 있는 건가요?」

의사는 껄껄 웃으며 지금껏 누구도 하지 못했던 완치를 장담했다.

「아가씨는 운이 좋은 거요. 이건 우리 집안에만 내려오는 치료법이거든.」

그러면서 여러 가지 약초를 배합한 처방전을 주었다. 따로 적어준 것이 아니라 짐을 뒤져 노트를 꺼내더니 거기서 한 페이지를 북 찢어주었다.

「집안에만 내려오는 비법이라면서 이렇게 주셔도 되는 건가요?」

「어차피 더는 필요 없는 것이라.」

그렇게 말하는 의사 표정은 좀 서글퍼 보였다.

「정말…… 나을 수 있을까요? 다들 삼엽쑥은 독초라고 했어요.」

의사의 처방을 믿지 못해서가 아니라 그동안 고생과 비교하면 너무 간단히 치료된다고 하자 이 상황 자체가 믿기지 않았다.

「독초라……. 그렇게 알려져 있긴 하지만. 내 아가씨에게만 특별히 알려주지. 삼엽쑥에는 놀라운 효능이 있다오. 먹으면 사람 몸을 깨끗하게 정화하지. 월경혈이 멈추는 것도 그런 이유라오. 하지만 인간의 몸 자체는 원래 불순물 덩어리. 억지로 정화한다고 좋은 건 없지. 삼엽쑥 효과가 너무 강해 그런 부작용이 일어나는 것이지만 몸에 해를 주는 건 아니라오. 아가씨도 지금껏 딱히 월경이 없다고 어디 아프거나 하진 않았지?」

「네.」

「그리고 사실 삼엽쑥을 먹어 불임이 되려면 초경 때부터 장기간 먹어야만 하지. 바로 아가씨처럼. 그게 아니면 잠시 월경혈이 멈추기는 해도 그 외에 다른 증상은 없거든. 당연히 불임은 아니고. 하지만 사람들은 월경혈이 멈춘다는 증상 하나로만 독초 취급하더군. 아무튼, 독이 아니니까 삼엽쑥 효과를 약화시키면 몸은 원래대로 돌아간다오. 이대로 지켜서 먹으면 분명히 나을 것이오. 예쁜 아이 낳고 행복한 부모 되길 바라겠소.」

얼마 후 의사는 마을을 떠났다. 처음 의사가 왔을 때는 웬 놈이 굴러들어왔나 경계하던 마을 사람들은 진심으로 아쉬워했다. 루시아는 의사가 준 처방대로 약방에서 약초를 구매했다.

「왜 이것들을 같이 사는 거요? 설마 이걸 같이 배합할 건 아니겠지? 이대로 먹으면 큰일 나요.」

의사가 주고 간 처방은 아무래도 상식적인 배합은 아닌 것 같았다. 그래도 루시아는 더 나빠져봐야 뭐가 있겠나 싶어 그대로 약을 만들어 복용하기 시작했다.

월 1회 이상. 월경이 시작될 때까지 꾸준한 복용.

먹는 방법도, 횟수도 간단했다. 과연 이래서 효과가 있을까 고개를 갸웃했지만 일단 믿고 복용했다.

꽤 시간이 흐른 어느 날, 루시아는 월경을 시작했다.

꿈속이 아닌 지금의 루시아는 열다섯 살 똑같은 나이에 초경이 시작되었을 때, 꿈속처럼 당황하지 않았다. 병이 아니라는 것도, 죽지 않으리라는 것도 이미 알고 있었다.

그러나 열다섯 살의 루시아는 꿈속과는 다른 이유로 심리가 몹시 불안정했다. 미래를 알면 뭐든 바꿀 수 있을 줄 알았는데 별궁에 갇혀 사는 아무것도 가진 것 없는 어린 공주가 할 수 있는 일이 아무것도 없었다.

다가올 미래는 반드시 그리될 것이라는 예언처럼 느껴졌다. 스물한 살에 그자와 또 결혼할 생각을 하니 끔찍해서 견딜 수가 없었다. 그런 공포는 초경을 시작했을 때 극에 달했다.

'그놈 애는 절대 낳기 싫어.'

임신이 그리 쉽게 되지 않는다는 점은 알고 있었다. 세상엔 금실 좋아도 아이가 없는 부부가 많다. 더구나 메튼 백작의 성기능을 고려하면 그다지 가능성은 없어 보였다. 그래도 아주 미세한 가능성조차 남기고 싶지 않았다.

그녀는 다시 자신을 스스로 불임으로 만드는 길을 택했다. 꿈속에서 만난 의사는 삼엽쑥을 독이 아니라고 했다. 그때 받았던 치료 처방전은 기억에 남아있었다. 언제든 약을 먹으면 치료할 수 있으니까 지금 당장 불임이 된다고 해도 걱정은 별로 없었다.

현재 루시아는 마음만 먹으면 불임을 치료할 수 있었다. 하지만 그에게 아이를 낳을 수 없다고 그렇게 큰소리쳐 놓고 인제 와서.

'그때는…… 이혼하게 될 줄 알았지…….'

그에게 결혼을 제안할 때만 해도 분명히 몇 년 살면 그가 이혼을 요구할 줄 알았다. 아니면 적당한 시간이 흐른 후에 자신이 요구해도 될 것으로 생각했고. 그런데.

'이혼…… 해 줄 것 같지 않아.'

그가 가문의 전통을 들먹이지 않았더라도 그는 귀찮아서 이혼 과정을 진행할 사람이 아니었다. 다른 여자가 죽도록 좋아져서 꼭 결혼하고 싶어진다면 모를까 아무리 봐도 그럴 가능성도 없는 것 같고.

'후회하지 않기로 했잖아……. 다 감수하리라 마음먹었잖아…….'

그녀의 인생에 아이는 없다. 결혼 증서에 서명하면서 그건 이미 각오했다.

「예쁜 아이 낳고 행복한 부모 되길 바라겠소.」

그때 그 의사의 덕담은 꿈에서도 지금도 결국 이루어질 수 없는 가 보다. 그 의사 이름이 아마. 루시아는 기억을 더듬었다.

"필립."

그래. 그런 이름이었다.

* * *

오후, 늘 하는 것처럼 제롬은 공작의 집무실로 조용히 차를 가지고 들어갔다. 누가 들어오는지 뻔한 일이라 휴고는 서류에서 시선을 떼지 않았다. 하지만 책상 곁에 서 있는 제롬이 물러가지 않자 고개를 들었다. 공작의 시선이 닿자 제롬이 입을 열었다.

"전하. 내일 마님께서 티파티를 열기로 계획 중이십니다."

"그래. 들어 알고 있다."

"마님께서 여시는 첫 자리인데 축하 선물을 보내심이 어떠신지요."

"선물?"

그는 흐음, 중얼거리며 펜을 놓고 좀 더 편하게 의자에 등을 기댔다.

"선물이라……."

"예. 마님께서 무척 기뻐하실 겁니다."

그러고 보니 딱히 그녀에게 뭔가 선물을 해준 것이 없었다. 그는 여자에게 알아서 선물을 주는 편이 아니다. 이것저것 해달라면 해주는 스타일이라 아무것도 해달라는 것 없는 그녀에게 딱히 뭘 줘야 할지 몰라 줄 생각도 하지 못했다. 그나마 내비예산을 아주 두둑하게 챙겨준 정도일까.

해달라는 것도 아닌데 불쑥 뭔가 주기는 그렇지만 처음으로 북부 사교계에 데뷔하는 자리이니까 명분은 충분했다. 생각지도 못하다가 선물을 받으면 좋아하겠지? 눈동자를 반짝거리며 그에게 감사를 표할 그녀를 생각하자 왠지 흐뭇했다.

뭐가 좋을까. 보석? 아니면 보석? 그것도 아니면 보석? 그가 떠올릴 수 있는 생각의 한계였다. 여자가 보석을 좋아하는 건 분명히 확실한데 이상하게 그녀도 그걸 좋아할 것이라는 확신이 생기지 않았다.

그의 고민은 깊어져가고 제롬은 참을성 있게 주인의 답을 기다렸다. 제롬의 귀에 조용히 문을 두드리는 소리가 들렸다. 제롬은 생각하는 주인을 방해하지 않고 조용히 나갔다가 잠시 후 다시 들어왔다.

"전하. 밖에 필립 경이 와있습니다. 오랜만에 로암에 돌아와 전하께 인사를 드린다고 합니다."

대대로 타란 가문에 속해 충성하는 주치의 필립은 휴고가 오랜 시간 영지를 떠나있는 동안에 로암에 없었다. 정확히 누구도 필립이 어디 갔는지 알지 못했다.

여행을 다녀온다고 홀쩍 떠나서 몇 년 동안 소식 한 장 없었다. 가족과 친구가 없는 필립의 공석은 거의 영향이 없어서 누구도 그가 없다고 관심을 두지 않았다.

공작은 질병 한 번 앓지 않을 정도로 아주 건강했고, 귀족이라면 누구나 받는 정기적인 의사의 검진도 받지 않았다. 휴고가 공작 위에 오른 이후 주치의는 하는 일이 전혀 없었다.

제롬은 필립과 몇 번 인사를 나눈 것 외에는 그다지 대화를 나눈 적이 없었다. 돌아가신 공작의 주치의이기도 했다는 말은 들었지만 그래봤자 주치의.

주치의인데 남작이라는 점은 좀 특이했다. '대대로 공작가를 모셨다고 하니까 공이 좀 많았구나.' 정도로만 생각했다. 그 밖에는 주치의를 전혀 신경 쓸 필요를 느끼지 못했다.

그런데 필립의 이름을 꺼내자마자 다소 풀어져있던 주인의 표정이 차갑게 얼어붙었다. 붉은 눈이 번뜩이는 것을 보며 제롬은 의아함을 느꼈다.

'단순한 주치의가 아니었나?'

빠르게 기억을 마구 뒤졌지만 주인과 필립 사이에 뭔가 잡히는 것이 없었다. 생각해 보니까 필립이 공작을 만나겠다고 찾아온 것은 처음이었다.

"……들여. 이후 부를 때까지 2층에 아무도 얼씬하지 못하게 해."

차가운 목소리에 은근히 살기가 감돌았다. 건드리면 터질 것 같은 불안을 느끼며 제롬은 공작의 명을 아주 충실히 따라야겠다고 생각했다.

"……예. 전하."

제롬이 나가고 잠시 후 머리가 반쯤은 희끗희끗한 회색 머리카락의 노인이 들어왔다. 남자는 조용한 발걸음으로 휴고가 앉아 있는 책상 앞 중앙으로 걸어와 정중하게 깊이 허리를 숙였다. 잠시 말없이 남자를 노려보던 휴고는 메마른 음성으로 말했다.

"오랜만이군. 늙은이."

전혀 존중이 담기지 않은 호칭에도 필립은 불쾌해하지 않고 그저 엷은 미소를 띠었다.

"예, 오랜만에 뵙습니다. 그사이 장성한 사내가 다 되셨군요."

일개 주치의라 하기엔 어딘지 모르게 당당했고, 그에게는 귀한 분을 앞에 둔 자의 황송함이 없었다. 그러나 잔잔한 목소리 속에는 휴고를 마주하고 있다는 것에 대한 감격이 드러났다. 마치 잘 자란 손자를 보는 조부인 것처럼. 그러나 얼어붙은 휴고의 눈빛은 풀리지 않았다.

"듣기로는 여행을 갔다던데."

"돌아왔습니다."

"유감이군. 떠돌다 뒈졌으면 좋았을걸. 인사했으면 꺼져. 이후 다시는 인사 따위도 오지 마. 내 앞에 그 면상 드러내지 말라고."

마치 책이라도 읽는 것처럼. 휴고의 목소리는 건조했으나 내용만큼은 독랄했다. 뇌까리는 독설에도 필립의 안색은 변함이 없었다. 오히려 조금은 안심하는 것 같았다.

"여전하십니다."

"본질은 변하지 않는 거야."

"도련님의 본질은 훌륭하십니다. 이 늙은이 목숨을 거두지는 않았으니까요."

휴고는 코웃음을 쳤다.

"착각하지 마. 내가 늙은이를 살려두는 건 목숨 빚이 있기 때문이야. 그 아둔한 녀석은 목숨의 은인은 지켜야 하는 거라고 했거든."

필립의 얼굴에 잠시 그리움이 떠올랐다가 사라졌다.

"……휴고 도련님은 선량한 분이셨지요. 그래서 타란의 주인이 되시기에 적합하지 않으셨습니다."

'휴고 도련님'이라는 말이 나오는 순간 휴고의 눈빛이 아주 잠깐이지만 누그러졌다.

"그래. 나는 악마 새끼라 이 더러운 자리 지키고 있지."

"휴 도련님."

"그 이름으로 한 번만 더 불러봐. 입을 찢어놓을 테니까."

휴고의 기색이 사납게 변하며 필립을 향해 으르렁거렸다. 먹이를 노리고 도약하기 직전의 맹수처럼 그는 지금 당장에라도 일어나 눈앞 노인의 멱을 물어뜯어 버리고 싶은 것을 간신히 참고 있었다. 휴고의 사나운 분노에도 필립은 조금 안타까운 표정을 지을 뿐이었다.

"그분은 도련님을 위해 스스로 희생하셨습니다."

"그딴 것 바란 적도 없어."

휴고는 음산하게 이를 갈았다. 짐승이고 괴물이었던 히우는 휴고를 만나 휴가 되었다. 히우가 휴가 되는 순간 악마는 사람이 되었다.

사방 모든 것이 적이었던, 제 목숨을 지키려 그리 악을 부렸으나 실제 왜 살아야 하는지 의미조차 찾지 못했던 휴는 형제를 만나서 살아갈 이유를 찾았고, 목숨보다 귀한 것이 있음을 알게 되었다. 하나뿐인 형제는 살아서 이 자리에 올랐어야 했다. 더러움으로 얼룩진 타란은 그 녀석만이 정화할 수 있었다. 마귀로 불리던 히우가 아니라.

"도련님이 그 자리에 계시길 바란 것은 누구보다도 휴고 도련님이셨습니다. 어차피 두 분 모두 타란의 핏줄이십니다. 마땅히 도련님 역시 타란의 주인이 되실 자격이 있습니다."

"마귀는 그날 서쪽 탑에서 죽었어. 나는, 지금 여기 있는 나는 휴고다."

"도련님의 것입니다. 언제쯤 당신께서 주인이라는 사실을 받아들이실 겁니까?"

"영원히 그럴 일 없어. 난 그 녀석의 나이만 차면 넘겨버릴 거니까."

필립은 작은 한숨을 내쉬었다.

"데미안 도련님은 아직 어리십니다."

"그러니까 기다리고 있잖아. 이 지긋지긋한 곳에서 참고 기다리고 있다고."

휴고는 이를 악물며 대꾸했다.

"휴고 도련님께서 피로 적신 자리입니다. 그래서 더 고귀한 자리입니다."

잠시 필립을 노려보던 휴고가 서늘하게 일갈했다.

"늙은이 머리 굴리기 잘하는 건 진즉 알았지. 그날, 지금 같은 되지도 않는 소리 지껄였으면 모가지를 뽑아버렸을 텐데. 당시엔 벙어리처럼 닥치고 발치에 엎드리더니. 내가 그날 일을 아는 놈들을 늙은이 빼고는 다 죽인 건 알아?"

처음으로 필립의 안색이 굳었다.

"……흔적도 남기지 않으셨더군요."

"그래. 구역질이 나서 참을 수가 없었거든. 그러니까 늙은이. 네놈이 마지막이야. 어서 뒈지라고. 늙은이만 사라지면 더 이상 악취는 나지 않겠지."

"돌아가신 공작 전하께서는 오직 가문을 위해 어쩔 수 없는 선택을……."

"선택?"

휴고는 두 손으로 거세게 책상을 내리치면서 벌떡 일어났다. 몸을 앞으로 내밀며 불타는 것처럼 이글거리는 붉은 눈동자로 필립, 아니, 필립 너머에 보이는 누군가를 무시무시한 분노를 담아 노려보았다. 그의 노기는 금방이라도 끓어 넘칠 것 같은 용광로 같았다.

"그 영감탱이는 아들 하나를 용병에게 노예로 팔아먹었으면서, 선택한 나머지 아들을 품에 안기는커녕 다시 둘을 바꿔치려 했지."

선택된 휴고. 버려진 히우. 그러나 공작은 세월이 흘러 다시 휴고를 버리고 히우를 택했다. 휴고의 성정이 지나치게 순하다는 이유 때문에.

처음으로 매달렸다. 자신을 위해서가 아닌 타인의 목숨을 위해.

「네가 순순히 내 후계가 되면 녀석을 건드리지 않도록 하지.」

시키는 대로 다 했다. 순순히 교육을 받았고, 대외적으로 휴고의 모습으로 다녔다. 거친 말투를 버리고 귀한 공작가 자제로 변화했다. 사육된 짐승이 되어 공작 발치에 얌전히 엎드렸다.

그런데 몰랐다. 똑같은 이유로 휴고 역시 자신의 형제를 위해 어제까지 귀한 공자님으로서의 모든 것을 기꺼이 버렸다는 사실을.

두 형제에 끈을 달아 양손에 쥐고 흔들고 있었다는 것을 휴고가 먼저 알아차린 것이 비극의 시작이었다. 자신의 존재가 있는 한, 그리고 그것을 끝까지 이용할 공작이 있는 한 휴가 절대 자유로워질 수 없다는 사실을 깨달았다.

휴가 로암을 비운 날, 휴고는 공작 내외를 잔인하게 살해하고 그 곁에서 제 목을 긋고 죽었다.

"벌레 한 마리 잡아 죽이지 못하던 녀석이 그런 짓을 하도록 몰아간 건 그 영감탱이야. 그렇게 돼져도 할 말 없는 거라고. 선택? 그건 선택이 아니라 추악한 탐욕이었어."

"도련님."

"도련님 소리 그만해. 타란의 주인이고 공작이다. 아직도 10년 전에서 벗어나지 못하고 있나?"

높고 굳건한 벽은 도무지 조금의 틈조차 보이지 않았다. 필립은 한숨을 쉬었다. 오랜 시간은 감정의 골을 조금도 좁혀주지 못했다. 이제는 어른이 되셨으니 이해할 수 있을지 모른다고 생각했건만. 헛된 기대였다.

타란 혈족이 이대로 끊기는가. 고귀한 혈통이 이대로 최후를 맞는 건가. 부친이 유언처럼 남긴 말대로 업보일까. 원래 타란 혈통에 쌍둥이가 태어난 선례는 없었다. 이변의 발생은 어쩌면 경고였는지도 모른다.

"결혼하셨다고 들었습니다."

"그래서?"

"그분으로부터는 아이를 얻지 못하실 겁니다."

"그 이상 더 좋을 순 없지."

"안주인께서도 알고 계십니까?"

"경고하는데 내 아내 곁에 접근하기만 해봐."

휴고는 사납게 이를 드러냈다. 찰나에 필립의 눈동자로 놀라움이 스쳐 지나갔다.

"데미안 도련님께 신부가 필요합니다. 그렇지 않으면 타란의 혈통은……."

"닥쳐! 잘도 더러운 소리 지껄이는군."

사람들은 모른다. 타란 가문이 언제부터 시작된 가문이고 왜 황량한 북부에 자리를 잡았는지. 왜 그 많은 힘을 가지고 왕의 신하를 자처하며 조용히 사는지.

타란 가문의 진정하고 유일한 목적. 오직 대대로 타란 가문을 이어받는 가주와 아주 소수 사람만 알고 있는 진실. 그것은 타란 혈통의 보존이었다. 그리고 그 목적을 달성하기 위한 가장 안전하고 확실한 보금자리를 마련했다. 욕심내기에는 매력이 없는 땅, 아무나 감당할 수 없는 곳. 북부는 타란을 위해 준비된 땅이었다.

이제 그걸 아는 사람은 휴고, 그리고 눈앞의 늙은이밖에 남지 않았다. 휴고는 하나도 남김없이 모두 잡아 죽였다. 늙은이가 공작의 눈을 피해 형제의 목숨을 구해준 적만 없었어도 옛날에 쳐 죽였을 것이다.

"그거 알아? 네놈들이 야만족이라 손가락질하는 저 북쪽의 그놈들도 제 누이하고 붙어먹는 짓은 안 해."

"일반인의 도덕 잣대로 판단하시면 안 됩니다. 타란 혈통은……."

"닥치라고 했다. 그따위 말도 안 되는 고귀한 핏줄 얘기는 듣고 싶지도 않으니까. 평범하게는 여자들이 애를 배지도 못해! 괴물이지 그게 무슨 고귀한 핏줄이야!"

필립이 무거운 표정으로 천천히 눈을 감았다가 떴다.

"······아직도 그런 말씀 하시는군요. 그럼······ 휴고 도련님도 괴물입니까? 데미안 도련님은요."

"······."

"돌아가신 공작 전하께서 비록 과한 방법을 택하기는 하셨지만."

휴고는 하, 헛웃음으로 차갑게 조소했다.

"내 친부라는 새끼는······. 그만두지. 내 입이 더러워질 것 같으니까."

"타란의 혈통은 이어져야 합니다."

"지긋지긋한 집착이군. 그런 더러운 짓은 내 대에서 끝이야! 미친 늙은이. 그 목이 붙어 있는 걸 신에게 감사해야 할 거다. 신 따위 있는 줄도 모르겠지만. 한 번만 더 날 꼭지 돌게 하면 빚이고 뭐고 없어. 살던 대로 로암이든 어디든 지금까지처럼 내 눈에 띄지만 말고 처박혀있어. 더 이상 경고는 없다. 당장 나가. 내 아내 곁에 얼씬했다가는 그 자리에서 심장을 뽑아 버리겠어."

필립은 말없이 한참 휴고를 바라보다가 고개를 숙이고 몸을 돌려 집무실에서 나갔다. 문이 닫히는 소리가 나고 휴고는 일어나 책상을 짚고 있는 자세 그대로 씩씩 올라오는 호흡을 가다듬었다. 꽉 쥐고 있는 주먹이 부르르 떨렸다.

죽여! 저놈을 당장 죽여! 심장을 터뜨리고 목을 꺾어 세상에서 가장 비참하게 찢어 죽여서 짐승 먹이로 던져 버리라고! 그의 안에 있는 휴가 마구 날뛰며 소리쳤다. 온몸의 피가 끓는 것 같고 붉은 눈동자는 마치 핏물처럼 선명하게 짙어졌다.

한참 만에 숨소리가 편안해졌다. 그의 안에 있는 괴물이 튀어나와서는 곤란했다. 그는 휴고다. 휴고는 절대 이 자리에서 공작의 위신을 버리는 짓은 하지 않을 것이다.

늙은이를 죽이는 건 쉬웠다. 그러나 그럴 수 없다. 차라리 자신의 목숨 빚이었으면 그따위 알 바 아닐 것을.

휴고는 완전히 진정이 되자 제롬을 불렀다.

"수도에서 여의사를 데려왔다고 했지? 안사람 주치의로."

"예, 전하. 불러올까요?"

"그럴 건 없고. 저 늙……. 주치의 필립이 마님 곁에 접근하지 못하게 해라."

필립이 그녀에게 당장 어찌할 수 있는 건 아무것도 없다고 알고 있지만 그래도 근처에서 얼쩡거리는 것 자체가 싫었다. 괜한 말을 해서 그녀 기분을 상하게 하는 건. 그래, 그런 것이 싫다. 늙은이는 가문의 대를 이어야 하느니 어쩌니 하며 그녀에게 첩을 들일 것을 종용하고도 남을 인간이었다. 아무리 짖어도 그런 개소리에 귀 기울일 일은 없지만 그녀가 괜히 듣지 않아도 될 말을 들어 마음 상하게 하고 싶지 않았다. 호박색 눈동자가 슬퍼지는 것을 보고 싶지 않다.

"예. 모르게 감시를 붙여둘까요?"

"로암 내성 안으로 들어오지만 않으면 내버려 둬."

"마님께도 일러드리는 것이 좋겠습니까?"

하지 말라고 하면 묘하게 호기심이 드는 것이 사람의 심리. 휴고는 그녀가 아예 필립을 의식하는 일 자체를 원치 않았다.

"……아니. 자연스럽게 마주치지 않게 해. 그녀가 의문을 갖지 않도록."

"말씀대로 하겠습니다."

왜인지 모르겠지만 제롬의 머릿속에 서쪽 탑에서 일어났던 사건이 스쳐 지나갔다. 당시 그때 일을 직접 보았을 만큼 성에 오래 거주한 사람은 현재 아무도 남지 않았다. 단 한 사람만 제외하면. 그 사람이 주치의 필립이었다. 왜 갑자기 그 일이 떠올랐는지 모르겠지만 왠지 주인께 말해야 할 것 같았다.

"전하. 일전에 마님께서…… 서쪽 탑이 왜 잠겨있느냐 물으신 적 있습니다."

휴고의 눈이 날카롭게 올라갔다.

"그래서?"

"알고 있던 사실을 말씀드렸습니다. 전 공작 부부께서 돌아가셨고, 전하의 쌍둥이 형제분이 그분들을……. 송구합니다. 마님께서 아셔도 될 일이라 판단했습니다. 경솔했습니다."

"……아니다. 어차피 알게 될 일일 테니까. 듣고 뭐라고 하던가?"

"조금 놀라기는 하셨지만 충격보다는…… 전하를 걱정하셨습니다."

"……."

휴고는 자리에서 일어났다.

"말 타고 한 바퀴 돌고 올 테니까 저녁 식사는 준비하지 마. 좀 늦을지도 몰라."

지나쳐가는 공작 뒤에 대답과 함께 고개를 숙였던 제롬은 난감한 표정으로 고개를 들었다.

"마님 선물은 어쩐다⋯⋯."

그걸 물어볼 분위기가 아니었다. 겉보기에 공작은 평소와 다를 바가 없었지만 필립이 들어왔다 나가고 난 이후에 주변을 감싸고 있는 가시가 더 삐죽해진 느낌이었다. 그는 생각에 잠겼다가 고개를 내저었다. 주인이 말해 주지 않는 일을 파고드는 것은 올바른 집사의 자세가 아니다.

"마님 선물은⋯⋯ 꽃이 어떨까⋯⋯."

8.
흔들리는 마음

첫 티파티는 작은 규모였다. 공작가 봉신들의 부인들, 주로 나이 지긋한 노부인들 대상으로 총 여덟 명을 초대했다. 누굴 초대하는지는 제롬의 조언에 따랐다.

분위기는 내내 화기애애했다. 루시아는 살짝 긴장했으나 막상 자리를 열자 그럴 필요가 전혀 없었다는 걸 알게 되었다. 언제든 물고 뜯을 준비가 되어있는 수도 사교계와 전혀 달랐다.

북부에서 타란 공작부인의 자리는 절대적인 우위에 위치해 있었다. 모두 듣기 좋은 말만 하고 루시아의 기분을 맞추느라 여념이 없었다.

루시아가 권위를 앞세워 노부인들의 자존심을 건드렸다면 아무리 앞에서는 웃음 지어도 뒤로는 공작부인에 대한 악평이 퍼져나가는 건 순식간이었을 것이다. 하지만 루시아는 더하지도 덜하지도 않은 수준에서 예의를 다했다.

루시아는 처음으로 자신이 주최자가 되어 티파티를 열었다. 메튼 백작은 사교 활동을 하라고 달달 볶아댔으면서 제대로 지원은 해주지 않았다. 티파티는 한 번 열기 시작하면 정기적으로 자리를 마련해야 했다.

한 번만 하고 그만두는 것은 아예 하지 않는 것만 못했다. 정기적인 티파티는 제법 돈이 들었다. 구두쇠 메튼 백작은 돈을 움켜쥐고 달달 떨었다. 그런 주제에 제 몸이 먹고 쓰는 데는 대단히 너그러웠다.

비록 주최자로서의 루시아의 경험은 부족해도 꿈속에서 수년간 셀 수 없이 많은 파티에 참석했다. 주로 다른 사람이 하는 말을 거의 듣기만 했고 자리 채우기만 급급했어도 경험은 경험이다. 참석자는 모두 노련한 노부인들이었다. 루시아가 주도하지 않아도 분위기는 잘 흘러갔다.

오히려 어린 아가씨들보다 노부인들 쪽이 다루기 편했다. 아가씨들끼리의 괜한 신경전도 없고, 다들 서로 오래 얼굴을 마주한 사이라 할 말 못 할 말 가릴 줄 알았다. 노부인들의 대화를 경청하면서 간혹 맞장구치고 웃어주면 되었다.

놀란 건 노부인들 쪽이었다. 이제 열여덟 살이라는 어린 공작부인은 전혀 긴장하지 않았다. 다들 비슷한 나이의 딸이나 손녀 하나둘쯤은 있을 나이였다. 공작부인과 비교하자 그들의 자손은 철없는 어린애였다.

'공주님이라더니 과연.'

'기품이 있으시구나.'

'이렇게 의연하시다니.'

루시아는 흔한 공주 중 하나에 불과했지만 어쨌든 왕족이었다. 왕궁 구경하러 수도 다녀오는 것이 큰 행사인 북부 사교계 귀족들에게는 공주라는 신분 하나만으로도 우러러보이는 대상이었다. 그녀가 나이보다 유난히 차분한 모습을 모두 기품 어린 우아함으로 받아들였다.

나이 든 사람일수록 젊은이의 참한 모습에 호감을 갖는다. 타란의 젊은 공작은 영 섣부르게 다가가기 껄끄러운 상대라 비교적 순해 보이는 공작부인이 노부인들 마음에 쏙 들었다.

"조만간 성대하게 무도회 한번 여셔야지요. 손녀 아이가 그걸 꼭 여쭤보라 하더군요."

"아직 계획 중에는 없어요. 이렇게 부인들 모시고 소소하게 이야기를 나누는 것이 더 좋군요. 무도회는 너무 시끄럽고 번잡스러워서요."

"아주 좋은 생각이세요. 무도회 같은 건 열어봤자 젊은 것들 놀이터만 만들어주는 격이라."

"그럼요. 술에 취해 새벽까지 비틀대는 모습은 영 좋아 보이지 않지요."

노부인들은 우르르 찬동했다. 자기들이 젊은 시절엔 어찌 놀았는지 따위는 그들 기억에서 사라진 것 같았다.

"실례하겠습니다."

한창 대화가 무르익어 가는 시점에 제롬이 테라스로 들어왔다. 티파티는 여성들만의 자리라 시중드는 사람도 모두 여자뿐이고 남자는 방해하지 않는 것이 관례였다.

"무슨 일인가요, 집사."

"즐거운 시간을 방해드려 송구합니다, 마님. 주인님께서 마님의 첫 사교 활동을 축하하는 의미로 선물을 보내셨습니다. 가지고 들어와도 되겠습니까?"

노부인들 표정이 단번에 흥미로 가득 차서 서로 눈을 마주쳤다. 루시아가 살짝 붉어진 얼굴로 허락하자 하인들이 줄줄이 들어왔다. 그들 모두 품에 한 아름씩 꽃을 안고 있었다.

붉은 꽃들의 향연이었다. 장미, 튤립, 국화, 제라늄……. 그야말로 종류별 모두 붉은 꽃으로 하인들이 테라스 구석구석에, 일부는 화병에 담아 테이블에도 여기저기 장식하기 시작했다. 테라스 내부는 순식간에 달콤한 꽃향기로 가득해졌다. 족히 수천 송이는 됨 직했다.

"어머나, 세상에."

"공작 전하께서 이렇게 로맨틱한 분이었다니."

아무리 나이 들어도 꽃을 좋아하는 여자. 노부인들은 체통을 버리고 환호성을 질렀다. 젊은 날의 설레던 사랑은 시들해진 지금, 예상치 못하게 목격한 로맨스가 그들의 열정을 뜨겁게 되살렸다. 기대 안 한 선물을 받은 루시아의 가슴도 두근거리며 뛰는 것은 마찬가지였다.

"선물 보내시며…… 전하라는 말씀은 없으셨나요?"

노련한 집사는 당황하지 않았다.

"부디 오늘의 테마에 어울리는 선물이기를 바란다 하셨습니다."

루시아 눈이 살짝 커졌다. 그리고 집사를 향해 부드럽게 미소 지었다.

"수고 많았어요, 집사. 감사 인사는 그분께 직접 드리도록 하지요."

티파티 자리를 파할 때까지 노부인들은 내내 부럽다는 말을 아끼지 않았다. 그들에게 둘러싸여 루시아의 얼굴은 꽃잎처럼 붉게 달아올라 있었다.

루시아는 돌아가는 모두에게 모두 꽃 한 다발씩을 품에 안겨 주었다. 그렇게 나누어 주어도 여전히 남은 꽃이 많았다. 귀부인들은 과하지도 부족하지도 않은 아름다운 선물에 몹시 감동하며 돌아갔다.

"고생이 많으셨습니다. 마님. 귀가하는 귀부인들 안색이 밝은 것을 보아 티파티 자리가 다들 즐거웠던 것 같습니다."

"나 역시 즐거웠어요. 제롬도 수고했어요. 그런데 물어볼 것이 있는데요."

제롬의 어깨가 순간적으로 굳었다. 요즘은 좀 뜸했던 마님의 공격이었다.

"……예. 마님."

"꽃 선물. 그분이 지시한 것 아니죠?"

"예?"

제롬은 자신도 모르게 버럭 소리치는 것처럼 되묻고 말았다. 제롬이 대경실색하는 모습을 보며 루시아는 쿡쿡 웃었다.

"나도 처음에는 선물인 줄 알았어요. 제롬이 한마디 붙이지만 않았어도 속았을 거예요. 오늘 테마에 어울리기 바란다니. 그분이 그렇게 섬세한 분이 아니라니까요. 어떻게 나보다 더 몰라요?"

차라리 제롬이 따로 전하는 말은 없었다고 했다면 정말 그가 보낸 선물이라고 생각했을 것이다.

"아……. 그……. 마님. 저기……. 그게……."

가련할 정도로 버벅거리는 제롬을 루시아는 따뜻하게 위로했다.

"괜찮아요. 선물 고마워요, 제롬."

"마님! 그게 아닙니다. 정말 주인님께서 선물을 보내려 하셨는데 무엇을 보낼지 고민하셨습니다. 그래서 제가 꽃으로……."

"정말요?"

"예, 이건 정말입니다. 믿어 주십시오, 마님."

루시아는 흐음, 중얼거리며 안색마저 굳어가는 제롬을 미심쩍은 시선으로 살폈다. 제롬 표정이 애처로워서 여기까지만 하기로 했다.

"알았어요."

"마님, 정말입니다."

"알았다니까요. 전하께는 감사 인사드릴게요."

제롬은 이젠 다른 의미로 곤란해졌다. 공작에게 직접 감사 인사를 했다가 뭔가 말이 어긋나기라도 하면……. 하지만 이제 와서 또 아니라고 할 수는 없지 않은가. 아무리 좋은 뜻이었다고 해도 엄연히 마님을 기만한 행위가 될 수 있었다.

"난 여기 좀 더 앉아 있을래요. 꽃향기가 참 좋네요."

"……예, 마님. 차를 가져다 드릴까요?"

"이미 많이 마셨군요. 필요한 건 없어요."

제롬이 물러가고 루시아는 한참 동안 조용해진 테라스에 하릴없이 앉아 꽃향기에 심취했다.

*　　*　　*

티파티가 한참인 시간 동안 휴고는 회의 중이었다. 휴고는 봉신, 가신, 기사들과 정기적으로 회의를 했다. 그들 처지에서는 월 1회 정도이지만 회의 상대가 모두 다른 휴고는 최소 주 1회씩은 회의를 할 정도로 회의가 잦았다.

그는 회의 중으로 문제가 제기된 사안의 해결책을 마련하지 않고서는 회의를 끝내지 않았다. 그러다 보니 회의에 들어가면 끝날 때 사람들은 진이 다 빠진 표정으로 나오고, 오전부터 시작해서 저녁까지 이어지는 경우도 많았다.

오늘 회의 역시 티파티가 모두 끝나고 나서 한참 시간이 지난 후 마무리되었다. 다행히 저녁 식사 시간은 넘기지 않았다. 저녁을 먹기에는 조금 이르지만 뭔가 시작하기엔 어지빠른 시간이라 휴고는 제롬에게 그녀의 행방을 물었다.

"마님께서는 테라스에 계십니다."

아. 티파티.

'마님께서 여시는 첫 자리인데 축하 선물을 보내심이 어떠신지

요.'

이런. 그는 작게 탄식했다. 선물을 보낸다고 해놓고 잊고 있었다. 어제는 다른 일에 정신이 팔려서, 오늘은 오전부터 내내 회의라다른 생각할 겨를이 없었다. 아직 오늘이 지난 것은 아니니까. 오늘안에만 주면 좀 늦게 줬다고 해도 문제가 될 건 없겠지.

"이 시간까지 티파티 중인가?"

"아닙니다. 끝난 지 한참 되었습니다. 마님께서는 그냥 시간을보내고 계십니다. 그리고……. 마님 선물에 관해 말씀이 없으시어제 판단으로 테라스를 장식할 꽃을 보내 드렸습니다."

"음. 그래? 잘했군."

역시 그의 집사는 유능했다.

"안사람은 테라스에 있다고 했지?"

공작 뒷모습을 보며 제롬은 차마 마님께서 그 선물을 정말 주인님께서 보내셨는지 의심하고 계십니다, 라고 말할 수 없었다. 이건엄연히 자신의 실수였다. 주인님께 잘못을 숨기다니. 그의 집사 인생 처음이었다. 자괴감에 빠진 제롬을 뒤로하고 휴고는 가벼운 발걸음으로 테라스로 향했다.

날이 저물어 붉은 노을빛으로 물들어가는 테라스에 들어선 순간, 휴고는 걸음을 멈추었다.

그녀는 테이블에 턱을 받치고 눈을 감은 채 앉아 있었다. 마치 이공간만 고요에 먹힌 것처럼 무겁지 않은 평온한 적막이 감돌았다.

'무슨 생각을 하고 있을까.'

그녀의 명상을 방해하고 싶지 않기도 하고, 무슨 생각을 하고 있나 궁금하기도 했다. 생각에 빠진 그녀를 당장 현실로 끌어내고 싶었다. 그녀의 평화로운 얼굴을 바라보며 그의 마음도 점점 고요해졌다. 너무 편안해서 오히려 숨이 막힌다.

휴고는 천천히 눈을 감았다가 떴다. 가끔 그녀를 바라보고 있으면 기분이 이상했다. 가슴이 답답하기도 하고, 눈앞이 막막하기도 하고, 정체 모를 뭔가가 조금씩 그를 좀먹고 있는 것 같았다.

결코 유쾌하지 않으나 그렇다고 불쾌하지도 않은. 늘 모든 것이 명확했던 그의 인생에 그녀는 도무지 제자리를 찾을 수 없는 퍼즐 조각이었다.

감겨있던 그녀의 눈이 반짝 뜨였다. 그를 발견한 그녀가 햇살처럼 눈부시게 웃었다.

휴고는 인상을 썼다. 바늘로 콕 찌르는 것처럼 가슴 안쪽이 따끔했다. 자꾸 몸에서 이상 증상이 보였다. 지금껏 질병은커녕 어지간한 상처는 놀라운 회복력을 보이는 몸이라 의사는 필요 없이 살아왔다.

'……그 늙은이를 불러오라고 해야 하나.'

꿈에서도 보고 싶지 않은 필립 얼굴을 다시 볼 생각까지 하고 있었다.

루시아는 벌떡 일어나 그를 향해 달려갔다. 즐거웠던 오늘의 티 파티, 향긋한 꽃향기와 서서히 해가 지며 만들어내는 슬프도록 아름다운 노을, 모든 것이 그녀의 기분을 서서히 고조시켰다. 조용한 평화를 즐기며 그 기분이 극에 달했을 때 그가 등장했다. 루시아는 자신의 감격을 그의 품에 달려가는 것으로 표현했다.

"어이쿠."

갑작스럽게 쿵 부딪쳐 오는 그녀 때문에 그는 잠깐 주춤했다. 그의 허리를 두 팔로 꼭 끌어안고 얼굴을 그의 가슴에 비비며 품에 들어왔다. 그는 보드라운 그녀를 품으로 안으며 화답했다. 고개를 숙여 정수리에 입을 맞추었다.

어쩐 일로 안 하던 귀여운 짓을 다 할까. 오늘 티파티에서 배운 것이 이거라면 매일 열어도 괜찮을 것 같다고 그는 생각했다. 그는 부드럽게 미소 지으면서 그녀의 턱을 살짝 잡아 가볍게 키스했다.

"티파티는 즐거웠나?"

"네, 선물 감사해요."

그의 시선이 신속하게 테라스 여기저기 가득한 꽃을 포착했다. 제롬이 그를 대신해서 했다는 선물이 그녀를 기쁘게 한 것 같아서 그도 흡족했다. 여자들은 대체 왜 꽃을 좋아하는 걸까. 먹지도 못하는 저런 걸. 이해할 수는 없지만 어차피 여자라는 생물 자체를 이해한 적이 없었다.

화사함을 뽐내는 붉은 꽃들에 무심히 시선을 던지던 그의 눈에 꽃 사이에 끼어있는 장미꽃이 들어왔다. 그의 눈매가 미세하게 굳어졌다.

「제게 장미꽃을 보내주세요.」

갑자기 떠오른 그녀의 말 한마디. 그는 몹시 불길한 예감이 들었다.

'저 말을 언제 들었지?'

아장아장 발걸음을 떼던 시절까지 떠올릴 수 있는 그의 탁월한 기억력에 오류가 발생했다. 마음이 다급해지니 기억은 더 혼잡해졌다. 불과 몇 개월 전 기억을 되살리려고 그는 고심했다.

'그래. 계약…… 계약하던 날 그녀가 내건 조건이……'

「제가 제 마음을 지키지 못하면 제게 장미꽃을 보내주세요.」

이런. 빌어먹을.

차가운 얼음물이 머리 위에서 쏟아진 것 같았다. 아니다. 그보다는 더 끈끈하고 온몸을 옭아매는 것 같은, 악취 나는 오물을 뒤집어쓴 기분이었다.

'기분 더럽군.'

그 말밖에는 표현할 말이 없었다. 성가신 불쾌함이 아니라 진창에 발목까지 푹 빠져서 겨우 발을 끄집어낼 때 느끼는 정말 짜증나는 불쾌함. 아니야. 그런 것과는 달랐다.

적군의 뒤통수를 쳤다고 생각했는데 이미 알고 기다리는 놈들을 마주쳤을 때. 아니다. 그것도 아니야. 그는 자신을 사로잡는 이 기분의 정체가 대체 무엇인지 열심히 고민했지만 도무지 답이 도출되지 않았다.

그녀를 보자 맑은 눈으로 조금 의아한 듯 자신을 보고 있었다. 그는 생각할 시간이 더 필요했다.

"꽃……. 그렇게 좋은가?"

"꽃이 좋다기보다는……. 선물을 보내주신 것이 기뻐요."

그녀의 표정은 밝았고 순수하게 기쁨을 표현했다. 아무래도 단순히 선물의 의미로만 받아들이는 것 같았지만 대놓고 물어볼 엄두는 나지 않았다. 그러면 그가 보낸 선물이 아니라는 것을 알 테고 단순히 선물로만 알고 있었다면 그녀는 실망할 테니까.

"마음에 들었다니 다행이군."

그는 동요하는 마음을 감추고 겉으로는 아주 태연하게 대응했다. 그러면서 속으로는 제롬을 향해 작은 앙금을 품었다. 하고 많은 선물 중에 왜 하필 장미꽃이란 말인가. 여러 많은 종류의 꽃 중에 장미가 들어있을 뿐이었지만 휴고의 눈에는 장미만 보였다.

휴고는 몸을 숙여 그녀를 가뿐히 안아 들었다. 루시아는 갑작스러운 그의 행동에 당혹스러워 작게 소리쳤다. 그는 테이블에 걸터앉아 그녀를 무릎에 앉히고 두 팔로 꽉 끌어안은 채 그녀의 어깨에 턱을 괴었다.

"전하……? 휴……."

"잠시만."

조금 버둥거리던 그녀가 얌전해지자 그는 생각을 시작했다. 작은 몸의 체온이 품 안에서 점점 따끈해지는 것을 느끼며 그는 차분하게 기억을 더듬었다.

'노란……. 그래……. 노란 장미.'

처음에는 장미꽃만 보고 놀랐으나 당황의 순간이 지나가자 그는 이성적으로 생각하기 시작했다. 눈을 돌리며 아무리 살펴도 노란색은 전혀 보이지 않았다. 그가 여자에게 이별의 의미로 보내는 노란 장미는 이곳에 없다. 그는 안도했다.

여자에게 노란 장미를 보내는 것을 그는 처음에는 몰랐다. 적당히 알아서 하라고 제롬에게 명했을 뿐, 어떤 방식으로 했는지는 묻지 않았다. 그런데 장미를 받은 여자가 그를 찾아와 눈앞에 노란 장미 다발을 내던진 적이 있었다. 몇 번 만나는 중에도 성격이 보통은 아니구나 생각했던 여자였다.

그 일로 휴고는 노란 장미라는 꽃이 있다는 걸 알게 되었다. 색깔이 알록달록하면 다 꽃이려니 했던 그가 장미라는 꽃의 종을 인식하게 되었다. 제롬이 왜 하필 노란 장미를 보냈는지는 묻지 않았지만 나름 의미가 있어보여서 하던 대로 하라고 했다.

'그녀도 노란 장미라는 걸 알고 있나?'

그녀와 계약하며 나눈 대화를 아무리 떠올려봐도 '노란' 장미라고 특정하지는 않았다. 하지만 그녀 반응으로 봐서는 오늘의 장미를 그런 의미로 받아들이는 것 같지는 않았다. 그리고 이별의 장미는 한 다발이었다. 이런 엄청난 꽃 무더기가 아니니까 엄연히 다르다고 그는 정의 내렸다.

한 가지 문제를 해결했고, 그는 다시 그날 계약의 기억을 떠올렸다.

그가 내세운 조건은 두 장의 서류였다. 그리고 부가적으로 둘이 더 있었다. 사생활의 자유. 절대 그를 사랑하지 말 것.

'미친놈.'

왜 그런 쓸데없는 사족을 붙였을까. 그는 원래 문서화할 수 있는 사항이 아니면 계약 조건으로 삼지 않았다. 그녀가 자신을 떠본다고 생각해서 맞대응한다는 것이 그런 결과를 가져왔다.

사생활의 자유는 별문제가 아니었다. 결혼해서 멀쩡한 아내를 곁에 두고 딴 여자에 눈 돌릴 필요가 없지. 괜히 수고롭게. 가끔 놀 수도 있지, 라고 했던 당시의 생각을 손바닥 뒤집듯 바꾸었으나 어차피 그는 자신의 모순에 관대한 남자였다.

「절대로 전하를 사랑하지 않겠어요.」

문제는 이거였다. 가슴과 등 앞뒤에서 강한 힘이 누르는 것처럼 숨이 턱 막혔다. 더구나 그녀의 맹세는 2중의 방패를 둘렀다.

그녀는 휴고에게 선언했다. 절대 당신에게 마음을 주지 않을 것이며, 만에 하나 그렇다고 해도 장미꽃으로 거절의 답을 주세요. 그리고 휴고는 자신에게 유리한 조건이라고 생각해서 흔쾌히 그러마 했다.

'등신 새끼.'

휴고는 원래 자신을 싫어하지만 그건 혐오에 가까운 감정이지 멍청하다고 여긴 적은 없었다. 그는 사실 신체와 두뇌의 능력에는 남부럽지 않게 자신이 있었다. 그의 자신감에 쩍쩍 금이 가고 있었다.

"휴, 더워요."

품 안에서 그녀가 몸을 비틀었다. 그의 팔에서 힘이 빠지자 루시아는 두 손으로 그를 밀어내며 몸을 떼어냈다. 시원한 공기가 살갗에 닿자 후, 작게 숨을 내쉬었다. 더위로 조금 붉게 상기된 그녀를 휴고는 멍하게 내려보았다.

'이 여자는 날 사랑하지 않아.'

그래주면 고맙지. 과거 그는 여자들을 향해 그렇게 생각했다.

여자의 사랑은 성가시다. 원하지도 않는 마음을 쥐놓고 보답해 달라고 앵앵거렸다. 그들이 말하는 사랑은 그가 가진 것들에 기반을 둔 거래였다. 여자는 그가 가진 권력과 재물을 사랑했다. 그들은 공작 휴고를 사랑하는 것이지 아무것도 가진 것 없는 히우를 사랑하는 것이 아니었다.

그녀도 마찬가지다. 그녀가 원하는 사람도 공작으로서의 자신이었다. 그런데 점점 그 확신이 흐려지는 중이었다. 그녀는 그가 가진 권력과 재물에 흥미를 보이지 않았다. 아직은 몰라. 결혼한 지 얼마나 되었다고. 사람은 본색을 길게는 십수 년 숨기기도 한다. 그의 이성은 그렇게 말하는데 왜 그의 감성은 그녀는 뭔가 다르다고 자꾸 말하는 걸까.

'그녀가 매달리기는 바라는 건가? 다른 여자들처럼?'

왜? 도무지 풀 수 없는 수수께끼가 앞에 있었다.

'그래서 만약 그녀가 매달리면…… 난 어쩌고 싶은 거지?'

그런 일이 발생하면 그건 계약 조건의 불이행이었다. 계약 조건을 지키지 못하면 어쩌기로 했더라.

그의 눈동자가 반짝 빛났다. 그들의 계약에는 대단히 치명적인 빈틈이 있었다. 첫째, 문서화되지 않은 계약은 법적인 효과를 주장할 수 없다. 둘째, 계약 내용 어디에도 조건을 지키지 못했을 때 계약 파기의 구체적 내용을 언급하지 않았다.

아예 이혼은 없다고 못 박지 않았던가. 이혼의 성가신 과정을 처음부터 차단하려는 의도로 한 말이었지만 지금 생각하면 영리한 선견지명이었다.

'장미꽃? 그게 뭐. 영원히 장미꽃을 보내지 않으면 어쩔 건데. 또 보낸다고 해도 어쩔 건데.'

한참 그녀를 바라보고 있자 그녀의 눈동자가 점점 의문으로 물들어갔다. 호박색 눈동자를 보며 그의 붉은 눈동자가 짙게 가라앉았다.

그의 아내였다. 누구도 감히 시비하지 못할 그의 여자였다. 혼인증서에 서명한 순간부터 그녀는 그의 그늘에 온전히 묶였다.

'이 여자는 내 거야.'

도출한 결론이 그는 몹시 만족스러웠다. 사랑이니 뭐니 다른 건 아무래도 상관없다. 이 자그마한 여자는 결코 그의 손에서 벗어나지 못할 것이다. 여자에 대한 소유욕과 집착이 그의 마음 깊은 곳에서 싹트기 시작했다.

"회의가 잘 풀리지 않으셨어요?"

그가 어딘지 모르게 평소와 달랐다. 워낙 거칠 것 없는 사람이라 그가 고민하는 문제가 있다고는 상상하기 어렵지만 북부는 넓은 땅이고 그는 많은 사람의 위에 서 있으니까 문제가 없다면 그게 오히려 이상할 것이다.

사실 루시아는 그에게 조금 샐쭉해 있었다. 아랫사람이 알아서 선물을 챙기게 하다니. 차라리 주지 않는 것이 나았다. 하지만 제롬이 강력하게 주장하는 말에 의하면 그가 선물에 대한 생각 자체는 있었다고 하니까 믿어볼까 하는 마음도 살짝 들었다.

그리고 오늘 티파티에서 귀부인들은 어리고 순해 보이는 공작부인이 아무래도 염려스러웠는지 몇 가지 조언을 건넸다.

'사내란 단순해요. 복잡하게 생각할 거 하나도 없답니다. 꽃 한송이를 줘도 세상에 그보다 더 귀한 선물이 없다는 것처럼 품에 쏙 안기며 고맙다고 하면 열이면 열 다 넘어간다니까요.'

'암. 좋아하는 척을 자꾸 해야 선물도 자꾸 들어오지. 그리고 가끔은 우리 남편 수고했네, 힘드시지요, 이런 말로 달래주기도 하면서요.'

인제 보니 그런 식으로 남편 쥐고 살았구먼, 그러는 그쪽이야말로 어떻고. 웃음을 쏟아내는 귀부인들 조언 같은 수다를 루시아는 얌전히 앉아 열심히 머릿속에 차곡차곡 쌓아두었다.

그의 품에 달려가 안길 때까지만 해도 귀부인들 조언에 따르려는 의도는 없었다. 그저 순수하게 그를 보니까 행복했다. 그런데 귀부인들 조언이 떠오르자 상황이 아주 딱이었다. 그래서 루시아는 꽃 선물에 얽힌 뒷사정은 접어두고 적극적인 감사를 표했다.

"회의는 아무 문제없어. 선물이 마음에 들었다고 했지?"

잡아먹을 것 같은 그의 눈빛에 루시아는 주춤주춤 그의 무릎에서 내려오려 했지만 그의 팔이 허리를 감았다.

"네……."

"마음에 들었으면 답례를 해줘야지."

정말 이 뻔뻔한 남자. 그가 한 선물이 아닌 것을 빤히 알고 있는데 그는 양심의 가책 한 톨 보이지 않았다. 말해 버릴까 싶다가도 그러면 제롬이 혼이 나겠지, 괜히 긁어 부스럼 내어 뭐 하나 싶어서 그냥 넘어가기로 했다.

"원하는 게 있으세요?"

"있다고 하면. 뭐든 가능한가?"

"제 능력으로 할 수 있는 것이라면요."

그가 귓가에 대고 무언가 속삭이자 루시아의 얼굴이 점점 빨갛게 달아올랐다.

"안 돼요!"

"금방 끝낼게."

그의 입술이 그녀의 입술 근처에 쪽쪽 소리 내며 닿았다 떨어졌다.

"곧 저녁 식사 시간이라고요."

"그전에 끝낸다니까."

그가 퍼붓는 자잘한 키스에 그녀는 계속 저항했다.

"못 믿어요."

"그 말 참 쉽게 나오는군. 언제부터 내 신뢰도가 그렇게 바닥을 쳤지?"

"왜 그런지 가슴에 손을 얹고 생각을 해보세요."

침대에서 매번 한 번만 더, 이번이 마지막. 그의 꼬임에 설마 하면서도 그녀는 번번이 속았다. 그녀의 앙탈에도 그는 개의치 않았다. 그는 작은 영차, 소리를 내며 치맛자락 위로 그녀 허벅지 아래를 받쳐 들어 올렸다.

그녀의 다리를 벌리는 자세로 바꿔서 자신의 허벅지 안쪽을 타고 앉도록 바싹 끌어당겼다. 루시아는 다리로 그의 허리를 감은 것처럼 마주 앉은 자세가 되어 목덜미까지 빨갛게 물들어서 그를 흘겨보았다. 옷이 가로막고 있지만 않으면 결합하는 자세와 다를 것이 없었다. 이미 잔뜩 흥분한 남성의 상징이 적나라하게 느껴졌다. 이 남자, 정말로 여기서 할 셈이었다.

"누가 오면 어떡해요."

"그 정도로 눈치 없는 집사 아니야. 우리가 여기서 안 나오면 알아서 통제할걸."

그게 더 창피하단 말이에요! 루시아는 입술을 깨물며 어쩔 줄을 몰랐다. 이미 그의 손 하나는 슬금슬금 치마를 걷어내 안을 더듬고 들어오고 있었다. 그의 다른 손이 그녀의 등을 받쳐 품으로 당기면서 귓불을 살짝 깨물며 혀로 핥았다.

"처음은 정원에서 하고 싶었는데 생각해 보니까 날씨가 날씨니만큼 벌레가 있겠더군. 하던 중에 당신이 기절하면 곤란하잖아. 아니지. 상관없으려나. 꼭 벌레 때문이 아니라도 당신은 종종……."

"……한마디만 더하면 당신 입술을 깨물어버릴 거예요."

그는 키득거리면서 '예, 마님.' 하고 대답했다. 새침하게 노려보는 그녀의 눈가에 입을 맞추고 붉은 입술을 삼켰다. 훅 풍기는 그녀의 체향이 달았다. 그는 그에게 주어진 시간을 알차게 이용하기 위해 움직이기 시작했다. 그러나 그는 끝내 약속을 지키지 않았다. 그들은 제시간을 훌쩍 넘긴 늦은 저녁을 먹었다.

오후의 집무실, 휴고는 제롬이 차를 가지고 들어와 책상에 놓아

두고 돌아서는데 말했다.

"앞으로는."

제롬은 걸음을 멈추고 몸을 돌려 다시 책상으로 다가와 얌전히 주인의 말에 귀를 기울였다.

"꽃은. 다른 꽃은 상관없지만 장미꽃은 안 돼. 그 꽃이 내 눈에 다시는 보이는 일 없게 해."

주인이 정확히 무엇을 원하는지 완전히 이해할 수 없었지만 제롬은 그러겠다고 대답했다. 혹시 어제 마님께 보내드린 선물로 마님과 의가 상하셨나. 하지만 두 분 분위기를 봐서는 그런 것 같지 않았는데. 문득 장미꽃 하니까 떠오르는 일이 있었다.

"전하. 일전에 마님께서…… 노란 장미꽃 보내는 일을 제가 하느냐고 물으신 적 있었습니다."

서명하려던 그의 손이 멈칫한 순간, 펜에서 잉크가 똑 떨어져 서류 아래에서 번지기 시작했다. 그는 살짝 인상을 쓰며 그 서류를 옆쪽으로 밀어냈다.

"……그래서?"

"마지막으로 받은 사람이 레이디 로렌스가 맞느냐 물으시기에…… 그렇다고 대답을 드렸습니다."

"……."

승전 파티의 그날, 소피아 로렌스가 질척이던 걸 떼어내는 광경을 그녀는 적나라하게 목격했다. 잊고 있었다. 잊었던 것이 아니라 신경 쓸 필요조차 느끼지 못했다는 말이 정확했다. 그녀가 파렴치한 악당처럼 그를 취급했던 이유를 어렴풋이 알 것 같았다.

"그리고……."

"또 뭐지?"

그의 목소리에 조금 날이 섰다. 제롬은 아무래도 불편해 보이는 주인의 심기 때문에 눈치를 살폈다.

"왜 마지막이 팔콘 백작부인이 아니냐고 하시기에……. 그건 전하께서 지시하지 않으셨다고 답변 드렸습니다."

겉으로는 서늘한 표정을 짓고 있으나 펜을 쥔 손에 힘이 들어갔다. 거기서 그런 식으로 대답하면 어떡해! 버럭 외치고 싶은 것을 속으로 삼켰다. 늘 유능했던 집사가 눈치 없는 맹꽁이로 전락하는 순간이었다.

"……보내, 장미."

"팔콘 백작부인……. 말씀이십니까?"

"당장. 오늘."

"……예, 전하. 아, 그리고 또 하나……."

"뭐가 그리 많아."

휴고가 음산하게 중얼거렸다. 돌아나가는 걸 붙잡아 한마디했더니 기회를 잡은 것처럼 줄줄이 쏟아내고 있었다.

"마님 주치의가 올리는 말씀입니다만. 마님 침실에 드시는 일은 좀 자제하시라고……."

"뭐야? 그걸 왜 주치의가 상관하지?"

"마님 건강상 이유 때문이라 했습니다. 닷새에 하루만큼은 마님께 휴식이 필요하다고 했습니다."

마님의 건강. 그가 도무지 저항할 수 없는 절대 과제가 등장했다. 그의 아내는 작고 약했다. 사실 그렇게까지 루시아가 허약 체질은 아니지만 그의 뇌리에는 탈이 나면 아주 큰일이라도 날 것처럼 박혀있었다. 한 달 넘도록 너무 쉼 없이 몰아치기는 했다. 그렇다 해도 정말 원 없이 해봤으면 적어도 억울하지는 않을 것이다.

닷새에 하루나. 그는 급 우울해졌다.

*   *   *

나신의 여체가 미세한 근육으로 뒤덮인 사내의 몸을 쿠션 삼아 기대 누웠다. 그의 어깨를 베고 윗가슴 부근에 뺨을 붙인 루시아는 그의 손이 부드럽게 등 맨살을 쓸어내리는 것을 기분 좋게 음미했다. 그의 가슴에 얹은 손바닥 아래로 느껴지는 피부의 탄탄함이 신기해서 손바닥에 살짝 힘을 가해 눌렀다가 놓는 손장난을 하는 중이었다.

"내일부터 며칠 로암에 없을 거야."

"어디 가세요?"

"영지 시찰. 앞으로도 한 달에 한 번에서 두 번 정도 돌아볼 예정이야."

비록 신혼의 단꿈에 푹 빠져있긴 해도 그는 해야 할 일은 잊지 않았다.

"영주가 그런 일도 하나요?"

"당연하지. 질서가 필요하니까."

주인이 보이지 않으면 언제든 딴 곳에 눈 돌릴 놈들이라 그러기 전에 목줄을 단단히 죄어야 한다. 딴 데 한눈파는 놈들을 지켜보다가 눈을 파내 경고하는 것도 나름 재미나기는 하지만. 그는 그런 거친 표현을 그녀 앞에서 삼갔다.

'영지 시찰……. 원래 하는 일이구나…….'

꿈속의 남편이었던 메튼 백작은 단 한 번도 영지를 방문하지 않았다. 루시아 역시 한 번도 가 보지 못했다. 가끔 영지에서 세금을 가지고 올라오는 자들 면상에 보고서를 내던지며 고래고래 소리치는 모습은 몇 번 봤지만.

"오래 걸리세요?"

"사나흘. 길면 며칠 더 걸릴 수 있고."

며칠은 그가 없구나. 루시아는 어쩐지 기분이 이상했다. 결혼하고 바로 로암에 내려와서는 한 달 가까이 혼자 지냈는데, 어느새 그가 곁에 있는 것이 당연해졌다. 빨리 돌아오세요. 말하면 그가 성가셔 할까……?

"이틀 뒤 티파티라지?"

루시아의 두 번째 티파티가 이틀 뒤로 잡혀있었다. 첫 티파티 이후 거의 보름 만이었다. 첫 티파티의 성공에 힘입어 루시아는 두 번째 자리를 꽤 기대하고 있었는데 그가 없다고 생각하자 갑자기 의욕이 사그라졌다.

"네."

"당신에게 줄 것이 있어. 내일 아니면 모레 도착하겠군."

"뭔데요?"

"선물. 지난 티파티 때 선물로는 부족한 것 같아서."

그는 덤덤한 목소리로 말하고 있지만 루시아의 심장이 두근두근 뛰기 시작했다. 예상치 못한 갑작스러운 그의 선물에 마음이 설렜다.

"뭔지 여쭤봐도 돼요?"

"목걸이."

워낙 담백한 그의 목소리에 루시아는 콩닥콩닥하던 기대감이 조금 식었다. 형식적인 선물 같은 건데 괜히 혼자 기대를 하고 있는 건가. 선물을 주며 밀당을 해본 적 없는 그의 단순한 성격을 루시아는 아직 파악하지 못하고 있었다.

"보석. 혹시 싫어해?"

"……보석 싫어하는 사람이 어디 있어요."

"그럼 됐고. 나 없는 동안 특별한 계획은 없나?"

"이틀 뒤 티파티. 그 외에는…….."

"별일 없다는 거지? 나 없다고 돌출행동 할 생각 말고 얌전히 있어."

"무슨 돌출행동이요?"

"평소 지내던 대로만 하라는 소리야. 특히 외출은 안 돼."

갑자기 그가 외출을 언급하자 루시아는 의아했다. 그녀는 로암에 도착한 이래 계속 성을 벗어나지 않고 지냈다. 처음에는 구경하느라 외벽 부근까지 나갔지만 그가 돌아온 이후에는 내성에서 꼼짝하지 않았다.

내성에서만 지내도 필요한 건 모두 준비된 상태라 굳이 나갈 필요가 없었고, 그녀는 활동적인 것보다는 어쩌면 지루할 수 있는 조용하고 변화 없는 생활을 즐기는 편이었다. 딱히 그동안 그에게 외출하고 싶다고 말한 적 없는데 갑자기 왜 그런 말을 하는지 알 수 없었다.

"……왜요?"

"나가고 싶어?"

내가 없는 동안 내 영역에서 벗어나지 마. 그가 정말 하고 싶은 말은 그거였다.

"……그건 아니지만. 그래도 혹시 모르는 일이잖아요. 이유를 확실히 말씀해 주셔야 저도 판단을 할 수 있지요."

"내가 자리에 없으니 안주인이 지키고 있어야지."

그는 자신이 내놓은 그럴듯한 답변에 만족했다. 꼭 로암 깊은 안에만 틀어박혀 있어야 자리를 지키는 건 아니지만 루시아는 그의 말 속의 빈틈을 발견하지 못하고 그저 일리 있다고 생각했다.

"네."

잠시 그가 아무 말이 없어서 시선을 흘끔 들자 그가 바라보고 있었다.

"더 일러둘 말씀 있으세요?"

그가 웃으면서 고개를 숙여 그녀의 아랫입술을 살짝 깨물며 빨아들였다. 순한 표정과 맑은 눈으로 바라보는 말 잘 듣는 아내가 그렇게 예쁠 수가 없었다. 며칠 보지 못할 것이 벌써 걱정이었다.

*　　*　　*

타란 공작과 기사들이 아침 일찍 로암을 빠져나가는 모습을 필립은 지켜보고 있었다. 그의 거처는 로암(성) 외벽 안쪽의 구석진 곳이었다. 타란 공작가의 주치의 거처는 원래 내성에 있었지만 7년 전 주인이 바뀌면서 필립의 거처는 밖으로 밀려났다.

거처가 바뀌긴 했지만 공작은 그 외에는 별다르게 필립을 핍박하지는 않았다. 아무 관심을 두지 않았다는 말이 정확했다. 그러나 필립은 자신의 목숨이 휴고의 가느다란 자비심에 기대고 있음을 잊지 않았다. 정확히 표현하면 자비라기보다는 대가였다. 목숨 빚의 대가.

피도 눈물도 없는 냉혈한 공작의 모습을 필립은 찬탄했다. 타란 가문의 비밀을 아는 주변인이 쥐도 새도 없이 사라져 이제는 필립 혼자 남았어도 결코 공작의 잔인함을 비난하지 않았다. 타란 공작은 필립의 가문이 그토록 염원하며 매달린 타란 혈통의 결정체였다.

아득히 먼 옛날. 마법이 세상의 질서이던 때가 있었다. 당시 마도 제국은 전 세계를 지배했다. 마도 제국의 중심지가 위치한 곳이 이제논이었다.

다수의 보통 인간이 존재했고, 그들을 지배하던 소수 귀족이 있었다. 마도 제국의 귀족은 보통의 인간과 다른 우월한 능력을 지닌 종족을 지칭했다. 검은 머리에 검은 눈. 그 외에는 인간과 다를 바 없는 외모를 지녔으나 그들이 지닌 능력은 보통 인간에게는 절대적이고 압도적이었다.

타란은 마도 제국 귀족의 마지막 흔적이었다.

귀족은 자기들끼리의 통혼과 근친으로 혈통을 유지했다. 마도 제국은 마법이 지배하는 나라였고, 마법적 힘은 오직 귀족만 보유할 수 있었다. 귀족만 타고난 혈통으로, 태어나면서부터 그런 힘을 부여받았다.

　소수 귀족은 다수 인간을 억압하고 착취했다. 귀족은 마치 타고나기를 그런 것처럼 하나같이 잔인하고 자비가 없었다. 수천 인간이 달려들어도 귀족 하나를 당해낼 수 없었다. 지배 계급은 공고해지고 인간들의 절망은 깊어갔다. 영원히 이 질서는 깨지지 않을 것 같았다.

　어느 날, 우주에서 날아온 운석 하나가 지표면과 충돌했다. 제법 큰 지진이 발생했지만 충돌 지점이 사람이 없는 황무지라 별다른 피해는 없었다. 학자들 몇이 관심을 뒀으나 그런 흥미도 곧 식었다. 그저 그런 기억할 가치도 없는 사건으로 여겨졌다. 그러나 그날을 기점으로 세상의 질서가 흔들리기 시작했다.

　대기에 가득하던 마법의 힘이 흩어졌다. 핏줄 속을 흐르던 힘이 사라지자 귀족들은 범인보다 못했다. 보통 인간과 대적할 근력조차 남지 않았다. 착취에 신음하던 인간들이 다수의 힘으로 뭉쳐 들고 일어났다.

　인간들이 자신들의 힘으로도 귀족을 당해낼 수 있다는 것을 알게 되면서 처음의 두려움이 무시무시한 광기로 변했다. 사냥이 시작되었다. 검은 머리 검은 눈의 귀족들은 모조리 잡히고, 추적당하고, 색출되어서 형체조차 남지 않을 정도로 으깨어 살해당했다.

　마도 제국의 흔적은 파괴되고 불타올랐다. 수십만 권의 책은 재로 변하고 아무 이능을 보이지 않는 마도구들은 쓰레기로 전락했다. 어디로 고개를 돌려도 멀리서 피어오르는 연기와 날리는 재를 볼 수 있었다.

타란은 귀족이지만 반쪽이었다. 귀족들에게 따돌림당하는 이단으로 평소에 귀족과 유대 없이 제 땅에서 조용히 살았다. 그건 타란 혈통의 먼 조상이 인간의 피가 섞인 혼혈이기 때문이었다. 타란의 혈족은 대대로 마법 능력이 약했고 귀족들은 그것을 수치로 여겼다.

그러나 이변이 발생한 날. 타란의 혈통 속에 잠들어있던 인간의 피가 혈족의 피와 섞이며 오히려 강력한 신체와 두뇌의 능력으로 뒤바뀌었다. 검은 머리 검은 눈의 외모가 검은 머리 붉은 눈으로 변화했다.

세상을 휩쓰는 인간들의 광기에서 타란의 남매가 살아남았다. 그들은 조용히 숨어들었다. 오직 가문의 재건과 혈통의 보존을 위해 그들의 존재가 완전히 잊히기를 기다렸다.

기다림의 시간은 그리 오래지 않았다. 마도 제국의 멸망으로 비로소 인간들의 세상이 시작되었다. 공통의 적을 물리친 인간들은 이제 자기들끼리 패를 나눠 처절하게 물고 뜯기 시작했다. 패자에 관한 기억은 빠르게 사라졌다. 수십 년 만에 마도 제국은 옛이야기가 되었고, 백여 년이 흐른 뒤에는 전설이 되었다.

오랜 시간이 지나 대기의 기운이 또다시 변화했다. 운석이 떨어지기 전의 마법의 기운이 완벽히 회복되지 않았지만 일부 파괴되지 않고 남아있던 마도구들의 이능이 돌아올 정도는 되었다. 인간들은 보물의 발견을 기뻐하며 마도구 발굴에 열광하기 시작했다. 보물탐색가가 최고의 직업으로 각광받았다.

신중에 신중을 기해 숨어있던 타란의 혈족이 기지개를 켰다. 그들은 숨겨두었던 가문의 보물을 꺼내 가문의 재건에 들어갔다. 뛰어난 능력과 카리스마로 세력을 규합해 가문을 세우는 건 금방이었다. 필립은 가문 재건 때부터 함께한 몇 안 되는 인간의 후손이었다. 필립의 집안은 타란 혈통의 보존을 임무로 받아 오직 그것만을 위해 살아왔다.

마도 제국 시절, 귀족과 인간의 사이에는 아이가 태어나지 않았다. 귀족들에겐 아무 상관없는 문제였지만 호기심 많은 학자들은 '왜?'라는 탐구의식을 버리지 못했다. 연구에 연구를 거듭해 방법을 알아냈다. 귀족 입장에서는 참 쓸데없는 짓이었지만 원래 학자들의 연구는 쓸데없는 것이 더 많다.

그 지식 덕분에 태어난 타란의 먼 조상은 이후에도 그 문제에 꾸준히 관심이 있었다. 비밀리에 연구를 계속해서 지식을 쌓았다. 반쪽 귀족이라 인간과 교합해 자식을 낳기 위해서는 여느 귀족과는 좀 달랐다. 연구와 시행착오를 거듭해서 드디어 타란 혈통만의 방법을 찾아냈다.

마도 제국 시절에는 이 방법을 쓸 일이 없었다. 반쪽이라도 귀족은 귀족이었다. 타란 가문의 조상이 혼혈이긴 하지만 이후에는 다시는 그런 짓을 하지 않았다. 철저하게 귀족과 혼인해서 흐려진 귀족의 피를 짙게 하고 귀족의 주류에 다시 들어가기 위해 애썼다.

세상의 모든 귀족이 멸망하자 타란은 인간과 혼인을 통해서만 혈통을 이어갈 수 있었다. 가문의 지식이 쓸모를 발휘하기 시작했다. 그러나 보통의 인간과 결합하면 반드시 딸이 태어났다. 가문을 이으려면 아들이 필요했다. 찾아낸 방법이 근친이었다.

타란의 가주는 이복누이를 아내로 들였다. 그들 사이에서 태어나는 아이는 오직 아들 하나. 아들이 다시 가문을 잇기 위해서는 아내감이 필요했다. 아들의 신부를 만들어주는 것은 아버지의 일이었다.

타란 혈통이 아닌 보통의 여자와 결합해서 아이를 낳으려면 준비가 필요했다. 필요한 것은 아직 초경을 시작하지 않은 어린 여자아이. 초경이 시작되면 삼엽쑥을 반년 이상 복용하게 해서 월경을 멈추게 한다. 그 상태로 1년 이상 몸을 정화한다.

장차 아이의 아비가 될 타란 혈통의 사내는 준비된 여자의 처녀를 취해야 한다. 그리고 여자에게 삼엽쑥의 효능을 약화하는 약을 먹여 몸을 원래로 되돌린다. 다시 월경이 시작될 때까지는 사람마다 다르지만 짧게는 1년에서 길게는 3년. 월경이 시작되기 전까지가 임신 가능기간이었다. 그사이에 여자와 동침해서 아이를 갖게 했다. 임신 없이 월경이 시작되면 그 여자는 실패였다.

이 모든 일은 필립의 가문이 처음부터 끝까지 관여했다. 시간이 흐르며 관련된 지식은 필립 가문의 비전이 되어 전해지고, 타란 가문의 가주는 정확한 내용을 알 수 없게 분리되었다. 이들은 서로 상부상조하며 뗄 수 없는 관계를 맺어왔다.

필립은 쌍둥이 형제가 태어날 때부터 지켜보았다. 공작이 쌍둥이 중 하나를 죽이려 할 때 혹시 모를 패를 남겨두시라 만류했다.

공작은 잔혹한 호기심을 보였다. 하나는 최상의 배경에서 기르고 하나는 최악의 조건으로 생존하게 하면 과연 각각 어찌 자랄까.

공작이 아이 하나를 용병에게 노예로 파는 것까지 막지는 못했지만 늘 멀리서 지켜보았다. 히우는 모르는 일이지만 어릴 때 필립이 손을 써서 목숨을 건진 일이 몇 번 있었다.

타란 혈통 특유의 잔인한 기질을 전혀 물려받지 않은 온후한 휴고, 철들기 전에 사람을 죽이는 독살스러움을 여지없이 내보였던 히우. 필립은 그들 형제 모두를 사랑했다. 그중에서도 히우에 대한 애착이 더 강렬했다.

대를 이어 내려오며 인간의 피와 섞이면서 자연스럽게 타란의 피는 흐려졌다. 타란 혈족은 점점 인간화되어 가고 있었다. 그 와중에 태어난 히우는 완벽한 타란 혈통의 결정체였다. 뛰어난 육체, 영민한 두뇌, 강한 정신력, 냉철함과 잔인함. 바라마지 않던 타란 주인의 모습을 그대로 갖추고 있었다.

공작 역시도 버린 아들을 더 마음에 들어 하는 건 마찬가지였다. 다시 뒤바꾸려는 것을 묵인했다. 그러나 휴고를 죽이는 것에는 반대했다. 휴고에 대한 정이 있기도 했지만 타란 가문에 전례 없는 쌍둥이라서였다. 패는 그렇게 쉽게 버리는 것이 아니라 생각했다.

세상일은 참 예측이 불가하다. 설마 히우가 휴고를 만나 사람의 마음을 배울 줄은 몰랐다. 태어나 서로의 존재조차 모르다가 십수 년 만에 처음 만난 형제가 서로를 적이 아닌 목숨보다 귀한 존재로 여길 줄은 몰랐다.

잔인하지만 냉철했던 선대와 비교해 죽은 타란 공작은 탐욕이 강한 편이었다. 그러한 점은 이전의 타란 가주들과 달랐다. 공작은 훌륭한 자식을 얻어 가문을 이어야 한다는 사명을 잊지 않았으나 살아생전 자신이 누리는 절대 권력을 놓고 싶어 하지도 않았다. 욕심은 언제나 화를 부른다.

지금은 휴고 타란이 된 히우 홀로 살아남았을 때. 필립은 그의 눈빛에서 이글거리는 증오와 환멸을 보았다. 그가 조만간 가문을 조각조각 분해하고 밟아 부스러기로 만들 것이라 직감했다. 데미안이 없었다면 분명히 그리되었을 것이다.

세상 어느 것에도 마음을 주지 않고 언젠가 다가올 끝을 향해서만 걸어가는 그가 안타까웠다. 그는 절대 인정하지도, 믿지도 않을 테지만 필립은 그를 사랑했다. 가족 없는 필립에게 쌍둥이 형제는 손자나 다름없었다.

「경고하는데 내 아내 곁에 접근하기만 해봐.」

그래서 그 모습이 잊히지 않는다. 순간적이지만 그에게서 경계를 읽었다. 괜한 엄포가 아니라 새끼를 감싸고도는 어미 같은 예민함이었다. 죽은 휴고가 아닌 다른 사람에게 집착하는 모습을 본 건 처음이었다.

'어떤 분이기에.'

순수한 호기심이었다. 뭘 어쩔 생각은 없고, 할 수도 없었다. 그저 공작부인이 어찌 생겼나, 성품은 어떠한가, 확인하고 싶었다. 혹시 공작이 자리를 비운 틈에 가능하지 않을까 싶어 움직였지만 내성으로 들어가는 문 근처에 접근하자 어디 숨어 있었는지 남자 서넛이 자연스럽게 앞을 가로막았다.

"들어가서는 곤란합니다, 필립 경."

필립이 헛, 낮게 탄식했다. 누가 지켜보고 있는 줄은 몰랐다.

"날 감시하는 건가?"

"내성으로만 들어가지 않으면 어떤 행동도 제한하지 않습니다."

"대체 왜? 이유가 뭔가?"

"이유 같은 건 모릅니다. 지시받은 대로 할 뿐입니다. 항거 시 신체적 강제를 동반해도 좋다는 사전 허락이 있었습니다."

"……알겠네."

필립은 순순히 물러났다. 내성 안쪽을 향해 쩝 입맛을 다셨다. 그리고 먼 하늘을 바라보며 씁쓸하게 중얼거렸다.

'또 떠나야 하는 건가…….'

마음 붙일 곳이 없으니 한곳에 오래 머물 수가 없었다. 살아생전 데미안을 한 번 만나보는 것이 소원이지만 예전에 시도했다가 실패했다. 공작은 필립에게 기회를 주지 않을 것이다. 어쩌면 공작은 가문의 비밀을 모두 혼자만 끌어안고 데미안에게조차도 알려주지 않을지 모른다.

'집착인가…….'

타란의 혈통에 매달린 그의 가문의 염원은 집착이라 해도 할 말 없었다. 필립의 아버지가, 조부가, 그 위의 선조들 역시 그러했다. 어려서 세뇌처럼 주입받고 이제 다 늙은 노인이 되도록 갖고 살아온 사상이 그리 쉽게 바뀔 수는 없었다.

그는 아마 마지막으로 눈을 감을 때까지 미련을 놓지 못할 것이다.

＊　　＊　　＊

　제롬이 고급스러운 벨벳으로 감싼 큼지막한 상자 하나를 테이블에 올렸다. 루시아는 두근거리는 마음으로 천천히 상자 덮개를 위로 열었다.

　"헉."

　옆에서 기웃대며 곁눈질하던 하녀가 비명처럼 숨을 들이켰다. 하녀만큼은 아니었지만 루시아도 놀란 것은 마찬가지였다. 상자 안에는 눈부시게 화려하고 셀 수 없이 많은 다이아몬드가 주렁주렁 달린 화이트 다이아몬드 목걸이가 들어있었다.

　루시아는 보석의 시세는 잘 모르지만 이건 보석이 아니라 보물이었다. 다이아몬드가 이렇게 흔한 보석이었던가. 보통의 목걸이라면 마땅히 가느다란 금줄에 꿰어 가슴골에서 존재를 뽐내야 할 다이아몬드들이 고작 목을 두르는 줄을 만드는 부속품으로 전락했다. 주인공 격인 큼지막한 다이아몬드는 이것이 진정 유리 조각이 아닌 다이아몬드가 맞는지 의심스러웠다.

　이런 물건은 구경도 못 해봤다. 아마 귀부인들은 이런 걸 가지고 있어도 감히 무서워서 어디 나갈 때 목에 걸 엄두를 내지 못할 것이다.

　감히 만져봐도 될까 하는 마음에 몇 번을 망설이다가 조심스럽게 두 손으로 목걸이를 잡아들었다. 묵직한 무게감에 손에서 놓칠 뻔했다.

"한 번 걸어보셔요, 마님."

하녀는 제가 더 신이 나서 냉큼 전신 거울을 가져왔다. 루시아는 목걸이를 걸고 거울 앞에 섰다. 목에서 느껴지는 무게는 마치 누군가 그녀 목을 두 손으로 감아 내리누르는 것 같았다. 목덜미가 전부 반짝이는 다이아몬드로 촘촘히 베일을 썼다.

"잘 어울리십니다, 마님."

제롬이 흐뭇해하며 찬사를 보냈다.

"대체……. 이건……."

그녀가 예상한 목걸이는 귀엽거나, 혹은 여성스러운 흔한 장신구였다 왕가의 보물로 대를 이어 물려줄 것 같은 이런 귀물이 아니었다.

"정말 이걸…… 그분이 구매하신 거예요? 내 선물로?"

"생각보다 시간이 걸려 애석해하셨습니다. 시찰을 떠나기 전에 드리고 싶어 하셨습니다."

"이건…… 너무 과하군요."

마님의 떨떠름한 반응에 제롬은 당황했다.

"과하지 않습니다, 마님."

"받는 사람이 부담을 느끼면 과한 선물이지요, 제롬. 전하께 부담스럽다 말씀드리면…… 언짢아하실까요?"

"예."

제롬은 단호히 대답했다. 주인이 이 선물을 고르며 꽤 즐거워하는 모습을 곁에서 지켜봤다. 주인이 여자를 위해 직접 선물을 고른 건 처음이었다. 과거에는 여자가 원하는 물건에 값을 치르라고 했을 뿐이었다.

그 점을 설명하다가 혹시 주인의 과거 연인들 이야기라도 꺼내 실수할까 봐 제롬은 말할 수 없었다. 몇 번이나 마님의 유도신문에 넘어간 전적 때문에 극히 말조심을 하고 있었다.

"부담 느끼실 필요 없습니다, 마님. 주인님 입장에서는 전혀 과한 선물이 아닙니다."

주인님은 부유하십니다. 제롬은 그걸 말하고 싶었다. 루시아는 좀 다른 의미로 받아들였다. 그에게 이런 선물은 머리빗 하나를 사 주는 것만큼 대수롭지 않다는 뜻으로.

루시아는 혼자 응접실에 앉아 목걸이가 담긴 상자를 보며 곰곰이 생각에 빠져들었다. 대체 그가 이 선물을 준 속뜻이 뭔가 따져보고 싶었다.

'그냥 첫 티파티를 축하하는 선물이겠지. 그는 부자니까 작은 반지 하나 선물하는 것과 다르지 않을지도 몰라.'

첫 번째 가정이었다. 하지만 루시아는 알지 못했다. 아무리 그가 부자라도 가벼운 마음으로 선물할 물건이 아니었다. 이미 타국의 왕족이 예전에 보석 경매에서 낙찰받은 물건을 그는 수소문해 웃돈 까지 얹어 구매했다.

돈도 돈이지만 그의 수고가 들었다. 그녀에게 특별한 선물을 주고 싶어서였다. 그가 지나치게 담백한 태도로 선물을 주는 바람에

작은 오해가 만들어졌다.

'아니면…… 대가……? 그는 나와 자는 걸 좋아하니까…….'

두 번째 가정이었다. 그런데 이건 어쩐지 몸 주고 화대 받는 기분이라 영 기분이 나빴다.

'습관 같은 걸까? 그는 연인이 많았으니까 여자들에게 선물을 주는 일이 일상이었겠지.'

세 번째 가정이었다. 이 가정도 기분이 좋지 않은 건 마찬가지였다. 그나마 첫 번째 가정이 가장 무난했다. 더 머리를 굴렸으나 생각나는 건 없었다. 루시아는 특별한 의미를 담은 선물일 것이라는 가정은 아예 배제했다.

루시아는 무겁게 한숨을 내쉬었다. 감당하기 벅찬 귀한 선물은 잔잔한 수면 상태를 유지하던 그녀 마음에 마구 돌팔매질을 해서 거친 파문을 일으켰다.

그와의 결혼 생활은 완전히 예상과 달랐다. 삭막할 줄 알았는데 소소한 기쁨과 행복이 넘쳐났다. 그의 말투는 불친절했고 달콤한 말 같은 건 해주지 않지만, 그럼에도 불구하고 다정했다. 딱딱 끊어지는 말투라도 기분을 상하게 하는 말은 하지 않았고, 소문이 우스울 정도로 무섭거나 사나운 사람이 아니었다.

'약속했는데……. 그를 사랑하지 않겠다고 했는데…….'

자꾸 마음이 흔들렸다. 이러면 안 돼, 마음을 다잡으려 해도 그가 개구지게 웃을 때마다, 그의 팔이 강하게 허리를 감싸 안을 때마다, 그의 입술이 뜨겁게 입 맞출 때마다 그녀의 마음이 갈대처럼 마구 흔들렸다. 그녀는 목걸이 상자를 바라보며 그를 원망했다.

'왜 이런 걸 줘서…… 괜히 사람 기분 이상하게 만들어.'

가슴이 먹먹했다. 그래도 지금까지 잘 버텼는데. 자신도 모르는 사이에 그의 바지 자락 붙들고 늘어질까 겁이 났다. 그러다 어느 날 노란 장미 다발을 받는다면. 상상만 해도 끔찍했다.

그는 예의를 아는 기품 있는 귀족이었다. 그래서 루시아에게 아내로서 예를 다하고 있을 뿐인데 그런 친절을 착각해서는 곤란했다. 그가 자신을 싫어하는 것 같지는 않지만, 몸은 확실히 좋아하는 것 같지만 그건 단지 육체적 욕망에 기인한 관심일 뿐이었다.

'정신 차리자.'

그녀는 크게 심호흡했다.

'지금까지가 딱 좋아. 흔들리지 마. 네 심장은 돌로 되어있는 거야. 이대로 그와 지금까지처럼 지낼 수 있어.'

아직은 괜찮았다. 아직은. 그리고 루시아는 결국 공식 활동에 목걸이를 차고 나가지 못했다. 묵직한 목걸이의 무게는 그녀의 마음마저 짓눌렀다.

미혼 아가씨들만 초대한 두 번째 티파티의 즐거운 시간이 끝나고 마무리를 하는 중이었다. 붉은 머리카락의 아가씨가 마지막까지 자리를 지키다가 루시아에게 다가왔다.

"케이트 밀튼입니다. 아까 인사를 드렸었지요. 종조모님께 공작부인 말씀 많이 들었습니다. 코르잔 백작부인께서 제 종조모님이 되시지요."

"아. 나도 기억이 나는군요. 당시 마담 미셸이 조카 자랑을 하시며 내게 좋은 말벗이 되어줄 것이라 하셨어요."

"종조모님이요? 믿기 힘들군요. 그분은 언제나 저만 보면 눈썹부터 사납게 올라가시거든요."

"레이디 밀튼을 귀애하여 그러실 거예요. 레이디 밀튼을 자랑스러워하시는 것 같았어요."

"제게는 너 같은 말썽꾼을 거둬 주시려나 모르겠지만 혹시 친구라도 삼자 하시면 황송해하며 엎드리라 하시더군요."

두 사람이 마주 보며 웃음을 터뜨렸다. 케이트는 호탕하다는 말이 어울릴 정도로 크게 웃더니 오른손을 내밀었다.

"케이트라 불러주세요."

귀족 아가씨가 인사로 악수를 권하는 건 처음 봤다. 루시아가 조금 놀란 눈을 하자 케이트가 화들짝 놀라 손을 거뒀다.

"이런, 제가 무례를 끼쳤습니다. 버릇이 돼서 종조모님께 야단을 들어도 고쳐지지가 않네요."

루시아는 쿡쿡 웃으면서 손을 내밀었다. 쾌활하고 솔직한 이 아가씨가 루시아는 첫눈에 마음에 들었다. 케이트가 미소 지으며 그 손을 강하게 마주 잡았다.

"나도 이름으로 불러줘요."

비비안, 이라는 이름을 말하려다 멈칫했다. 그가 그 이름으로 자주 부르는 동안 자꾸 귀에 익어 그런지 옛날처럼 거부감은 많이 없어졌지만 그래도 여전히 편치 않았다. 친구에게 저 이름으로 불리는 것은 어쩐지 진짜 그녀의 모습을 처음부터 감추는 것 같았다.

"……루시아. 루시아라고 불러요. 어릴 적 이름이랍니다."

두 사람은 만난 지 얼마 되지 않아 의기투합했고, 순식간에 친해졌다. 케이트는 소녀 같은 공작부인이 마음에 들었고, 루시아는 활기 가득하고 쾌활한 케이트가 좋았다. 그들은 서로의 모습을 통해 자신에게 없는 부분을 발견했다.

케이트는 이후 자주 로암을 방문해 루시아와 차를 마시며 담소를 나누다 돌아갔다. 케이트는 루시아보다 두 살이 더 많았다. 루시아는 처음 사귀는 또래 친구에게 푹 빠져들었다. 그들이 친한 벗이 되기까지는 열흘이 채 걸리지 않았다.

"혹시 공작 전하께서 루시아가 외출하는 것을 싫어하세요?"

"호호, 그렇지 않아요. 그럴 분은 아니에요."

아마 이 자리에 휴고가 있었다면 거리낌 없이 싫다고 답했을 것이다. 휴고가 그녀의 외출을 통제하지 않는 건 그럴 이유가 없어서였다. 내성 안쪽에서만 지내는데 나가지도 않는 사람에게 나가지 말라고 할 필요가 없으니까.

"이렇게 로암 안에만 계시면 답답하지 않으세요?"

"괜찮아요. 가끔 티파티를 열고, 케이트도 이렇게 자주 와주고."

"그러지 말고 승마 배워보지 않으실래요? 말 타고 휙 한 바퀴 달리고 나면 속이 뻥 뚫리는 것 같거든요."

케이트는 지나치게 얌전한 루시아에게 바깥 활동의 즐거움을 알려주고 싶었다. 세상은 넓고 놀 것은 많다.

"승마……? 위험하지 않을까요……?"

"전혀요. 알고 보면 말만큼 순한 동물이 없어요. 물론 처음부터 속도 내어 달리지는 못하겠지만 꾸준히 타다 보면 금방 늘고. 아.

몸매 가꾸는 운동으로도 효과가 좋아요. 요즘 여자들 사이에 얼마나 유행인데요."

"그래요……?"

잠시 고민한 루시아가 답했다.

"전하께 허락을 받아볼게요."

*　　*　　*

"아아……."

그의 얼굴을 쓰다듬어 내려오던 그녀의 손이 바들바들 떨리며 그의 어깨를 붙들려 했으나 땀으로 미끄러져 침대로 툭 떨어졌다. 손뿐만이 아니라 몸 전체가 떨리며 경련하고 있었다. 남자는 신음하며 그녀의 안으로 파고들었다. 쾌락의 절정에 치달으며 마구 경련하는 속살이 그의 것을 비틀어 쥐어짰다.

"으응……. 흑……."

젖은 눈동자에 샘이 차오르는 것처럼 눈물이 톡 고여 주룩 흘러내렸다. 온몸을 휩쓸고 지나가는 쾌감의 파도에 정신을 차릴 수가 없었다. 붕 떠올라 허공을 부유하던 감각이 깊이 가라앉으면서 아득한 어디론가 떨어지면서 이대로 끝없이 추락해 죽을 것만 같았다.

그는 그녀의 목에 얼굴을 묻은 채였다. 그의 상체는 그녀의 상체에 밀착해서 움직일 때마다 가슴과 예민하게 곤두선 유두 끝이 그의 가슴을 스치면서 자극했다. 그는 사나운 신음을 흘리면서 그녀의 엉덩이를 두 손 가득 움켜잡고 깊은 샘 안쪽으로 진입해 들어갔다. 조금은 느리게. 그의 감각근을 스쳐 지나가는 그녀의 속살을 느끼려는 것처럼.

그는 느리게 움직이다가 조금 속도를 가했다가 다시 천천히 움직이며 감질나도록 그녀를 다그쳤다. 물고 비틀어 깨무는 그녀의 안쪽은 마치 그의 침입을 저항하는 것처럼 격렬했다. 속이며 겉이며 잔경련을 일으키는 그녀의 몸 상태가 그녀가 극한 고조에 이르렀음을 알려주었다. 그는 예민하게 일어난 그녀의 안쪽을 그의 무기로 깊이 찔렀다.

"흐읏……. 휴……. 제발……."

루시아는 흐느끼며 애원했다. 거칠게 마구 움직일 때보다 더 힘들었다. 한 방울 기력까지 모두 쥐어짜는 것 같이 힘이 부쳤다. 온몸의 모든 감각이 다 일어나서 그의 손이 피부를 부드럽게 쓸어주는 것만으로도 통증처럼 느꼈다.

"후우……. 어떻게 해줘……?"

조금 더 무게를 실어 묵직하게 안으로 파고들었다. 단단히 일어난 그의 성기는 조금도 기가 죽지 않았다. 그의 것에 착 달라붙어 움직이는 그녀의 안쪽도 끈질긴 건 마찬가지였다. 두 남녀의 성기가 만나 만들어내는 자극적인 움직임과 그것이 동반하는 쾌감은 당사자들에게도 가감 없이 전달되었다. 다만, 그는 감당할 수 있었고, 그녀는 그렇지 못했다.

"휴! 아! 싫어! 그만!"

휴고는 자신을 몸 안에 품은 여자가 몸부림치는 것을 내려다보았다. 공포에 질린 것처럼 확대된 동공과 젖은 속눈썹. 그는 고개를 숙여 이제 막 눈에 맺혀 흘러내릴 것처럼 방울진 눈물을 혀끝으로 핥았다. 벌어진 붉은 입술을 입안으로 쪽 빨아들이면서 열기 어린 입안으로 혀를 넣었다.

입 안쪽을 한 번 건드렸다가 끝난 짧은 키스. 그리고 그는 다시 키스를 시작했다. 삼키고 핥고 건드리고 깨물고. 부드럽지만 노골적인 욕망을 숨기지 않는 짙은 입맞춤이었다.

"그만해……?"

그렇게 말하면서도 그는 다시 안쪽 살을 헤집고 들어가고 있었다. 착 감싸오는 속살에 그의 호흡이 불규칙하게 흔들렸다.

"흑……. 네……."

"알았어."

그녀의 울먹이는 눈동자가 살짝 동그랗게 커졌다. 그의 눈이 휘어지면서 나른하게 웃었다.

"조금만 더 하고."

그럼 그렇지. 그녀는 또 속았다. 뭐가 그리 억울한지 그녀는 훌쩍이기 시작했다.

'이거 위험한데.'

그는 속으로 중얼거리면서도 얼굴은 먹잇감을 앞에 둔 배고픈 맹수처럼 허기와 탐욕이 가득한 표정을 짓고 있었다. 그녀가 눈가를 붉힌 채로 칭얼대기 시작하면 그의 하체는 바로 반응했다. 가뜩이나 흥분한 중심에 더 피가 몰리는 뻐근한 느낌이 들었다.

그가 안쪽을 깊이 건드리자 그녀는 인상을 쓰며 눈을 질끈 감았다. 그는 한입에 삼켜버리고 싶을 정도로 귀여운 그녀의 반응을 관찰하며 히죽 웃었다. 경험상 그녀가 좋아하는 안쪽 어딘가를 찌르자 파드득 몸을 떨며 교성을 흘렸다. 끊어질 듯 말 듯 작게 흘리는 교성이 그렇게 그를 자극할 수가 없었다.

"한 번만 더 하자."

그녀는 젖은 눈망울로 숨을 할딱이며 그를 의심스럽게 보았다. 이번에는 안 속아. 그렇게 말하는 눈이었다. 싫다고 앙탈하는 그녀를 눌러 잡아먹는 재미도 좋았지만 이번이 마지막이다 살살 꾀어 적극적으로 반응하게 하는 맛은 또 특별했다.

"진짜 약속."

그녀의 눈빛이 온순해졌다. 설마 하면서도 매번 혹시. 그녀는 셀 수 없는 같은 실수를 반복했다. 그녀가 미세하게 고개를 끄덕이자 그의 입꼬리가 올라갔다. 아 진짜, 이 귀여운 것.

"엎드려서 엉덩이 들어."

안을 채우고 있던 그가 쑥 빠져나가자 그녀의 몸이 흠칫했다. 우물쭈물 잠시 망설이던 그녀는 아무래도 이대로는 절대 그만둘 것 같지 않은 그의 기세를 느끼고 순순히 몸을 돌려 엎드렸다.

그녀의 하얗고 토실한 엉덩이가 그의 손아귀에서 일그러졌다. 등에서 허리, 엉덩이로 이어지는 탐스러운 곡선을 감상하면서 그는 뒤에서 단번에 밀어 넣었다. 그녀의 몸이 크게 한차례 흔들렸다.

"흐윽……."

"하아……. 정말 미친다. 내가."

맛보고 또 맛봐도 도무지 질리지가 않았다. 싫증이 나기는커녕 그녀를 안을 때마다 이런 거였나 새로웠다. 이 천상의 맛을 가진 여자는 그의 것이었다. 누구도 손대지 못한다. 그는 할 수만 있다면 그녀의 몸 구석구석에 소유권을 증명하는 표시를 새겨 넣고 싶었다.

요즘 그녀를 바라보는 그의 눈빛 깊은 곳에 음험하고 끈적한 기운이 감돌고 있었다. 그녀에게는 결코 드러내지 않는 아주 은밀하고 조용한 어둠이었다.

그의 입술이 그녀의 얼굴 이곳저곳에 부드럽게 살짝 닿았다 떨어졌다. 그녀의 허리부터 등까지 그의 손바닥이 붙어 천천히 위아래로 움직였다. 그가 주는 후희의 나른함에 젖어있다가 루시아는 느닷없이 떠오른 생각에 작은 웃음을 터뜨렸다.

"휴. 오후에 다녀간 레이디 밀튼이 재미있는 말을 했어요."

"레이디 밀튼……. 요즘 드나드는 밀튼 백작의 여식 말이로군."

밀튼 백작은 공작가의 봉신으로, 올곧으며 고지식한 성품을 지닌 자였다. 자식 교육 역시 성품만큼 바르다는 정평이라 여식인 밀튼 영애가 아내와 교류가 잦아지는 것을 내버려 두었다. 그녀의 북부 생활이 즐거워진다면 바람직하지 싶었다.

"네. 저에게, 혹시 당신이 외출하지 못하게 하느냐 묻더라고요."

등에서 움직이던 그의 손이 잠깐 멈칫했다. 눈치채지 못하고 루시아는 웃으면서 말을 이었다.

"제가 그럴 리 없다 했지요. 그러니까 저보고 승마를 함께하자고 했어요."

"······승마?"

"레이디 밀튼이 그러는데 재미있고, 운동도 된대요. 배워도 돼요?"

"······위험할 텐데."

"그렇게 위험하지 않대요. 여자들이 많이 탄다고 했어요."

"그렇게 배우고 싶어?"

그는 싫었다. 말 위에 올라 상기된 표정으로 숨을 몰아쉬며 말을 달리는 여자들 모습이 얼마나 사내들 눈을 사로잡는지 그는 경험으로 안다. 요즘 여자들을 위한 승마복을 보면 아주 가관이었다. 몸매 다 드러나게 달라붙는 꼴이 천박하기 짝이 없었다.

과거에 그 역시 딴 남자와 다를 바 없이 보기 좋다고 구경했고, 그는 결코 여자를 조신하거나 헤픈 정도로 구별하는 남자가 아니었지만 그건 이미 과거의 일이었다. 그는 지나간 사소한 일에 연연하지 않았다.

"안 돼요?"

루시아가 그의 가슴에 뺨을 부비며 가련하게 눈을 깜빡거리자 그는 '뭐든 당신 하고 싶은 대로.'라는 말이 반사적으로 튀어나오려는 것을 간신히 참았다. 아무리 그래도 승마는 안 돼. 애먼 놈들이 곁눈질하는 꼴은 못 본다. 하지만 그녀가 결혼하고 처음으로 하는 부탁이었다. 안 된다고 하면 실망할 그녀를 보고 싶지 않았다.

'여자만 출입할 수 있는 승마 연습장이······. 아마 로암에는 그런 것이 없는 것 같으니까 이참에 하나 만들어야겠군.'

로암뿐만이 아니라 제논을 다 뒤져도 그런 곳은 없었다. 유일한 여성 전용 승마 연습장이 만들어지는 역사적 순간이었다. 먼 훗날 북부 사교계 여성들의 중요한 사교 활동의 장소로 활약할 이곳이 단지 아내를 딴 남자 눈에 보이지 않기 위한 의지에서 출발했다.

"좋아. 대신 어느 정도 말을 몰 수 있을 때까지는 성 안에서 안전하게 익힌다고 약속하면."

그녀가 승마를 배우는 동안 연습장을 만들어야겠다. 일주일 정도면 될 것이다. 그 안에 못 만들면 승마 선생에게 며칠 더 붙잡아 두라고 하면 될 일이었다. 승마 선생도 구해야겠다. 여자로.

"네. 그럼 허락하시는 거죠?"

"다치지 않게 조심하고."

"조심할게요. 감사해요!"

그녀가 두 팔로 그의 목을 끌어안으며 와락 안겨 들었다. 혹시 그가 허락하지 않을지 모른다는 우려는 기우에 불과했다. 그는 너그럽고 합리적인 사람이니까. 외출 금지라니. 대체 레이디 밀튼은 왜 그런 터무니없는 질문을 한 건지 모르겠다.

얼결에 그녀를 품으로 안으면서 휴고는 얼마 전, 그녀에게 고가의 목걸이 선물을 안겨 주었을 때의 일을 떠올렸다.

그는 처음으로 여자에게 줄 선물을 고르려고 고심했다. 그녀가 뭘 좋아할지는 모르겠고, 그나마 여자가 보석을 좋아한다는 건 경험으로 배운 일이라 결국 그의 선택은 보석이었다.

그런데 아무거나 주기는 싫었다. 타란의 안주인은 마땅히 특별한 것을 가져야 했다. 보석상들끼리 공유하는 정보지를 있는 대로 취합해서 고르고 골랐다.

그나마 쓸모 있는 것을 찾았다 했더니 이미 주인이 있었다. 눈에 든 물건이 생기자 더 이상 다른 건 안중에 없었다. 돈은 상관없으니 무조건 거래를 성사시키라고 교섭인을 보냈다.

생각보다 물건을 손에 넣기까지 시간이 오래 걸렸다. 원래 그는 선물을 주고 시찰을 떠나려 했는데 결국 그녀가 받아드는 모습은 직접 보지 못했다. 하지만 귀환하는 길에는 꽤 기대했다. 그녀가 선물을 받고 감격해서 성대한 환영으로 맞아줄 줄 알았다.

그녀는 고맙다고는 했다. 그러나 뭔가 형식적인 감사 인사는 그의 기대에 미치지 못했다. 고맙다고 살포시 미소 지으며 예의 바르게 인사하는 그녀 면전에 대고 진심이 없잖아, 따질 수는 없었다. 그는 조금 기분 상하면서 동시에 머쓱했다.

도대체 왜? 여자는 보석을 안겨 주면 보석처럼 눈을 반짝거리는 것이 당연한 반응 아닌가? 그 선물을 고르느라 얼마나 신경을 썼는데 그게 마음에 안 차면 대체 얼마나 대단한 걸 줘야 만족할 건가. 그러다 슬쩍 제롬이 전한 말이 가관이었다. 부담스럽단다. 선물 주고 그런 말 들은 건 처음이었다. 어느 수준에 맞춰야 부담이 없는 건가. 그를 새로운 고민에 빠뜨렸다.

그런데 고작 승마를 허락했을 때의 반응이 다이아몬드 목걸이를 줬을 때보다 더 열렬했다. 이것이 바로 그가 기대했던 진심이 담긴 감격의 감사 인사였다. 거금을 쏟아 부은 다이아몬드 목걸이는 승마 허락만도 못했다.

'돈은 안 들겠군.'

조금 허탈했다. 전에도 이 비슷한 생각을 한 적 있는 것 같다. 어쩌면 목걸이 구매비용보다 승마 연습장을 만들기 위한 제반 비용이 더 들어갈 수 있었다. 그러나 그의 회계 속에는 그 비용은 그 비용이 아니었다.

승마 문제를 해결하긴 했지만 그의 솔직한 마음은 언제나 시야에 들어오는 곳에 그녀가 있었으면 했다. 괜한 바람을 넣은 밀튼 백작의 여식이 살짝 괘씸했다. 하지만 덕분에 뭘 해주면 그녀가 좋아하는지 조금은 알 것 같으니 꼭 나쁜 일만은 아니었다.

승마 연습장이 완성될 무렵 그녀는 베갯머리에서 종알거렸다.

"휴. 로암 동쪽으로 조금 가면 굉장히 커다란 호수가 있다고 하던데요."

"음, 크지. 구경하고 싶어?"

그는 언제 시간을 내어 그녀를 데리고 한 번 다녀올까 생각했다.

"이맘때 뱃놀이가 있다고 들었어요. 작은 배 한 척 보유하고 있는 귀족들이 많다던데 당신은 없어요?"

"……없어."

생전 뱃놀이 따위는 가 본 적 없다. 그런 유흥이 있다더라고 들은 기억도 없었다. 아마 들었겠지만 관심 없으니 잊었을 것이다. 물에 배 띄워 그 위에 앉아 있는 것이 어떻게 놀이가 될 수 있단 말인지 그건 할 일 없는 놈들 혹은 여자나 하는 짓이었다.

'배를 사야겠군.'

그는 이미 과거의 자신을 잊었다. 그는 지나간 사소한 일에 연연하지 않는다.

"그럼……. 레이디 밀튼이 초대했는데 다녀와도 될까요?"

또 밀튼 백작의 여식이었다. 그는 앞으로 모든 사달의 중심에 밀튼 영애가 있을 것 같은 불길한 예감이 들었다.

"……위험하잖아."

"뱃놀이로 사고가 난 적은 없대요. 밀튼 가문이 소유한 배는 매우 튼튼해서 걱정 없다고 레이디 밀튼이 자신했어요."

"뱃놀이 날짜는?"

"나흘 뒤에요."

밀튼 백작은 공작가에서 날아온 공지사항을 받아 읽으며 고개를 갸웃했다. 지금껏 없던 일이라 이게 무슨 일인가 싶었다. 막내딸이 며칠 후 뱃놀이 가겠다며 창고에 있던 배를 꺼낸다고 수선스럽게 다니던 모습이 문득 떠올랐다.

"부르셨어요, 아버지."

"그래. 성에서 공지가 내려왔는데 네가 봐야겠구나."

케이트는 부친이 주는 문서를 받아 읽었다.

"……풍속 단속이요? 이게 대체 무슨 뜻인가요?"

"글쎄다. 나도 전하 의중을 정확히는 모르겠지만 결론은 호수에서의 뱃놀이를 통제하시겠다는 것 같구나. 지금까지와 크게 다를 건 없을 거다. 다만, 날을 지정해서 오직 여성들만 호수로 갈 수 있게 근방 출입을 통제하는 것인데 난 개인적으로 나쁘지는 않다고 본다. 딸 가진 부모라면 괜찮다고 할 것 같구나. 네가 뱃놀이를 언제 간다고 했지?"

"사흘 뒤에요."

밀튼 백작은 요즘 딸아이가 공작부인 말벗 노릇을 한다는 건 알지만 자세히는 몰랐다. 둘이 서로 이름을 부를 정도로 가깝다는 것도, 케이트가 열심히 루시아를 불러내 놀려고 하는 것도, 뱃놀이를 같이 간다는 것도 몰랐다. 케이트 역시 굳이 그걸 가족에게 말하지 않았다. 온갖 걱정을 들을 것이 뻔했으니까.

케이트는 단지 루시아와 친구로 사귀고 있었다. 하지만 주변에서 순수하게 봐주지 않을 것이다. 그래서 케이트는 가능하면 루시아와의 관계를 주변에 말하지 않았다. 사람들이 두 사람 관계를 친구가 아닌 공작부인이 총애하는 봉신의 딸 정도로 보는 것이 차라리 나았다.

"마침 통제일이 사흘 뒤구나. 어차피 네가 가서 노는 데는 영향이 없겠지만 알고 있으라고 말해두는 거다. 혹시 그날 사내 녀석들과 어울릴 생각은 아니었겠지?"

"그런 건 아니에요."

부친의 집무실에서 나오며 케이트는 중얼거렸다.

"……뭐지. 이건."

사흘 뒤면 공작부인과 함께 뱃놀이하기로 한 날이었다. 단지 우연의 일치일까. 절대 아닐 것이다. 여성만 출입 가능한 승마 연습장이 만들어졌을 때부터 뭔가 이상하긴 했다.

'설마…… 루시아가 감금되어 사는 건가?'

그런 것치고는 공작부인의 얼굴에 그늘은 없었다. 억압받으며 사는 것 같지 않았다. 승마를 전하께서 흔쾌히 허락해 주셨다고 생글생글 웃던 공작부인의 표정은 결코 작위적으로 보이지 않았다. 곰곰이 생각하던 케이트의 얼굴에 점점 웃음이 떠올랐다.

'어쩐지 좀…… 흥미로운데?'

나중에 공작 부부 금실에 관해 소문이 돌아 사람들이 놀라워할 때 케이트는 놀라지 않았다. 그녀는 누구보다 그 사실을 먼저 알고 있었다.

뱃놀이는 즐겁고 새로운 경험이었다. 루시아는 뱃놀이를 다녀와 잔뜩 흥분해서 휴고에게 떠들었다. 휴고는 배를 마련하기로 확고하게 결심했다. 얼마 후 안전을 최고로 보장하기 위해서 값비싼 재료와 기술을 동원한, 고작 뱃놀이에 사용하기에는 지나치게 고급스러운 배 제작에 들어갔다.

"휴. 레이디 밀튼이 오늘 다녀갔는데요."

또 그 여자. 휴고는 그녀가 보지 못하는 사이에 살짝 인상을 찡그렸다가 폈다. 이상하게 불길한 예감은 꼭 들어맞았다. 밀튼 백작의 여식은 그의 중대한 골칫거리로 부상할 것이다. 이젠 예감이 아닌 확신이었다.

"여우 사냥이라는 놀이가 있대요."

여우 사냥. 그딴 여자들 놀이에 사냥이라는 명칭을 붙이는 것 자체가 사냥에 대한 모독이었다. 새끼 여우를 잡아 길들여서 숲에 풀어 토끼를 사냥한다는데 과연 여자들이 죽은 토끼를 직접 만지기나 할 수 있을지 의심이었다.

"정기적으로 모여서 여우 사냥을 한다는데 여우는 없지만 구경하러 가 보고 싶어요. 레이디 밀튼은 기르던 여우가 있어서 어떻게 하는지 보여준다고 했어요."

"……숲에서 위험한 야생동물이라도 만나면 어쩌려고."

"호수에서 멀지 않은 곳에 작은 군락을 이룬 숲이 있다는데 거기는 전혀 위험한 동물이 없대요. 가장 큰 육식동물이 여우 정도래요."

그녀가 말하는 곳이 어디쯤인지 대충 감이 잡혔다. 한 줌 모종을 떼어 심어놓은 것처럼 다른 곳과 뚝 떨어져 군락을 이루는 작은 숲이었다. 그 정도 넓이라면 빙 둘러서 주변을 통제할 수 있었다. 여우 사냥이 정확히 어떻게 하는 것인지 확인해 봐야겠다. 여자들끼리만 가도 과연 안전한 것인지 또한.

"안 돼요?"

그녀의 애처로운 눈빛 공격이 날이 갈수록 강력해지고 있었다.

"……다녀와."

"휴. 레이디 밀튼이요."

그녀의 보드라운 피부를 어루만지며 후회를 즐기던 그의 미간이 꿈틀했다. 이번엔 또 뭔가. 그녀 입에서 그 이름이 나올 때마다 노이로제에 걸릴 지경이었다.

"뭐지?"

"사흘 뒤가 생일이래요. 자택에서 파티를 연다는데 다녀와도 돼요? 동기 친구들만 초대하는 작은 모임이래요."

요즘 그녀의 외출이 너무 잦다. 전부 밀튼 백작의 말괄량이 여식 때문이었다.

케이트 밀튼은 밀튼 백작의 고명딸이었다. 아들 넷 이후 태어난 늦둥이 딸이라 밀튼 백작의 딸 사랑은 지극했다. 부친의 관대함 속에서 네 명 오빠들과 뒤섞여 자란 케이트는 말괄량이로 유명했다. 오냐오냐했던 밀튼 백작도 인제 와서는 골치 아파한다는 풍문이었다.

휴고가 봉신의 딸에 대해 이렇게 자세히 알 정도로 관심을 둘 이유가 없었다. 문제는 그 아가씨가 아내의 친구가 되었다는 것이다. 얌전한 아내와 달리 밀튼 백작의 여식은 대단히 활동적이었다. 자신의 활동에 그녀를 끼워 넣기 위해 노력을 아끼지 않았다.

"생일을 축하하러 왜 당신이 굳이 가야 하지?"

"생일 축하를 위해서라기보다는 친구 집에 방문하고 싶은 거예요."

그녀의 가고 싶어요, 공격이 시작되었다. 휴고는 그녀가 레이디 밀튼 운만 떼도 뒷골이 지근거렸다. 그래도 지난 전적에 비하면 생일 파티 정도는 아주 양호했다. 여자들만 모이는 자리라고 하니까 그는 선선히 허락했다.

"다녀와."

"……근데요. 파티 끝나고 밤에 잠옷 파티를 한다는데……."

빌어먹을 레이디 밀튼. 그럼 그렇지. 휴고는 속으로 욕설을 중얼거렸다. 밀튼 백작을 볼 때마다 그대 딸하고 내 아내하고 같이 놀지 못하게 해, 라는 말이 턱밑까지 차올랐다. 아무리 못마땅해도 어떤 해를 끼친 건 아닌데 이유 없는 트집을 잡을 수는 없었다. 더구나 밀튼 백작은 아주 충성스런 봉신이었다. 친구를 사귀는 아내의 즐거움을 빼앗고 싶지도 않았다.

"하루 자고 와도 될까요?"

"당신은 유부녀야. 외박하겠다는 건가?"

"……역시 안 되는 거죠? 파티만 참석하고 돌아올게요."

그녀는 시무룩한 음성으로 선선히 포기했다. 한 번 더 조르지도 않았다. 그녀의 베갯머리송사는 그의 예측과 전혀 다른 방향으로 그를 좌우했다.

그녀는 단 한 번도 선물을 졸라대거나 누군가를 옹호, 혹은 험담하지 않았으나 그보다 훨씬 더 그를 골치 아프게 했다. 차라리 보석을 달라고 해. 쇼핑을 하라고. 그는 몇 번이고 그 말을 하고 싶은 것을 참았다.

"마차를 보낼 테니까 오전 중으로 돌아와."

그는 낮은 한숨을 쉬며 허락했다.

"그럴게요! 정말 허락하시는 거죠?"

"남편을 독수공방하게 하고 그렇게 신이 나나?"

허리에 두른 그의 팔에 힘이 꽉 들어가자 루시아는 흘끔 그의 눈치를 살폈다.

"하루뿐이잖아요……. 영지 시찰로 사나흘씩 자리를 비우기도 하시면서……."

"그거와 달라."

"……순 억지."

휴고는 삐죽이는 그녀의 입술을 덥석 물었다. 놀라 앙탈하는 그녀의 턱을 단단히 잡고 작은 입안 깊숙이 혀를 넣었다. 구석구석 한 번 훑고 입술을 떼자 상기된 표정의 호박색 눈동자가 흐려져 있었다. 그가 그녀의 몸을 돌려 모로 껴안으며 목덜미에 입술을 붙이더니 길게 핥으면서 가슴을 움켜잡았다.

"아!"

"갈수록 말대답이 늘어. 남편 말은 하늘처럼 믿어야 착한 아내지."

"응……. 하지만……."

"하지만 또 뭐."

"너무 착하게 굴면…… 매력 없다고……."

그의 미간에 살짝 주름이 잡혔다. 안 그래도 근래 톡톡 말대답하는 빈도가 늘었다 했더니 어디서 되지도 않는 조언이랍시고 얻어들은 모양이었다.

"사내를 유혹하는 기술이라도 배워왔나?"

"기…… 술까지는 아니고……."

"스승이 누군데?"

"……레이디 밀튼이……."

아아. 정말 망할 레이디 밀튼.

"스승과 제자가 뒤바뀌었군. 밀튼 백작의 여식은 아직 미혼일 텐데."

"레이디 밀튼은 매력적인 여성이에요. 배우고 싶어서……."

붉은 머리의 케이트는 루시아와 정반대의 매력을 가진 여자였다. 시원시원한 이목구비에 당당한 말투, 좌중을 휘어잡는 화술을 지녔고 남자들의 구애에 결코 끌려 다니지 않았다.

루시아는 그녀의 모든 것이 부러웠다. 사랑을 아낌없이 주는 부모님, 든든한 오라버니들. 그녀가 갖지 못한 모든 것을 케이트는 갖고 있었다.

"누가 누굴 배워? 당신은 공작부인이야. 북부 사교계 정점이지."

그는 루시아를 옆으로 눕게 하여 뒤에서 끌어안았다. 가슴을 주무르면서 성난 그의 중심을 그녀의 엉덩이골 사이에 넣고 문질렀다.

"어울려 노는 건 좋지만 밀튼 백작 여식의 말괄량이 짓을 배워오는 건 절대 사양하지. 그랬다가는 외출금지령을 내릴 테니까 정숙함을 잃지 말라고, 부인."

뒤에서부터 서서히 그녀의 비부를 열며 단단한 그의 성기가 밀고 끝까지 들어왔다. 루시아의 엉덩이와 그의 허벅지가 바싹 맞닿았다. 두 몸이 하나가 되었다. 그가 시작하려고 가득 들어오는 순간이 루시아는 가장 황홀했다. 이 남자를 내 안에 품고 있구나, 만족감이 들었다.

"으응……."

"당신은 잘하고 있어. 지금까지 하던 대로만 해."

"네……."

휴고는 아내의 아주 작은 일탈도 용납할 생각이 없었다. 그의 눈이 닿는 곳에 아주 얌전히 있어주어야 한다. 늘 시선을 돌리면 언제나 있던 그 자리에 있는 편안함이 점점 그를 사로잡고 있었다.

그는 상체를 일으켜 짧게 쳐올리기를 반복했다. 그리 깊은 삽입은 안 되는 자세지만 그녀가 은근히 이 자세를 좋아한다는 걸 알고 있었다. 힘이 덜 들고 자극이 적당하기 때문이었다. 짧게 끊어지는 신음을 흘리며 그녀가 숨을 헐떡였다. 눈가가 발갛게 물들어 불규칙하게 호흡하는 모습이 그를 자극했다.

오늘 밤은 더위가 덜했다. 문득 그는 어느새 여름이 끝나간다는 사실을 깨달았다. 그는 늘 시간이 지독하게 느리다고 생각했다. 언제부터인가 그의 시간이 빠르게 흐르기 시작했다. 특히 그녀와 보내는 밤은 너무 짧았다.

9.
엇갈림

　제롬은 매일 하는 것처럼 오후의 차 한 잔을 준비해서 공작의 집무실로 들어갔다. 일에 몰두한 주인을 방해하지 않기 위해 조용히 차만 곁에 두고 나오는데 책상에는 펼쳐진 서류만 가득하고 사람이 보이지 않았다.

　요즘 자주 있는 일이라 제롬은 주인이 있으리라 예상되는 방향으로 시선을 돌렸다. 역시나 발코니 창이 살짝 열려있다. 다가가 안을 들여다보자 난간에 기댄 장신의 사내 뒷모습이 보였다.

　요즘 공작은 오후에 일을 하다가 전에는 없었던 게으름을 부렸다. 발코니 아래를 내려다보며 한참을 서 있곤 했다. 아래에는 근래 마님께서 부지런히 가꾸는 정원이 색색의 꽃으로 보기 좋은 그림을 그리고 있었다. 마님은 빈번히 직접 나와 정원을 걸어 다니며 꽃을 살핀다. 그 모습을 주인은 보고 있었다.

주인의 신혼이 초반 반짝 흥미일지도 모른다 생각했으나 이제는 아니라는 걸 안다. 방탕하게 놀던 사내가 결혼하고 다른 사람처럼 건실하게 바뀌는 경우가 있다더니 그 사례에 주인이 해당될 줄이야. 그래서 세상은 오래 살고 볼 일이었다.

주인은 과연 알고 있을까. 마님과 함께 있을 때의 주인의 시선은 다른 것은 아무것도 보이지 않는 것처럼 곧바로 마님께 향하고 있었다. 곁에서 지켜보기에 간질간질한 똑바른 시선을 놀랍게도 마님은 크게 의식하지 않았다. 의외로 마님은 꽤 많이 둔감했다.

두 분 사이는 참 뭔가 미묘했다. 분명히 두 분 사이는 좋았다. 마님은 주인을 향해 깨끗한 미소를 짓고, 그토록 냉랭하던 주인님은 마님을 향해서는 온기가 돌았다. 그럼에도 두 분 사이에는 뭔가 보이지 않는 얇은 막 같은 것이 있었다. 꼬집어 말하기에는 애매하고 막연해서 섣부르게 말로 꺼낼 수는 없었다.

마님이 어디서 뭘 하고, 누구를 만났는지 간략한 보고서를 매일 저녁 주인의 책상에 올리는 건 어느새 일상이 되었다. 그래서 제롬은 더 이상 보고를 미룰 수 없었다. 마님의 건강과 관련된 일이니까 더더욱.

제롬은 조금 망설이다가 발코니로 다가갔다.

"전하."

"음."

"마님 일로…… 드릴 말씀이 있습니다."

그 말에 휴고는 고개를 돌렸다. 제롬을 응시하다가 그는 제롬을 지나쳐서 안으로 들어갔다. 그러나 잠시 기다려도 제롬에게서 어떤 말도 들려오지 않았다. 주저하고 있다는 것을 느꼈다.

"뭐가 그리 어렵지? 말해."

"……마님께서 줄곧 달손님이 없으십니다."

루시아는 제롬과 약속했다. 제롬이 함께하는 자리에서 그녀의 몸 상태에 대해 공작에게 말하기로. 그러나 시간이 지나도 루시아는 여전히 입을 다물고 있었다. 혹시 마님께서 잊으셨는가 싶어서 제롬이 거론했으나 마님은 당시에 알았다고만 답하고 그 뒤로 다시 침묵이었다.

제롬은 자신이 나서는 일이 어쩌면 월권이 될 수 있음을 알고 있었다. 그러나 주인의 건강을 챙기는 일까지 집사의 일이었다. 제롬은 마님을 재촉해 억지로라도 모시고 와서 직접 말씀하도록 하는 것이 더 옳은가 여러 번 고민하다가 결국 그가 주인께 직접 고하는 쪽을 선택했다.

"달손님?"

"여인이 매달 겪는 신체적인……."

"아, 계속해."

휴고는 여성의 생리적 구조에 대해 상식적인 수준의 지식으로 숙지는 하고 있었으나 가장 밑바닥에 깊이 잠든 지식이었다. 그는 여자의 월경 주기를 느낄 정도로 한 여자를 줄기차게 만난 적이 없었다. 더구나 그는 여자의 임신 걱정을 해본 적 자체가 없다. 그야말로 아무 생각이 없었다.

"처음에는 태기가 있으신가 하녀가 의문을 가졌습니다. 주치의 진료를 받으셨으나 태기는 아니었습니다. 마님 말씀에 의하면 달 손님이 원래 없으셨고 그런 증상에 관해 주치의 진료를 받으시는 것은 거부하셨습니다. 이미 전하께서 알고 계시는 일이라 그럴 필요 없다고만 하셨습니다."

"달손님……. 임신이 아닌데 그게 없다는 건 심각한 건가?"

"결코 정상적인 상태가 아닙니다. 아예 회임이 불가능하다는 것이니까요. 그걸 확실히 알기 위해 마님이 진료를 받아 보셨으면 하는 것입니다."

"내가 이미 알고 있다니 뭘……."

「저는 아이를 낳을 수 없어요.」

휴고가 인상을 찌푸렸다.

"하……."

그가 헛웃음을 터뜨렸다. 분명히 그녀는 그런 말을 했었다. 원래 저렇게 간단히 말할 일인가 고개를 갸웃할 정도로 그녀는 대수롭지 않게 아이를 가질 수 없다고 말했다. 그녀의 대수롭지 않음에 그 역시 웃어 넘겼다.

그에게 그녀의 임신 여부는 전혀 중요한 문제가 아니었다. 어차피 그녀는 아이를 가질 수 없기 때문이다. 그녀는 마치 대단한 비밀을 털어놓는 것처럼 말했지만 그는 그저 재미있다고만 생각했다.

"……그래. 알고 있었다."

둔기로 얻어맞은 것처럼 뒤통수가 얼얼했다. 배 속에서부터 뒤틀린 불쾌함이 슬금슬금 올라왔다. 이유를 알 수 없는, 도무지 설명할 수 없는, 무엇을 향한 것인지도 알 수 없는 분노였다.

"주치의는 뭘 하는 거지?"

"겉으로 드러나는 병중이 아니니 마님께서 말씀하지 않으시면 의사는 진단을 내릴 수 없습니다."

"지금 불러."

"……예, 전하."

주인의 기분이 저조해졌음을 알아차린 제롬은 가타부타 덧붙이는 말없이 바로 물러갔다.

가만히 서서 그는 노기를 참으며 주먹을 꽉 움켜쥐었다. 자신의 불쾌함이 어디서부터 비롯된 것인지 차분하게 생각을 짚어갔다.

그녀는 그가 바라는 아주 이상적인 아내였다. 아랫사람들을 적당히 잘 조율하고 정말로 그를 전혀 성가시게 하지 않았다. 뭔가를 그에게 바라지도, 불평도 없었다. 근래 이것저것 요청하긴 했으나 그건 그가 여자들이 뻔히 할 것으로 짐작하는 그런 성가심과 달랐다.

"하아……. 제길."

그는 무거운 한숨을 뱉으며 두 손으로 머리를 감싸 쥐고 소파에 털썩 앉았다.

이런 건 정상이 아니다.

그녀가 평소 무슨 생각을 하는지 전혀 알지 못한다는 사실을 그는 깨달았다. 그가 아내에 대해 아는 전부는 파비안에게 받은 몇 장 보고서에 적힌 내용뿐이었다.

그들의 사이는 좋았다. 적어도 그는 그렇게 생각했다. 대화는 즐거웠고 잠자리는 늘 뜨거웠다. 하지만 정말 대화를 나눈 적이 있기는 한가. 그녀가 속마음 한 톨 그에게 드러낸 적 있었나. 그를 향해 그렇게 맑게 웃는 것으로 그녀가 모든 마음을 드러냈다고 착각하고 있었다.

갑자기 뭔가 떠오른 그는 제롬을 불러 그간 그녀가 지출한 내역을 가져오라고 지시했다. 곧 제롬이 서류를 가지고 들어왔다.

"의사는?"

"사람을 보냈습니다."

"나도 진찰할 때 가 보겠다."

"예, 전하."

서류를 넘기며 내역을 훑는 그의 눈이 싸늘하게 식었다. 정원을 가꾸는 데 들어간 비용, 그동안 몇 번 티파티를 열며 들어간 비용을 제외하면 개인적인 용도 사용 내역이 전혀 없었다.

"재단사나 보석상을 부른 적이 한 번도 없나?"

"없습니다."

"그동안 외출도 여러 번 하고 몇 번 티파티를 열었을 텐데?"

"선대 공작부인들께서 사용하시던 드레스나 타란 가문 대대로 내려오는 장신구가 있습니다. 드레스는 그중 골라 고쳐 입으시고, 장신구는 사용 후 보관실에 반납하셨습니다."

그가 미간을 꾹꾹 눌렀다. 뭐라 설명할 수 없는 기분이었다. 화가 나는데 왜 화가 나는지 정확히 설명할 수 없었다. 왜 진즉 보고하지 않았느냐 목까지 올라온 말을 삼켰다. 그 말을 해 봤자 집사

보고 마님 일거수일투족을 감시하라는 꼴이었다.

네가 바란 것 아니었나.

마음속에서 다그치는 울림이 들려왔다. 그랬다. 그가 바랐던 결혼을 했다. 인형같이 자리만 지켜줄 아내를 그는 원했다.

그는 혼적이 필요했고, 그러기 위해 결혼은 해야 했으나 남편의 의무는 거추장스러웠다. 그래서 거래를 했다. 그건 계약이었다. 서로의 이익이 충족된 계약.

그녀는 처음부터 필요한 건 공작부인이라는 이름이라고 했다. 당연히 공작부인이 되면 뒤따를 재물과 권력을 원한다고 생각했다. 결혼 후 그리 오랜 시간이 지난 것은 아니지만 그는 이제는 알 것 같았다. 처음부터 그런 건 그녀의 관심사항이 아니었다.

대체 무엇이 그를 불쾌하게 하는가. 그녀가 권력도 재물도 필요로 하지 않는 것이 왜 문제가 되나. 그에게 손해는 아무것도 없었다. 오히려 그는 이 압도적으로 유리한 계약에 축배를 들어야 한다.

그는 계속 고민했다. 이 더러운 기분의 정체를 알아야 했다. 발밑을 받치고 있던 바닥이 무너지는 기분이었다.

절망이고 불안이었다. 왜 절망하고 왜 불안하지?

그것을 또다시 고민할 때 제롬의 목소리가 들렸다.

"주치의가 기다리고 있습니다."

* * *

정원에는 꽃향기가 가득했다. 그 사이를 거닐면 향에 취할 것 같아서 루시아는 잠깐 눈을 감고 서 있고는 했다.

요즘 그녀의 가장 큰 일거리는 정원 가꾸기였지만, 그녀의 노동을 필요로 하지는 않았다. 모든 일은 정원사가 알아서 했다. 루시아는 그저 어떤 꽃을 심을지 결정하고 잘 자라고 있나 돌아다니며 구경할 뿐이었다.

수고는 딴 사람이 다해도 공치사는 그녀가 들었다. 때로는 그것이 우스웠다.

고개를 들어 하늘을 보았다. 이미 중천을 넘긴 해가 길게 그늘을 만들고 있었다. 시선 끝이 그의 집무실 발코니에 닿았다.

'아⋯⋯. 없네.'

분명히 조금 전까지만 해도 저기 서 있던 그가 없었다. 그가 가끔 발코니로 나와서 정원을 내다보는 모습을 우연히 발견했다. 루시아는 그 모습이 보고 싶어서 자주 정원으로 나왔다. 꽃을 살핀다는 핑계는 훌륭했으니까.

아닌 줄 알면서도 그가 자신을 보는 것만 같아서 뒤통수가 간질간질했다. 그를 보고 싶은 마음을 애써 참는 일이 어찌나 힘든지. 견디다 못해서 안 보는 척 고개를 돌렸을 때 발코니가 텅 비어있으면 마음도 텅 빈 것처럼 공허했다.

그를 볼 수 있는 시간은 대부분 저녁 시간 이후로 한정되어 있었다. 한 공간에서 지내지만, 언제나 그는 늘 손닿을 수 없는 아득히 먼 곳에 있었다.

그는 정말 바빴다. 제롬 말로는 서류 더미에 파묻혀 일하신다고 했다. 사나흘에 한 번은 반나절씩 회의를 하고, 그 와중에 영지 시찰을 잊지 않는 그는 정말 부지런한 영주였다.

꿈속의 남편, 메튼 백작은 수도에서 온갖 파티에 얼굴 내밀 줄만 알았지 영지 사정에는 관심도 없었다. 나중에 알았지만, 메튼 백작의 영지는 최악으로 꼽히는 몇 군데 중 하나였다. 과도한 세금에 못 이겨 영지민들이 도주하거나 도주하다 잡혀 죽는 일이 빈번한 곳이었다. 메튼 백작의 비참한 최후는 어쩌면 업보였을 것이다.

루시아는 갑자기 떠오른 메튼 백작의 끔찍한 얼굴을 털어버리려고 고개를 흔들었다. 현실에서는 옷깃도 스치고 싶지 않은 악연이었다.

악몽을 재현하지 않기 위해서 그녀는 새로운 길을 개척했다. 과연 현명한 선택이었는지, 그녀는 자신에게 물어 보았다.

그는 남편으로서의 역할에 충실했다. 거의 매일 그들은 함께 저녁을 먹고, 대화를 나누었다. 매일 밤 그는 그녀의 침실을 찾았다. 이 정도면 기대 이상이었다. 더는 욕심이라는 걸 알지만, 가끔은 허전해서 견딜 수 없었다. 깊은 호수 한가운데의 살얼음 위에 서 있는 것 같은 위태로움이 힘들어서 차라리 호수 바닥으로 가라앉고 싶을 때가 있었다.

"마님, 안으로 모셔오라고 하십니다."

"……누가?"

그녀를 데려오라고 말할 수 있는 사람은 로암에서 그녀의 남편 뿐이었다. 그럼에도 하녀에게 되묻고 말았다.

"주인님께서 마님을 모셔오라고 하셨습니다."

'이 시간에 왜?'

불안한 마음을 안은 채 루시아는 안으로 들어갔다.

응접실에서 그녀를 기다리고 있는 사람은 남편 혼자가 아니었다. 제롬 외에 주치의 안나가 있었다. 안나를 보자마자 루시아는 직감했다. 언젠가 제롬이 결국은 그에게 말할 줄 알고 있었다. 그래도 그가 주치의까지 불러서 일부러 이 시간에 자리를 마련할 줄은 몰랐다.

당황스럽고 언짢았다. 전혀 관심을 보이지 않았다면 실망했을 것이면서. 루시아는 제 마음이지만 갈피를 잡을 수 없었다.

마치 초대받지 못한 사람처럼 문치에 오도카니 서서 들어오지 못하고 있는 그녀를 보며 휴고의 표정이 굳었다. 벌떡 소파에서 일어나서 그녀에게 다가갔다. 큰 키와 덩치의 그가 불쑥 눈앞에 나타나자 루시아가 흠칫 놀랐다.

"왜……."

확연히 느껴지는 그녀와의 거리감이 그는 불쾌했다. 대체 왜 그러냐고 다짜고짜 다그칠 뻔했다. 그는 억눌린 표정으로 그녀의 손을 강하게 잡아끌었다. 루시아는 그에게 끌려가 소파에 앉았다. 그는 마치 도망가지 못하게 지키는 것처럼 옆에 붙어 앉았다.

안나는 조금씩 눈을 돌려 공작 부부를 살폈다. 소문의 타란 공작을 이렇게 가까이에서 처음 보았다. 공작부인은 조용한 성품의 가녀린 여인이었다. 무서운 소문을 몰고 다니는 기사 출신의 공작과 조합이 계속 의문이었다. 그런데 주인 부부를 나란히 함께 보니까 뜻밖에 어색함이 없었다.

'저 덩치로 덤벼드니 마님이 그렇게 힘들어 하시지.'

마님의 주치의 입장에서 안나는 공작의 무식한 체력을 비난했다.

"마님, 계속 달손님이 없으시다고 들었습니다."

"……맞아요."

루시아는 이 상황이 불편했다. 스스로 불임을 택했고, 언제든 치료할 수 있다고 자신하기 때문인지 자신이 하자가 있다고 생각한 적이 없었다. 그런데 이 상황은 마치 그녀를 몹쓸 병에 걸린 환자로 몰아가는 것 같았다.

"초경도 없으셨습니까?"

"초경은 했어요."

"그럼 언제부터 없으셨습니까? 다치거나 병을 앓으신 적 있습니까? 무언가 잘못 드신 것이라도 있습니까?"

"……."

"주치의에게 제대로 설명하시오, 부인."

평소보다 더 딱딱하게 들리는 그의 목소리 때문에 루시아는 흠칫 놀랐다. 고개를 돌려 그를 보자 그의 붉은 눈동자가 차갑게 그녀를 보고 있었다. 어쩐지 그의 기분이 좋지 않아 보였다.

"초경 때 약을 잘못 먹었어요."

"무슨 약을 드셨는지요? 중독 현상이 있으셨던 겁니까?"

"어떤 약인지는 잘 몰라요. 중독은 아니었을 거예요. 아프지 않았고, 지금까지도 딱히 몸에 이상은 없어요."

꿈속에서 그토록 의사를 찾아 헤맸어도 치료법은커녕 의사들은 제대로 증상 파악조차 하지 못했다. 안나에게 모든 것을 설명해도 알 것 같지 않았지만, 루시아는 자신의 증상을 숨길 수 있는 데까지 숨길 생각이었다.

여성 질환은 섬세한 병이었다. 환자가 제대로 설명해 주지 않는데 의사가 답을 찾아낼 수는 없었다. 더구나 들은 적도 없는 증상이라면 더욱 그랬다.

안나는 아무리 기억을 뒤져도 약을 먹고 월경이 영구적으로 멈추었다는 증상을 들어본 적이 없었다.

"마님, 좀 더 기억을 더듬어 주시지요. 당시 드셨던 약이 어떤 맛이었습니까? 무슨 이유로 약을 드셨지요? 얼마나 드셨습니까? 색깔은 어떠했고, 형태는 어떠했습니까?"

"모르겠어요. 어릴 때 일이고 약에 대한 지식이 없어서 기억에 남는 게 없어요."

가만히 그들의 대화를 듣고 있던 휴고가 몸을 틀어 루시아를 바라보았다.

"당신은 나하고 얘기 좀 하고."

그는 서 있는 자들에게 손짓했다.

"다 나가."

공작의 눈치를 살피던 자들이 모두 썰물처럼 빠져나가고 응접실에는 휴고와 루시아만 남았다.

"왜 거짓말을 해?"

그의 목소리는 부드러웠다. 잠시 긴장했던 루시아는 안도했다.

"……거짓말 안 했어요."

"주치의에게 사실을 숨기고 있잖아. 말을 하지 않는 것도 거짓말이지. 제대로 하지도 못하는 거짓말을 왜 그리 열심이지?"

어떻게 알았을까. 마치 그가 마음을 읽는 것 같았다. 신기해서 빤히 바라보자 그가 한쪽 팔로 루시아의 허리를 감아 품으로 당기며 그런 속마저 읽힌다는 것처럼 말했다.

"어찌 알았느냐는 표정이군. 당신 거짓말 못 해. 다 드러나."

루시아는 지금의 불편한 이 상황에서 벗어나고 싶었다. 몸을 비틀어 두 팔로 그를 밀어내며 그의 품에서 빠져나와 소파에서 일어났다.

"일하시느라 한창 바쁠 시간인데 방해가 되셨겠네요. 신경 쓰게 해드려서 죄송해요."

그는 소파에 앉은 채 서 있는 그녀를 잠시 말없이 바라보다가 나지막하지만 사나운 음색으로 말했다.

"지금 내가 그걸 탓했나?"

"안심하세요."

"뭐가?"

"어차피 낫지 않아요."

거센 힘에 손목이 확 잡혀서 루시아는 그대로 그의 품으로 넘어졌다. 버둥거리며 일어나려 했지만, 그의 한 손이 팔을 붙들어 단단히 고정하고 다른 손이 그녀의 턱을 잡아 눈을 마주쳤다. 루시아가 고집스럽게 고개를 돌렸다. 그는 잠시 놓친 턱을 다시 잡아 시선을 마주쳤다.

"무슨 뜻으로 하는 말이야? 당신이 낫지 않는데 왜 내가 안심하는데?"

"처음부터 말씀드렸잖아요. 아이를 낳지 못한다고."

흔들리는 호박색 눈동자를 담은 그의 붉은 눈동자 또한 흔들렸다.

루시아는 강하게 턱을 틀어 그의 손을 뿌리쳤다. 공중에서 잠시 배회하던 그의 손이 멋쩍게 내려갔다.

그녀는 움직여서 잡힌 팔도 빼냈다. 강한 거부의 몸짓을 보이는 그녀를 보며 휴고는 당황했다.

"관심 없으셨어요. 왜냐고 묻지도 않으셨어요."

"……."

"왜 갑자기 궁금해지셨어요?"

그는 수도의 저택에서의 그날, 증명할 수 있느냐고 묻기만 했다. 그 후 한 번도 아이를 갖지 못한다는 말이 사실이냐, 어디가 잘못된 것이냐고 묻지 않았다. 루시아는 아예 그가 까맣게 잊었을 거라고 생각했다.

자신에 대한 그의 관심은 그 정도였다. 그래서 비참했다. 심장은 날이 갈수록 그를 향해 뛰는데. 아예 숨도 못 쉬도록 딱딱하게 굳어 버리기를 바라는 자신의 마음을 이 남자는 절대 알아주지 않을 것이다.

"갑자기 궁금해지면 안 되는 건가?"

"황송해서요."

"……그런 식으로 말하지 마."

"죄송해요."

그녀는 짤막하고 쌀쌀맞은 대답을 끝으로 더 말하지 않겠다는 것처럼 입을 꼭 다물었다. 휴고의 붉은 눈이 확 타올랐다. 이 여자가 안 하던 짓을 하고 있었다. 그의 신경을 콕콕 찔러댄다. 그는 별일도 아닌데 언성을 높이고 싶지 않아서 오히려 더 차분한 음성으로 말했다.

"비비안, 지나간 일을 따지고 싶은 거야?"

루시아는 실망으로 가슴이 내려앉았다.

'지나간 일이라 하시면…… 제가 무슨 말을 하겠어요.'

그에겐 그저 지나간 일이었다. 루시아는 말없이 고개를 내저었다. 마음이 건조하게 메말라서 쩍 갈라지는 것 같았다. 더는 아무 생각도, 말도 하고 싶지 않았다. 발밑이 푹 꺼질 것 같은 피로감이 밀려왔다.

"난 지금 당장 당신 몸이 염려되어 하는 말이야. 의사에게 정확한 증상을 설명하고 치료를 받아."

그의 말투는 평소보다 다정했다. 그의 친절함이나 다정함에 어떤 감정이 담겨있지 않다는 걸 알면서도 루시아는 그가 부드러운 목소리로 말할 때마다 연가를 듣는 것처럼 황홀했다. 그러다가 갑자기 찬물을 뒤집어쓴 것처럼 깨어날 때의 기분은 뭐라 설명할 수 없었다. 그에게 고래고래 소리치고 싶었다.

차라리 내게 못되게 굴어요! 제발 당신을 미워할 수 있게 해달라고요!

"치료하고 싶지 않아요."

"왜?"

"나으면 당신이 곤란하니까요."

"내가 왜 곤란해?"

"제가 아이를 갖는 걸 원치 않으시잖아요!"

그녀의 목소리가 순간적으로 크게 울렸다.

"……."

휴고는 아무 말도 할 수 없었다. 그녀의 아이라서 원하지 않는 것이 아니라 그는 자신의 피를 이은 혈육 자체를 원하지 않았다. 그리고 그녀가 아이를 낳을 수 있든 없든 어차피 임신은 불가능했다.

그러나 그런 것들을 이해하게 하려면 아주 많은 숨겨진 일을 그녀에게 설명해야 한다. 입 밖으로 꺼내 다시 기억으로 되새김질하고 싶지 않았다. 그에게 그것들은 단순한 과거의 일이 아니라 진저리치는 악몽이었다.

루시아는 긍정처럼 침묵하는 그를 보면서 점차 감정이 격앙되었다.

그냥 날 내버려 둬요.

조금씩 원망이 싹텄다.

"제가 잘못 말했군요. 정확히는 아무 관심도 없으셨죠."

여자의 감이었다. 그는 결코 그녀에게서 자식을 얻기를 원하지 않았다. 그럼에도 모순적이지만, 피임을 신경 쓰지도 않았다. 루시아는 오히려 그 점이 더 야속했다. 그는 그만큼의 관심조차 없었다.

만에 하나 아이가 생겼으면 과연 그는 어떤 태도를 보였을까. 아이만 빼앗아 갔을까, 아이가 태어나거나 말거나 관심도 없었을까, 그대로 뒤돌아 다시는 그녀를 찾지 않았을까. 어떤 가정이건 다 최악이었다.

"관심이 없는 건……."

당신 쪽이겠지. 휴고는 속으로 중얼거렸다. 그녀는 단 한 번도 데미안에 대해서 그에게 묻지 않았다. 그러나 아무리 그가 뻔뻔해도 그녀에게 그걸 따질 자격이 되지 못함은 알고 있었다. 그는 혼적이 필요해서 그녀와 결혼했지, 그의 아들을 보듬으라고 계약하지 않았다.

"당신이…… 관심을 원하는 줄은 몰랐는데."

루시아의 심장이 덜컹 내려앉았다. 어쩐지 그의 표정이 피로해 보였다.

'안 돼!'

아까 자신의 거짓말을 그가 알아챘다고 말했을 때부터 그녀는 불안에 사로잡혀 있었다. 흔들리고 있는 제 마음도 읽힐까 봐 신경이 곤두섰다. 그가 그녀의 마음을 알아차리고, 승전 파티에서 소피아 로렌스에게 했던 것처럼 잔인하게 선을 긋는 말을 하면 아마.

'내 심장은 터져버릴 거야. 차라리 죽고 싶을 정도로 아프겠지.'

그는 여자가 적당하게 거리를 유지해 주면 한없이 다정해지는 남자였다. 그녀에게 해준 것처럼 그는 얼마나 많은 과거의 연인들에게 웃어주고 선물을 안겨 주었을까. 이별을 통보받은 여자들이 미련을 버리지 못해 매달리는 것은 그의 다정함을 잊지 못해서일 것이다.

'그의 과거의 여자가 되고 싶지 않아.'

이대로. 평생 이대로 살아도 좋다. 물질적으로 풍족한 생활, 밤마다 뜨겁게 안아주고 부드럽게 웃어주는 남편. 그녀는 자신을 자책했다. 분수 넘치는 욕심을 부리려 했다. 꽉 쥐는 그녀의 주먹 안에 땀이 찼다.

"원하는 건 아니에요. 잊지 않고 있어요. 당신과의 계약."

루시아는 자연스럽게 보이기를 바라면서 그의 시선을 피했다. 그의 품에서도 조금 떨어져 앉았다. 그런 그녀를 휴고는 날 선 눈으로 보고 있었다.

"하, 그래. 계약."

휴고는 헛웃음을 치며 짜증스럽게 머리카락을 쓸어 넘겼다. 그들의 불완전한 결혼의 시작점은 구석에 밀어두고 싶은 문제였다. 그러나 그의 생각일 뿐, 그녀에겐 여전히 단단히 묶여 생생하게 살아있는 질긴 끈이었다.

"나는 사생활을 즐겨도 되고, 당신은 내게 꽁꽁 마음을 닫고. 그게 우리 계약이었지?"

그는 거리를 두려고 하는 그녀와의 간격을 단번에 좁혀 그녀의 허리에 팔을 감아 당겼다. 루시아의 노력은 아주 쉽게 무위로 돌아갔다. 다시 그의 품에 안긴 자세가 되었다.

"그런데 그거 알아? 계약 조건을 지키지 못했을 때 어찌할 것인지는 전혀 이야기하지 않았다는 걸."

"제가 계약을 지키지 못할까 봐 걱정되세요?"

"왜 이래 진짜? 말을 왜 그렇게 넘겨 뛰어?"

"……죄송해요. 제가 좀 꼬였나 봐요."

낯선 아내의 모습을 휴고는 한참 바라보았다. 얌전하고 말 잘 듣던 평소의 순한 아내가 아니었다. 그리고 그녀는 계속 그의 눈을 피했다. 단절과 거부였다.

'처음 만났을 때부터 한마디도 지지 않고 말하기는 했지.'

어쩌면 이 모습도 그녀였다. 그동안 그가 보지 못했을 뿐, 정확히는 그녀가 그에게 보여주지 않았던 그녀의 다른 일면. 그는 본디 말꼬리를 잡아 물고 늘어지는 걸 싫어하지만, 그녀의 새로운 모습은 오히려 반가웠다. 얌전히 웃고만 있던 그녀의 진짜를 잠깐 엿본 것 같았다. 그는 더 그녀를 알고 싶었다.

"내가 사생활의 자유를 포기하면 당신도 꽁꽁 닫은 빗장 풀어줄 건가?"

"……네?"

루시아는 눈을 동그랗게 뜨고 그를 보았다. 그가 대체 무슨 의도로 하는 말인지 이해가 가지 않았다. 바람둥이 남자의 수법인가? 휴고는 '그러니까 내 말은…….' 하고 말끝을 흐리며 곤란한 표정을 지었다.

"치료받아."

그의 화제 전환에 루시아는 실망했다.

"싫어요."

"비비안!"

"아이를 가질 수 없으니까 아이를 못 낳는 건 괜찮아요. 그런데 치료가 되면, 아이 낳아도 돼요? 허락하실 건가요?"

루시아는 자꾸 같은 자리만 맴도는 그와의 언쟁이 지겨웠다. 불임의 치료는 단순히 건강의 문제가 아니었다. 그녀에게는 특별한 의미가 있었다.

"……."

휴고는 한숨을 쉬며 손끝으로 관자놀이를 눌렀다. 그녀의 몸이 나아도 임신할 수 없다. 그를 피와 살을 구성하는 타란의 핏줄은 아무 여자나 잉태할 수가 없다. 조건을 충족시키지 못하면 어떤 여자의 태 안에서도 타란의 핏줄은 자라나지 못했다. 그가 수없이 많은 여자와 즐겼으나 임신의 위험을 단 한 번도 걱정한 적 없는 건 그래서였다.

같은 타란의 피가 흐르는 혈족이 아닌 보통 여자가 타란의 핏줄을 잉태하려면 조건이 필요했다. 무슨 조건인지는 늙은이만 알고 있었다.

늙은이의 거처를 내성 밖으로 내치면서 가지고 있던 자료를 달달 뒤졌지만, 관련된 내용은 없었다. 아마 제 기억에만 넣어놓든지 따로 문서가 있다면 누구도 모를 곳에 보관 중일 것이다. 그래서 그냥 늙은이를 잡아다 족쳤다. 가문의 비전을 누설할 수 없다고 버티던 늙은이는 지하 감옥에 처넣고 다신 햇빛 못 보게 해줄까 했더니 겨우 입을 열었다.

「아이의 아버지가 될 타란 혈족 사내의 피를 내어 1년 이상 꾸준히 복용시킨 후 그 여자의 처녀를 취해야 합니다.」

정말 구역질 나는 조건이었다. 그 조건은 이미 처녀를 잃기 전에 완성되어 있어야 한다고 했다. 아내는 이미 틀렸다.

임신할 수 있다고 해도 그는 절대 후사를 남길 생각이 없었다. 이

세상에 그의 피를 이어받은 존재가 있다고 상상만 해도 똥통에 빠진 것 같았다. 그가 임신 위험성이 없지만 언제나 체외 사정을 고집한 건 자신을 닮은 후손의 번식을 증오하며 형성된 일종의 습관이었다.

휴고는 새삼스럽게 그녀를 보았다. 그녀는 처음부터 달랐다. 왜 그녀는 예외였을까. 자궁 안에 파정하고 끌어안아 후회를 즐긴 대상은 그녀가 처음이었다. 그녀의 밭에 자신의 씨를 뿌린다는 만족감마저 느꼈다. 기이한 모순점을 잠시 고민하다가 쉽게 답이 떠오르지 않자 생각을 나중으로 미루었다.

당장 집중할 문제는 결혼 후 처음으로 드러낸 아내의 속마음이었다. 왜 갑자기 궁금해졌느냐는 그녀의 말은 야속함을 담은 원망이었다. 자신의 무심함이 그녀에게 상처가 되었음을 인정했다.

보통의 상황이라면 그녀는 충분히 임신 가능성이 있었다. 아이를 갖지 못한다는 그녀의 사정을 잊고 있었으면서 임신 여부를 신경 써주지 않았다. 그녀의 상처가 읽히자 그의 심장 언저리가 따끔거렸다.

"치료되면 전 아이를 갖고 싶을 거예요. 그래도 괜찮아요?"

처음부터 아이를 갖지 못하는 몸이라 포기하는 것과 아이를 가질 수 있는 건강한 몸이지만 포기하는 것은 의미가 전혀 달랐다. 루시아에게 그 차이는 하늘과 땅만큼 컸다.

"……난 자식은 필요 없어."

휴고는 고민 끝에 대답했다. 어차피 아이를 가질 수 없었다. '얼마든지 낳아도 좋다.'라고 말한 후에 아이가 생기지 않아도 그녀는 그를 탓할 수 없을 것이다.

하지만 그런 식으로 그녀를 기만하고 싶지 않았다. 진실을 말해 줄 수 없다면 속이고 싶지도 않다.

"후계 문제 때문에 그러시면 각서라도 쓸게요. 계승권을 배제하는 약정서 작성도 상관없어요."

"그런 문제 때문이 아니야. 나는 내 흔적을 남기고 싶지 않아."

"이미 아들이 있잖아요."

"그 녀석은!"

설명할 수 없는 일들이 많았다. 데미안이 그의 친자가 아니라는 사실을 아는 사람은 이제 늙은이만 남았다. 물꼬를 트기 시작하면 줄줄이 나올 것이 끝이 없었다.

그는 타란의 비밀을 누구와도 공유하고 싶지 않았다. 데미안에게도 알릴 생각이 없었다. 오직 혼자 끌어안고 영원히 묻어버리겠다고, 오래전에 굳게 결심했다.

"그 녀석은 좀 달라. ……당신이 그렇게 아이를 원하는 줄은 몰랐어."

휴고는 묘한 충격을 받았다. 그동안 그녀의 겉만 보고 있었다. 그녀의 내심을 전혀 알아보려 하지 않았다.

"죄송해요. 당신이 원하는 아내는 그런 여자가 아니었을 텐데."

"비비안."

그가 무겁게 한숨을 쉬었다.

"당신을 비난하려는 뜻이 아니었어. 단지 몰랐던 사실이 의외였을 뿐이야."

"처음에 결혼 이야기를 나눌 때 당신은 아이를 낳아도 상관없다는 식으로 말씀하셨어요."

"그건……."

상관없어서가 아니라 어차피 낳지 못한다는 사실을 아니까. 당시에는 그걸 설명해줄 생각이 전혀 없었다. 그는 혼적이 필요했을 뿐이었다. 아내는 그저 덤이었다. 시작은 분명히 그랬다.

"이혼은 안 해주실 거잖아요."

그는 갑자기 정신이 번쩍 들었다. 그가 눈을 번뜩이며 으르렁댔다.

"이혼? 어림없어."

이혼 소리를 입에 올려? 그의 배 속이 부글거리기 시작했다.

"내가 처음부터 말했지. 이혼은 안 된다고. 죽어도 벗어날 수 없을 거라고."

이혼을 불쑥 말해 놓고 루시아는 아차, 했다. 이혼은 오히려 그녀가 감당할 자신이 없었다. 그러나 그가 전통을 거론하자 속이 비틀렸다.

"알아요. 타란의 전통. 물론 기억하지요. 하지만 아이를 낳으면 안 된다는 전통은 없잖아요."

"이혼 아니면 아이. 내게 선택을 하라는 거야?"

그는 오히려 그녀에게 둘 중 하나 선택하라고 말하는 듯했다. 눈이 시큰거려서 혹시 눈물이라도 나올까 봐 루시아는 더욱 그에게 보이지 않게 고개를 돌렸다.

"그런 뜻…… 아니에요."

"비비안. 이대로 지내면 왜 안 되는 거지?"

"제 욕심이겠지요. 혼자가 되었을 때 함께할 사람이 있으면 좋겠어요."

"당신이 왜 혼자인데?"

"설마, 제 곁에 당신이 영원히 함께 있어줄 거라는 말씀은 아니겠지요?"

"……뭐?"

낯선 외국어를 듣는 것 같은 그의 표정을 보자 루시아의 가슴 깊은 곳에서 불쑥 뭔가가 치솟았다. 달래는 것처럼 도닥이는 그의 말투도 거슬렸다.

내 마음 같은 건 관심도 없으면서! 곁에 두기에 적당하고 편한 아내라고 생각하면서!

그를 상처 주고 그가 아프게 하고 싶었다. 무슨 짓을 해도 그의 가슴에 생채기조차 남길 수 없다면 적어도 난처하고 곤란하게라도 하고 싶었다. 그런 못된 마음이 걷잡을 수 없이 일어났다.

"당신은 절 사랑하지 않아요. 전 절대 당신을 사랑하지 않을 거예요. 우리 사이에 뭐가 있나요? 이런 관계가 언제까지 갈 거라고 생각하세요?"

그래서 뭐. 루시아는 그가 그렇게 대답할 줄 알았다. 어쩌라고. 처음부터 그러기로 한 것 아니었나? 냉랭한 표정을 지으며 그가 차갑게 받아칠 줄 알았다. 그런 대답을 어떻게 하면 더 싸늘하게 되돌려줄 수 있을까. 그에게 버럭 쏟아낸 직후부터 고민했다.

그에게 상처 주고 싶었던 마음은 얄팍한 심술이었다. 진짜 그가 아파하기를 원하지 않았다는 자신의 진심을 깨달았다.

순간적으로 그의 얼굴에 떠오른, 도무지 설명할 수 없는 참담함을 보았을 때 루시아의 가슴은 철렁 내려앉았다. 이 강철 같은 남자는 몹시 그다운 방식으로 고통을 표현했다. 치명적인 상처를 입은 맹수가 힘겹게 숨을 쉬는 것처럼 그는 천천히 눈을 감았다가 떴다.

마음은 그를 향해 손을 뻗어 그를 위로하고 있으나 루시아의 몸은 그를 보며 얼어붙어 있었다. 이유를 알 수 없이 꼭 쥔 손이 바르르 떨렸다. 움직일 수도, 아무 말을 할 수도 없었다.

그건 아주 짧았다. 그가 씁쓸한 웃음이 끝나자마자 신기루처럼 사라졌다. 그는 평소처럼 얼마간 무표정한 얼굴로 돌아왔다. 다가오지 말라고 말하는 것 같았다.

순식간에 지나가 허상처럼 사라지는 그의 감정 변화를 엿본 일은 그녀에게 혼란과 좌절을 동시에 안겨 주었다. 이제 막 완성되려던 부드러운 케이크를 발로 짓이긴 기분이었다.

"……그래. 당신에겐 이미 끝이 보이는군."

차갑기보다는 무덤덤한 목소리였다.

'이 사람은…….'

루시아는 아주 잠깐이지만 진짜 그를 본 것 같았다. 차가운 그의 표정과 말투는 그의 갑옷이었다. 그가 냉담한 건 아무것도 느끼지 못해서가 아니다. 삼키고 드러내지 않을 뿐이었다. 안타깝다. 조금만 더 보여달라고 애원하고 싶었다.

"방금……."

"뭐가?"

잠깐 사이에 꿈을 꾼 걸까. 보았어도 믿기지 않았다. 지금 그의 표정을 보면 조금 전 봤던 모습은 정말 착각인 것 같았다. 그녀가 말없이 바라보기만 하자 그가 말을 이었다.

"그렇군. 처음부터 끝은 있었어. 장미꽃을 달라고 했던 당신의 말은 그런 의미였겠지?"

그가 장미꽃을 언급하자 루시아는 차가운 한기를 느끼며 냉정한 현실로 돌아왔다. 잠시 넋을 놓았던 자신을 꾸짖었다. 지금 그와 중대한 갈림길에 서 있었다. 투정처럼 시작했으나 어느새 되돌리기엔 너무 멀리 왔다.

"……네, 맞아요."

혹시라도 보이지 않는 끝에 매달려 어리석어지고 싶지 않았다. 그에게 장미꽃으로 깨우쳐 달라고 청한 이유였다. 그가 장미꽃을 보내 끝을 선언하면 혹시 언젠가 정신이 나가 있더라도 놀라 되돌아올 수 있을 것 같았다.

"당신은 내게 장미꽃을 받으면 어쩔 생각이었지?"

그가 자신의 마음을 떠보는 거라고 생각하자 가슴이 서늘해졌다. 그녀는 조금 갈팡질팡하던 마음을 재빨리 바로 쥐었다.

"그건 생각해 보지 않았어요. 당신 말씀대로 그건 끝이니까요. 끝 이후에는…… 아무것도 없어요."

"아무것도…… 없다."

그는 건조한 음성으로 되뇌었다.

"당신의 조건은 견고한가?"

"네, 제가 먼저 약속드렸어요. 그걸 깨뜨리는 일은 없을 거예요."

보답받지 못해도 상관없으니 일방적으로 쏟기만 하는 사랑. 루시아는 절대 그런 사랑을 하고 싶지 않았다.

일방적인 사랑은 부모 자식 사이에서도 어그러진다. 하물며 남녀 사이에서는 불가능한 사랑이었다. 처음엔 자기만족에서 시작했어도 언젠가는 응답을 바랄 것이고, 대답해 주지 않는 상대를 향한 애타는 마음이 미움으로 변할 것이다.

루시아는 그런 식으로 그를 증오하다가 그 증오에 잡아먹히고 싶지 않았다.

"……."

휴고는 다짐하듯 야무지게 답하는 그녀를 보며 낙담했다. 자신이 과욕을 부리고 있음은 알고 있었다. 그녀의 말은 정답이었다. 되돌려줄 수 없으면서 몰염치하게도 그녀의 마음을 욕심내고 있었다. 자신의 비겁함을 느끼자 입맛이 썼다.

결혼하고 수개월을 지내는 동안 몰랐던 그녀의 다른 모습을 이 잠깐의 대화만으로 발견했다. 그 정도로 아내에게 무관심했다. 그녀가 보여주지 않았다고 그는 분노할 자격이 없었다. 아니, 이미 그녀는 오래전에 그를 향해 조심스럽게 손을 내밀었다.

능력 있는 조사관 파비안이 무려 한 달이나 걸려 작성한 보고서 속에는 그녀의 몸 상태에 관한 것은 없었다. 아이를 낳지 못한다는 사실은 누구도 모를 그녀만의 비밀이었을 것이다. 그녀가 용기 있게 털어놓은 비밀을 그는 웃어 넘겼다. 그녀의 진심을 짓밟은 자신이 한 짓을 깨닫자 심장이 덜컹했다.

"이혼은 없어."

“……네.”

“당신은 내 아내야.”

“네.”

“당신이 어떤 끝을 내든 그게 우리 관계를 변화시키지는 못해.”

“네.”

깔끔하고 순종적인 그녀의 대답은 오히려 그의 심기를 건드렸다. 그는 그녀의 어깨를 잡고 밀어 넘어뜨렸다. 그녀의 몸이 소파 위에 뉘이고 휴고는 그 위에서 팔로 디뎌 저항 없는 그녀를 내려다보았다.

“무슨 뜻인지 알고 대답하는 건가?”

그의 손이 그녀의 턱을 잡아 손가락으로 보드라운 입술을 느릿하게 쓸었다. 성적 욕망이 담긴 진득한 손길에 그녀의 속눈썹이 파르르 떨렸다. 그녀의 감정과 관계없이 그가 원하면 몸을 열어야 한다고, 그는 말하고 있었다. 루시아는 그의 시선을 비켜서 처연하게 허공을 응시하더니 답했다.

“네.”

휴고는 깊어진 붉은 눈으로 그녀를 바라보았다. 그의 가슴이 눅눅하게 가라앉았다.

‘훌륭해. 너는 완벽한 아내를 얻었군.’

그는 조소했다. 그가 바라 마지않던 대로 그는 아주 근사한 인형 아내를 얻었다. 이 여자는 그의 것이다. 그의 아내였다. 하지만 그가 가진 건 그녀의 껍데기였다.

그는 앞으로도 계속 인형 아내를 끌어안고 살아야 한다. 그녀는 껍데기만 이곳에 남겨두고 알맹이는 그의 눈과 손이 미치지 않는 곳으로 멀리 치워두었다.

대체 무엇이 문제란 말인가. 손에 잡히고 눈에 보이는 그녀의 껍데기가 중요했다. 마음 따위가 아니다. 그 까짓것을 가져서 뭘 하겠다고. 그는 얼마든지 그녀를 쥐고 언제까지나 곁에 둘 수 있었다. 마음이 없다고 그녀가 어디로 가는 건 아니었다.

갑자기 휴고는 눈앞이 아득해졌다. 그는 자신을 사로잡은 불안과 절망의 정체를 깨달았다. 그가 가진 무엇도 욕심내지 않고 미련 없이 떠날 수 있을 것처럼 그의 터전에 흔적을 남기지 않는 그녀에 대한 불안. 굳게 닫힌 그녀의 마음을 열 수 없어서 느끼는 절망.

그가 느낀 진짜 불안과 절망은 그것들이 아니었다. 흔들리는 자기 자신에 대한 불안과 절망이었다. 깨닫지 못하는 사이에 그녀의 손에 심장이 잡혔다. 절대 바라지 않던 최악이 바싹 다가와 있었다.

공작 위에 오른 이후 그는 철저하게 하나의 원칙을 관철해 왔다. 받는 만큼 되돌려준다. 그가 여자가 주는 사랑을 거부하는 이유는 되돌려줄 수 없기 때문이었다.

사랑과 증오. 그는 인간이 가질 수 있는 가장 극단적이 감정을 모두 겪었다. 그것들이 얼마나 사람을 좀먹는지 배웠다. 죽은 공작에 대한 증오, 피를 나눈 형제에 대한 사랑. 전혀 접점이 없을 것 같은 사랑과 증오는 마치 한 몸처럼 그를 꼼짝할 수 없게 마구 휘둘렀다. 그의 의지는 없었고, 무력함에 절망했다.

아무것도 모르고 단지 히우로 살았을 때의 그는 야생 짐승이었다. 생존을 위해 적을 죽이고 오직 살아남는 것만 걱정하면 되었다.

아침에 눈 뜨면 잠드는 저녁까지 생존만이 삶 전부였다. 형제를 만나 그는 사람이 되었지만, 감정을 배우는 대가를 치러야 했다. 형제를 사랑한 대신 형제의 목숨을 쥔 죽은 공작에게 휘둘렸다.

그에게 사랑과 증오를 가르친 두 사람은 죽어서도 그를 놓아주지 않았다. 형제의 비극적인 죽음은 그가 살아가는 의미를 빼앗았다. 공작이 죽은 후 알게 된 타란 혈족의 비밀은 자신의 몸을 타고 흐르는 피에 대한 증오로 바뀌어 그를 까마득한 어둠에 처박았다.

누구도, 무엇도 더는 그를 휘두르게 할 수 없었다. 자신의 의지로 아무것도 할 수 없는 건 진저리나게 끔찍했다. 잃을까 봐 가슴 졸이며 두려움에 사로잡히는 경험은 형제 녀석만으로 충분했다. 그의 마음은 견고해야 하고 그의 의지는 확고해야 한다. 특별한 존재를 만들어서는 안 된다.

왜 이렇게 되었을까. 단순한 흥미와 욕망이라고 치부했으나 그의 심장이 그를 조롱하고 있었다.

넌 사랑에 빠졌어.

'아니야, 그럴 리 없어.'

그녀에게 휘둘린다. 그녀를 잃을까 봐 두려움을 갖기 시작했다. 여자 하나에 이런 한심한 꼴이 되어버렸다. 납득할 수 없다. 그는 도무지 이 감정을 용납할 수 없었다.

그는 큰 동작으로 소파에서 일어나 근방을 서성거렸다. 어딘지 모르게 초조해 보이는 그를 보며 루시아는 천천히 몸을 일으켜 앉았다. 오늘 그는 전에 모르던 일면을 보여주고 있었다.

겉으로 보이는 그의 혼란은 길지 않았다. 금방 멈추어 서서 그녀를 보며 말했다.

"치료받아."

다시 원점이었다. 루시아는 한숨을 내쉬었다. 밀실에 갇힌 것처럼 숨이 막혔다.

"의사에게 정확하게 증상을 말하고, 처방을 받아. 무슨 증상인지, 당신 몸이 왜 그런지는 알아야 하잖아."

"임신할 수도 있어요. 아이는 필요 없다는 생각. 바꾸신 건가요?"

그가 침묵하자 루시아는 소리치고 싶었다.

그냥 날 내버려 둬요! 차라리 지금까지처럼 내 몸 상태에 관심 두지 말라고요!

왜 그가 임신 문제를 전혀 고려하지 않는 걸까. 도무지 이해할 수 없었다.

"……아이가 생길 일은 없어."

"그 말씀은 별거하자는 말씀인가요?"

똑바로 마주쳐오는 그의 시선을 루시아는 도전적으로 응시했다. 그는 시답지 않은 소리를 한다는 것처럼 입꼬리를 올렸다.

"왜 애를 만들기 위해서만 한다고 생각해? 당신도 함께 즐겼잖아."

"논점을 흐리지 마세요. 저는 치료를 받고, 당신은 계속 제 침실에 들어오고. 그러다 아이가 생기면 어쩌시려고요? 제가 알고 싶은 건 그거예요."

"그럼 내 애가 아니겠지."

휴고는 무심히 뱉어놓고 뒤늦게 실수를 깨달았다. 그는 처음부터 가능하지 않은 임신을 생각하며 한 말이었지만, 진실을 감추어 사정을 모르는 이상, 누가 듣더라도 그의 말은 심각한 오해의 소지가 있었다.

아차, 그녀의 표정을 살피자 이미 그녀의 안색은 안쓰러울 정도로 새하얗게 질려있었다.

"아이를 인정할 일 없다는…… 말씀인가요, 아니면…… 제가 부정을 저지를 거라고 단정하는 말씀인가요?"

잔인했다. 그는 몇 마디 말로 그녀의 가슴을 난도질했다. 루시아는 전승 파티에서 엿들은 그와 소피아 로렌스의 대화를 떠올렸다. 그때 소피아 로렌스를 향했던 그의 무자비한 칼날은 루시아를 베고 지나갔다.

휴고는 자신의 실수가 그녀에게 큰 상처를 주었다는 걸 알았다. 사과하고 그녀를 달래야 했다.

하지만 아무렇지 않아 보이는 겉모습과 달리 그의 마음은 혼란과 초조로 제멋대로 날뛰고 있었다. 그는 제 마음을 가누는 일조차 버거웠다.

이 상황 자체에 신물이 났다. 자꾸 고집을 부리는 그녀도, 사실을 설명할 수 없는 자신도. 복잡한 걸 싫어하며 모든 일을 쉽게 처리해 버리던 그에게, 뒤얽힌 지금의 상황과 자신의 감정이 지독히 피곤했다.

"내 말은……."

운을 떼고 잠시 말이 없던 그는 무뚝뚝하게 중얼거렸다.

"치료는…… 당신 좋을 대로 해."

그는 몸을 돌려 응접실에서 나가 버렸다. 이 상황에서 도망치는 길을 택했다.

금방 조용해진 응접실에 홀로 남아 루시아는 쓰러지듯 풀썩 소파에 누웠다. 소리 없는 눈물이 흘러내리기 시작했다.

그날 밤 그는 그녀의 침실에 들어오지 않았다.

〈다음 권에서 계속〉